KB150311

마한 · 백제 주거지 비교 검토

마한연구원 총서 6

마한 · 백제 주거지 비교 검토

2019년 6월 21일 초판 1쇄 인쇄
2019년 6월 28일 초판 1쇄 발행

지은이 박경신 · 이형원 · 도문선 · 정종태 · 조성희 · 이은정 · 오대종 · 임동중

펴낸이 권혁재

편집 조혜진
인쇄 성광인쇄

펴낸곳 학연문화사
등록 1988년 2월 26일 제2-501호
주소 서울시 금천구 가산동 371-28 우림라이온스밸리 B동 712호
전화 02-2026-0541~4
팩스 02-2026-0547
E-mail hak7891@chol.com

ISBN 978-89-5508-405-4 94910

마한 · 백제 주거지 비교 검토

박경신

이형원

도문선

정종태

조성희

이은정

오대종

임동중

학연문화사

책을 펴내며

이 책은 〈마한·백제 주거지 조사연구 성과와 과제〉를 주제로 2018년 10월 27일에 전남대학교에서 개최되었던 학술회의 발표문을 수정, 보완하여 묶은 것입니다. 마한·백제 주거지는 최근 대규모 취락 유적들의 발굴 조사로 연구 자료가 급증하면서 학계의 많은 관심을 끌고 있습니다.

마한연구원에서는 2017년에 〈마한의 마을과 생활〉을 주제로 학술회의를 개최하였고, 발표문과 토론문을 엮어 같은 제목의 단행본으로 발간한 바 있습니다. 그러나 마한·백제권에서 조사된 기초 자료에 대한 기본적인 비교 검토는 이루어지지 못하였기 때문에 그 연장선상에서 2018년에 〈마한·백제 주거지 조사연구 성과와 과제〉 학술회의를 개최하게 되었습니다.

마한·백제 주거지는 경기·충청·전라 지역에 걸쳐 있고 2018년 상반기까지 650여개 유적에서 16,000여기가 조사되었기 때문에 한 연구자가 전 지역을 대상으로 연구하는 것은 매우 어려운 상황입니다. 따라서 마한·백제권을 경기, 충청, 전북, 전남지역으로 4분하고, 각 지역에 대해서는 조사현황과 연구성과로 2분하여, 조사 현장을 중심으로 한창 연구에 매진하고 있는 8인의 전문 연구자들을 모시고 발표와 집중적인 토론을 통해 마한·백제권에서 조사된 모든 주거지에 대해 종합적인 비교 검토를 하고자 하였습니다. 종합토론에서는 전형민, 김은정 두 선생님이 동참하여 모든 발표문에 대해 꼼꼼하게 토론함로써 보다 깊이 있고 균형 잡힌 논의가 이루어질 수 있었습니다.

마한 · 백제 주거지의 구조에 있어서는 평면형태, 기둥배치, 부뚜막을 비롯하여 공간분할, 저장시설 등이 비교 검토되었으며, 출토유물과 함께 마한 · 백제 마을의 기능, 위계 등에 대한 논의도 이루어졌습니다. 또한 섬진강 상류의 임실, 순창 뿐만 아니라 영남의 포항, 대구, 기장, 양산, 창녕, 거제 등 마한 · 백제계 사주식 주거지가 조사된 다른 지역에 대한 논의도 이루어졌습니다.

그러나 여전히 마한 · 백제 주거지를 대표한다고 할 수 있는 사주식주거지의 기원과 파급, 문헌상의 역사적 실체와 고고학 자료인 주거지의 비정, 취락 내 주거 사이의 관계, 주거유적과 분묘유적의 관계, 백제의 영역 확장에 따른 주거의 변화 문제 등에 대해서는 충분한 논의가 이루어지지 못하였습니다.

학술회의 발표문들은 회의 종료 후 보완하여 책자로 묶기로 하였는데 충분한 시간을 드리기 어려운 상황에서도 충실히 보완하여 주신 박경신, 이형원, 도문선, 정종태, 조성희, 이은정, 오대종, 임동중 선생님께 감사드립니다. 또한 학술회의와 출판을 지원하여 주신 정순주 관광문화체육국장님을 비롯한 전라남도 관계자 여러분께 감사드립니다. 아울러 기꺼이 출판을 맡아주신 학연문화사 권혁재 사장님과 수 많은 표와 도면, 사진들이 섞인 복잡한 원고를 잘 편집하여 주신 조혜진님께 감사드립니다.

2019. 6.

마한연구원장 임영진

목 차

경기도 마한 · 백제 주거 구조와 출토유물

박경신 숭실대학교 한국기독교박물관

I. 머리말

중부지역은 서울·경기, 영서, 영동지역으로 구성되어 있다. 그리고 수계로 볼 때 중부지역은 북한강, 남한강, 한강 하류, 임진·한탄강, 안성천으로 세분된다. 그리고 중부지역은 양평과 이천을 경계로 이서지역의 삼각형점토대토기, 이동지역이 원형점토대토기 문화로 대별할 수 있다. 삼각형점토대토기는 이동지역을 제외한 중부, 호서, 호남, 영남지역 등 三韓이 점유했던 지역에서만 출토되는 특징이 관찰된다. 이러한 양분화된 문화양상은 원삼국시대 물질자료의 지역적 구분이 가능한 바탕이 되었다. 원삼국시대에는 이동지역의 예계문화권과 이서지역의 마한계문화권으로 대별된다. 그리고 예계문화권은 중도유형권과 영동지역으로 구성되어 있으며, 마한계문화권은 분구묘 분포권과 주구토광묘 분포권으로 구성되어 있었다.

본 연구의 중심이 되는 경기도의 마한계 마을은 한강 하류 하구, 임진강 하구, 발안천, 안성천, 경기남부 등 중부 이서지역의 서해안을 따라 형성되어 있는 특징이 있다. 마한 마을에 대한 관심은 분구묘 및 주구토광묘 분포권과 더불어 학계의 주목을 받고 있다. 그러나 초기철기시대 마을 유적과의 관계를 검토한 연구는 전무하다. 그 결과 선사시대 마을과 원삼국시대 마한의 계승성, 단절성 등에 대한 검토가 미비한 현실이다. 또한 마한 마을에 대한 정확한 개념 정의가 부족한 것이 사실이다. 예를 들어 인천 운북동, 양평 양수리 537-1번지, 가평 대성리에서 확인되는 방형계 土壙式爐가 설치된 주거[1]를 마한계로 볼 것인가 하는 점에 있어서는 의견

---

1) 住居와 住居址는 구분하여 사용할 필요가 있다. 우선 주거는 가옥의 구조를 의미하고 주거지는 유적에서 조사된 주거의 흔적을 의미한다. 따라서 집의 구조적인 면을 의미할 때는 '주거'를 사용하고, 유적에서 조사된 유구를 의미할 때는 '주거지'로 기술한다. '爐'와 '爐址' 역시 같은 개념으로 구분하여 사용한다(박경신, 2018a, 「북한강 상류역 원삼국시대 취락과 지역 정치체」,

이 분분하다.

마한계 주거 분류 기준에 대하여 이영철은 방형의 평면형태에 주목하고 있고[2], 김승옥은 건축 구조적으로 다른 지역에서 보이지 않는 사주 배치에 주목하고 있다[3]. 최근 비사주 배치, 원형 주서의 손재 등이 알려지면서 '방형의 사주 배치'라는 것이 필요 조건이 아닌 충분 조건임이 확인되었다. 즉 방형의 사주 배치가 없다고 하여 마한계 주거가 아니라고 할 수 없다는 점이다. 따라서 주거의 평면형태 및 건축 구조와 더불어 주변의 고고자료를 종합적으로 검토해야 한다는 김은정의 의견[4]은 매우 타당하다. 한편 연구자들은 주거의 구조적 특징이 곧 지역집단을 구분할 수 있는 중요한 기준으로 판단하는 공통점이 있다. 이에 대해서는 필자도 일정부분 동의하지만 주거와 더불어 주거에 부가된 노시설의 구조적 특징, 분묘의 특징, 토기와 철기 같은 물질자료 등이 종합적으로 고려되어야 한다.

이 글에서는 마한 마을의 개념 정립을 위한 선행작업으로서 경기도의 마한계 마을을 집성하고 중도유형권의 마을들과 상호 비교하여 상사점과 상이점을 살펴보고자 한다. 그리고 대표적인 경기도의 마한계 마을을 지역별로 소개함으로써 마한 세력의 시기별 변화 양상에 대한 초보적인 접근을 시도하고자 한다. 이 글의 주된 분석 대상은 경기도로 한정하였으나 논지의 전개를 위하여 서울·영서지역의 일부 마을 자료도 포함시켰다.

『고고학』17-2, 중부고고학회, 47쪽).

2) 이영철, 2017, 「주거유적 출토 마한토기」, 『동북아시아에서 본 마한토기』, 마한연구원 총서 4, 서울: 학연문화사.

3) 金承玉, 2004, 「全北地域 1~7世紀 聚落의 分布와 性格」, 『韓國上古史學報』44, 한국상고사학회, 62쪽.

4) 김은정, 2017, 「마한 주거구조의 지역성」, 『마한의 마을과 생활』, 2017년 마한연구원 국제학술회의 발표자료집, 215쪽.

Ⅱ. 경기도 마한 · 백제 마을의 조사 현황

경기도의 원삼국시대 마을 유적은 마한계의 방형 사주식 주거와 '中島類型'圈의 여 · 철자형 주거가 공존한다. 중도유형은 박순발의 중도유형문화[5]를 세분한 것이다. 유형(하위)과 문화(상위)는 물질자료의 단위로서 함께 사용하는 것은 바람직하지 않다. 또한 당시에는 중부지역의 고고학적 조사 성과가 지극히 미미한 시점으로 이를 유형이나 문화로 세분할 수 없었던 시대적 한계도 있었다. 그러나 최근 다수의 발굴조사를 통해 중부지역의 원삼국시대에 대한 고고학적 해상도가 높아진 시점에서는 이를 단위별로 세분할 필요가 있다. 우선 이동지역은 예계문화권, 이서지역은 마한계문화권으로 대별된다. 그리고 예계문화권 가운데 중도식무문토기, 다양한 평면형태의 여 · 철자형주거, 외줄구들, 적석분구묘가 확인되는 북한강 · 남한강 · 임진한탄강, 낙동강 상류(문경, 상주) 지역에 한하여 별도의 세부 유형으로 구분할 수 있다. 이를 최초 조사된 대표 유적인 중도 유적의 명칭을 활용하여 '중도유형(中島類型)'으로 정의한다[6].

중도유형권과 달리 마한계문화권은 주구토광묘, 분구묘, 방형계 주거로 대표된다. 분포 범위는 경기 서해안, 남부 등 주로 경기도의 서쪽지역에 위치한다. 여기서 경기도의 마한계문화권 동쪽 경계는 백제의 위치와 중도유형권의 분포를 통해 확인이 가능하다. 우선 伯濟가 소국으로 처음 등장하는 지역은 강남을 중심으로 한 풍납토성 지역이다. 즉 한강 하구를 제외한 하류의 본류까지는 여 · 철자형 주거로 대표되는 중도유형권에 속하였다. 그러나 한강 하구, 김포, 인천, 화성, 안성,

---

5) 박순발, 1993, 「우리나라 初期鐵器文化의 展開過程에 대한 약간의 考察」, 『考古美術史論』 3, 忠北大學校考古美術史學會.

6) 박경신, 2018a, 「북한강 상류역 원삼국시대 취락과 지역 정치체」, 『고고학』 17-2, 중부고고학회, 48쪽.

평택 등은 중도유형권과 구별되는 방형계 주거 문화가 중심을 이루었는데 물질자료의 구성 요소로서 토기류의 기종 구성도 중도유형권과는 큰 차이를 보인다. 특히 주거 형태의 특징으로 방형계 사주식이 다수를 차지한다. 이에 대해서는 서울 경기의 서쪽과 남부 경기에 밀집되어 있음이 이미 확인된 바 있다[7].

한편 중도유형권의 여·철자형 주거와 전혀 다른 평면형태가 처음으로 확인된 천안 장산리 유적을 통해 방형계 주거가 마한의 대표적인 주거 구조임이 알려졌다[8]. 장산리 유적에서는 주거의 평면형태적 특징만이 강조되었다. 특히 目支國의 위치에 대하여 천안이 가장 유력한 후보로 거론되면서 AD 2C~3C에 해당하는 장산리 유적이 최초의 사주식 주거 등장 지역으로 지목되었다. 이는 곧 호서지역으로부터 기원한 사주식 주거가 호남지역으로 확산된 결과로 해석하는 결과를 가져왔다. 당시까지는 호남지역의 발굴조사 성과가 크지 않은 시기였기에 타당한 설명으로 평가되었다.

그러나 최근 기원전후 시점의 마을들이 다수 발굴조사되면서 이에 대한 의문이 제기되었다. 특히 호남지역의 초기 자료의 존재를 통해 사주식 주거가 호서 → 호남이 아니라 호남지역에서 먼저 출현하였다는 의견이 제출되기에 이른다[9]. 그러나 이러한 분석의 근거는 AMS 연대에 절대적으로 의존하고 있고, 물질자료의 형식 변화 및 조합양상이 정확하고 충분하게 검증되지 않았기 때문에 좀 더 신중한 해석이 요구된다. 향후 물질자료에 대한 정치한 편년 작업이 이루어진 후에 재검토할 필요가 있다.

---

7) 이상걸, 2013, 「서울-경기지역 원삼국~한성백제기 사주식주거지 연구」, 『주거의 고고학』 제37회 한국고고학전국대회 자유패널 발표자료집, 한국고고학회; 辛恩貞, 2017, 「原三國~漢城百濟期 京畿地域 四柱式住居址 硏究」, 한신大學校 大學院 碩士學位論文.
8) 忠南大學校博物館, 1996, 『天安 長山里 遺蹟』.
9) 허진아, 「호서-호남지역 사주식주거지 등장 과정과 확산 배경」, 『한국고고학보』 108, 한국고고학회, 28쪽.

한편, 사주식 주거의 계통과 확산 과정에 대한 연구는 주로 천안 등 서해안에 가까운 호서지역을 대상으로 연구가 집중된 것이 사실이다. 그러나 최근 청주 송절동 유적에서 531기의 주거지로 구성된 초대형 마한계 마을이 조사되면서[10] 사주식 주거의 전개양상에 대한 새로운 검토가 이루어져야 하는 단계에 이르렀다. 결국 호서 동부 및 경기도에서 확인된 사주식 주거를 검토하여 기원, 계통, 전개양상을 입체적으로 살펴볼 필요가 있는 것이다. 경기도의 사주식 주거는 AD 3C부터 AD 5C 사이의 시간성을 보이는 점에서 호서, 호남 지역 등 외부로부터 주거 전통이 유입된 결과로 보는 데에는 이견이 없다. 다만 그 계통이 호서 서부, 호서 동부, 호남 가운데 어느 지역과 가장 친연성을 보이고 있는지는 향후의 검토 과제로 남겨 둘 수밖에 없다.

1. 마한계문화권 마을

경기도의 마한계문화권 마을은 분구묘 분포권 및 주구토광묘 분포권과 대체로 일치하는데 주로 분구묘 분포권과 큰 정합성을 보여준다(그림 1). 이러한 현상은 호남지역의 양상과도 일치한다[11]. 주목되는 것은 무덤, 마을의 분포 양상은 마을의 철기 생산 유적의 분포 및 교역로[12]와도 일치하고 있는 점이다(그림 2). 경기 남부 및 서해안 지역은 예계문화 요소가 확인되지 않는 지역이다. 그 자연적 경계로는 도서해안 지역과 인천의 계양산 서쪽, 안산천, 자안천, 발안천, 안성천 등 서해

---

10) 이재돈 · 신승철 · 장덕원, 2018, 「송절동 유적의 마한 · 백제 주거지 검토」, 『청주 마한 백제를 품다』, 충북대학교박물관.

11) 임영진, 2013, 「고고학 자료로 본 전남지역 마한 소국의 수와 위치 시론」, 『百濟學報』 9, 百濟學會.

12) 박경신, 2018b, 「원삼국시대 중부지역과 영남지역의 내륙 교역」, 『삼한 · 삼국시대의 교류와 교역』, 第124回 釜山考古學研究會 企劃學術發表會, 釜山考古學會.

안과 합수되는 하천과 면해 있는 지역에 밀집 분포하는 양상을 보인다. 특히 경기 남부의 안성천 유역은 지천을 형성하고 있는 진위천, 황구지천, 오산천, 한천 주변으로 저평한 구릉과 평야가 발달되어 있는 지역으로 다수의 마을이 분포하고 있다. 화성 반안리 마을을 제외한 대부분의 마을은 저평한 구릉의 정상부 내지 구릉과 충적대지가 만나는 지점에 형성되어 있어서 예계문화권의 마을들과 확연한 차이를 보인다. 또한 예계문화권에서 발견되지 않는 분구묘, 주구토광묘 등이 마을과 인접한 지역에서 다수 발견되는 특징을 보인다.

경기도의 원삼국시대 마한계 마을은 김포 마산리[13], 김포 양곡리[14], 김포 양촌[15], 김포 운양동[16], 김포 풍무동[17], 김포 학운리[18], 김포 운남동[19], 시흥 목감동[20], 시흥 조남동[21], 시흥 은행ㆍ계수동[22], 안산 신길동[23], 시흥 매화동[24], 화성 장외리[25], 화성 운평리[26], 화성 남양동[27], 화성 발안리[28] 평택 용이동[29], 평택 세교동 모산

13) 高麗文化財研究院, 2012, 『김포 한강 신도시 유적』 I.
14) 京畿文化財研究院, 2012, 『金浦 陽谷遺蹟』.
15) 高麗文化財研究院, 2013, 『金浦 陽村 遺蹟』.
16) 한강문화재연구원, 2013, 『김포 운양동 유적』 II.
17) 겨레문화유산연구원, 2013, 『김포 풍무동 유적』.
18) 韓國文化財保護財團, 2013, 『金浦 鶴雲里 遺蹟』.
19) 韓國考古環境研究所, 2011, 『仁川 雲南洞 貝塚』.
20) 中央文化財研究院, 2012, 『始興 牧甘洞ㆍ鳥南洞 遺蹟』.
21) 中央文化財研究院, 2012, 『始興 牧甘洞ㆍ鳥南洞 遺蹟』.
22) 한겨레문화재연구원, 2017, 『시흥 은행동ㆍ계수동 유적』.
23) 高麗文化財研究院, 2009, 『安山 新吉洞 遺蹟』.
24) 한양문화재연구원, 2018, 「시흥 매화일반산업단지 조성부지 내 유적 표본ㆍ시굴ㆍ발굴조사 약식보고서」.
25) 한성백제기에 해당한다(겨레문화유산연구원, 2012, 『화성 장외리 산26, 산3-1번지 유적』).
26) 서해문화재연구원, 2015, 『화성 운평리 토기가마유적』.
27) 한백문화재연구원, 2014, 『화성 남양동유적』.
28) 畿甸文化財研究院, 2007, 『華城 發安里 마을遺蹟』.
29) 한얼문화유산연구원, 2016, 「평택 용이ㆍ죽백동 유적 약식보고서」.

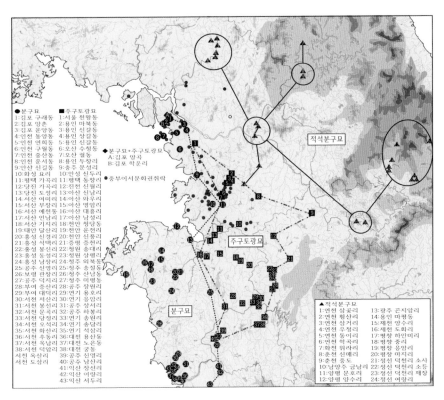

분구묘
●분구묘
1:김포 구래동
2:김포 양촌
3:김포 운양동
4:인천 동양동
5:인천 구월동
6:인천 구월동
7:인천 중산동
8:인천 운서동
9:안산 신길동
10:화성 요리
11:평택 가곡리
12:당진 기지리
13:당진 도성리
14:서산 여미리
15:서산 부장리
16:서산 예천동
17:서산 연남리
18:서산 기지리
19:태안 달산리
20:홍성 신경리
21:홍성 석택리
22:홍성 봉신리
23:홍성 상정리
24:홍성 남장리
25:공주 안영리
26:보령 관창리
27:공주 덕지리
28:부여 증산리
29:부여 대교리
30:서천 저산리
31:서천 봉선리
32:서천 문곡리
33:서천 당정리
34:서천 오석리
35:서천 석성리
36:서천 추동리
37:서천 옥남리
38:서천 덕암리
서천 옥산리
서천 도삼리

주구토광묘
■주구토광묘
1:서울 천왕동
2:용인 마북동
3:용인 신갈동
4:용인 상갈동
5:용인 신갈동
6:오산 수청동
7:오산 궐동
8:용인 두창리
9:충주 문성리
10:안성 신두리
11:평택 동창리
12:진천 신월리
13:아산 신남리
14:아산 와우리
15:아산 명암리
16:아산 대룡리
17:아산 남성리
18:천안 청당동
19:천안 운전리
20:천안 신풍리
21:증평 증천리
22:청원 송대리
23:청원 상병리
24:청주 외북동
25:공주 송질동
26:공주 산남동
27:청주 미평동

◆분구묘+주구토광묘
A:김포 양삭
B:김포 학운리

● 중부이서문화권취락

적석분구묘

주구토광묘

분구묘

적석분구묘
▲적석분구묘
1:연천 삼곶리
2:연천 횡산리
3:연천 삼거리
4:연천 우정리
5:연천 동이리
6:연천 학곡리
7:화천 위라리
8:춘천 신매리
9:춘천 중도
10:남양주 금남리
11:양평 문호리
12:양평 양수리
13:광주 곤지알리
14:용인 미평동
15:제천 양수리
16:제천 도화리
17:평창 하안미리
18:평창 종리
19:평창 응암리
20:평창 마지리
21:정선 덕천리 소사
22:정선 덕천리 소도
23:정선 덕천리 제장
24:정선 여량리

〈그림 1〉 원삼국~한성백제기 분묘와 마한계 마을 분포도(박경신 2018c: 그림 2-2 전재)

골[30], 평택 소사동[31], 안성 도기동 436-1[32], 안성 도기동 산52[33], 인천 연희동[34], 수

---

30) 嘉耕考古學硏究所, 2013, 「평택 세교지구 도시개발사업지역 1, 2지역 문화유적 발굴조사 부
분완료 약식보고서」.

31) 중앙문화재연구원, 2017, 「평택 소사2지구 도시개발사업부지내 유적 발굴조사 약식보고서」.

32) 겨레문화유산연구원, 2014, 「안성 도기동 436-1번지 주택신축부지 내 유적 문화재 시·발굴
조사 약보고서」.

33) 세종대학교박물관, 2016, 『안성 도기동 산 52번지 창고신축부지 내 유적』.

34) 서경문화재연구원, 2013, 『인천 연희동 유적』.

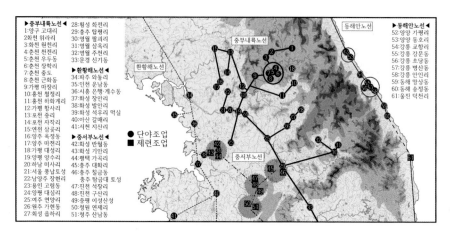

〈그림 2〉 중부지역 철기생산 마을 및 교역로(박경신 2018a: 도면 5 전재)

원 서둔동[35], 화성 고금산[36], 화성 감배산[37], 화성 가재리[38], 화성 청계리[39], 인천 운북동, 강화 교동 대룡리[40], 인천 중산동[41], 인천 구월동[42], 인천 검단[43] 유적 등이 있다.

　이 지역에서 확인되는 주거는 사주식 주공 구조를 특징으로 한다. 규모에 따라 소형(호남형)과 대형(호서형)으로 구분된다. 마을이 확인된 유적 주변으로는

35) 숭실대학교 한국기독교박물관, 2010, 『水原 西屯洞 遺蹟』.

36) 서울대학교박물관, 2002, 『華城 古琴山遺蹟』.

37) 京畿大學校博物館, 2006, 『華城 甘杯山 遺蹟』.

38) 한신대학교박물관, 2007, 『華城 佳才里 原三國 土器 窯址』.

39) 한백문화재연구원, 2013, 『화성 청계리 유적』.

40) 인천광역시립박물관, 2010, 『강화 교동 대룡리유적』.

41) 中央文化財硏究院, 2011, 『仁川 中山洞遺蹟』; 한강문화재연구원, 2012, 『인천 중산동 유적』.

42) 한강문화재연구원, 2014, 『인천 구월동 유적』.

43) 홍대우, 2018, 「대동문화재연구원 조사지역 발굴조사 성과」, 『인천 검단의 고고학』, 중부고고학회; 박현준, 2018, 「중부고고학연구소 조사지역 발굴조사 성과」, 『인천 검단의 고고학』, 중부고고학회.

대부분 분구묘가 함께 발견되는 특징이 관찰된다. 이러한 점을 감안할 때 이 지역은 마한의 문화양상이 짙게 확인된다. 다만 분구묘의 시간적 위치가 주거의 시간적 위치보다 선행하는 점에서 검토가 필요하다. 한편 마을이 입지한 곳은 대부분이 저평한 구릉의 정상부 내지 사면에 위치한다. 예외적으로 충적대지상에 위치한 마을은 화성 발안리 마을이 있는데 사주식 주거지와 여(철)자형 주거지가 혼재하여 발견된다. 그런데 원삼국 이른 시기는 모두 여(철)자형으로 예계문화권에 마한계문화가 진출한 양상을 보이는 점이 특징이며, 부분적으로는 여(철)자형 주거지에 사주식 주공 구조가 결합된 형태도 발견된다. 마한계문화권 마을의 분포 정형은 호남지역의 방형계 주거 분포권(호남 서부권)[44]의 입지조건과도 일치한다.

삼국시대 마을로는 화성 금곡리(6동)[45], 화성 길성리토성(35동)[46], 화성 석우리 먹실(19동)[47], 화성 화산동(1동)[48], 오산 가수동(3동)[49], 오산 내삼미동(38동)[50], 화성 왕림리(9동)[51], 화성 왕림리 노리재골(6동)[52], 화성 마하리(4동)[53], 화성 당하리

44) 김은정, 2017, 「마한 주거 구조의 지역성」, 『中央考古研究』 24, 中央文化財研究院, 34쪽.
45) 서경문화재연구원, 2014, 『화성 금곡리 유적』.
46) 韓國文化遺産研究院, 2018, 『華城 料里 古墳群』; 한신대학교박물관, 2010, 『華城 吉城里土城』 Ⅰ; 中部考古學研究所, 2013, 『華城 吉城里土城』.
47) 畿甸文化財研究院, 2007, 『華城 石隅里 먹실遺蹟』.
48) 京畿文化財研究院, 2010, 『華城 花山洞 遺蹟』.
49) 畿甸文化財研究院, 2007, 『烏山 佳水洞 遺蹟』.
50) 京畿文化財研究院, 2011, 『烏山 內三美洞 遺蹟』; 서해문화재연구원, 2015, 『오산 내삼미동 유적』.
51) 숭실대학교박물관, 2004, 『華城 旺林里 遺蹟』.
52) 中部考古學研究所, 2012, 『華城 旺林里 노리재골 Ⅰ 遺蹟』; 한신대학교박물관, 2011, 『華城 旺林里 노리재골 Ⅱ 百濟遺蹟』.
53) 숭실대학교박물관 · 서울대학교박물관, 2004, 『馬霞里 古墳群』; 서울대학교박물관, 2005, 『華城 馬霞里 百濟 집터』; 한신대학교박물관, 2009, 『華城 馬霞里 百濟 住居址』, 『烏山 陽山洞 新羅 遺蹟』.

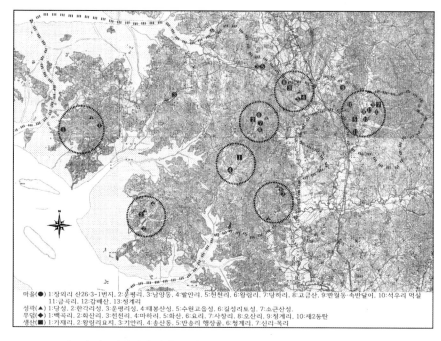

〈그림 3〉 화성지역 원삼국~삼국시대 마을군(박경신 2017: 도면 2 전재)

마을(●) 1:장외리 산26·3-1번지, 2:운평리, 3:남양동, 4:발안리, 5:천천리, 6:왕림리, 7:당하리, 8:고금산, 9:반월동·속반달이, 10:석우리 먹실
11:금곡리, 12:감배산, 13:청계리
성곽(▲) 1:당성, 2:한각리성, 3:운평리성, 4:태봉산성, 5:수원고읍성, 6:길성리토성, 7:소근산성.
무덤(◆) 1:백곡리, 2:화산리, 3:천천리, 4:마하리, 5:화산, 6:요리, 7:사창리, 8:오산리, 9:청계리, 10:제2동탄
생산(■) 1:가재리, 2:왕림리요지, 3:기안리, 4:송산동, 5:반송리 행장골, 6:청계리, 7:신리·목리

(2동)[54], 안성 양변리(1동)[55], 화성 소근산성(6동)[56], 인천 남촌동[57] 유적 등이 있는데 대부분 (장)방형 계통의 사주식 구조를 갖는 호서지역 사주식 주거와 동일 구조이다. 모두 구릉에 위치하고 있는 점 또한 공통점이다. 화성지역권은 방어시설(성곽), 분묘, 마을이 세트를 이루는 것이 특징이다. 대체로 한성백제기 직접지배의

---

54) 崇實大學校博物館·서울大學校博物館, 2000, 『華城 堂下里 I 遺蹟』; 숭실대학교박물관·한신
   대학교박물관, 2004, 『華城 堂下里 II 遺蹟』.
55) 공방지로 보고되었지만 주거지로 판단된다(中部考古學硏究所, 2012, 『安城 兩邊里 遺蹟』).
56) 경기도박물관, 2012, 『소근산성』.
57) 백두문화재연구원, 2018, 「인천 농산물도매시장 이전부지 내 유적 정밀발굴조사 2차 학술자
   문위원회의 자료집」.

범위를 30~40㎞ 규모로 파악하고 있는 점[58]을 감안할 때 한성백제기 등장 이전부터 유지하였던 수장의 자립권을 인정받는 형태의 간접지배가 이루어진 것으로 보인다[59](그림 3).

서해안 및 경기남부 지역에는 폐쇄성이 매우 강한 마을이 형성되어 있다. 이러한 특징을 잘 보여주는 것이 화성 석우리 먹실 마을과 용인 고림동 마을이다. 두 마을은 석성산을 경계로 동일 위도상에 위치하며 직선거리로 12㎞ 남짓 이격되어 있다. 화성 석우리 먹실 마을은 오산천-안성천 수계에 해당하는 경기남부 마을로서 대형 사주식의 마한계문화권 마을이 구릉과 충적대지가 만나는 지점에 주거를 형성하고 있다. 이에 비하여 용인 고림동 마을은 한강 지류인 경안천 수계에 해당하며 예계문화권 마을이 충적대지상에 주거를 형성하고 있다. 양 문화의 점이지대라는 점에서 두 주거 요소의 복합적인 형태가 확인되어야 하지만 양 지역에서는 전혀 동질적인 요소를 발견할 수 없다. 양 지역 간의 이러한 강한 지역성은 한성백제 병행기까지 지속된다[60]. 지금까지 경기도에서 조사된 마한계 마을의 조사 현황은 〈표 1〉과 같다.

---

58) 朴淳發, 2007, 「墓制의 變遷으로 본 漢城期 百濟의 地方 編制 過程」, 『韓國古代史硏究』 48, 韓國古代史學會; 최병현, 2014, 「신라·가야·백제 고고학자료의 교차편년」, 『쟁점, 중부지역 원삼국시대-한성백제기 물질문화 편년』, 제11회 매산기념강좌 발표요지문, 숭실대학교 한국기독교박물관.

59) 박경신, 2017, 「화성시의 원삼국~삼국시대 유적」, 『화성시 고고문화에 대한 새로운 이해』, 화성시, 166쪽.

60) 화성 석우리 먹실 마을은 비록 주거는 마한계문화권의 대형 사주식 주거(호서형)를 사용하지만 흑색마연토기, 고배, 기대 등 한성백제양식 토기를 받아드리고 있는 점이 특징이다.

<표 1> 경기도 마한계문화권 마을 조사 현황

마을명	하천방향	청동기시대	원삼국시대	비고			
				청동기		원삼국	
				주거지	수혈	주거지	수혈
파주 와동리Ⅲ	N30,86E	-	구릉형	-	-	17	100
고양 구산동	-	-	구릉형	-	-	3	-
김포 마산리	-	-	구릉형	-	-	6	341
김포 양곡리	-	구릉형	구릉형	14	-	5	8
김포 양촌	-	구릉형	구릉형	126	3	32	11
김포 운양동	-	구릉형	구릉형	21	3	3	6
김포 풍무동	-	-	-	-	-	-	4
김포 학운리	-	구릉형	구릉형	6	-	1	2
인천 운남동	-	-	구릉형	-	-	6	48
시흥 목감 · 조남동	-	-	구릉형	-	-	7	9
시흥 은행 · 계수동	-	-	구릉형	-	-	19	38
안산 신길동	-	-	구릉형	-	-	4	-
시흥 매화동	-	-	구릉형	-	-	2	-
화성 장외리	-	-	구릉형	-	-	6	17
화성 운평리	-	-	구릉형	-	-	2	3
화성 남양동	-	구릉형	구릉형	9		12	6
화성 발안리	N47,11E	-	제1:N28.19W 제2:N42.52W 제3:N19.11E	-	-	55	250
평택 세교동 모산골	-	-	구릉형	-	-	33	159
평택 소사동	-	구릉형	구릉형	20	-	4	-
평택 용이동	-	구릉형	구릉형	89	-	8	16
안성 도기동 436-1	-	-	구릉형	-	-	1	-
안성 도기동 산52	-	-	구릉형	-	-	4	-
인천 연희동	-	-	구릉형	-	-	5	264
화성 가재리	-	구릉형	구릉형	2	-	1	2
수원 서둔동	-	구릉형	구릉형	3	-	6	-
화성 청계리	-	구릉형	구릉형	-	-	117	112
화성 고금산	-	구릉형	구릉형	2	-	3	1

화성 감배산	-	-	구릉형	-	-	50	6
인천 운북동	-	-	구릉형	-	-	2	8
강화 교동 대룡리	-	-	구릉형	-	-	-	26
인천 중산동	-	구릉형	구릉형	35	-	9	-
인천 구월동	-	구릉형	구릉형	43	2	10	21
인천 검단	-	구릉형	구릉형	492	11	3	111
인천 남촌동	-	구릉형	구릉형	-	-	32	
합계				862	19	468	1,569

2. 중도유형권 마을

　중부지역은 삼각형점토대토기 등장 직후부터 양평과 이천을 경계로 이동지역의 원형점토대토기, 이서지역의 삼각형점토대토기로 물질자료가 이원화된다[61]. 중도식무문토기가 등장한 이후에도 점토대토기 문화는 지속된다. 주목되는 것은 삼한이 위치한 마한, 진·변한 지역에서는 삼각형점토대토기가 확인되지만 영서·영동 등 이동지역에서는 원형점토대토기가 지속되는 가운데 중도식무문토기로 이행한다. 따라서 삼한의 존재는 삼각형점토대토기 물질자료와의 깊은 친연성을 엿볼 수 있다. 이러한 양상이 원삼국시대까지 지속되면서 중서부지역의 마한계문화권과 중동부지역의 예계문화권으로 정착하면서 마을, 주거, 분묘, 토기 등의 차이를 발생시키게 되었다.

　마한계문화권에서 확인된 중도유형권 마을은 화성 발안리 유적이 유일하다. 원삼국시대 발안리 마을은 사주식 주거 문화권과 분구묘 문화권에 둘러싸여 있었다.

---

61) 박경신, 2018b, 「원삼국시대 중부지역과 영남지역의 내륙 교역」, 『삼한·삼국시대의 교류와 교역』, 第124回 釜山考古學研究會 企劃學術發表會, 釜山考古學會, 12~14쪽.

그리고 인근 지역에서 중도유형권의 주거 문화가 전혀 발견되지 않는다. 삼국시대가 되면 발안리 마을은 여ㆍ철자형에서 사주식으로 주거 형식이 급격히 변환된다. 그러나 공반된 토기류는 광구호, 승문+격자문 장란형토기, 승문 심발형토기 등 한성백제의 특징을 유지하고 있다. 결국 중도유형권 마을 이후에 마한세력이 아닌 한성백제 세력이 진출한 결과로서 토기 문화는 빠르게 백제화 되었지만 주거는 경기남부의 대표적인 방형계 주거를 사용하고 있는 점이 이례적이다.

이러한 현상은 양주 옥정동 마을에서도 확인된다. 옥정동 마을은 중도유형권의 내부에 위치하고 있는데 마한계문화권의 물질자료, 사주식주거로 구성된 마한계문화권의 마을이다. 그리고 주변으로는 마한계문화권 마을이 전혀 발견되지 않는다. 따라서 두 유적은 각 문화권에서 타 문화권에 진출하기 위해 전략적으로 축조한 마을이었던 것으로 판단된다. 중부지역 중도유형권에서 조사된 마을 유적은 다음과 〈표 2〉 및 〈그림 4〉[62]와 같다.

〈표 2〉 중도유형권 마을 조사 현황

마을명	하천방향	청동기시대	원삼국ㆍ백제	유구 수량			
				청동기시대		원삼국시대	
				주거지	수혈	주거지	수혈
양구 고대리	N39.41W	N38.17W	N35W	90	35	24	22
화천 위라리	N32.33W	N35W	N19.2E	54	17	56	49
화천 거례리	N2.83E	편동:N10.03E 편서:N77.13W	제1:N14.03W 제2:N1.52W	296	290	12	-
화천 원천리	N8.34W	편동:N19.35E 편서:N68.45W	제1:N56.97W 제2:N19.45W 제3:N8.44E	30	8	117	88

---

62) 필자의 이전 논고(박경신, 2018c,『原三國時代 中島類型 聚落의 編年과 展開』, 숭실대학교 대학원 박사학위논문)에서 중서부문화권으로 분류한 지역이다.

춘천 신매리	N4.2E	편동:N8E	제1:N18E 제2:N2.67E 제3:N22.2W	39	7	19	14
춘천 우두동1	N79.22W	-	N10.3W	-	-	6	4
춘천 우두동2	N19.78W	편서:N57W 편동:N24.3E	폴리1:N3.44E 폴리2:N26.76W	63	18	282	361
춘천 천전리	N85.79E	편동:N9.79E 편서:N80.57W	N7E	113	418	13	6
춘천 율문리	N83.59E	편동:N19.42E 편서:N55.18W	제1:N54.01W 제2:N55.08W 제3:N12.12E	48	4	41	10
춘천 율문리 335-4	N12E N60E	N24.12E	제1:N3W 제2:N7E 제3:N17W	2	-	7	-
춘천 지내리 689-3	N83.59E	-	N6.71	-	-	1	4
춘천 중도동	N70.5E (구하도)	편동:N64.55E 편서:N26.06W	제1:N75W 제2:N48W	1,390	808	227	433
춘천 근화동	N45.71E	편서:N63.19W	제1:N7E 제2:N61W	-	1	16	5
춘천 장학리	N20.02W	N72.05E	N48.97W	1	-	2	-
춘천 삼천동	N4.57E	편동:N7.25E 편서:N72.28W	N55.99W	10	-	3	-
인제 남북리	N36.56E	시굴	시굴	3	2	2	-
가평 대성리	N18.23E	N18.32E N74.16W	제1:N67W,N32E 제2:N33W 제3:N36W 제4:N16.7W	27	6	54	67
가평 항사리	EW	-	제1:N36.6W 제2:N46.6W 제3:N44.8W	-	-	47	74
가평 덕현리	N25.81W	-	N55W	-	-	3	2
가평 청평리	N65.91E N31W	-	N30.87W	-	-	8	-
양평 양수리	N29.39E	N23.61E	N10.47W 외	26	1	90	62
홍천 철정리	N27.66E	편동:N25.83E 편:N62.51W	편동:N11.46E 편서:N51.85W	67	-	19	6
홍천 성산리	N67.72E	N69.04E	N19.51W	3	2	47	24
홍천 송정리	N35.68E	-	N50.49W	-	-	13	12

홍천 태학리	N77.62E	?	?	1	-	58	19
홍천 하화계리	NS EW	EW	N25.38W	2	-	7	3
횡성 둔내	N10.56E	-	제1:N67.73W 제2:N47.76W	-	-	13	2
영월 문산리	N41.31E	-	N63.76W	-	-	1	-
영월 옹정리70-2	N75.96W	-	N39.76W	-	-	1	3
영월 팔괴리	N33.48W	-	N46.63W	-	-	1	-
영월 삼옥리	N66.74E	-	N18.56W	-	-	7	3
영월 외룡리	N81.23E	-	N12.39W	-	-	1	-
평창 방림리	N16.8E	-	N64.39W	-	-	4	10
평창 종부리	N26.97W	편동:N6.33E 편서:N86.58W	N33.75W	9		4	
평창 중리	N58.54E	-	N4.84W	-	-	2	6
평창 천동리220	N32.18W	N71.58E	N32.59E	1	-	1	
평창 천동리	N34.65W	편동:N40.33E 편서:N60.18W	N42.74W	6	-	14	9
평창 마지리	N66.72E	편동:N19.36E 편서:N68.32W	편동:N21.58E 편서:N58.74W	12	2	2	-
평창 후평리	N87.92W	-	N27.85W N59.50W N82.61W	-	-	15	10
정선 아우라지	N53.97E	N27.91W	N23.85W	18	4	2	-
정선 예미리	N59.87E	-	N56.4W N31.01W	-	-	14	
정선 약수리	N89.06E	편서:N5.91W 편동:N81.96E	N29.36W	21	17	3	-
정선 덕천리	N18.91W	-	?	-	-	1	-
영월 덕천리	N37.03W	-	N20.45W	17	3	18	7
단양 수양개	N48.86E	-	N40.09W	-	-	26	-
충주 하천리(D)	N2.09E	-	N2.79W	-	-	3	-
충주 하천리(F)	N41.17E	-	N36.48W	-	-	2	-
제천 신월	NS			-	-	1	-
횡성 화전리	N62.1W	편동:N39.17E 편서:N55.07W	편서:N5.24W 편동:N14.14E	11	4	8	3
횡성 중금리	N8.99E	-	N30.39W	-	-	3	2

횡성 읍하리	N48.05E	N45.51W	제1:N44.67W 제2:N54.71W	1	-	64	43
횡성 학담리	N20.41E	-	N53.44W	-	-	3	-
원주 가현동	N33.92W	편동:N57.18E 편서:N29.42W	제1:N61.32W 제2:N34.1W	14	-	49	15
원주 반곡동	N36.99W	-	제1:N61.72W 제2:N38.99W	-	-	17	13
원주 동화리	N38.82E	N50.24W	N44.45W	1	4	5	13
원주 태장동	N86.47E	편동:N85.82E 편서:N6.15W	N73.73W	5	4	1	-
여주 연양리	N35.49W	-	N34.55W	-	-	41	30
양평 상자포리	N25.42W	-	N15.37W	-	-	5	6
양평 하자포리	N25.42W	-	N50.79E	-	-	5	20
양평 양덕리	N31.04W	-	N24.95W	-	-	3	18
양평 양근리	N35.22W	-	N40.09W	-	-	5	17
상주 양범리	N41.85W	-	N47.74W	-	-	3	2
문경 신기동	N60.17W	N57.85W	N36.34W	1	-	12	7
하남 미사리	N35W	N45.19W	제1:N13.3W 제2:N2.2E 제3:N25W	38	34	22	37
하남 망월동 구산	-	구릉 정상	구릉 정상	2	-	13	3
풍납토성	N12E	-	제1:N17W 제2:N24.5E 제3:N35E	-	-	15	16
구리 토평동	N68.58E	편동:N68.7E 편서:N20.52	제1:N29.66W 제2:N15.4W 제3:N4.21W	64	5	16	21
의정부 민락동	N18.43W	-	N4.62E	-	-	3	21
의정부 낙양동	N81.92W	-	N25.85W	-	-	3	-
양주 마전동	N6.35E	-	N11.52E	-	-	5	14
남양주 장현리	N36.18E	편동:N34.07E 편서:N55.11W	제1:N3.6W 제2:N35.4W 제3:N12.9W 제4:N2.3E	12	3	85	55
성남 동판교	N28.86E	-	N35.13W	-	-	3	3
광주 장지동	N50.05E	편동:N9.36E 편서:N77.95W	제1:N36.8W 제2:N2.6W	12	-	26	43

광주 곤지암리	N72.27W	-	제1:N8.41W 제2:N0.49E 제3:N13.89E	-	-	150	159
용인 고림동	N20.24E	-	제1:N45.7W 제2:N24.25W 제3:N12.79W	-	-	31	166
철원 와수리	N53.26E	편동:N48.87E 편서:N46.12W	N11.91W	3	?	2	?
철원 군탄리	N58.98E	-	?	-	-	19(?)	3(?)
포천 금주리	N4.32E	-	제1:N18.62E 제2:N30.39W	-	-	6	-
포천 거사리	N29.59W	-	N44.37W	-	-	3	-
포천 영송리	N68.03W	-	N6.81W	-	-	5	-
포천 성동리	N22.78W	-	N3.28E	-	-	1	-
포천 주원리	N67.92E	-	?	-	-	1(?)	-(?)
포천 길명리	-	-	N82.2W	-	-	1	-
포청 사정리 모래내	N59.35E	-	제1:N36W 제2:N70.5W 제3:N56E	-	-	29	14
포천 중리 마산(구릉)	NS	편동:N19.01E 편서:N69.49W	제1:N45.18W 제2:N38.72W	3	-	11	7
포천 중리 용수재울	N12.4W	-	제1:N52.96 제2:N50.95	-	-	32	45
연천 초성리	N26.29W	-	N51.92W	-	-	2	1
양주 우고리	N49.79E	-	N50.8W	-	-	1	1
양주 광석리	N45.65E	N33.72W	N23.85W	2	-	7	-
양주 옥정동	N23.08W	N88.58E	육:N6.48W 방:N8.89W	1	1	27	49
연천 삼곶리	N44.06W	-	제1:N24.15W 제2:N30.36W 제3:N15.88W	-	-	21	72
연천 합수리	N27.77W	N79.80E	제1:N2.49W 제2:N15.66W	12	2	10	22
연천 삼거리	N21.8E	편동:N31.71E 편서:N68.29W	제1:N5.97E 제2:N60.45W	6	1	5	4
연천 강내리	N28.4E	편동:N63.38E 편서:N48.54E	제1:N18.5E 제2:N35.4W 제3:N40.5W	9	2	71	71

연천 남계리	N43.43E N60.77W	-	제1:N48.12W 제2:N5.01W	-	-	4	-
파주 주월리	N1.6E	-	N44.65E	-	-	16	14
파주 선유리	N44.53E	-	제1:N39.6W 제2:N11.56E	-	-	21	24
문산 당동리	N43.85W	등고선 평행	등고선 직교	53	1	15	31
개성 봉동	N23.2W	-	N49.71W	-	-	1	-
				2,599	1,704	2,217	2,400

  마한계 마을의 구조는 선사시대의 마을 구조와 많은 친연성을 보인다. 원삼국시대 중도유형권 마을들은 사회·경제적인 목적를 매개로 거점마을, 목적마을, 주거마을이 네트워크화 되어 있었다. 이에 비하여 마한계 마을은 공간의 분할을 통해 마을 단위로 편제되어 있었다. 즉, 생산공간, 주거공간, 저장공간이 마을 단위로 조직되어 운영된 점에서 선사시대 마을의 구조와 유사하다. 이러한 양상을 잘 볼 수 있는 것이 화성 석우리 먹실 마을의 구조로서 플라스크형수혈을 활용하여 저장시설을 운영한다. 플라스크형수혈은 경기 남부지역에서 AD 3C 후엽[63]부터 등장한다[64](그림 5~6).

---

63) 이병훈, 2009, 「漢城百濟期 圓形竪穴의 技能에 관한 硏究」, 인하대학교 대학원 석사학위논문, 18~19쪽.

64) 박경신, 2018d, 「안성 도기동 취락의 구조, 저장 메커니즘, 편년」, 『안성 도기동 465번지 유적』, 서울문화유산연구원: 도면 2~3 전재.

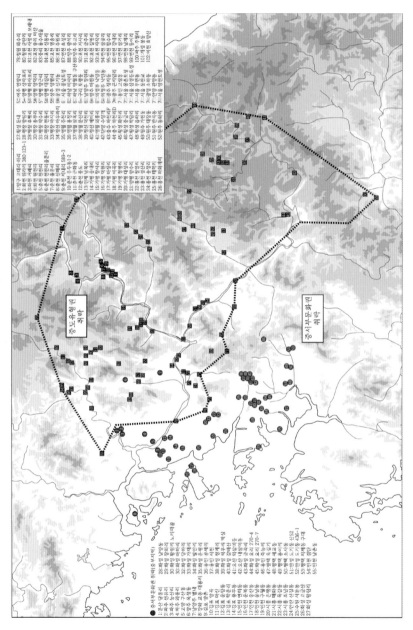

〈그림 4〉 중부지역 마한계 및 중도유형 마을 분포도(박경신 2018c: 그림 2-3 전재)

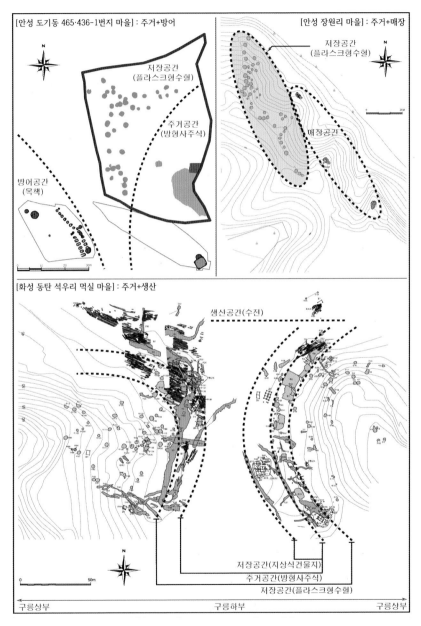

〈그림 5〉 중부지역 마한계 마을 구조

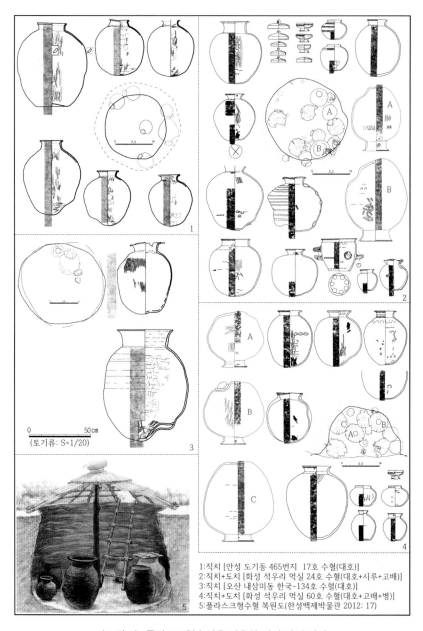

1:직치 [안성 도기동 465번지 17호 수혈(대호)]
2:직치+도치 [화성 석우리 먹실 24호 수혈(대호+시루+고배)]
3:직치 [오산 내삼미동 한국-134호 수혈(대호)]
4:직치+도치 [화성 석우리 먹실 60호 수혈(대호+고배+병)]
5:플라스크형수혈 복원도(한성백제박물관 2012: 17)

〈그림 6〉 플라스크형수혈을 이용한 저장 방식 사례

Ⅲ. 경기도 마한·백제 주거 구조

경기도 원삼국~한성백제기의 종족 구성은 중서부문화권의 마한(馬韓)과 중동부문화권의 예(濊)로 대별된다. 마한과 예의 주거문화에 대한 문헌 기록은 AD 3C 후반대의 사실이 수록된 것으로 전하는 『三國志』魏書三十 烏丸鮮卑東夷傳에 잘 나와 있다[65].

<표 3> 『삼국지』 오환선비동이전에 기록된 마한과 예의 마을과 주거 구조

	馬韓	濊
규모	10여만호(대국 萬餘家, 소국 數千家)	2만호
마을조직 (邑落)	長帥(臣智)〉邑借, 邑君〉邑長〉下戶 제사장:天君	(대군장 부재)候〉邑君〉三老〉下戶
주거특징	居處作草屋土室 形如冢 其戶在上 擧家共在中 無長幼男女之別	① 其俗重山川 山川各有部分 不得妄相涉入……其邑落相侵犯 輒相罰責生口牛馬…. ② 多忌諱 疾病死亡 輒捐棄舊宅 更作新居

위의 사서 내용으로 볼 때 마한은 10여 만호로 구성되어 있으며 마을 내에는 장수, 읍차, 읍군, 읍장, 하호 등의 신분이 확인된다. 또한 주거 특징으로는 토굴을 파고 집을 지은 형상으로 묘사되어 있다. 깊이가 깊은 주거의 특징상 충적대지에 주거를 만들기 불가능한 구조이다. 따라서 얕은 미고지에 주거를 마련하였는데 경기도에서 발견된 마한계 주거는 모두 이러한 입지조건을 공유하고 있다. 이에 비하여 예계문화권은 2만호 규모로 구성되어 있고 후, 읍군, 삼로, 하호의 신분이 확인된다. 특징적인 것은 대군장이 부재하다는 점이다. 또한 주거 문화는 산천을 경계

---

65) 박경신, 2018a, 「북한강 상류역 원삼국시대 취락과 지역 정치체」, 『고고학』 17-2, 중부고고학회, 60~61쪽.

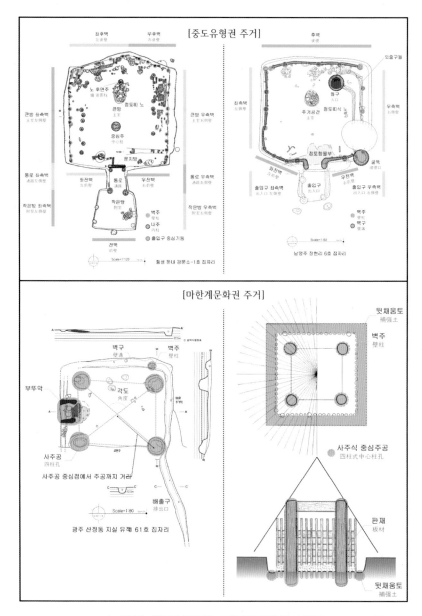

〈그림 7〉중도유형권 및 마한계문화권 주거 구조
(중앙문화재연구원 편, 2018, 『한국고고학전문용어집』: 264, 265, 268쪽 수정 전재)

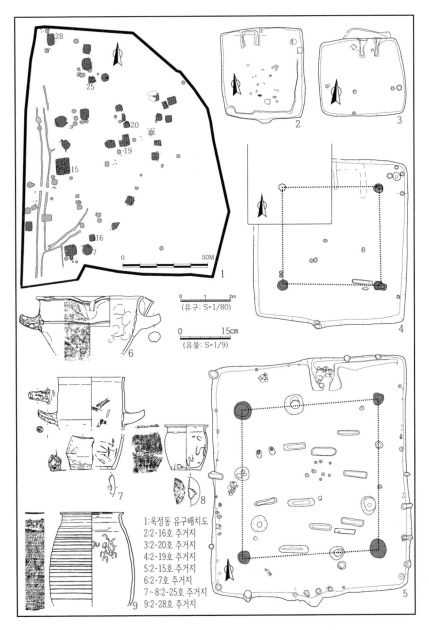

1:옥정동 유구배치도
2:2-16호 주거지
3:2-20호 주거지
4:2-19호 주거지
5:2-15호 주거지
6:2-7호 주거지
7~8:2-25호 주거지
9:2-28호 주거지

〈그림 8〉 양주 옥정동 마한계 마을 주거 및 출토유물

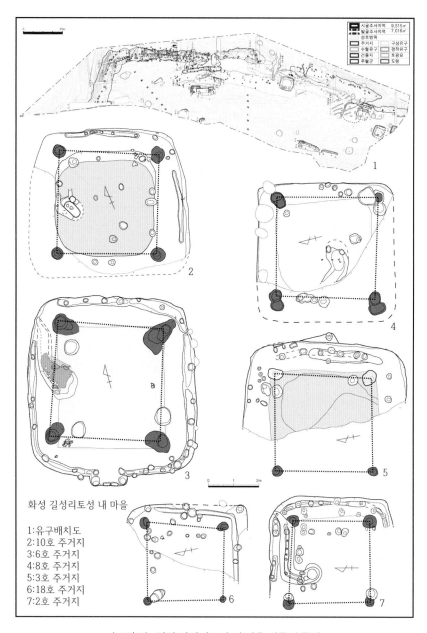

시굴조사지역 9,515m²
발굴조사지역 7,016m²
성토범위

주거지　　　구상유구
수혈유구　　경작유구
건물지　　　토광묘
주혈군　　　도랑

화성 길성리토성 내 마을

1:유구배치도
2:10호 주거지
3:6호 주거지
4:8호 주거지
5:3호 주거지
6:18호 주거지
7:2호 주거지

〈그림 9〉 화성 길성리토성 내 마을 사주식 주거

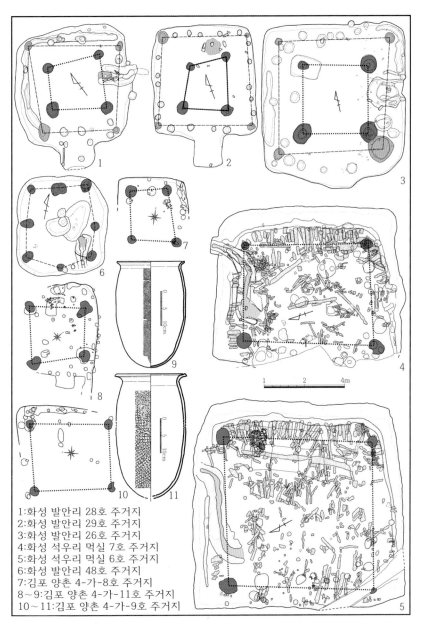

1:화성 발안리 28호 주거지
2:화성 발안리 29호 주거지
3:화성 발안리 26호 주거지
4:화성 석우리 먹실 7호 주거지
5:화성 석우리 먹실 6호 주거지
6:화성 발안리 48호 주거지
7:김포 양촌 4-가-8호 주거지
8～9:김포 양촌 4-가-11호 주거지
10～11:김포 양촌 4-가-9호 주거지

〈그림 10〉 화성, 김포지역 사주식 주거 및 출토유물

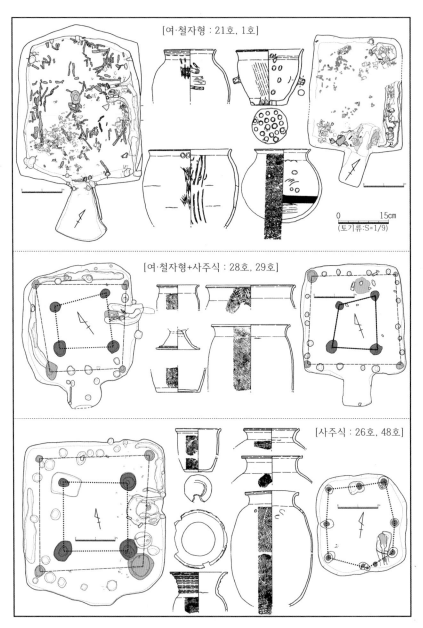

[여·철자형 : 21호, 1호]

0 ____ 15cm
(토기류:S=1/9)

[여·철자형+사주식 : 28호, 29호]

[사주식 : 26호, 48호]

〈그림 11〉 화성 발안리 마을 중도유형권 및 마한계문화권 주거 변천 양상

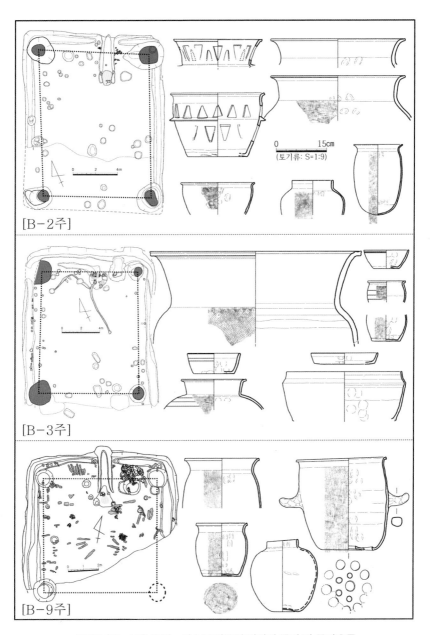

〈그림 12〉 시흥 은행 · 계수동 마을의 마한계 주거 및 공반유물

로 마을이 구분되는데 모두 충적대지상에 위치한 반수혈식의 주거를 특징으로 한다. 또한 전염병 등을 이유로 放火 풍습이 있었다는 점이 주목되는데 실제 예계문화권 마을의 화재율이 높은 것은 이러한 점을 방증한다.

경기도 원삼국~한성백제기 주거는 마한계문화권의 사주식 주거와 예계문화권의 여·철자형 주거로 대별된다. 사주식 주거는 주로 수직방향의 출입방식이 상정된다. 이에 비하여 여·철자형 주거는 수평방향의 출입방식으로 개념상 큰 차이를 보인다(그림 7). 그리고 대표적인 마한계 마을의 사주식 주거 사례는 〈그림 8~12〉와 같다.

Ⅳ. 경기도 마한·백제 주거지 출토유물

마한계토기는 "마한의 여러 지역에서 제작되고 사용되었던 토기"를 의미한다[66]. 대표적인 마한계문화권 토기로 추정되는 토기류는 이중구연호, 양이부호, 조족문토기, 이형토기, 유개대부호가 있다. 이 가운데 이중구연토기(호)와 양이부호는 대표적인 마한계토기로 알려져 있다[67]. 두 기종은 호남지역을 중심으로 광범위하게 발견된다.

경기도에서 발견되는 마한계문화권 유물로는 분구묘 분포권의 마을에서 출토되는 이형토기와 주구토광묘 분포권의 무덤에서 출토되는 유개대부호 및 원저심발이 대표적이다. 그런데 위의 기종들은 중부 및 중서부지역에서만 발견되고 있고

---

66) 서현주, 2016, 「마한 토기의 지역성과 그 의미」, 『先史와 古代』 50, 韓國古代學會, 54쪽.
67) 金承玉, 2000, 「호남지역 마한 주거지의 편년」, 『湖南考古學報』 11, 湖南考古學會, 51쪽; 임영진, 2017, 「마한토기의 기원 연구」, 『동북아시아에서 본 마한토기』, 마한연구원 총서 4, 서울: 학연문화사, 14~15쪽.

호남지역에서 발견되지 않는 기종으로서 마한 가운데 중부지역을 중심으로 한 지역의 특징적인 토기로 한정된다. 이 외에 주구토기, 양이부호, 이중구연호 등이 있는데 주구토광묘와 분구묘 분포권에서 고르게 발견된다. 또한 중심 분포권도 호남지역으로서 범 마한계 토기로 분류될 수 있다. 타날문토기 취사용기로 심발형토기와 장란형토기는 주로 격자문계를 사용하는 특징이 있다. 심발형토기는 중부지역보다 대형이고 유경식이 없다는 특징이 있다. 장란형토기는 저부가 세장한 첨저형이다.

먼저 이중구연토기(호)의 등장 시점에 대해서는 2C 후반[68], 3C 전반[69], 3C 중엽[70] 등 의견이 다양하다. 이중구연토기의 기원지에 대해서는 요녕지역의 節頸壺에서 기원을 구하기도 한다[71]. 그러나 절경호는 경부철대호와 같이 강한 회전력에 의하여 철대가 형성된 것으로 인위적인 방식으로 돌대를 추가한 이중구연토기와는 구분된다. 대체로 AD 4C 중엽까지 범마한권으로 확산된 후 6C까지 지속된 것으로 보고 있다[72].

중도유형권에서도 소수의 이중구연토기가 출토되었다. 출토 지역은 서울과 연천 등 중도유형권의 서쪽 및 북쪽 경계지역에 해당한다. 특히 강내리 출토품 1점을 제외하면 모두 풍납토성에서 출토된 것이다(그림 13~14). 아직까지 영동지역에서

---

68) 李暎澈, 2005, 「榮山江流域의 原三國時代 土器相」, 『원삼국시대 문화의 지역성과 변동』, 제29회 한국고고학전국대회 발표요지문, 韓國考古學會, 79쪽; 尹溫植, 2008, 「2~4세기대 영산강유역 토기의 변천(變遷)과 지역단위」, 『湖南考古學報』29, 湖南考古學會, 66~70쪽.

69) 朴淳發, 2001, 「帶頸壺一考」, 『湖南考古學報』13, 湖南考古學會, 108쪽; 왕준상, 2007, 「한국 서남부지역 이중구연호 연구」, 조선대학교 대학원 석사학위논문, 68쪽; 박형열, 2013, 「호남 서부남부지역 고분 출토 이중구연호의 형식과 지역성」, 『湖南考古學報』44, 湖南考古學會, 146~147쪽.

70) 서현주, 2001, 「二重口緣土器 小考」, 『百濟研究』33, 忠南大學校 百濟研究所, 60쪽.

71) 박순발, 2001, 『漢城百濟의 誕生』, 서울: 서경문화사, 104~106쪽.

72) 왕준상, 2007, 「한국 서남부지역 이중구연호 연구」, 조선대학교 대학원 석사학위논문.

는 이중구연토기의 출토 사례가 보고된 바 없다.

중도유형권에서 출토된 가장 이른 단계의 이중구연토기는 강내리 53호 주거지 출토품이다. 주거지는 짧은 측벽부 외줄구들이 시설된 주거지로서 원삼국Ⅲ-1기에 해당한다[73]. 다음으로 풍납토성 미래-라-19호 주거지는 격자문의 옹류와 중도식무문토기 소호 등이 확인되고 있어 3C 후반에 위치한다. 그리고 풍납토성 현대-가-7호, 미래-가-30호 주거지는 모두 백제토기 및 중국청자가 공반되는 AD 4C 이후에 해당한다. 이중구연토기가 AD 3C 전반부터 중도유형권에서 발견되는 점을 감안할 때 마한계문화권의 이중구연토기는 적어도 이보다 빠른 AD 2C 대에는 생산·유통되고 있었을 가능성이 높다.

양이부호 역시 다른 지역과 구별되는 마한계문화권의 특징적인 유물로 인식되고 있다[74]. 그러나 예계문화권에서도 양이부호가 출토되고 있어 기원과 계통에 대한 재검토가 필요하다. 양이부호의 존재 유무를 백제의 확장 과정에 따른 마한 영역 축소과정으로 이해되고 있으며[75], 출현 시점은 1C 후반~2C[76], 3C[77], 4C[78] 등 다양한 의견이 있다.

---

73) 박경신, 2016, 「중부지역 원삼국시대 외줄구들의 편년과 전개양상」, 『고고학』 15-3, 중부고고학회, 21쪽.

74) 金鍾萬, 1999, 「馬韓圈域出土 兩耳附壺 小考」, 『考古學誌』 10, 韓國考古美術研究所, 56~57쪽.

75) 송공선, 2017, 「양이부호와 발형토기」, 『마한·백제토기 연구 성과와 과제』, 마한연구원 총서 3, 서울: 학연문화사, 9쪽.

76) 金承玉, 2000, 「호남지역 마한 주거지의 편년」, 『湖南考古學報』 11, 湖南考古學會.

77) 金鍾萬, 1999, 앞 논문; 李暎澈, 2005, 「榮山江流域의 原三國時代 土器相」, 『원삼국시대 문화의 지역성과 변동』, 제29회 한국고고학전국대회 발표자료집, 한국고고학회, 81쪽; 윤온식, 2008, 앞 논문; 박영재, 2016, 「마한·백제권 양이부호 도입과정」, 전남대학교 대학원 석사학위논문.

78) 군곡리 패총의 층서를 근거로 점토대토기와 중도식무문토기의 계승관계로 파악하는 견해가 다수이다(서현주, 2006, 『영산강유역 고분 토기 연구』, 서울: 학연문화사; 한옥민, 2018, 「타날문토기 등장과정에 대한 재해석」, 『호남고고학보』 58, 호남고고학회).

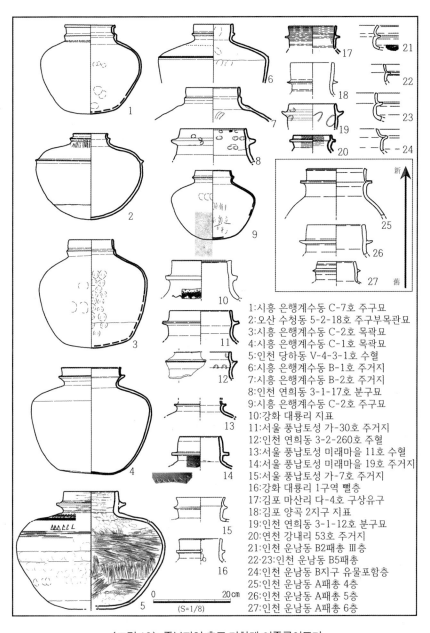

1:시흥 은행계수동 C-7호 주구묘
2:오산 수청동 5-2-18호 주구부목관묘
3:시흥 은행계수동 C-2호 목곽묘
4:시흥 은행계수동 C-1호 목곽묘
5:인천 당하동 V-4-3-1호 수혈
6:시흥 은행계수동 B-1호 주거지
7:시흥 은행계수동 B-2호 주거지
8:인천 연희동 3-1-17호 분구묘
9:시흥 은행계수동 C-2호 주구묘
10:강화 대룡리 지표
11:서울 풍납토성 가-30호 주거지
12:인천 연희동 3-2-260호 주혈
13:서울 풍납토성 미래마을 11호 수혈
14:서울 풍납토성 미래마을 19호 주거지
15:서울 풍납토성 가-7호 주거지
16:강화 대룡리 1구역 뻘층
17:김포 마산리 다-4호 구상유구
18:김포 양곡 2지구 지표
19:인천 연희동 3-1-12호 분구묘
20:연천 강내리 53호 주거지
21:인천 운남동 B2패총 III층
22·23:인천 운남동 B5패총
24:인천 운남동 B지구 유물포함층
25:인천 운남동 A패총 4층
26:인천 운남동 A패총 5층
27:인천 운남동 A패총 6층

0   20cm
(S=1/8)

〈그림 13〉 중부지역 출토 마한계 이중구연토기

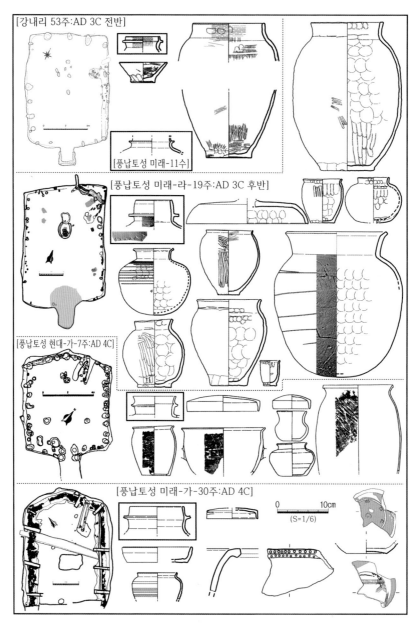

〈그림 14〉 중도유형권 출토 이중구연토기 및 공반유물(박경신 2018c: 그림 3-50 전재)

양이부호의 계통은 中國 漢(江南)에서 낙랑을 경유하여 AD 3C 이후 충남서부지역(호서 서해안)에 나타난다고 보는 것이 일반적이다[79]. 최근에는 중부지역에서 확인되는 양이부호가 낙랑의 제도기술을 보이지 않는 점, 낙랑지역에서 양이부호 출토 사례가 적다는 점에서 낙랑 경유설에 대한 의문을 제기하고 산동지역으로부터 호서지역에 직접 유입되었다는 견해[80]가 제시되기도 했다. 그러나 산동 및 낙랑의 제도기술에 구체적으로 어떻게 차이가 있는지에 대한 검토가 없고, 중도유형권에서도 다수 발견되기 때문에 낙랑 경유설이 더 유력하다고 판단된다.

중도유형권에서 출토된 양이부호는 耳部片이 다수를 차지한다. 출토 사례로는 우두동 택지-8호 및 직업-8호 주거지, 대성리 경기-12호 및 28호 주거지, 하화계리 강고연-1호 주거지, 양수리 상석정 A-2호 주거지, 강내리 37호 주거지, 성산리 7호 주거지, 항사리 가-2호 주거지, 풍납토성 경당 101호 및 127호 유구 등이 있다(그림 15~16).

한편, 양이부호의 초출 자료는 중부지역에서 다수 확인된다. 우선 우두동 직업-8호, 대성리 경기-28호 주거지 출토품은 AD 2C 중엽에 해당한다. 그리고 대성리 경기-28호 주거지는 공반된 철서의 형식이 미사리 한A-1호 주거지와 비교되지만 공반되는 중도식무문토기가 빠른 형식이다. 따라서 AD 2C 후엽에 해당할 것으로 판단된다. 또한 우두동 택지-8호 주거지는 세장동옹이 공반되는 단계로 2C 후엽에 해당한다. 다음으로 성산리 7호 주거지는 삽날의 형식으로 볼 때 3C 후엽에 해당하며 항사리 나-2호 주거지는 난형옹이 장란형화되는 단계로서 4C 이후에 해당한다.

호남지역 출토 양이부호 가운데 이른 단계로 평가하고 있는 것은 양장리 98-10

---

79) 金鍾萬, 1999, 앞 논문; 서현주, 2016, 앞 논문.
80) 박영재, 2016, 「마한·백제권 양이부호 도입과정」, 전남대학교 대학원 석사학위논문, 116쪽.

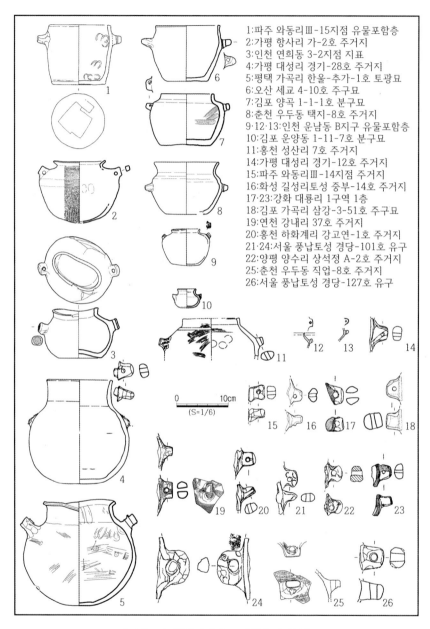

1:파주 와동리Ⅲ-15지점 유물포함층
2:가평 항사리 가-2호 주거지
3:인천 연희동 3-2지점 지표
4:가평 대성리 경기-28호 주거지
5:평택 가곡리 한울-추가-1호 토광묘
6:오산 세교 4-10호 주구묘
7:김포 양곡 1-1-1호 분구묘
8:춘천 우두동 택지-8호 주거지
9·12·13:인천 운남동 B지구 유물포함층
10:김포 운양동 1-11-7호 분구묘
11:홍천 성산리 7호 주거지
14:가평 대성리 경기-12호 주거지
15:파주 와동리Ⅲ-14지점 주거지
16:화성 길성리토성 중부-14호 주거지
17·23:강화 대룡리 1구역 1층
18:김포 가곡리 삼강-3-51호 주구묘
19:연천 강내리 37호 주거지
20:홍천 하화계리 강고연-1호 주거지
21·24:서울 풍납토성 경당-101호 유구
22:양평 양수리 상석정 A-2호 주거지
25:춘천 우두동 직업-8호 주거지
26:서울 풍납토성 경당-127호 유구

〈그림 15〉 중부지역 출토 마한계 양이부호

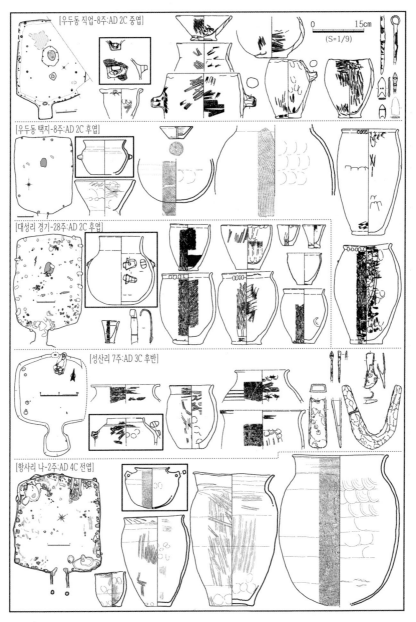

〈그림 16〉 중도유형권 출토 양이부호 및 공반유물(박경신 2018c: 그림 3-51 전재)

호 주거지[81], 소명 75-3 및 101호 주거지[82] 등이 있다. 출토품은 짧은 직립 구연에 동중상위에 파수가 달린 형식이다. 이 가운데 양장리 98-10호 주거지에서는 컵형 토기, 연통형토기 등이 공반되어 AD 3C 이후의 공반양상을 보인다. 따라서 이를 AD 2C 대 자료로 편년하기는 곤란하다. 이와 동일한 형식으로 성산리 7호 주거지 출토품이 있다. 대체적으로 AD 3C 후반에 해당할 것으로 판단된다(그림 17).

호서지역은 양이부호가 처음 등장한 지역으로 알려져 있다. 이른 자료로서 예천동 분구묘 자료를 통해 양이부호의 대략적인 상대편년이 가능하다. 우선 예천동 63호 분구묘 양이부호는 기고는 낮지만 구연부가 길게 외반하는 형태이다. 공반유

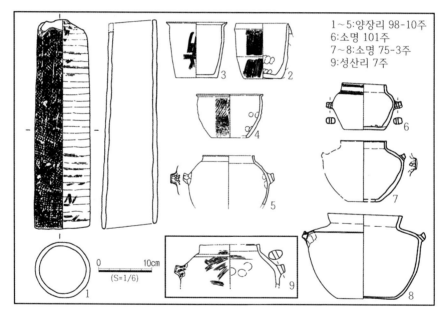

〈그림 17〉 중도유형권 및 호남지역 양이부호 비교 자료(박경신 2018c: 그림 3-52 전재)

---

81) 金承玉, 2000, 앞 논문.
82) 이영철, 2005, 앞 논문.

물로는 이중구연토기와 뚜껑이 있다. 이와 비교가 가능한 자료는 예천동 21호 분구묘 자료는 구연부가 길게 외반하는 것은 동일하나 동최대경이 동상위로 이동하고 이부가 상향하는 형태이다. 이중구연호가 공반된 예천동 64호 분구묘 양이부호는 구연이 직립하고 동중상위에 이부가 부착되면서 상향한 모습을 보인다. 그리고

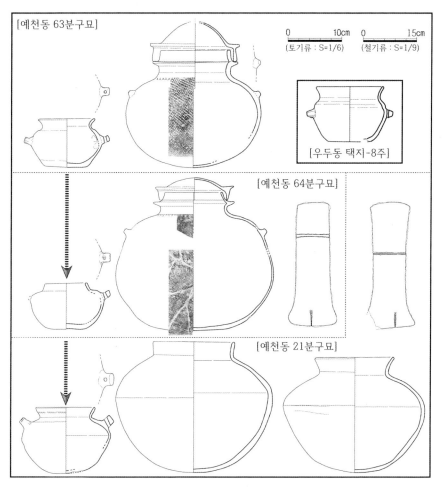

〈그림 18〉 중도유형권 및 호서지역 양이부호 비교 자료(박경신 2018c: 그림 3-53 전재)

예천동 64호 분구묘에서 이중구연토기와 철정과 철검이 출토되어 63호 분구묘 보다 후행하는 단계임을 알 수 있다. 결국 호서지역의 양이부호 사례로 볼 때 구연부의 형태가 길게 외반하는 형태에서 직립하는 형태로 변화하고, 이부가 동중위에서 상위로 이동하면서 수평방향에서 상향방향으로 변화히고 있는 형식학적 변화가 관찰된다. 호남지역에서 직립구연이 출토되는 시점이 AD 3C 이후인 점을 감안할 때 길게 외반하는 기형은 이보다 이른 시점으로 판단된다(그림 18).

대성리 28호 주거지 양이부호는 예천동 63호 분구묘 출토품에 비하여 구연부가 비교적 길고 높이가 높다. 또한 파수가 동중위에 위치하며 파수가 수평 방향을 띤다. 따라서 예천동 63호 분구묘 양이부호 보다는 대성리 28호 주거지 출토품이 선행하는 형식으로 판단된다. 다음으로 호남지역 출토 양이부호는 대부분 구연부가 직립하고 파수가 동중상위에 위치한다. 따라서 양이부호의 구연부가 길게 외반하고 동중위에 동최대경이 있는 대성리 28호 주거지 출토품보다 늦은 단계이다.

이상의 내용을 정리하면 호서 및 호남지역의 양이부호는 중도유형권 출토 양이부호보다 형식학적으로 후행하는 형식이다. 또한 호서 및 호남지역 양이부호는 편년적으로도 중도유형권에 비해 늦다. 따라서 호서지역(서해안)에 양이부호가 처음 등장하여 주변지역으로 확산되고, 마한의 대표적인 토기로 평가되는 점은 재검토가 필요하다. 특히 낙랑지역에서도 소량의 양이부호 존재가 확인되고 있기 때문에 양이부호의 계통, 형식학적 변화양상과 관련하여 낙랑 및 중도유형권의 양이부호를 종합적으로 검토할 필요가 있다. 특히 초기 양이부호는 낙랑계 평저단경호의 기형에 가깝다는 점은 시사하는 바가 크다. 또한 금강유역권에서는 원저와 평저가 동시기에 등장하는데[83] 원저의 양이부호는 초현기부터 타날문토기 기형에 이부가 부착된 형태이다. 따라서 재지의 타날문토기를 이용하여 양이부호를 제작하고 있

---

83) 黃春任, 2009, 「原三國時代 兩耳附壺에 관한 硏究」, 忠南大學校 大學院 碩士學位論文.

는 점 역시 동일한 맥락에서 해석할 수 있다.

다음으로 조족문토기는 마한을 대표하는 토기로서 중서부지역의 경우 AD 4C 중후엽에 처음 등장하는 것으로 본다[84]. 그러나 낙랑토성 출토 유견대옹의 내부, 양양 가평리 C지구 1호 주거지의 낙랑계토기를 근거로 이미 서북한지역에서 출현한 것으로 보는 견해도 있다[85]. 낙랑토성 유견대옹은 내박자가 눌린 형식으로 추정되며 전형적인 조족문으로 보기 어렵다. 조족문을 내부에 찍어서 상징성을 표출하기 어렵기 때문이다.

조족문토기 가운데 가장 빠른 자료는 가평리 C-1호 주거지, 우두동 직업-20호 주거지 출토품이 있다. 가평리 C-1호 주거지 낙랑계토기 장경호의 외면에서 관찰되는 조족문은 상부로 열려 있지만 분명한 조족문이다. 중부 및 호서, 호남지역에서 발견되는 전형적인 조족문토기는 횡방향으로 열려 있는 점에서 차이가 있으나 연속된 조족문을 동체부에 타날하고 있는 점에서 조족문으로 볼 수 있다. 그리고 우두동 직업-20호 주거지 출토 호류 동체부의 조족문은 상하 가지선 2가닥으로 구성된 전형적인 형태이다. 두 유적은 전형적인 낙랑계토기가 공반되고 있는 점에서 늦어도 AD 2C 대에 해당하는 자료이다(그림 19).

남한지역에서 출토된 조족문토기의 상한에 대해서는 미사리 고대-26호 주거지 출토품을 표지로 AD 4C 전반으로 보고 있으나[86] 위와 같은 양상으로 볼 때 수정이 불가피하다. 특히 중심지역이 예계문화권이라는 점이 주목된다. 이 지역은 낙랑의 직접적인 영향권에 있었던 지역으로서 낙랑의 제도기술에 영향을 받아 조족문이 출현하였을 가능성이 높다. 따라서 낙랑 → 예계문화권 → 백제 → 마한으로 조족

---

84) 崔榮柱, 2007, 「鳥足文土器의 變遷樣相」, 『韓國上古史學報』 55, 韓國上古史學會, 84~85쪽.

85) 金鍾萬, 2008, 「鳥足文土器의 起源과 展開樣相」, 『한국고대사연구』 52, 한국고대사학회, 240~242쪽

86) 金鍾萬, 위 논문, 240쪽.

문 제작 기술이 파급된 것으로 정리할 수 있다.

양이부호의 형식학적인 변화에 있어서 구연부는 길게 외반하는 형태 → 길게 직립 → 짧게 직립 → 짧게 외반으로 정리된다. 양이부호의 동최대경은 동중위 → 동상위로 변화한다. 이에 따라 이부의 위치도 동중위 → 동상위로 이동하며 수평방향 → 상향방향으로 인동한다. 파수의 투공은 종투공 → 횡투공으로 변화한다. 양이부호는 니질 素文 → 경질 타날로 변화하며 평저형 → 원저형으로 변화하는 것으로 정리된다.

기타 이형토기와 유개대부호는 호남지역에서 확인되지 않은 기종이다. 그러나 이형토기는 마을, 유개대부호는 분묘에서 출토되는 상이점이 관찰된다. 또한 지역적으로는 이형토기는 분구묘 분포권, 유개대부호는 주구토광묘 분포권에서 출토되고 있어 양 지역 간 격차를 보여주고 있다.

우선 이형토기는 마을 단위의 제사 의례에 사용된 것으로 추정된다[87]. 구조상 뚜껑은 존재하지 않는 것으로 보고 있다. 중부지역에서는 최북동단의 파주 와동리 유적, 최북서단의 강화 대룡리 유적이 이형토기가 발견되는 가장 최단에 해당한다 (그림 20).

유개대부호는 중서부지역 및 영남지역의 분묘 유적에서 출토되고 있는데 대부라는 기종을 감안할 때 이형토기와 같이 분묘 부장품을 위하여 특별 제작된 기종으로 판단된다. 원저심발과 함께 영남지역에서 중서부지역으로 유입된 것으로 보기도 하지만 편년적으로는 중서부지역이 빠르다(그림 21).

---

87) 송만영, 2016, 「한강 하류 마한 취락의 편년과 전개 과정」, 『崇實史學』 36, 崇實史學會, 33쪽.

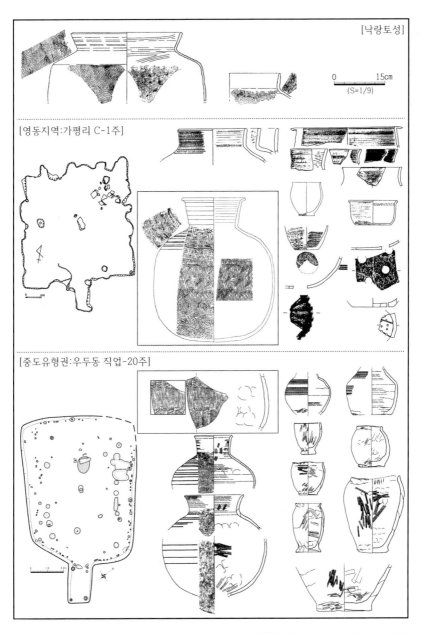

[영동지역:가평리 C-1주]

[중도유형권:우두동 직업-20주]

〈그림 19〉 낙랑토성 및 예계문화권 조족문토기 출토 사례(박경신 2018c: 그림 3-54 전재)

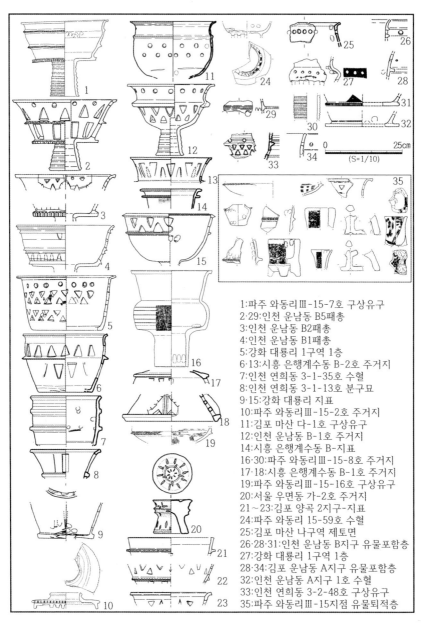

1:파주 와동리Ⅲ-15-7호 구상유구
2·29:인천 운남동 B5패총
3:인천 운남동 B2패총
4:인천 운남동 B1패총
5:강화 대룡리 1구역 1층
6·13:시흥 은행계수동 B-2호 주거지
7:인천 연희동 3-1-35호 수혈
8:인천 연희동 3-1-13호 분구묘
9·15:강화 대룡리 지표
10:파주 와동리Ⅲ-15-2호 주거지
11:김포 마산 다-1호 구상유구
12:인천 운남동 B-1호 주거지
14:시흥 은행계수동 B-지표
16·30:파주 와동리Ⅲ-15-8호 주거지
17·18:시흥 은행계수동 B-1호 주거지
19:파주 와동리Ⅲ-15-16호 구상유구
20:서울 우면동 가-2호 주거지
21~23:김포 양곡 2지구-지표
24:파주 와동리 15-59호 수혈
25:김포 마산 나구역 제토면
26·28·31:인천 운남동 B지구 유물포함층
27:강화 대룡리 1구역 1층
28·34:김포 운남동 A지구 유물포함층
32:인천 운남동 A지구 1호 수혈
33:인천 연희동 3-2-48호 구상유구
35:파주 와동리Ⅲ-15지점 유물퇴적층

〈그림 20〉 경기도 출토 마한계 이형토기(분구묘 분포권, 마을)

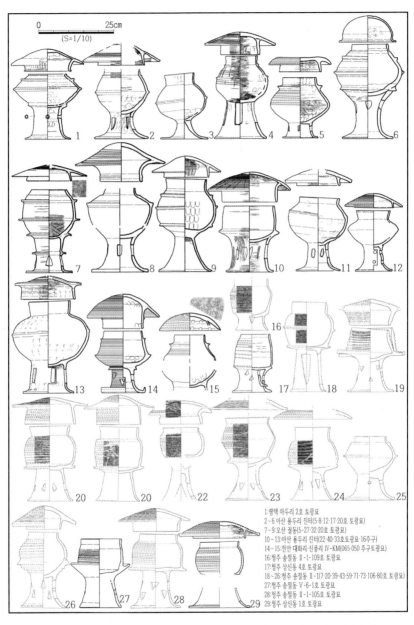

1:평택 마두리 2호 토광묘
2~6:아산 용두리 진터(5·8·12·17·20호 토광묘)
7~9:오산 궐동(5~27·32·20호 토광묘)
10~13:아산 용두리 진터(22·40·33호토광묘·16주구)
14~15:천안 대화리·신풍리 Ⅳ-KM(065·050 주구토광묘)
16:청주 송절동 Ⅱ-1-109호 토광묘
17:청주 상신동 4호 토광묘
18~26:청주 송절동 Ⅱ-1(7·20·39·43·59·71·73·106·80호 토광묘)
27:청주 송절동 Ⅴ-6-1호 토광묘
28:청주 송절동 Ⅱ-1-105호 토광묘
29:청주 상신동 1호 토광묘

〈그림 21〉중(서)부지역 출토 마한계 유개대부호(주구토광묘 분포권, 분묘)

V. 맺음말

　이상으로 경기도의 마한·백제 주거와 출토유물에 대하여 마한계 물질자료를 중심으로 살펴보았다. 중부지역은 초기철기시대 이래 양분된 지역권 속에서 각각 상이한 정치체가 점유하면서 주거, 분묘, 토기문화에서 큰 차이를 보이기 시작한다. 특히 중동부문화권은 예계문화권, 중서부문화권은 마한계문화권으로 뚜렷하게 양분된 현상을 보인다. 그리고 중동부문화권은 중도유형권과 영동지역, 중서부문화권은 분구묘와 주구토광묘 분포권으로 각각 소지역군을 형성한다. 이러한 배경 속에 지역에 따라 물질자료의 전개 양상에 차이를 보이기 시작한다.

　경기도의 마한계 마을은 경기 서해안 및 남부지역에 집중된 현상을 보인다. 중도유형권 취락이 주로 충적대지상에 마을을 만드는 것과 달리 얕은 미고지의 구릉상에 마을을 만들고 있는 점이 가장 큰 차이점이다. 특히 구조적으로 생산, 저장, 주거의 공간을 분리하여 마을 단위로 편제된 점에서 마을간 네트워크 구조를 이루고 있던 중도유형권 마을들과 성격을 달리하고 있다.

　경기도의 마한계 주거는 방형의 사주식 주거로 대표된다. 이에 비하여 예계문화권은 여·철자형 주거로 차이를 보인다. 그리고 마한계 주거는 선사시대부터 이루어진 수직방향 출입 방식을 따르고 있는 점과 달리, 예계 주거는 수평방향 출입 방식을 채용함으로써 새로운 주거 문화가 정착하게 된다. 생활공간에 있어서도 예계문화권은 방형에서 오각형, 육각형 등 다양한 형태로 발전한다. 이렇게 양분된 지역권은 주거, 생활, 생산, 조직 등 다양한 부분에서 지역별 차이를 보이는데 결국 점유하고 있었던 정치체가 상이하였음을 보여주는 증거이다. 한편, 마한계 사주식 주거는 규모에 따라 호서지역의 중대형과 호남지역의 소형으로 구분되는데 중부지역은 대부분 호서지역의 사주식 주거와 구조, 규모 등에서 많은 친연성을 보인다. 따라서 경기도 사주식 주거의 직접적인 기원지는 호서지역일 가능성이 높다.

경기도의 마한계 유물로는 토기류로 대표된다. 대부분 마한계문화권에서 집중적으로 출토되지만 소량은 중도유형권에서도 발견되어 양 지역 간 유통 및 교류 양상을 파악할 수 있다. 대표적인 마한계 토기로는 양이부호, 이중구연호, 조족문토기, 이형토기, 유개대부호 등을 들 수 있다. 이형토기와 유개대부호는 대체로 전자가 분구묘 분포권, 후자가 주구토광묘 분포권에서 출토되고 있어 차이를 보인다.

그런데 양이부호, 이중구연호, 조족문토기는 중심 분포지인 호남지역 보다도 중부지역 출토품이 편년적으로 앞서고 있는 현상이 관찰된다. 아울러 이러한 기종들의 시원적인 형태가 낙랑지역 및 중국동북지역에서 확인되고 있는 점에서 계통 연구의 재검토가 필요함을 확인할 수 있다.

지금까지 살펴본 경기도의 마을, 주거, 물질자료들은 모두 지역별 권역을 형성하고 있다. 따라서 지역별 유사성 보다는 차별성이 더욱 부각된다. 이러한 점은 지역별 정치체의 상이함을 의미하는 것이다. 따라서 지역 및 권역별 물질자료의 구성 양상 등을 좀 더 세밀하게 관찰할 필요가 있다. 또한 공시적 고찰과 함께 통시적인 검토도 필요하다. 특히 초기철기시대 - 원삼국시대 - 삼국시대로 이어지는 각 시기별 대외관계, 정치적 환경, 사회·경제적 환경이 종합적으로 고려되야 함을 의미한다. 이에 대해서는 후일의 연구를 기대해 본다.

경기지역 마한 · 백제 주거 연구의 성과와 과제

이형원 한신대학교박물관

I. 머리말

잘 알려져 있는 바와 같이 마한과 백제가 존속했던 공간적 범위는 현재의 행정 구역상 경기지역[1]에서 충청, 전라지역에 이른다. 본고는 경기지역에서 발굴조사 된 원삼국~백제시기의 주거지(住居址)[2]를 대상으로 하여 도출된 마한 · 백제의 주 거(住居) 문화에 대한 학계의 연구성과를 살펴보고 몇 가지 과제를 제시하기로 한 다. 다만 현 단계에서 어느 정도 연구가 진행된 부분을 성과의 측면에서 다루고, 검 토가 부족한 부분은 향후의 과제로 나누었지만, 이 분야의 성과와 과제는 모두 학 계의 쟁점 사항으로 보는 것이 옳을 것이다.

마한과 백제의 주거 형태는 경기지역은 중도식주거라고도 부르는 呂 · 凸자형주 거와 사주식주거(四柱式住居)[3]가 공존하며, 호서와 호남지역은 사주식주거를 특징 으로 하는 방형주거와 원형주거가 유행했던 것으로 밝혀지고 있다[4](그림 1 참조).

우리는 고고학 자료 가운데 하나인 '주거'를 통해서 지역성이나 시간성을 파악하 고, 더 나아가 집단의 정체성을 파악할 수 있지만, 상황에 따라서는 당시의 집단들

---

1) 본고의 경기지역은 행정구역상 서울과 인천을 포괄하는 의미로 사용한다.
2) 이 시기의 주거는 대부분 생활면이 지면 아래에 있는 수혈식(竪穴式) 주거에 해당하므로, 본고 에서 말하는 주거 또는 주거지는 벽주건물과 같이 생활면이 평지인 경우를 제외하면 모두 수 혈주거(竪穴住居) 또는 수혈주거지(竪穴住居址)를 지칭한다.
3) 사주식주거는 원래 지붕을 포함한 상부구조를 지탱하기 위해 4개의 기둥 구멍을 파고 기둥을 세운 주거로 기둥배치방식을 강조하는 개념이다. 그런데 지면에 구멍을 파지 않고 그대로 기 둥을 세운 것도 사주식주거에 해당하므로 四柱式住居는 기둥을 세우는 방식에 따라 四柱孔式 과 四柱無孔式으로 세분할 수 있다. 이와 같은 사주식주거는 신석기시대부터 조선시대까지 가 장 일반적인 주거구조 양상으로 볼 수 있다. 여기에서는 주거구조와 의미를 염두에 두면서 이 미 일반화되어 정착된 용어인 사주식주거를 그대로 사용한다. 한편 일부 연구자들이 사용하는 無柱式주거는 無柱孔式주거로 쓰는 것이 바람직하다. 기둥없는 주거는 없기 때문이다.
4) 한지선, 2017, 「마한의 주거생활」, 『마한의 마을과 생활』, 2017년 마한연구원 국제학술회의 발 표자료집, 마한연구원.

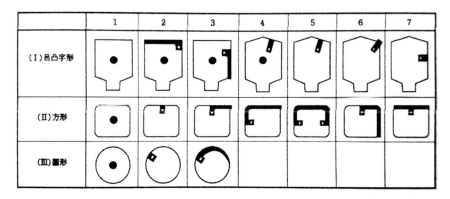

〈그림 1〉 경기·호서·호남지역 마한·백제 주거의 평면과 취사난방시설의 분류(한지선 2017)

사이의 상호작용과 그로 인한 문화변동을 제대로 인지하지 못하게 되면, 고고학 문화를 해석하는 데에서 오류를 범할 가능성도 있으므로 신중한 접근이 필요하다. 그리고 문헌에 등장하는 마한과 백제를 고고학 자료와 어떻게 연결시킬 것인지에 대해서는 단선적인 접근 방법 보다는 다양한 측면에서의 검토와 해석이 필요하다 는 것을 항상 염두에 두어야 할 것이다.

이와 같은 문제 인식을 전제로 놓고 마한과 백제의 주거에 대해서 검토하고자 한다.

Ⅱ. 경기지역 마한·백제 주거 연구의 성과

1. 주거 분류와 편년

경기지역에서 확인된 마한과 백제의 주거는 평면 형태에 의해 크게 두가지 부 류로 나뉜다. 하나는 돌출된 출입구를 특징으로 하는 여자형 또는 철자형의 주거이며, 또 다른 하나는 출입구가 돌출하지 않는 방형 주거에 해당한다[5]. 후자인 방형 주거는 기둥을 세우는 방식에서 기둥을 받치는 중심 기둥이 4개여서 사주식주거(지)로도 불리는데, 기둥구멍을 파는 방식이 특징적이지만, 기둥구멍을 파지 않고 바닥에 그대로 기둥을 세우는 경우도 많다. 육각형을 포함하는 여·철자형주거는 한강유역을 비롯하여 경기북부, 경기남동부지역에 주로 분포하는데 강원지역을 포함하여 예계문화의 주거로 보며, 방형의 사주식주거는 경기남서부와 서해안에 주로 분포하는 마한계문화의 주거로 보는 견해가 많다. 여·철자형주거와 사주식주거는 원삼국시대의 마한에서 삼국시대의 백제로 이행하는 과정에서 변화 양상을 보여준다. 주거의 입지와 관련하여 여·철자형주거(중도식주거)는 주로 하천변 충적지에, 사주식방형주거는 구릉에 입지하는 특징을 보여준다(표 1)[6].

〈표 1〉 경기지역 중도식주거와 마한계주거의 비교(송만영2013 · 2015b)

구 분		중도식 주거	마한계 주거
분포지역		경기 남동부 · 북부,영서,영동	경기 남서부,인천
입 지		하천변 충적지, 해안 사구	낮은 구릉 및 하천변 충적지
구 조	평면 형태	凸자형, 呂자형	방형, 장방형
	장축 방향	방위와 상관 관계 있음,남동-북서	능선과 평행
	노지	중도식(점토띠,부석,바람막이 돌)	수혈식
	외줄 구들	ㅣ자형, ㄱ자형	기반토식 구들
	기둥	1~3주열식	사주식
	출입 시설	돌출된 출입부 시설	확인되지 않음

여·철자형주거는 기본적으로 출입부를 제외한 주실의 형태가 방형에서 오각형으로 그리고 다시 육각형으로 변화한다. 내부 구조에서는 취사난방시설인 노와 구

---

5) 이 밖에 원형 또는 타원형 평면의 주거가 일부 있지만 그 비중은 미미하다.
6) 송만영, 2013, 「중도식 주거 문화권의 주거지와 취락」, 『숭실사학』 31, 숭실사학회; 송만영, 2015b, 「백제 사람들의 집과 마을」, 『서울2천년사5-한성백제의 문화와 생활』, 서울역사편찬원.

들, 또는 부뚜막의 형태에 따라서 시간의 흐름이 간취된다. 노만 있는 것이 가장 이르며, 노와 구들 또는 부뚜막의 조합의 경우 'ㄱ'자형의 쪽구들(외줄구들)이 후벽에서 측벽으로 옮겨지고, 다음에는 'ㅣ'(일)자형의 부뚜막이 유행하게 된다. 구들의 형태변화 속에서 노는 구들 또는 부뚜막과 공존하다가 사라지는 양상이다. 즉 지역에 따라서 세부적으로 차이가 있을 수는 있지만 큰 틀에서는 〈노〉 → 〈노+구들 → 노+부뚜막〉 → 〈부뚜막〉의 흐름을 보여주며, 구들은 'ㄱ'자형에서 'ㅣ'자형 부뚜막으로 변화한다[7](그림 2 · 3 · 4).

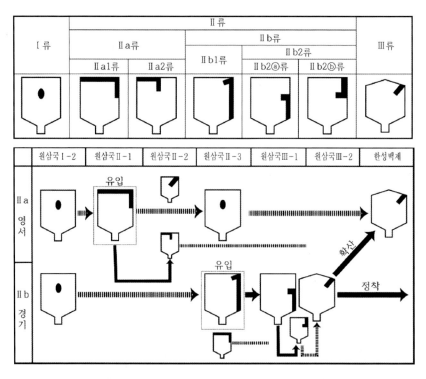

〈그림 2〉 원삼국시대 주거와 취사난방시설의 형식분류와 변화(박경신 2016)

---

7) 박경신, 2016, 「중부지역 원삼국시대 외줄구들의 편년과 전개양상」, 『고고학』 15-3, 중부고고학

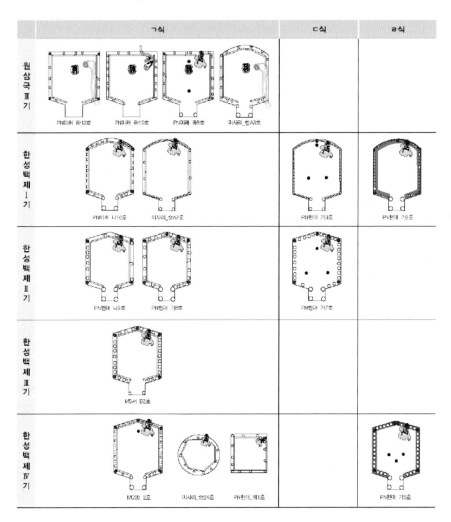

<그림 3> 한강유역 주거 변천(국립문화재연구소 2014)

회; 국립문화재연구소, 2014, 『한성백제 건축유적 유형분류와 복원연구』; 한지선, 2018, 「임진강유역 원삼국~삼국시대 취락과 지역 정치체의 동향」, 『임진강유역, 분단과 평화의 고고학』, 2018 경기문화재연구원 · 중부고고학회 학술대회, 경기문화재연구원 · 중부고고학회. 다만 북한강유역의 경우는 이와 같은 단선적인 변화 과정이 나타나지 않는다고 한다(박경신 2016).

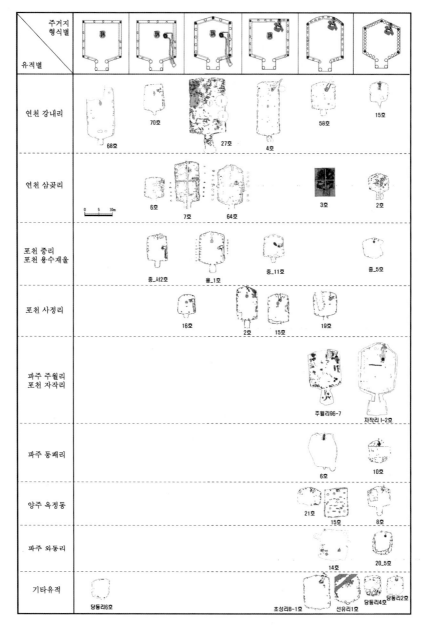

〈그림 4〉 경기북부지역 주거 형식별 양상(한지선 2018)

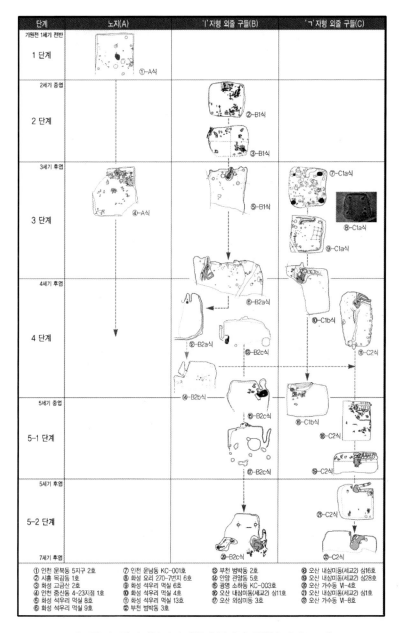

단계	노지(A)	'ㅣ'자형 외줄 구들(B)	'ㄱ'자형 외줄 구들(C)
기원전 1세기 전반 1 단계	①-A식		
2세기 중엽 2 단계		②-B1식 ③-B1식	
3세기 후엽 3 단계	④-A식	⑤-B1식	⑦-C1a식 ⑧-C1a식 ⑨-C1a식
4세기 후엽 4 단계		⑥-B2a식 ⑫-B2a식 ⑬-B2c식	⑩-C1b식 ⑪-C2식
5세기 중엽 5-1 단계		⑭-B2b식 ⑮-B2c식 ⑰-B2c식	⑯-C1b식 ⑱-C2식 ⑲-C2식
5세기 후엽 5-2 단계 7세기 후엽		⑳-B2c식	㉑-C2식 ㉒-C2식

① 인천 운북동 5지구 2호　⑦ 인천 운남동 KC-001호　⑬ 부천 범박동 2호　⑱ 오산 내삼미동(세교2) 삼16호
② 시흥 목감동 1호　⑧ 화성 요리 270-7번지 6호　⑭ 안양 관양동 5호　⑲ 오산 내삼미동(세교2) 삼28호
③ 화성 고금산 2호　⑨ 화성 석우리 먹실 6호　⑮ 광명 소하동 KC-003호　⑳ 오산 가수동 Ⅵ-4호
④ 인천 중산동 4-23지점 1호　⑩ 화성 석우리 먹실 4호　⑯ 오산 내삼미동(세교2) 삼11호　㉑ 오산 내삼미동(세교2) 삼1호
⑤ 화성 석우리 먹실 8호　⑪ 화성 석우리 먹실 13호　⑰ 오산 외삼미동 3호　㉒ 오산 가수동 Ⅵ-8호
⑥ 화성 석우리 먹실 9호　⑫ 부천 범박동 3호

〈그림 5〉 경기남부지역 마한계 주거의 변천(송만영 2012)

송만영은 서울·경기지역에서 가장 이른 시기의 마한계 주거는 장방형 평면에 무시설식노가 있는 인천 운북동유적 2호 주거를 기원전 1세기 전반으로 보며, 'T'자형부뚜막[8]이 있는 시흥 목감동 2호주거를 2세기 중후반으로 편년한다. 그 이후에는 'T'자형부뚜막과 무시설식노가 공존하는 단계가 3세기 후반까지 지속되는데, 화성 고금산, 청계리, 감배산, 당하리 I 유적, 인천 운남동 A지구의 주거들이 원삼국시대 후기 또는 백제한성기 초기에 가까우며 이 무렵부터 사주식주거가 출현한다고 한다[9]. 'ㄱ'자형구들도 사주식주거에서 확인된다. 또한 5세기 중엽 이후에 주거 내부에서 노는 사라지며 부뚜막의 축부와 구들 모두를 기반토로 조성한 'ㄱ'자형구들이 유행한다(그림 5).

2. 주거 구조와 계통

앞서 설명한 주거의 분류와 편년과 연동되는 것으로, 주거의 구조와 계통을 연결시키는 연구도 활발하게 이루어졌다. 이와 관련된 연구 성과는 <표 2>로 간단하게 요약할 수 있는데, 여·철자형주거를 대상으로 하여 쪽(외줄)구들의 형태에 따른 계보 관계를 찾는 작업이 주류였음을 알 수 있다. 현재는 'ㄱ'자형구들이 후벽부에 위치하는 것과 측벽부에 위치하는 것, 그리고 'ㅣ'자형부뚜막이 서로 다른 계

---

8) 송만영은 이를 'T'자형외줄구들로 부르는데, 필자는 'T'자형부뚜막으로 표현한다. 사실, 구들의 길이가 매우 짧은 것은 부뚜막과 구분하기 어렵다. 동일한 주거를 대상으로 연구자에 따라 'T'자형부뚜막 또는 'T'자형구들로 다르게 부르는 경우가 종종 있다. 'ㄱ'자형구들에서 구들의 길이가 짧아지면서 벽에 붙는 쪽으로 변화하기 때문에 일자형구들보다는 일자형부뚜막으로 부르는 게 좋다고 본다. 즉 부뚜막을 수반하는 구들에서 난방기능의 구들이 축소되고, 연기를 빼내기 위한 최소한의 연도만 부뚜막에 붙어 있는 점에서 볼 때, 부뚜막의 기능이 강조된 것으로 이해하는 편이 좋다고 판단한다.
9) 송만영, 2013, 「중도식 주거 문화권의 주거지와 취락」, 『숭실사학』 31, 숭실사학회; 송만영, 2015b, 「백제 사람들의 집과 마을」, 『서울2천년사5-한성백제의 문화와 생활』, 서울역사편찬원.

통을 갖고 있다고 보는 견해[10]와 구들의 형태 변이는 계통이 아닌 시간 차이를 반영한 것으로 보는 견해[11]가 대립하고 있다.

〈표 2〉 구들의 계보에 대한 여러 견해(송만영 2018)

출전	후벽부 'ㄱ'자형	측벽부 'ㄱ'자형	'ㅣ'자형
이홍종(1993)	서북지역		요령지역
최병현(1998)	세죽리-연화보 문화유형		
박경신(2011)	전국계		한(낙랑)계
박중국(2011)	서북한 · 갈림지역		낙랑
이병훈(2011)	요령 및 두만강유역 초기철기문화		낙랑계
송만영(2015)	단결-크로노프카 문화유형	후벽부 'ㄱ'자형	측벽부 'ㄱ'자형
박중국(2016)	단결-크로노프카 문화유형	부여 · 고구려 계통	낙랑 · 대방 계통
박경신(2016)	동북한	서북한	?
이병훈(2016)	단결-크로노프카 문화유형	후벽부 'ㄱ'자형	측벽부 'ㄱ'자형

박중국(2016)은 여 · 철자형주거의 노는 재지계이며, 후벽 'ㄱ'자형구들은 단결-크로노프카문화계통으로, 측벽 'ㄱ'자형구들은 부여 · 고구려계통으로 보며, 'ㅣ'자형부뚜막은 부뚜막형 명기와의 유사성, 문헌기록을 근거로 하여 낙랑 · 대방계통과 연결시켰다(그림 6). 이는 구들의 다원기원설을 대표하는 연구로 볼 수 있다. 이에 대해서 송만영(2018)은 다원기원설을 주장하는 연구자

---

10) 박경신, 2016, 「중부지역 원삼국시대 외줄구들의 편년과 전개양상」, 『고고학』 15-3, 중부고고학회; 박중국, 2016, 「중부지역 쪽구들 문화의 계통과 전개 -원삼국~백제 한성기를 중심으로-」, 『고고학』 15-1, 중부고고학회; 이병훈, 2016, 「중부지방 원삼국시대 외줄구들 유형의 변천과정 재검토」, 『고문화』 88, 한국대학박물관협회.

11) 송만영, 2015a, 「중도식 주거 외줄구들의 변화와 의미」, 『고문화』 85, 한국대학박물관협회; 송만영, 2018, 「중도식 주거 외줄구들 다원기원설에 대한 비판적 검토」, 『중앙고고연구』 26, 중앙문화재연구원.

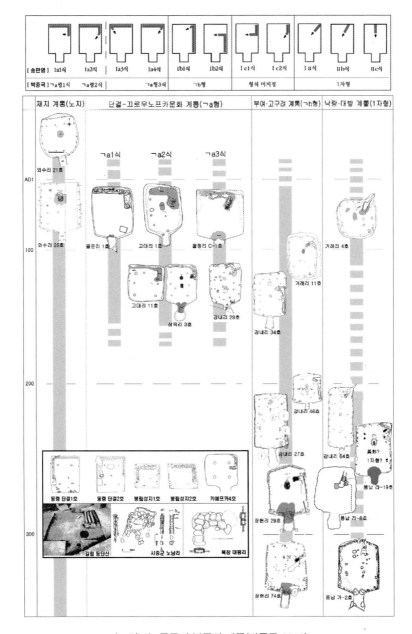

〈그림 6〉 구들의 분류와 계통(박중국 2016)

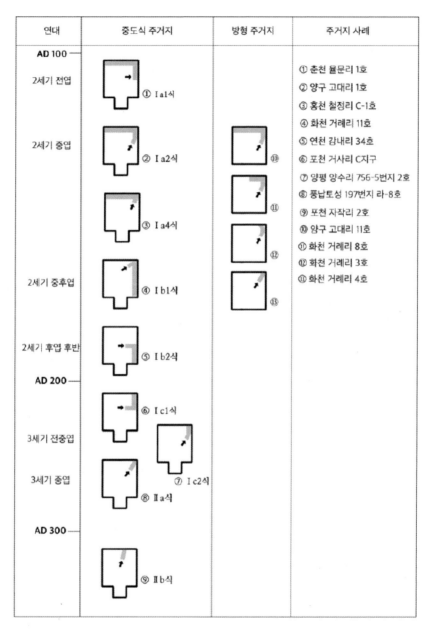

연대	중도식 주거지	방형 주거지	주거지 사례
AD 100			
2세기 전엽	① Ⅰa1식		① 춘천 율문리 1호
2세기 중엽	② Ⅰa2식	⑩	② 양구 고대리 1호
	③ Ⅰa4식	⑪	③ 홍천 철정리 C-1호
2세기 중후엽	④ Ⅰb1식	⑫	④ 화천 거례리 11호
		⑬	⑤ 연천 강내리 34호
2세기 후엽 후반	⑤ Ⅰb2식		⑥ 포천 거사리 C지구
AD 200			⑦ 양평 양수리 756-5번지 2호
3세기 전중엽	⑥ Ⅰc1식 ⑦ Ⅰc2식		⑧ 풍납토성 197번지 라-8호
3세기 중엽	⑧ Ⅱa식		⑨ 포천 자작리 2호
			⑩ 양구 고대리 11호
			⑪ 화천 거례리 8호
AD 300			⑫ 화천 거례리 3호
	⑨ Ⅱb식		⑬ 화천 거례리 4호

〈그림 7〉 구들의 분류와 계통(송만영 2018)

들12)이 후벽부 'ㄱ'자형구들의 분포권과 측벽부 'ㄱ'자형구들의 분포권이 구분된다고
하는 것을 비판하였다. 북한강 상류에서 임진·한탄강 상류와 북한강 하류, 그리고
다시 한강 하류와 경기 남부로 확산되는 두 부류의 구들은 시차를 달리 하지만, 공간
변화의 방향성이 동일하며, 따라서 'ㄱ'자형구들이 후벽부에서 측벽부로 변회히면서
그 분포 범위에서도 변화가 있었다고 보았다(그림 7). 이와 함께 중부지역과 기원지
로 주목하고 있는 자료들의 연결고리가 분명하지 않다는 점도 지적하였다.

　이와 같이 방형주거를 포함하여 여·철자형주거의 구조와 계통에 대해서 여러
연구자들이 활발하게 논쟁을 벌이고 있는 것은 긍정적으로 평가할만하다. 다만 특
정 물질문화에 대한 계통 연구에서 연구자들이 외래기원설과 자체발생설, 또는 다
원기원설과 단일기원설 등이 첨예하게 대립하는 것은 고고학 자료를 바라보는 인
식의 차이도 있지만, 더 문제가 되는 것은 편년이 불안정한 것과도 연관된다. 상대
편년과 절대편년을 종합적으로 검토하여 안정적인 편년체계가 마련된다면, 주거
구조와 계통에 대한 진전된 연구성과가 도출될 것으로 기대한다.

3. 주거 복원-상부구조를 이해하기 위한 기둥배치방식

　서울·경기지역의 원삼국~한성백제기 주거지 조사를 통해서 확보한 정보를 토
대로 주거의 상부와 내부를 복원한 연구가 이루어졌는데, 그 대상은 주로 여·철
자형주거에 집중되었다. 여기에서는 기둥 배치 방식, 즉 주거 내부에 기둥을 세워
서 지붕을 받치는 형태에 따라 크게 두 부류의 복원안이 제시되었다. 첫 번째는 종
도리를 받치기 위한 내부 중앙부 일렬기둥의 존재를 인정하는 일반적인 복원안이

---

12) 박중국, 2011, 「呂자형 주거지를 통해 본 중도문화의 지역성」, 한신대학교대학원 석사학위논문;
　　박경신, 2016, 「중부지역 원삼국시대 외줄구들의 편년과 전개양상」, 『고고학』 15-3, 중부고고학회.

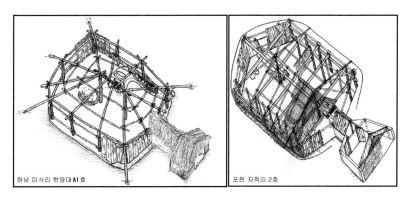

하남 미사리 한양대 **A1**호   포천 자작리 2호

〈그림 8〉 呂자형주거 복원도(이승연 · 이상해 2007)

다(그림 8 · 9). 〈그림 8〉과 〈그림 9〉로 대표되는 이와 같은 복원안은 고건축분야에서 일반적으로 인정되고 있는 것 같다[13]. 이와 관련하여 장경호[14]나 김도경[15] 등 고건축분야의 연구자들은 대부분의 주거지에서 기둥구멍은 벽체를 따라 배열되어 나타날 뿐 내부 바닥에서는 거의 확인되지 않는 현상에 대해서, 벽기둥만으로는 지붕을 받치기 어려웠을 것으로 보면서 내부 바닥에 버팀기둥을 그대로 세웠을 것으로 추정한다[16].

두 번째는 여 · 철자형주거에서 벽기둥(벽체)만으로 지붕을 받치는 방식을 인정하는 경우이다. 이것은 여철자형주거지의 발굴조사 과정에서 바닥 생활면과 굴착면에서 확인되는 수혈이나 柱孔의 존재(그림 10)가 알려지면서 부각되었다. 주거

---

13) 이승연 · 이상해, 2007, 「철기시대 凸자형 · 呂자형 및 한성기 육각형 주거지의 평면과 구조 형식에 관한 연구」, 『건축역사연구』 16-4.

14) 장경호, 2002, 「우리나라 고대인의 주거생활과 건축」, 『강좌 한국고대사』 6, 가락국사적개발연구원.

15) 김도경, 2000, 『한국 고대 목조건축의 형성과정에 관한 연구』, 고려대학교 박사학위논문.

16) 이승연 · 이상해, 2007, 「철기시대 凸자형 · 呂자형 및 한성기 육각형 주거지의 평면과 구조 형식에 관한 연구」, 『건축역사연구』 16-4, 45쪽.

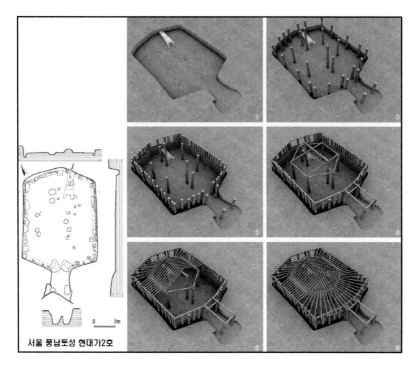

〈그림 9〉 呂자형주거 축조 과정 복원도(국립문화재연구소2014)

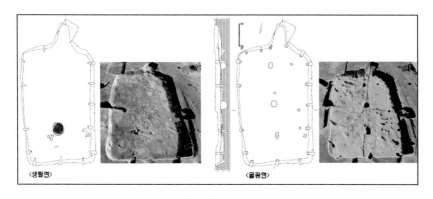

〈그림 10〉 가설주(假設柱)의 존재를 보여주는 사례

(가평 대성리10호, 경기문화재연구원 2009) : 오른쪽 그림과 사진의 굴광면에서 확인된 기둥구멍
은 지붕을 포함한 상부구조를 받치기 위한 기둥을 세울 때 팠던 것이며, 왼쪽은 상부구조를 완성하
고 중앙부의 가설주를 제거한 후의 생활면을 보여주는 것이다.

지 중앙부에서 일렬로 나타난 기둥구멍은 가설주(假設柱), 즉 지붕을 받치기 위해 임시로 설치한 기둥으로 보아야 한다는 것이다. 기둥구멍은 노가 있는 주거 바닥의 생활면이 아니라 층위상 그 하부의 굴착면의 중앙부에서 일렬로 배치된 것으로 판단하는 것이다. 이 수혈(기둥구멍)의 존재는 지붕 조성시 받침목으로 이용하기 위해 임시로 기둥을 설치하고 지붕의 완성 이후에 이를 제거하고 되메운 흔적으로 볼 수 있다[17]. 이와 같이 벽기둥(벽체)만으로 지붕을 받치는 방식(그림 11 · 12)은 벽주건물의 발생과 관련되는 것으로 생각한다[18].

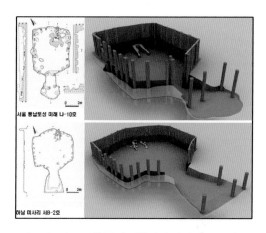

〈그림 11〉 몸자형주거 생활면과 벽체 복원 모식도 (국립문화재연구소 2014)

육각형 주거지(복원도)

〈그림 12〉 여자형주거 복원도 (한성백제박물관 · 서울대학교박물관2013)

위에서 설명한 바와 같이 여 · 철자형주거지를 대상으로 한 주거복원은 주거 내부의 중앙부에 종도리를 받치는 기둥의 존재를 인정할 것인지, 인정하지 않을 것인지와

---

17) 경기문화재연구원, 2009, 『가평 대성리유적』, 181쪽.
18) 권오영 · 이형원, 2006, 「삼국시대 벽주건물 연구」, 『한국고고학보』 60, 한국고고학회.

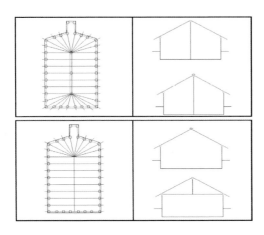
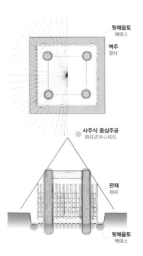

<그림 13> 여철자형주거 복원도
(정효진 2008)

<그림 14> 사주식주거 복원도
(중앙문화재연구원 2018)

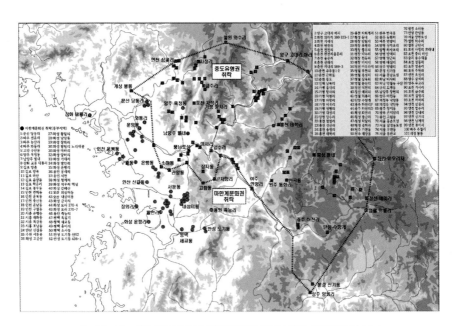

<그림 15> 마한계문화권 및 중도유형권 취락 분포도(박경신 2018a)

관련된다. 물론 이 두 가지 기둥배치방식은 공존할 가능성도 높다[19](그림 13). 한편 마한을 대표하는 주거 형식인 사주식주거는 호서와 호남지역에서 연구가 활발하게 이루어지고 있는 것에 비해서, 서울·경기지역에서는 상대적으로 연구가 미진한 편이다(그림 14).

4. 주거의 지역성과 정체성, 종족, 정치체

일반적으로 특정 형식의 주거의 분포는 지역성과 정체성, 그리고 종족이나 정치체와 관련되는 것으로 이해하는 연구가 많지만, 그에 대한 회의론도 만만치 않다. 원삼국시대 여·철자형주거는 濊系문화로 보는 견해가 주류를 이루고 있으며[20], 사주식주거는 馬韓系라는 인식이 강하다[21](그림 15). 이와 함께 주거뿐만 아니라 무덤과의 비교 검토를 통해서 서울·경기지역은 영동 및 영서지역의 예계집단과는 달리 문헌에 등장하는 '韓濊'로 구분할 수 있다고 한다[22](그림 16). 이와 같이 현재까지의 연구 성과를 간단하게 정리하면 주거구조로 볼 때, 여·철자형주거는 예

19) 정효진, 2008, 「한성백제기 수혈주거의 복원적 연구」, 성균관대학교대학원 석사학위논문.
20) 박순발, 1996, 「한성백제 기층문화의 성격-중도유형문화의 역사적 성격을 중심으로-」, 『백제연구』 26, 충남대학교백제연구소; 박경신, 2018a, 「북한강상류역 원삼국시대 취락과 지역 공동체」, 『고고학』 17-2, 중부고고학회; 박경신, 2018b, 『원삼국시대 중도유형 취락의 편년과 전개』, 숭실대학교사학과 박사학위논문 등.
21) 송만영, 2012, 「경기 남부 마한계 주거지의 변천」, 『고문화』 80, 한국대학박물관협회; 김길식, 2017, 「원삼국~백제 한성기 경기남부지역 제철기지 운용과 지배세력의 변화 추이」, 『백제문화』 56, 공주대학교 백제문화연구소; 박경신, 2018a, 「북한강상류역 원삼국시대 취락과 지역 공동체」, 『고고학』 17-2, 중부고고학회 등.
22) 권오영, 2009, 「원삼국기 한강유역 정치체의 존재양태와 백제국가의 통합양상」, 『고고학』 8-2, 중부고고학회; 권오영, 2010, 「마한의 종족성과 공간적 분포에 대한 검토」, 『한국고대사연구』 60, 한국고대사학회; 박중국, 2013, 「중도문화의 지역성 -'중도유형문화론'의 재검토를 중심으로-」, 『중앙고고연구』 11, 중앙문화재연구원 등.

계로, 사주식주거는 마한계로 볼 수 있으며, 여기에 토기 및 무덤을 종합적으로 보면 두 주거구조가 공존하는 서울·경기지역은 '한예'로 구분할 수 있다는 것이다.

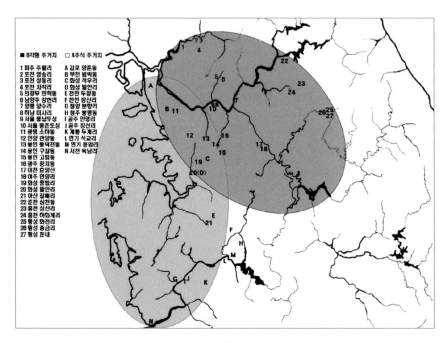

〈그림 16〉 사주식주거와 여철자형주거 분포(권오영 2009·2010)

이와 관련하여 문헌에 등장하는 종족, 또는 정치체와 주거를 비롯한 고고학자료의 접목을 통한 해석은 단순하지 않다는 것은 모두가 공감할 것이다[23]. 물질문화의 분포권을 기초로 종족이나 정치체를 연결시킬 수 있는가에 대해서는 긍정론[24]과

---

23) 이성주 편, 2018, 『역사여명기의 종족 정체성』, 진인진.
24) 박순발, 2006, 「한국 고대사에서 종족성의 인식」, 『한국고대사연구』 44, 한국고대사학회; 김창석, 2015, 「한국 고대의 주민집단과 그 문화에 관한 인식의 전개」, 『사학연구』 119, 한국사학회.

부정론[25]이 상존하며, 또한 마한이나 백제의 기층문화는 경기-충청-전라지역에서 청동기시대 이후 장기간 성장한 주민집단이라는 점을 기본 틀로 놓고 역사적 해석을 하는 것이 바람직하다[26].

한편 경기지역에서는 여·철자형주거와 사주식주거의 분포가 겹치면서 두 주거문화가 상호작용을 하며 절충(결합), 변용되는 현상도 나타나고 있다[27](그림 17). 이를 예계문화(종족 또는 정치체)와 마한계문화(종족 또는 정치체) 사이의 문화접촉과 문화변동의 관점에서 볼 것인지, 아니면 그 내용이 불분명한 문헌에 등장하는 명칭이나 성격을 배제한 상태에서 물질자료만으로 해석할 것인지는 앞으로 논의가 필요하다. 또한 마한 백제국에서 풍납토성으로 상징되는 한성백제가 성립된 후 백제는 영역을 확장해나가면서 마한을 통합하였는데, 이 과정에서 서울·경기지역은 백제 중앙의 주거인 여·철자형주거문화가 경기 전역으로 확산된다. 이 때 원삼국단계부터 여·철자형주거 분포권이었던 탄천, 경안천유역과 같은 경기동남부지역과 달리, 사주식주거 분포권역인 황구지천, 오산천, 발안천유역 등은 백제의 여·철자형주거와 마한의 사주식주거 요소가 결합되는 양상이 확인된다. 주거문화에 나타난 백제의 영역화와 마한의 대응, 그리고 쌍방의 상호작용에 대한 심도 있는 연구가 필요하다. 세부적으로는 주거문화 사이의 절충현상과 수용한 요소는 무엇이고 받아들이지 않은 것은 무엇인지, 그리고 그 이유에 대한 설명이 요구되는 시점이다.

---

25) 김종일, 2008, 「고고학 자료의 역사학적 해석에 대한 비판적 고찰」, 『한국고대사연구』 52, 한국고대사학회.
26) 권오영, 2018, 「백제와 부여의 계승성 여부에 대한 검토」, 『동북아역사논총』 61, 동북아역사재단.
27) 신은정, 2017, 「원삼국~한성백제기 경기지역 사주식주거지 연구」, 한신대학교대학원 석사학위논문.

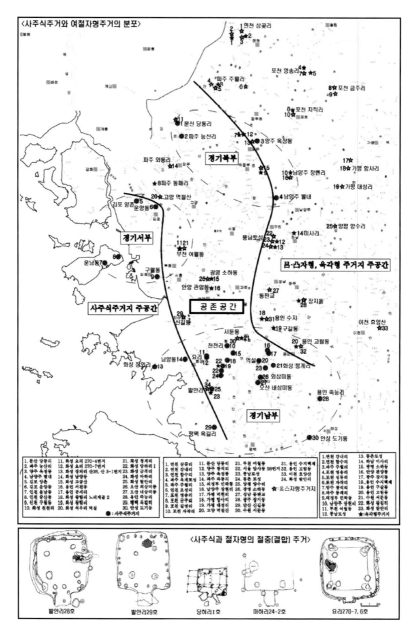

〈그림 17〉 사주식·여철자형주거 분포 및 절충 주거(신은정 2017)

Ⅲ. 경기지역 마한·백제 주거 연구의 과제

1. 여·철자형주거의 정체성 : 馬韓 伯濟國에서 百濟의 주거로

한성백제의 도성인 서울 풍납토성과 그 전신에 해당하는 마한 백제국의 중심취락인 풍납동 환호취락의 관계에서 알 수 있듯이, 고대사(문헌사)학계와 고고학계는 마한 백제국에서 국가단계 백제로의 이행 혹은 전환은 동일지역에서 일어난 것으로 보고 있다[28](그림 18).

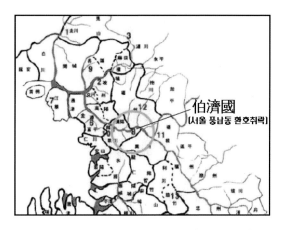

〈그림 18〉 마한제국과 백제국 위치(박순발 2013)

풍납동 환호취락과 풍납토성 내부에서 조사된 주거지는 시간의 흐름에 상관 없이 평면형태상 돌출된 출입부를 갖는 여·철자형주거 전통이 지속된 것으로 확인되고 있다. 즉 원삼국시대 마한에서 삼국시대 한성백제로 전환하는 과정에서 주거 구조의 외관상의 큰 변화는 없었던 것으로 볼 수 있다. 다만 세부적으로 보면 주실의 평면형은 오각형에서 육각형으로 변하며, 취사난방시설은 노와 'ㄱ'자형구들에서 'ㅣ'자형부뚜막으로 바뀌는 현상이 나타난다(그림 19). 풍납토성만이 아니라 하남 미사리유적을 비롯한 한강유역에서도 같은 변화 양상을 보여주고 있으며(그림

---

28) 박순발, 2001, 『한성백제의 탄생』, 서경문화사; 권오영, 2001, 「백제국(伯濟國)에서 백제(百濟)로의 전환」, 『역사와 현실』40.

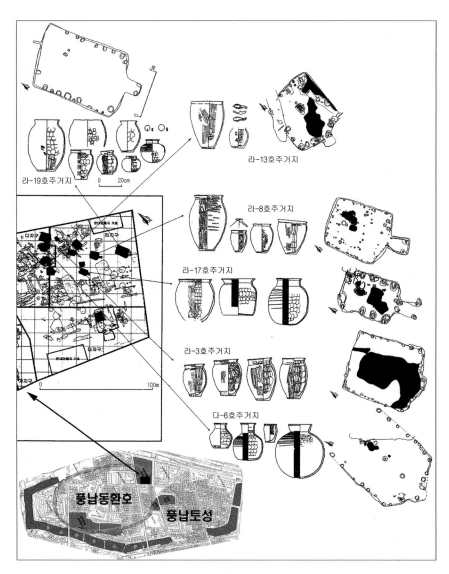

〈그림 19〉 서울 풍납동 환호 시기 마한 伯濟國의 주거 : 환호추정범위(한성백제박물관·한신
대학교박물관 2015)와 풍납동197번지 일대 원삼국시대 주거 양상(국립문화재연구소 2013)

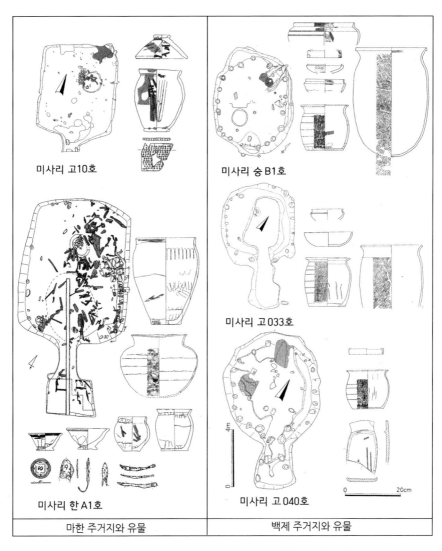

| 마한 주거지와 유물 | 백제 주거지와 유물 |

미사리 고10호

미사리 숭 B1호

미사리 고033호

미사리 한 A1호

미사리 고040호

〈그림 20〉 하남 미사리유적의 마한과 한성백제의 주거

20), 이는 백제의 마한 통합과정에서도 관찰된다.

그렇다면 풍납동 환호와 풍납토성의 여·철자형주거의 성격을 앞서 설명한 문헌의 종족이나 정치체와 어떻게 연결시킬 수 있는 지가 주요한 관심사항 가운데 하나가 될 것이다. 이곳은 마한 백제국의 중핵에 해당할 뿐만 아니라 한성백제가 탄생한 곳이기도 하다. 그런데 여러 연구자들은 풍납동 환호취락 시기의 이 지역은 여·철자형주거의 핵심 분포권역이므로 濊系문화권으로 분류하거나 또는 서울·경기지역은 적석분구묘(즙석식적석묘)분포권이 아니라 (주구)토광묘 분포권이므로 韓濊문화권으로 해석하는 것이 옳다고 한다. 그러나 마한 백제국과 백제 국가의 중심지를 각각 풍납동 환호와 풍납토성으로 보는 기존의 연구가 타당하다면, 이곳의 물질문화는 마한문화로 보는 것이 자연스럽지 않을까 한다. 마한의 주거문화는 사주식주거가 주류인 것은 분명하지만 이 뿐만 아니라 여·철자형주거도 포함해야 한다는 생각이다. 풍납동 환호취락과 그 주변의 취락에서 나타나는 물질문화는 마한의 목지국과 경쟁하고, 더 나아가 고대국가로 발전하고 마한을 통합한 백제국의 성격을 이해하는 중요한 고고학 자료이므로 향후 이와 관련된 논의를 활발하게 진행할 필요가 있다고 본다. 또한 문헌과 물질자료를 함께 검토하여 역사적 실체를 파악해야 하는 역사고고학 연구의 주요 쟁점 사항 가운데 하나가 될 것이다.

2. 한성백제 멸망 이후 서울·경기지역의 주거 양상

서기 475년 백제는 고구려 장수왕에게 풍납토성과 몽촌토성이 함락되면서 한성을 내주고 웅진으로 쫓겨 내려갔다. 한성백제의 멸망과 함께 서울·경기지역은 551년까지 고구려의 영역에 들어갔는데, 몽촌토성에 주둔했던 고구려군이 생활했던 흔적은 발굴조사를 통해 다양하게 확인되고 있는 상황이다. 성남 판교동, 화성 청계리, 용인 보정동유적 등 여러 곳에서 발굴된 고구려의 고분과 토기가 이를 잘 말해주고 있다. 551년 백제의 성왕은 신라, 가야와 연합군을 결성하여 고구려군을 공격하여 빼앗겼던 한강유역을 다시 차지한다. 이 때 한강유역은 백제와 신라가 나누어서 점령하였는데, 한강하류는 백제가 한강상류는 신라가 장악했다. 이후 553년 신라의 진흥왕이 백제를 한강유역에서 몰아내면서 이 지역은 신라가 차지하게 되었다.

그렇다면 한성백제 멸망 이후 서울·경기지역의 여·철자형주거 또는 사주식 주거는 모두 사라진 것인지, 그렇지 않다면 언제까지 존속했던 것인지, 이와 더불어 고구려의 주거 양상은 어떠했는지도 연구 대상이 될 것이다. 이 지역은 백제 → 고구려 → (백제·신라) → 신라의 순서로 정치적 점유 주체 세력의 변화가 있었는데, 토착 주민들의 주거 양상은 어떻게 전개되었는지 규명해야 하며, 백제계, 고구려계, 신라계 주거의 공존 가능성에 대해서도 검토해보아야 한다. 아쉽지만 이와 관련한 연구는 거의 없는 실정이다. 다만 오산 내삼미동유적[29]의 백제토기 출토 주거지를 5세기 중·후반에서 6세기 전반으로 편년하면서, 웅진천도 이후에도 한성백제의 영향안에 있던 지역에는 계속해서 사람이 살았을 것이며, 한성백제기 토기의 전통이 6세기 전반까지는 지속되었을 가능성이 보고서의 고찰에서 제기[30]된 바 있어 이에 대한 검토도 필요하다. 또한 오산 내삼미동유적과 가수동유적의 분석을 토대로 마한계주거가 7세기 후반까지 지속된 것으로 보는 견해[31]도 있다.

위와 같은 연구 현안과 관련하여 한성기 취락(주거·고분)과 고구려 및 신라 취락(주거·고분)이 동일 공간에 분포하는 유적을 대상으로 검토하는 것이 효과적이다. 백제 및 신라 주거지 71기와 함께 고구려 수혈 등이 조사된 용인 마북동 취락[32]이 주목되는데, 여기에서 백제 또는 신라 주거지에서 백제토기와 신라토기

---

29) 경기문화재연구원, 2011, 『오산 내삼미동유적』.
30) 진수정, 2011, 「토기」, 『오산 내삼미동유적』, 경기문화재연구원.
31) 송만영, 2012, 「경기 남부 마한계 주거지의 변천」, 『고문화』 80, 한국대학박물관협회.
32) 경기문화재연구원, 2009, 『용인 마북동 취락유적』.

의 공반 여부를 확인할 수 있는지가 중요하다. 마북동 63호 주거지에서는 신라토기와 함께 6세기대에 유행한 단추형(환상형)꼭지가 달린 백제토기 뚜껑이 확인되었으며, 14호 주거지의 경우도 백제토기와 신라토기의 공반관계를 인정할 수 있는 지가 관건이다(그림 21). 마북동 63호 주거지에서 출토된 뚜껑은 서울·성기지역의 한성백제유적에서는 보고된 바 없으며[33], 웅진~사비기에 유행한 형식

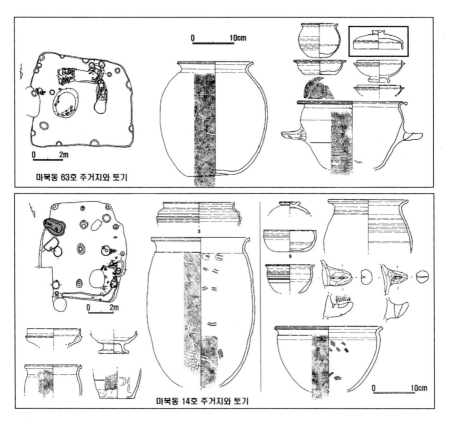

〈그림 21〉 용인 마북동유적의 주거지와 백제 및 신라토기

---

33) 김두권, 2003,『한성기 백제토기의 뚜껑 연구』, 숭실대학교 사학과 석사학위논문; 국립문화재연구소, 2013,『백제 한성지역 유물 자료집』.

이다[34](그림 22).

현재로서는 양호한 자료가 부족하고 연구성과 역시 미미하여 적극적인 검토는
어려운 실정이지만, 한성백제 멸망 이후 서울·경지역의 주거문화에 대한 검토는

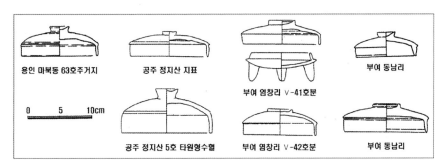

〈그림 22〉 용인 마북동 63호 주거지 출토 뚜껑과 비교자료

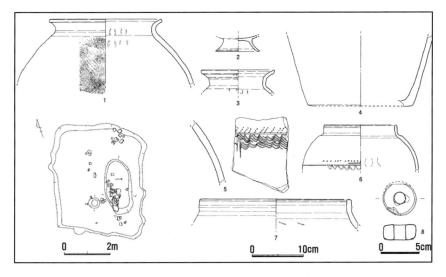

〈그림 23〉 용인 마북동유적의 고구려토기 출토 유구

---

34) 土田純子, 2004, 「백제 토기의 편년 연구-삼족기·고배·뚜껑을 중심으로-」, 충남대학교 고고
학과 석사학위논문.

중요한 의미를 갖는다. 이 지역은 삼국 간의 치열한 접전지였으며, 정치·군사적으로 점유 세력의 변동을 거치면서 주거문화가 어떻게 변천했는지, 그리고 동인을 설명해야 한다. 앞으로 이와 관련한 연구가 이루어지기를 기대한다[35].

3. 한성백제기의 벽주건물

벽주건물(壁柱建物)은 벽 기둥이 조밀하게 배치되어 있어 벽체만으로 상부구조를 지탱하는 (장)방형의 평지식 건물을 말한다. 웅진~사비기 백제를 대표하는 주거용 또는 특수한 성격을 갖는 건물 가운데 하나이며, 일본에도 전해져 백제와 왜의 관계를 검토하는 데에 중요한 의미를 갖는다[36]. 필자는 2006년의 공동논문에서 풍납토성이나 몽촌토성의 여·철자형주거지에서 보이는 빽빽한 벽기둥 배치와 가옥 내부에 기둥을 세우지 않은 형태를 벽주건물의 시원형으로 보았지만 진정한 의미의 벽주건물로는 보지 않았다. 한편 당시 공동논문의 필자였던 권오영은 벽주건물의 범주에 지상식(평지식)만이 아니라 수혈식을 포함하는 것이 합리적이라는 의견을 제시하였다. 그리고 양주 가석지구 취락에서 발견된 7호주거지를 평면 장방형에 지상식의 벽주건물로 보면서 벽주건물이 한성기에 출현한 것으로 보았다[37].

최근 몽촌토성 발굴조사를 통해 벽주건물이 확인되었다는 보고가 있었다[38]. 필

---

35) 이와 관련하여 최근 발굴보고서가 간행된 안성 도기동유적(서울문화유산연구원, 2018, 『안성 도기동 465번지유적』)은 고구려가 점유한 시점인 5세기 후반부터 6세기 전반까지 고구려토기와 백제토기가 공존한 것으로 보고되었는데(박경신, 2018c, 「안성 도기동취락의 구조, 저장 메커니즘, 편년」, 『안성 도기동 465번지유적』, 서울문화유산연구원), 마북동취락과 함께 주목되는 중요한 자료이다.

36) 권오영·이형원, 2006, 「삼국시대 벽주건물 연구」, 『한국고고학보』 60, 한국고고학회.

37) 권오영, 2013, 「삼국시대 벽주(대벽)건물연구, 그 후」, 『한일취락연구』, 서경문화사.

38) 박중균·이혁희, 2018, 「몽촌토성 북문지 일원 삼국시대 고고자료의 양상과 성격」, 『백제학보』 26, 백제학회.

자는 2006년도에 규정한 벽주건물의 개념을 현재도 고수하고 있는데, 몽촌토성 2017~2018년 발굴조사에서 1호와 2호 벽주건물로 보고된 것은 오각형 주실을 갖는 철자형주거지로 판단되므로 전형적인 벽주건물로 분류하는 것은 어렵다고 본다. 다만 3,4호는 건물의 전모를 알 수 있는 상황은 아니지만, 풍납토성 라15호 유구와 함께 (장)방형 평면을 갖는 평지식의 벽주건물의 범주에 해당하는 지에 대해서 다각도로 살펴볼 여지는 있다고 본다(그림 24).

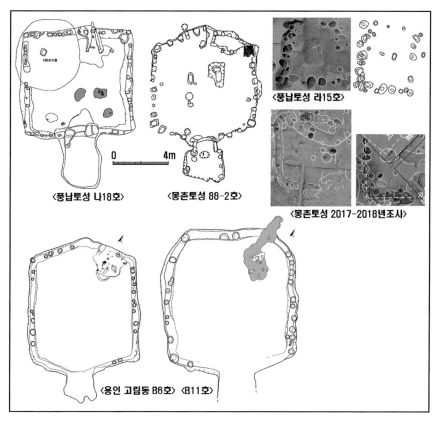

〈그림 24〉 벽주건물의 시원형 또는 범주로 거론되는 한성기 자료

경기 남부지역에 위치한 평택 세교동유적에서는 의심할 여지 없이 확실한 형태의 벽주건물이 조사되어 주목된다. 장방형 평면에 길이 12.9m, 너비 9.6m, 면적 96.7㎡를 갖는 대형이며 벽구 내부의 네 모서리에 주기둥(主柱)이 있고 그 사이에 간주(間柱)를 갖춘 전형적인 벽주건물Ⅱ류이다[39](그림 25). 풍납토성과 몽촌토성 등 백제의 도성에서는 아직 확실한 사례가 없는 상황에서 세교동의 벽주건물은 의미하는 바가 크다. 정식 발굴보고서가 간행되지 않아 자세한 내용을 알 수는 없지만, 발굴담당자에 의하면 5세기 이전의 한성백제기로 편년될 가능성이 높다고 한다. 이 세교동 벽주건물의 연대가 5세기 전반 또는 그 이전의 4세기대로 인정된다면, 그동안 일본에서 가장 이른 시기에 해당하는 5세기 전반의 나라현 난고야나기하라(南鄕柳原)유적[40]과의 계보 관계를 구체적으로 상정할 수 있는 첫 번째 사례로 볼 수 있다. 또한 필자는 2006년 논문에서 溝가 없는 벽주건물Ⅰ류가 溝가 있는 벽주건물Ⅱ류에 선행한다고 보았는데[41], 그 당시의 판단이 잘못되었다는 것을 알려주는 자료이기도 하다.

이와 같은 양상을 고려하면, 벽주건물의 전형은 백제 중앙이 아니라 지방에 해당하는 경기남부지역에서 성립되었을 가능성도 제기할 수는 있을 것이다. 다만 현재 밝혀진 사례가 매우 제한적이며, 풍납토성과 몽촌토성 등에서 벽주건물의 조형인 여·철자형의 수혈식 주거가 다수 확인되었으며, 벽주건물의 범주에 해당할 여지가 있는 자료도 있는 상황이므로 단언할 수는 없다. 그러므로 현재로서는 두 가지 가능성을 모두 열어놓고 서울·경기지역에서 발생한 것으로 잠정해 놓는 것이 안정적일 것이다.

39) 가경고고학연구소, 2017, 『평택 세교지구 도시개발사업내 문화유적 발굴조사(2차)』.
40) 靑柳泰介, 2002, 「대벽건물」고」, 『백제연구』35, 충남대학교 백제연구소; 靑柳泰介, 2016, 「「大壁建物」研究の現狀と課題および展望」, 『研究紀要』20, 由良大和古代文化協會.
41) 권오영·이형원, 2006, 「삼국시대 벽주건물 연구」, 『한국고고학보』60, 한국고고학회.

향후 전술한 벽주건물 관련 자료를 자세히 검토하고 이와 동시에 새로운 발굴성과를 기대하면서 벽주건물의 성립과정을 추적하는 작업이 필요하다. 그리고 벽주건물이 웅진도성과 사비도성의 주류 가옥으로 발전하게 된 배경과 원인을 밝혀야하며, 더 나아가 일본열도에 폭넓게 분포하는 벽주건물과의 관계[42]도 풀어야할 과제이다.

4. 주거와 거주원, 주거생활과 가구ㆍ가족, 사회고고학의 진전

앞서 경기지역 마한ㆍ백제 주거 연구의 성과에 대해서 주거분류와 편년, 주거구조와 계통, 주거복원, 주거의 지역성과 정체성, 종족, 정치체 등에 대해서 간단하게 정리했다. 이와 같은 연구성과도 물론 중요하지만, 사회고고학의 측면에서 마한 또는 백제와 관련한 주거와 거주인원, 주거생활과 가구, 가족 등과 같은 연구가 이루어져야 한다. 물론 이를 위해서는 주거구조와 유물의 출토맥락을 자세하게 밝히기 위한 문제의식을 가진 발굴조사[43]와 자연과학적 분석 등을 통한 양질의 발굴보고서 간행과 같은 전제 조건이 필요하다.

이와 관련한 사례연구로 都出比呂志[44]가 소개한 일본 후쿠오카현 野黑坂유적의 고분시대 34호 주거는 좋은 참고자료가 된다. 이 주거는 6세기 중엽으로 편년되

---

42) 권오영, 2008, 「벽주건물에 나타난 백제계 이주민의 일본 기내지역 정착」, 『한국고대사연구』 49, 한국고대사학회; 青柳泰介, 2016, 「「大壁建物」研究の現狀と課題および展望」, 『研究紀要』 20, 由良大和古代文化研究協會.

43) 이를 위해서는 주거지 발굴조사에서 유물 출토 양상을 자세하게 파악해야 한다(이형원ㆍ이혜령, 2014, 「중부지역 청동기시대 전기 주거의 공간 활용」, 『숭실사학』 32, 숭실사학회). 일반적으로 주거지를 조사하면 A.사용당시의 맥락(완형유물), B.사용후의 정리, 보관상태(완형유물), C.무질서한 상태, D.유물이 없는 경우를 확인할 수 있는데, A와 B를 대상으로 분석하는 것이 효율적이다.

44) 都出比呂志, 1989, 『日本農耕社會の成立過程』, 岩波書店.

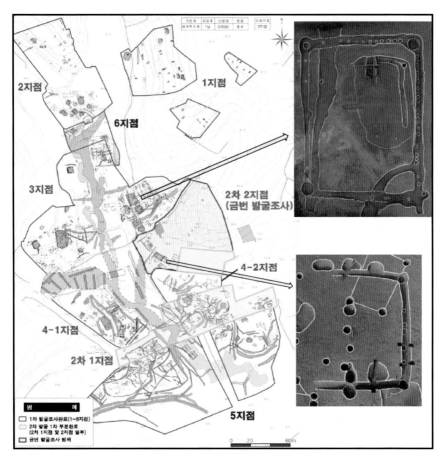

〈그림 25〉 평택 세교동취락과 벽주건물(가경고고학연구소 2017)

는 4주식의 방형 수혈주거로 규모는 길이4.5m, 너비 4.5m에 면적은 20.2㎡이다. 화재로 폐기되었는데 부뚜막에 취사용 옹이 걸려 있었으며, 부뚜막 옆에 파수달린 하지끼 옹과 스에끼 호가 있었다. 그리고 토기와 탄화 목재의 출토양상으로 볼 때, 부뚜막 오른쪽의 선반에는 스에끼 개배(뚜껑과 신부 포함) 4세트와 하지끼 개배 5세트, 개배 뚜껑 2점, 완 1점, 발 1점이 놓여 있었던 것으로 추정되었다. 그리고 개

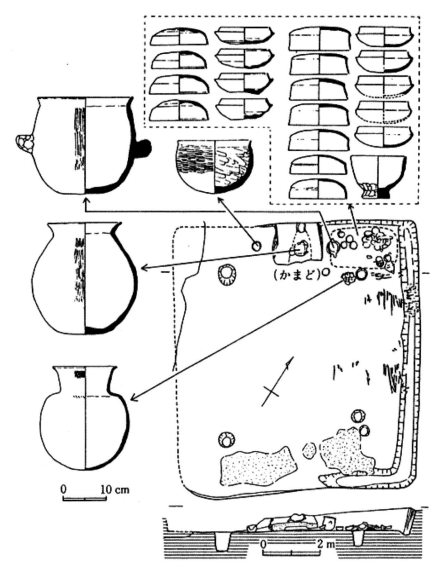

(かまど)

0   10 cm

0   2 m

〈그림 26〉 주거와 거주인원 관련 참고자료 :
일본 후쿠오카현 野黑坂유적 고분시대 34호 주거와 토기(都出比呂志 1989)

배의 용량은 0.3리터이며 취사용 하지끼 옹의 용량은 6리터로 측정되었다.

이를 종합하면 스에끼와 하지끼 개배 한 세트가 1인 식기에 해당하며, 이 주거에
는 4인 또는 5인용의 식기가 있었다는 것이다. 즉 주거의 거주원은 그 성격이 가족
이든 아니든간에 4인 또는 5인이었을 가능성이 높다고 볼 수 있다. 이를 주거 면적
(20.2㎡)과 비교하면 1인당 대략 5㎡ 또는 4㎡를 차지한다는 결론이 나왔다고 한다.

서울·경기지역의 마한과 백제 주거지를 대상으로 위와 같은 연구가 이루어진
바는 없다. 최근 주거지의 발굴조사 과정에서 확인한 유물의 수평적, 수직적 위치
및 유구와 관계 등 출토 맥락을 비교적 자세하게 기록한 발굴보고서도 일부 있지
만, 대부분의 보고서에 이와 관련한 정보가 담겨 있지 않은 점은 문제이다. <그림
27>에 제시된 풍납토성 나10호 주거지의 경우는 개인 식기인 완을 비롯하여 취사
용기인 심발형토기와 장란형토기, 그리고 저장용기인 호 등 생활용기가 다량 확인
되었는데, 유물은 주거지의 북서벽에 인접한 바닥면과 내부퇴적토에서 나온 것으
로 보고되었다[45]. 일반적으로 주거지 바닥에서 확인된 완형 개체를 중요하게 다루
고 있지만, 내부 퇴적토에서 나온 완형 개체도 주거 폐기후 퇴적 과정 등을 면밀하
게 검토하여 주거지와의 관련성 여부를 판단하는 것이 중요하다. 문헌의 내용과
함께 물질문화를 주요 재료로 하는 고고학을 통해 마한과 백제의 주거 생활을 파
악하기 위해서는 유물의 위치 정보가 필요하다[46].

한편 주거구조와 유물의 분석을 통해 여·철자형주거의 공간활용에 대한 초보
적인 연구가 진행된 것은 고무적인 성과로 평가한다[47](그림 28)[48].

---

45) 국립문화재연구소, 2012,『풍납토성 ⅩⅢ』.
46) 이와 같은 상황을 종합적으로 살펴 볼 때, <그림 27>의 풍납토성 나10호 주거의 경우는 개인
    식기인 완의 수량 4개를 단순하게 거주 인원의 수로 치환할 수는 없다.
47) 이성주·한관희, 2003,「중부지방 원삼국시대 취락과 활동구역 분석」,『한일 위락연구의 새
    로운 시각을 찾아서』, 한일취락연구회; 추가영, 2015,「중부지역 원삼국~백제 한성기 주거지
    공간활용 방식 연구」, 용인대학교대학원 석사학위논문.

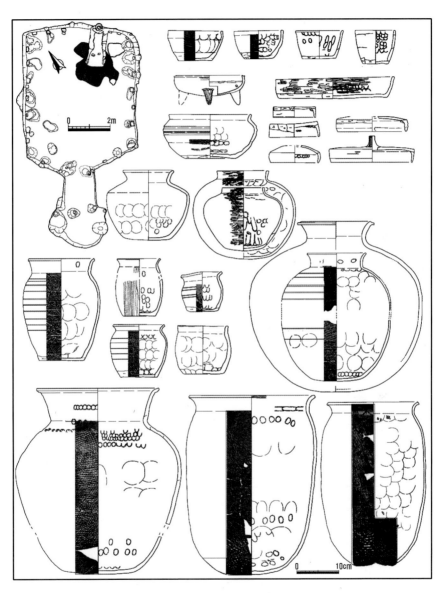

〈그림 27〉 서울 풍납토성 나10호 주거지와 토기

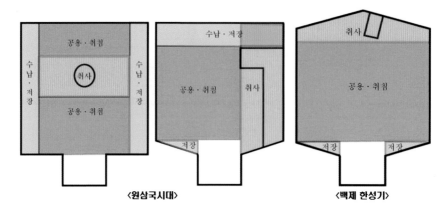

〈그림 28〉 여 · 철자형주거의 공간활용 모식도(추가영 2015)

　　마한과 백제는 사회 · 경제적으로 다양한 부류가 존재하는 계층사회였기 때문에 주거 규모와 가구 구성원의 수를 일률적으로 산정할 수는 없지만, 다양한 사례를 검토하여 패턴을 인지하는 것이 중요하다. 이와 함께 동시 공존한 주거를 특정할 수 있는 정치한 편년 연구가 결합한다면, 취락(집단)의 인구, 더 나아가 지역이나 정치체 단위의 인구도 추정할 수 있을 것이다.

　　주거지 조사와 주거 연구를 통해서 가구와 가족, 계층, 인구에 이르기까지 마한 · 백제인들의 삶과 그에 담긴 역사적 의미를 파악하려는 사회고고학 연구가 활성화되기를 기대한다.

---

48) 이와 관련하여 낙랑군 戶口簿의 기술 내용을 바탕으로 원삼국시대 주거의 구성원 수를 산출한 연구(박경신 2018a)가 참고되며, 가옥 내 취사시설과 취사방법(한지선, 2009, 「백제의 취사시설과 취사방법」, 『백제학보』 2, 백제학회.), 그리고 식기(정수옥, 2015, 「백제 식기(食器)의 양상과 식사문화」, 『중앙고고연구』 17, 중앙문화재연구원.)에 대한 검토도 중요하다. 앞으로 지역별 주거 구조와 면적, 유물의 출토 맥락을 토대로 개인 식기인 완을 포함한 취사용기의 수량 및 용량에 대한 분석적인 연구를 진행하여 주거의 거주인원과 그 사회적 의미가 밝혀지기를 희망한다.

Ⅳ. 맺음말

지금까지 서울 및 경기지역의 마한·백제 주거 연구에 대한 성과와 과제를 살펴보았다. 연구 성과는 연구가 어느 정도 축적된 주제이면서, 일부는 논쟁이 되고 있는 현상을 정리하였으며, 연구 과제는 현재는 관심이 적은 분야이지만 앞으로 적극적인 검토가 필요한 주제를 선정하였다.

마한과 백제 주거의 연구 성과에서 거론했던 주거 분류와 편년, 그리고 주거 구조와 계통은 전통적인 고고학 연구에서 중요하게 다뤄지고 있는 것으로, 그 핵심은 안정적인 편년의 수립이다. 편년은 모든 분야의 고고학 연구에서 기본 토대로 삼고 있는데, 이 지역의 마한과 백제 주거에 대한 상대 연대 설정은 상당한 진전을 이루고 있다. 그렇지만 절대연대를 부여하는 작업은 아직 높은 수준에 이르지 못한 것이 사실이다. 주거복원과 관련해서는 여·철자형주거를 대상으로 한 상부구조를 받치기 위한 기둥배치 방식에서 고건축학자와 고고학자의 연구 성과에서 차이가 있다는 것을 확인하였다. 동일한 자료를 놓고 다른 해석이 가해지고 있어서 이를 해결하기 위한 두 분야의 학제간 공동연구가 필요하다는 것을 새롭게 인식하게 되었다. 그리고 주거를 통해서 지역성과 정체성, 그리고 종족이나 정치체를 밝히려는 연구 성과도 많이 이루어졌는데, 여·철자형주거와 사주식주거를 각각 문헌에 등장하는 예계와 마한계로 분류하였다. 이에 대한 문제 제기로 하나로 서울·경기지역의 주거문화를 한예로 비정한 견해 역시 지지를 받았다.

마한과 백제 주거의 연구 과제에서는 여·철자형주거의 정체성과 관련하여 마한 백제국의 중심지인 풍납동 환호취락과 국가단계로서 백제가 탄생한 풍납토성을 거론하면서 원삼국시대 한강유역의 여·철자형주거는 예계, 또는 한예가 아닌 마한으로 볼 수 있다는 제안을 하였다. 이를 통해서 볼 때 마한의 주거는 사주식주거만이 아니라 여·철자형주거도 포함되는데 이에 대한 논의가 필요하다고 주장하였다. 이어서 한성백제 멸망 이후 서울·경기지역의 주거 양상을 검토하기 위해 서는 백제-고구려-신라의 물질자료가 모두 분포하는 용인 마북동취락의 주거지를 분석하는 것이 필요하다고 보았다. 한편 평택 세교동취락에서 백제건축을 대표하는 벽주건물이 발굴되었고, 풍납토성과 몽촌토성에서 이와 관련된 자료가 지목되면서 벽주건물의 발생지가 어디이며, 그리고 이것이 웅진도성과 사비도성의 주류 가옥으로 발전하게 된 배경과 원인, 일본열도와의 관계를 해결해야 하는 과제로 제시하였다. 마지막으로 주거와 거주원, 주거생활과 가구 또는 가족에 대한 연구가 필요함을 강조하였다.

※ 이 글은 마한연구원에서 개최한『마한·백제 주거지 조사연구 성과와 과제』 학술회의(2018년 10월 27일, 전남대학교)에서 발표한 내용을 수정·보완하여『고고학』18-1(중부고고학회)에 게재한 논문이다.

충청지역 마한 · 백제 주거 구조와 출토유물

도문선 중앙문화재연구원

Ⅰ. 머리말

충청지역은 북쪽으로 안성천에 의해 경기, 남쪽으로 금강에 의해 호남, 동쪽으로 태백산맥에 의해 강원 및 영남북부와 자연스럽게 경계지워지며 지리·문화적으로 차별성을 보인다. 이러한 지형적 환경으로 인해 선사시대이래 문화적 독립성과 함께 주변지역으로부터의 영향관계가 상호작용하였던 지역이라 할 수 있다.

본고에서 살피고자 하는 충청지역의 마한·백제 주거지 또한 마한으로 대표되는 지역성장세력과 백제 중앙세력의 남하과정을 이해함에 있어 분묘유적과 함께 주요한 고고학적 자료의 하나이다. 고고학적 자료의 한계로 인해 주거 자료와 분묘 자료 등이 동시에 추출되기는 어려운 실정으로, 다양한 성격의 자료를 종합적으로 분석할 때에 당대의 문화상을 좀 더 객관적으로 이해할 수 있을 것이다.

충청지역 가운데 중서부지역은 백제에 의해 병합되기 이전에 마한이라는 정치체가 각각의 지역 거점을 중심으로 정착·성장하였다. 이후 백제가 한강유역을 중심으로 국가적 기틀을 마련하면서 남쪽으로 서서히 세력을 확장하면서 마한 정치체를 흡수·병합·회유 등의 여러 방식으로 통합과정을 거쳐치게 되고 자연스럽게 백제의 물질문화가 이입되었다. 한편 충주·단양 등 충청동부내륙지역인 남한강 상류권역은 마한의 문화상과는 다른 중도유형문화권으로 구분할 수 있어, 그 다양성을 엿볼 수 있다. 그리고 물질문화에서 마한과 백제의 문화적 속성을 명확히 구분한다는 것은 지난한 작업이라 할 수 있는데, 특히 일상생활과 관련한 주거문화에서 두 문화의 속성을 파악하기란 더욱 어렵다.

본고에서는 보고서가 발간된 자료를 중심으로 충청지역 내 마한에서 한성백제시대에 해당하는 주거지 조사현황을 기초로 하여 그 분포상을 파악하고, 나아가 주거지 형태 등의 주거문화와 출토유물에 대하여 간략히 정리하고자 한다.

Ⅱ. 충청지역 마한 · 백제 주거지 조사 현황

충청지역 마한 · 백제 주거지는 어느 한 지역권에 한정되지 않고, 활발한 조사활동에 힘입어 전 지역에서 광범위한 분포상을 보이고 있다. 충청지역은 차령산맥과 태맥산맥에 의해 구분되고, 금강이라는 수계에 의해 연결되는 지역적 특성을 고려하여 권역을 세분할 필요가 있다. 충청지역은 북동-남서방향의 차령산맥이 중앙에 자리하고 있어 선사시대부터 자연스럽게 문화적 경계로 작용하였다. 차령산맥 이서 또는 이북지역은 서해안-삽교천권역과 곡교-성환천권역으로 세분하였다. 그리고 금강수계를 중심으로 금강 상류권역, 금강-미호천권역, 금강-갑천권역, 금강 중류권역, 금강 하류권역으로 구분하였다. 또한 동부내륙지역은 남한강 상류권역으로 구분하여 정리하였다.

1. 서해안-삽교천권역

삽교천권역은 행정구역상 충남 당진, 홍성, 서산, 예산, 태안지역이 해당된다. 본 권역은 서쪽과 북쪽으로 서해안에 면하고, 동쪽으로 삽교천이 남에서 북으로 흘러 아산만에 유입된다. 그리고 남쪽으로는 차령산맥에 의해 경계지워지고 있다.

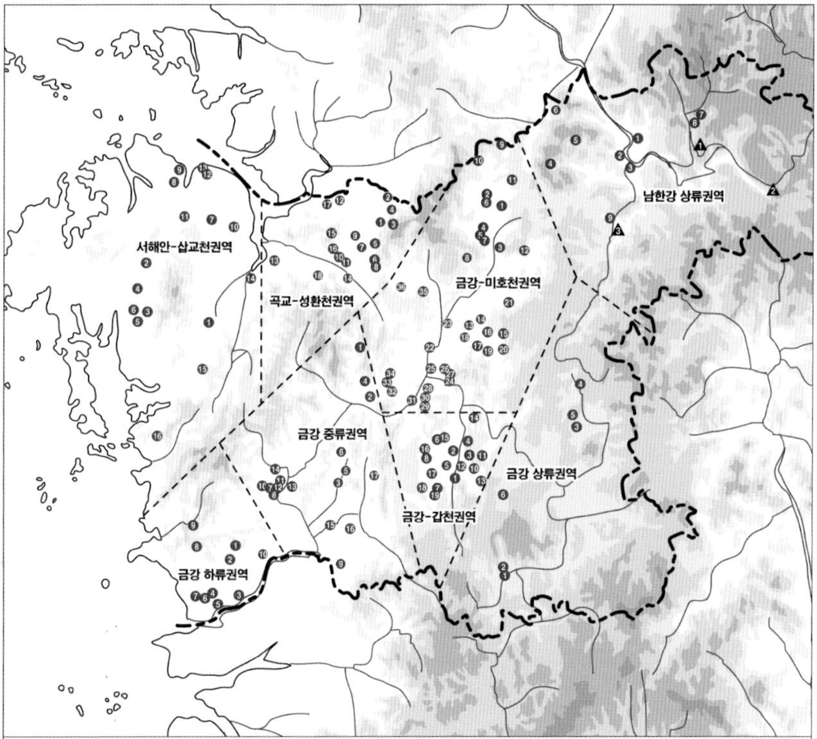

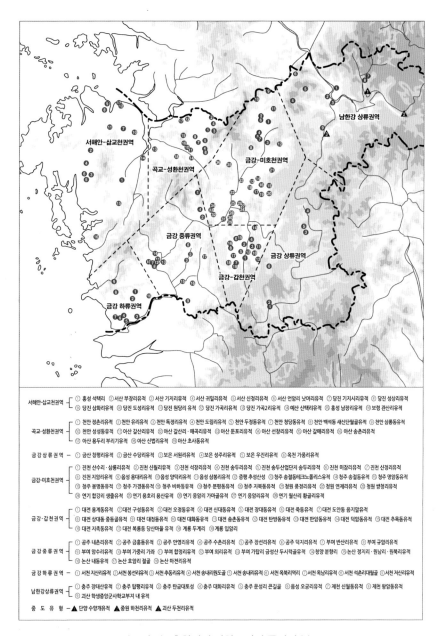

서해안-삽교천권역 ① 홍성 석택리 ②서산 부장리유적 ③ 서산 기지리유적 ④ 서산 귀밀리유적 ⑤ 서산 신정리유적 ⑥ 서산 언암리 낫머리유적 ⑦ 당진 기지시리유적 ⑧ 당진 성상리유적 ⑨ 당진 삼화리유적 ⑩ 당진 도성리유적 ⑪ 당진 원당리 유적 ⑫ 당진 가곡리유적 ⑬ 당진 가곡2리유적 ⑭ 예산 신택리유적 ⑮ 홍성 남장리유적 ⑯ 보령 관산리유적

곡교-성환천권역 ① 천안 정촌리유적 ②천안 유리유적 ③ 천안 독정리유적 ④ 천안 도림리유적 ⑤ 천안 두정동유적 ⑦ 천안 청당동유적 ⑧ 천안 백석동 새신단월골유적 ⑨ 천안 삼룡동유적 ⑩ 천안 성성동유적 ⑪ 아산 갈산리유적 ⑫ 아산 갈산리 · 매곡리유적 ⑬ 아산 둔포리유적 ⑭ 아산 선창리유적 ⑮ 아산 갈매리유적 ⑯ 아산 송촌리유적 ⑰ 아산 용두리 부리기유적 ⑱ 아산 신법리유적 ⑲ 아산 초사동유적

금강상류권역 – ① 금산 창평리유적 ② 금산 수당리유적 ③보은 서원리유적 ④보은 성주리유적 ⑤ 보은 우진리유적 ⑥ 옥천 가풍리유적

금강-미호천권역 ① 진천 산수리 · 삼룡리유적 ② 진천 신월리유적 ③진천 석장리유적 ④ 진천 송두리유적 ⑤ 진천 송두산업단지 송두리유적 ⑥ 진천 미잠리유적 ⑦ 진천 신정리유적 ⑧ 진천 지암리유적 ⑨음성 용대리유적 ⑩음성 양덕리유적 ⑪ 음성 삼봉리유적 ⑫ 증평 추성산성 ⑬ 청주 송절동테크노폴리스유적 ⑭ 청주 송절동유적 ⑮ 청주 명암동유적 ⑯ 청주 봉명동유적 ⑰ 청주 가경동유적 ⑱ 청주 비하동유적 ⑲ 청주 분평동유적 ⑳ 청주 지북동유적 ㉑ 청원 풍정리유적 ㉒ 청원 연제리유적 ㉓ 청원 쌍청리유적 ㉔ 연기 합강리 생줄유적 ㉕ 연기 용호리 용산유적 ㉖ 연기 응암리 가마골유적 ㉗ 연기 응암리유적 ㉘ 연기 월산리 황골리유적

금강-갑천권역 ① 대전 용계동유적 ②대전 구성동유적 ③ 대전 오정동유적 ④ 대전 신대동유적 ⑤ 대전 장대동유적 ⑥ 대전 죽동유적 ⑦대전 도안동 음지말유적 ⑧ 대전 상대동 중동골유적 ⑨ 대전 대정동유적 ⑩ 대전 대화동유적 ⑪ 대전 송촌동유적 ⑫ 대전 탄방동유적 ⑬ 대전 판암동유적 ⑭ 대전 덕암동유적 ⑮ 대전 추목동유적 ⑯ 대전 지족동유적 ⑰ 대전 복룡동 당산마을 유적 ⑱ 계룡 두계리 ⑲ 계룡 입암리

금강중류권역 ① 공주 내촌리유적 ② 공주 금흥동유적 ③ 공주 안영리유적 ④ 공주 수촌리유적 ⑤ 공주 장선리유적 ⑥ 공주 덕지리유적 ⑦ 부여 반산리유적 ⑧ 부여 규암리유적 ⑨ 부여 암수리유적 ⑩ 부여 가중리 가좌 ⑪ 부여 합정리유적 ⑫ 부여 외리유적 ⑬ 부여 가탑리 금성산 두시럭골유적 ⑭ 청양 분향리 ⑮ 논산 정지리 · 원남리 · 원북리유적 ⑯ 논산 내동유적 ⑰ 논산 호암리 절골 ⑱ 논산 마전리유적

금강하류권역 – ① 서천 지산리유적 ②서천 봉선리유적 ③ 서천 추동리유적 ④ 서천 송내리원도골 ⑤ 서천 송내리유적 ⑥ 서천 옥북리역리 ⑦서천 옥남리유적 ⑧ 서천 석촌리대월골 ⑨서천 저산리유적

남한강상류권역 ① 충주 장태산유적 ② 충주 탑평리유적 ③ 충주 탄금대토성 ④ 충주 대화리유적 ⑤ 충주 문성리 큰길골 ⑥ 음성 오궁리유적 ⑦ 제천 신월동유적 ⑧ 제천 왕암동유적 ⑨ 괴산 학생중앙군사학교부지 내 유적

중 도 유 형 – ▲ 단양 수양개유적 ▲ 중원 하천리유적 ▲ 괴산 두천리유적

〈그림 1〉 충청지역 마한 · 백제 주거지 분포

<표 1> 서해안-삽교천권역 마한·백제 주거유적

유적명	입지	주거지	관련유구	존속연대[1]
홍성 석택리유적[2]	구릉	235	환호,토기요,분구묘19	3C중반~4C전반
서산 부장리유적[3]	구릉	44	수혈15,분묘16	2~4C대
서산 기지리유적[4]	구릉	2	분묘65	3C중반~4C전반
서산 귀밀리유적[5]	구릉	2	고상건물16,수혈35,토기요1	·
서산 신정리유적[6]	구릉	1	·	2C후반~3C초
서산 언암리 낫머리유적[7]	구릉	62	저장수혈85,수혈45,분묘56	4C중반~5C중반
당진 기지시리유적[8]	구릉	2	구상1	3C중반~4C초반
당진 성상리유적[9]	구릉	42	토성,수혈34,구상1	4C중반~5C후반
당진 삼화리유적[10]	구릉	8	수혈1,분묘9	4C중반~5C후반
당진 도성리유적[11]	구릉	2	고상1,수혈1,분묘4	4C중반~4C후반
당진 원당리유적[12]	구릉	14	수혈6	4C말~5C전반
당진 가곡리유적[13]	구릉	25	수혈5	4C중엽~5C초반
당진 가곡2리유적[14]	구릉	37	저장수혈2,수혈3,분묘10	4C중반~5C후반
예산 신택리유적[15]	구릉	2	주구7	3C중반~4C중반
보령 관산리유적[16]	곡간	1	주구부건물지12	4C말~5C대

---

1) 본고에서 존속연대는 발굴조사 보고서의 편년안을 기본으로, 기존 연구성과를 참고하였음을 밝혀둔다.

2) 한얼문화유산연구원, 2015, 『홍성 석택리유적』.

3) 충청남도역사문화연구원, 2008, 『서산 부장리유적』.

4) 公州大學校博物館, 2009, 『海美 機池里遺蹟』.

5) 嘉耕考古學研究所, 2012, 『瑞山 貴密里遺蹟』.

6) 충청문화재연구원, 2017, 『서산 신정리유적』.

7) 충청문화재연구원, 2010, 『서산 언암리 낫머리유적』.

8) 忠淸文化財研究院, 2012, 『唐津 機池市里遺蹟』.

9) 忠淸文化財研究院, 2013, 『唐津 城山里遺蹟』.

10) 충청문화재연구원, 2012, 『唐津 城山里·通丁里·三和里遺蹟』.

11) 忠南歷史文化研究院, 2011, 『唐津 道城里遺蹟』.

12) 百濟文化財研究院, 2009, 『唐津 元堂里 文化遺蹟 發掘調査 報告書』.

13) 百濟文化財研究院, 2011, 『唐津 佳谷里遺蹟』; 百濟文化財研究院, 2013, 『唐津 佳谷里遺蹟Ⅱ』.

14) 百濟文化財研究院, 2013, 『唐津 佳谷2里遺蹟』; 부여문화재보존센터, 2013, 『당진 가곡2리유적』.

15) 公州大學校博物館, 2008, 『禮山 新宅里遺蹟』.

권역 내 마한·백제 주거지는 아산만과 면하고 있는 당진지역과 삽교천 수계에 인접한 홍성, 그리고 서산을 중심으로 낮은 구릉에 입지하는 경향을 보인다. 서해안과 인접한 서쪽지역은 유적 분포상이 높지 않은 실정이나 분구묘 등이 확인된 태안 달산리유적[17] 및 보령 관창리유적[18] 등의 존재로 볼 때, 향후 조사성과에 의해 그 분포상이 달라질 수 있다고 생각된다.

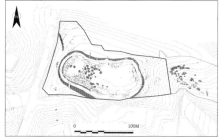

〈그림 2〉 홍성 석택리유적

대표적인 마한 취락은 홍성 석택리유적, 서산 부장리유적 등이 있다. 석택리유적은 삽교천 서안의 야트막한 구릉에 입지하여 주변의 충적대지 및 하천을 조망하기에 탁월한 지형적 특징을 갖고 있다. 유적은 환호취락 형태를 띠며 주변에 생산공간을 포함한 소규모 취락이 형성되어 있고, 취락과 200m 정도 이격된 독립구릉에 분묘군이 조영되어 있다. 즉 석택리 취락은 주거＋의례＋생산＋분묘공간이 각각 구분되어 존재하며 주거지 230기 가운데 174기가 밀집분포하는 공간을 방어하기 위한 환호시설이 부가된 체계적인 취락의 면모를 갖추고 있다. 석택리 환호취락은 백제 진출 이전에 일대를 아울렀던 마한의 중심취락으로 평가될 수 있다.

16) 백제문화재연구원, 2011,『保寧 館山里(개저지골)遺蹟』.

17) 가경고고학연구소, 2012,『태안 달산리유적』.

18) 고려대학교 매장문화재연구소, 1997,『寬倉里 周溝墓』.

서산 부장리유적은 서해안과 인접한 낮은 구릉에 위치하며 구릉 전면에는 서해안으로 유입되는 소하천이 형성되어 있고, 주위에 충적대지가 존재한다. 유적에서는 주거지 44기와 분구묘 13기가 조사되었는데, 주거지는 능선의 남사면 중심부에 입지하는 반면 분구묘는 능선부와 경사면에 입지한다. 주거군은 3개군으로 세분되며 동쪽사면에 밀집된 모습을 보이고 있다. 분구묘와 주거지는 시기적인 차이가 존재하는 것으로 판단되나 5호 분구묘에서 금동관모, 초두와 같은 위신재가 출토되는 것으로 보아 일원을 중심으로 마한의 중심적인 취락이 존재할 가능성이 높다.

본 권역에서 백제 주거지는 당진 북부와 서산 남부 일원에 집중되는 경향을 보인다. 당진 성산리유적은 한성백제기에 축조되었을 것으로 추정되는 토성과 백제 취락이 공존하는 것으로 이해된다. 백제 주거지는 동쪽으로 뻗어내리는 낮은 구릉 일대에 입지한다. 마한 주거지가 구릉 하단부에 4기 정도만이 확인되는 것에 비해 백제 주거지는 구릉 정상부의 토성을 중심으로 위치한다. 이러한 성산리유적 일대의 유구 분포 현황은 원삼국시대에 소규모 취락이 존재하였고, 이후 백제에 의해 성을 구축함과 동시에 성 주위에 취락을 운영하는 등 주요 거점으로 활용하였음을 시사한다.

당진 성산리유적과 함께 당진 북부지역에는 당진 가곡리 · 원당리유적 등 다수의 유적이 집중되는 경향을 보인다. 가곡리 · 원당리유적은 1.5~2㎞ 내외의 거리에 76기의 주거지가 분포하며 주거지 구조 등에 있어서 유사한 특징을 보이고 있다. 이들 유적은 바다 조망이 우수한 구릉에 입지하는 특징을 갖고 있다. 주거지는 구릉 정상부보다 사면을 중심으로 분포한다. 가곡리 · 원당리유적 등은 4세기 중반 이후 백제의 영향하

〈그림 3〉 당진 가곡2리유적

에 조영된 취락이 주를 이루고, 화재주거지의 비율이 높은 것이 특징적이다.

백제 한성기 취락 가운데 늦은 단계에 해당하는 서산 언암리 낫머리유적은 낮은 구릉에 입지하는데, 간척사업 이전에는 유적의 지근거리까지 해안선이 형성되어 바다와의 접근성이 용이했던 것으로 보인다. 조사된 유구는 주거지 62기, 저장수혈 85기, 분묘 56기가 조사되었으며 유구의 분포상이 주거공간, 저장공간, 분묘공간으로 각각 구분되는 특징을 보인다. 주거지는 일정한 거리를 두고 3개의 군으로 분포하며 각기 주거군은 주거공간과 인접한 높은 지점에 저장공간을 마련하였다. 그리고 분묘는 주거 생활공간과 분리하여 유적 내에서 가장 높고 조망이 우수한 공간을 점유하고 있다.

2. 곡교-성환천권역

〈표 2〉 곡교-성환천권역 마한 · 백제 주거유적

유적명	입지	주거지	관련유구	존속연대
천안 정촌리유적[19]	구릉	79	수혈4,구상2	2C~4C대
천안 유리유적[20]	구릉	13	구상1,수혈3,분묘9	·
천안 두정동유적[21]	구릉	19	수혈9,구상2,매납유구2	3C중반~4C전반
천안 청당동 진골[22]	구릉	5	수혈3	3C중반~4C중반
천안 백석동 새신단월골유적[23]	구릉	1	수혈1	3C중반~4C전반
천안 삼룡동유적[24]	구릉	14	고상건물2,저장수혈57	3C중후반~4C중반

---

19) 嘉耕考古學硏究所, 2017, 『天安 貞村里遺蹟』.
20) 충청문화재연구원, 2011, 『천안 유리 · 독정리 · 도림리유적』.
21) 高麗大學校埋藏文化財硏究所, 2001, 『天安 斗井洞遺蹟-A地區』; 公州大學校博物館, 2000, 『斗井洞遺蹟』; 忠淸埋藏文化財硏究院, 2001, 『天安 斗井洞遺蹟(C · D地區』.
22) 충청문화재연구원, 2011, 『천안 청당동 진골유적』.
23) 충청남도역사문화연구원, 2008, 『백석동 새신단월골』.
24) 충청남도역사문화연구원, 2015, 『천안 삼룡동유적』.

천안 성성동유적[25]	구릉	3	수혈1,분묘10	·
아산 갈산리유적[26]	구릉	8	·	2C말~3C중반
아산 갈산리 · 매곡리유적[27]	구릉	15	수혈13,구상2	3C후반~4C후반
아산 둔포리유적[28]	구릉	1	·	3세기대
아산 선창리유적[29]	구릉	1	·	3C중반~후반
아산 갈매리유적[30]	충적지	8	고상건물53,수혈584	3C후반~5C중반
아산 송촌리유적[31]	구릉	6	소성유구2,환호	3C중후반~4C중반
아산 용두리 부리기유적[32]	구릉	3	수혈2	·
아산 신법리유적[33]	구릉	3	분묘6	4C말~5C전반
아산 초사동유적[34]	구릉	5	수혈7	4C말~5C중반

곡교-성환천권역은 행정구역상 충남 천안, 아산지역에 해당한다. 북으로는 안성천에 의해 경계지워지고 있으며 동쪽으로는 차령산맥에 의해 자연적으로 구분된다. 권역 서쪽은 곡교천이 남동쪽에서 남서쪽으로 흘러 아산만에 유입된다. 그리고 권역 동쪽은 안성천 지류인 성환천, 둔포천, 입장천이 북류하고 주변으로 낮은 구릉성지형이 넓게 펼쳐져 있다.

권역 내 마한 · 백제 주거지는 아산 명암리 밖지므레유적, 아산 용두리 진터유

---

25) 충청남도역사문화연구원, 2017,『천안 성성동유적 Ⅰ』.
26) 忠淸南道歷史文化院, 2004,『牙山 葛山里遺蹟』.
27) 충청문화재연구원, 2017,『아산 갈산리 · 매곡리유적』.
28) 中央文化財研究院, 2011,『牙山 屯浦里遺蹟』.
29) 한국고고환경연구소, 2017,『아산 가내리 · 가덕리유적』.
30) 公州大學校博物館, 2007,『牙山 葛梅里(Ⅰ區域)遺蹟』; 忠淸南道歷史文化院, 2007,『牙山 葛梅里(Ⅱ區域)遺蹟』; 高麗大學校 考古環境研究所, 2007,『牙山 葛梅里(Ⅲ區域)遺蹟』.
31) 錦江文化遺產研究院, 2012,『牙山 松村里遺蹟 · 小東里 가마터』.
32) 충청남도역사문화연구원, 2014,『아산 용두리 부리기유적』.
33) 忠淸埋藏文化財研究院, 2001,『牙山 臥牛里 · 新法里遺蹟』.
34) 忠淸南道歷史文化院, 2007,『牙山 草沙洞遺蹟』.

적, 천안 청당동유적 등 대규모의 분묘유적이 다
수 조사된 것에 비해 동시기의 중심취락은 조사
예가 많지 않은 실정이다. 마한·백제 주거지는
곡교천 및 입장천 등의 수계를 중심으로 낮은 구
릉 및 충적대지상에 입지하는 경향을 보인다.

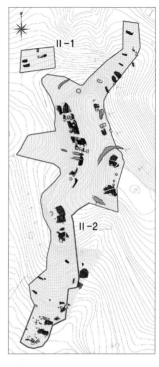

〈그림 4〉 천안 정촌리유적

마한 거점 취락의 하나로 볼 수 있는 천안 정촌
리유적은 입장천의 지류인 한천 서안에 접한 구
릉에 입지하고 있어 동쪽의 충적대지를 비롯한
주변을 조망하기에 탁월한 입지를 갖고 있다. 마
한과 관련한 유구는 주거지 79기를 비롯한 생활
유구와 토기가마, 주구토광묘, 즉 주거+생산+
분묘로 구성된 취락이다. 취락은 구릉 정상부를
중심으로 분포하며 토기가마 및 분묘는 북쪽으로
돌출된 능선에 조영되어 주거와 분묘공간이 구분
되었음을 알 수 있다. 취락공간 가운데 가장 높은
구릉 정상부에 위치한 주거군을 환호성격의 구상유구가 둘러싸고 있음은 높은 위
계를 가진 주거공간 또는 제의 등 특수 기능을 가진 공간이 존재하였음을 추측케
한다. 그리고 이외의 주거지는 정상부 주요공간을 중심으로 구릉 사면 상단부에
열상으로 분포하며 많은 중복관계를 보이고 있다. 이와 같은 취락형태는 3세기대
에 장기간 취락지로 활용하면서 주요 중심취락으로 기능하였을 가능성이 크다.

중심취락인 정촌리유적 주변으로 확인된 유적은 천안 유리·독정리·도림리유
적이 확인되었으나 유적 일부만이 조사되어 취락의 전체적인 모습을 파악하기 어
렵다. 그러나 방형계 주거지 11기가 구릉 정상부를 중심으로 열상 배치된 유리유
적에서 확인되는 바와 같이 입장천 주변의 낮은 구릉에 소규모 단위의 원삼국시대

취락이 산재되어 있는 것으로 파악된다.

　천안 두정동유적 및 성성동유적 등은 입장천과 천안천 수계의 경계지점에 해당하는 구릉에 입지하는 유적이다. 두정동 D지구에서 12기의 주거지가 구릉 상단부 사면에 분포하며 시기적으로 3세기 중반~4세기 전반에 존속하였던 취락으로 이해된다. 이 일대의 유적에서는 거점취락의 존재가 확인되지 않는 것으로 보아 대부분 소규모 취락으로 파악된다.

　아산 갈산리 · 매곡리유적은 곡교천 북안의 구릉에 입지하며 갈매리유적과 3㎞ 이내에 위치한다. 그리고 곡교천 지류인 매곡천 상류의 아산 송촌리유적에서 6기, 동쪽 산지에 인접한 천안 삼룡동유적에서 14기의 주거지가 확인되었다. 이들 유적에서는 구릉 정상부에 위치한 주거지가 비교적 대형이며 소형의 주거지는 사면에 입지하는 특징을 보인다. 하천과 연접한 구릉에 위치한 취락은 하천 충적대지에 자리한 갈매리유적과 공존하면서 각각의 기능을 담당하였다고 여겨진다.

　아산 갈매리유적은 곡교천변의 하천 합류지점에 형성된 충적지에 입지하고 있어 주변 유적의 구릉 입지와는 차이를 보인다. 유적 내 확인 유구는 수혈주거지 뿐만 아니라 다수의 고상건물지, 저장수혈 등으로 주거를 포함한 생산, 교역의 공간이었던 것으로 추정된다. 전체적인 유적의 존속시기는 경질무문토기에서 삼족토기에 이르기까지 출토되고 있어 마한부터 백제까지 계속적으로 활용되었던 공간으로 이해된다. 그리고 갈매리유적 북쪽, 즉 곡교천 북안에 위치한 매곡리유적[35]에서 5세기

〈그림 5〉 아산 갈매리유적

---

35) 중앙문화재연구원, 2018, 『아산 매곡리유적』.

전후의 주구부 건물지의 존재는 백제시대에도 계속적으로 수계에 대한 활용도가 높아짐에 따라 취락공간이 확대되었음을 알 수 있다[36].

3. 금강 상류권역

<표 3> 금강 상류권역 마한 · 백제 주거유적

유적명	입지	주거지	관련유구	존속연대
금산 창평리유적[37]	충적지	65	고상건물1,토기요1,수혈61	3C초반~4C중반
금산 수당리유적[38]	구릉	3	분묘2	5C전반
보은 서원리유적[39]	구릉	6	원형수혈4	4C중반
보은 성주리유적[40]	구릉	6	수혈3	4C중반~4C중후반
보은 우진리유적[41]	구릉	23	수혈19,분묘1	3C후반~5C전반
옥천 가풍리유적[42]	구릉	2	분묘1	

금강 상류권역은 갑천수계 동쪽의 산지에 해당하는 권역으로, 행정구역상 충북 보은, 옥천, 영동 및 충남 금산 등이 행당된다. 본 권역은 동쪽 산지에 의해 금강이 곡류하며 보청천, 봉황천 등의 금강 지류에 의해 충적지가 일부 발달되어 있으나 중서부지역의 낮은 구릉성 지형과는 구분된다. 금강 상류권역에서 확인된 마한 · 백제 취락은 다른 권역보다 소략한 6개소의 유적에서 확인된다.

---

36) 갈매리유적과 인접한 북수리유적에서는 주구부건물지 127기 및 다수의 고상건물지 등이 확인되었다. 북수리 취락은 갈매리 취락과 함께 곡교천 수계와 연계된 중심취락이라 할 수 있다.
37) 충청남도역사문화연구원, 2014,『금산 창평리유적』.
38) 忠南大學校百濟研究所, 2002,『錦山 水塘里遺蹟』.
39) 충청북도문화재연구원, 2017,『보은 서원리 산39-7번지 유적』.
40) 한국선사문화연구원, 2015,『報恩 城舟里遺蹟』.
41) 한국선사문화연구원, 2017,『報恩 右陳里遺蹟』.
42) 중원문화재연구원, 2011,『沃川 加豊里遺蹟Ⅱ』.

〈그림 6〉 금산 창평리유적

마한에 해당하는 취락은 금산 창평리유적을 들 수 있다. 창평리유적은 금강의 지류인 봉황천 우안의 충적대지상에 자리하며 마한 주거지는 총 65기, 토기요 1기 등이 조사되었다. 취락의 존속연대는 3세기~4세기 중반으로 편년되어 백제가 일대에 영향을 미치기 이전 단계에 운영되었던 것으로 이해된다. 반면 수당리유적은 봉황천의 지류 하천에 인접한 구릉에 위치하는데 시기적으로 창평리유적보다 후행하는 4세기 후반~5세기 전반경 백제의 영향하에 조영된 소규모 취락으로 판단된다.

보은 및 옥천은 식장산 등의 산지에 의해 갑천수계와 구분되는 분지지형으로, 금강 또는 금강 지류인 보청천 수계에 해당한다. 확인된 유적 가운데 취락 규모가 크고 이른 시기에 해당하는 유적은 보은 우진리유적을 들 수 있다. 우진리유적이 위치한 구릉 전면으로 너른 충적지가 전개되어 있으며 23기의 주거지가 구릉 정상부와 사면을 중심으로 입지한다. 유적의 존속시기는 3세기 후반에서 5세기 전반에 해당되어, 원삼국시대부터 조영되기 시작하고, 백제단계까지 존속하였던 취락이라 할 수 있다. 그리고 4세기 중·후반경의 보은 성주리유적, 보은 서원리유적이 위치한다.

4. 금강-미호천권역

금강-미호천권역은 행정구역상 충북 진천, 청주, 증평 및 세종에 해당한다. 미호천은 금강 최대지류로서 음성 망이산성에서 발원하여 진천을 지나 세종특별자치시 합강리 일원에서 금강에 합류한다. 미호천이 큰 수계인만큼 지류와 연계되어 있으며 수계주변으로 너른 충적대지가 발달해 있다. 상류에는 진천분지가 형성되어 있고, 중류에는 많은 고고학적 자료가 조사된 청주분지 및 오창과 오송 등을 품고 있다. 또한 미호천권역은 오창 학소리유적[43] 내 주거지에서 2~3세기 무렵에 해당하는 영남지역계통의 우각형파수부호가 출토되는 등 진천 송두리유적[44] 등과 함께 일찍부터 영남지역과의 교류가 이루어진 지역이다.

미호천 상류인 진천지역은 분지지형 중앙을 남-북으로 미호천이 흐르고 있다. 마한 · 백제 주거지는 미호천 수계를 중심으로 입지하며 대표적으로 진천 송두산업단지 내 송두리유적이 있다. 송두리유적은 동-서방향의 능선에서 남쪽으로 뻗어내리는 구릉과 곡간부에 취락이 형성되어 있으며 유적 전면에 하천이 흐르고 주변으로 충적대지가 형성되어 있다. 조사된 주거지는 곡부에 연접한 사면에 분포하며 토기가마, 제철노 등의 생산시설이 존재하는 대규모 취락이다. 송두리유적이 제철 등을 중심으로 한 중심 거점취락이라한다면 송두리유적과 3㎞ 이내에 위치한 진천 삼용리 · 산수리유적은 토기전문생산집단에 의해 운영되었던 취락일 가능성이 크다. 그리고 미호천 좌안의 구릉에 위치한 신월리유적, 백곡천에 인접한 신정리유적 등 소규모 취락이 분포하는 양상이다.

〈표 4〉 금강-미호천권역 마한 · 백제 주거유적

유적명	입지	주거지	관련유구	존속연대
진천 산수리 · 삼룡리유적[45]	구릉	6	토기요19	3C전반~4C중반
진천 신월리유적[46]	구릉	9	분묘2	3C후반~4C전반
진천 석장리유적[47]	구릉	16	제철노4, 수혈29, 구상3, 소성10	4C후반~5C전반

---

43) 中原文化財研究院, 2008, 『梧倉 鶴巢里 · 場垈里遺蹟』.
44) 忠北大學校博物館, 1991, 『鎭川 松斗里遺蹟發掘調査報告書』.
45) 韓南大學校博物館, 2006, 『鎭川 三龍里 · 山水里 土器窯址群』.
46) 中央文化財研究院, 2005, 『鎭川 新月里遺蹟』.
47) 한국선사문화연구원, 2013, 『鎭川 九山里 · 石帳里遺蹟』.

진천 송두리유적[48]	곡간	1	주혈군 등	4C중반~4C후반
진천 송두산업단지송두리유적[49]	구릉, 곡간	240	고상건물36,제철노56, 토기요16,수혈474	·
진천 미잠리유적[50]	구릉	1	원형수혈3	4C후반~5C전반
진천 신정리유적[51]	구릉	15	제철로1	4C전반
진천 지암리유적[52]	구릉	1	·	4C중반~4C후반
음성 용대리유적[53]	구릉	10	분묘4	4C초반~4C중반
음성 양덕리유적[54]	구릉	4	·	4C후반~5C초반
음성 삼봉리유적[55]	구릉	1	·	·
증평 추성산성[56]	구릉	15	토성	4C중반~5C전반
청주 송절유적[57]	충적지	531	제철로18,수혈217,분묘369 등	3C말~4C말
청주 송절동유적[58]	구릉	9	수혈7,저장수혈5,다중구	4C전반~4C후반
청주 명암동유적[59]	구릉	10	수혈1	4C전반~4C후반
청주 봉명동유적[60]	구릉	33	수혈1	4C전반~4C후반
청주 가경동유적[61]	구릉	8	수혈8,토기요1	4C전반~4C후반

---

48) 韓國文化財保護財團, 2005,『松斗里遺蹟 發掘調査 報告書』.

49) 강지원, 2018,「진천 송두리 백제 제철유적 조사성과」,『최근 백제사 연구의 제문제(제31회 백제학회 정기학술회의)』, 백제학회.

50) 충북문화재연구원, 2017,『진천 미잠리 산10-5번지 유적』.

51) 충청북도문화재연구원, 2018,『진천 신정리 568-16번지 유적』.

52) 충청북도문화재연구원, 2009,『진천 지암리유적』.

53) 中原文化財研究院, 2012,『陰城 龍垈里遺蹟』.

54) 충청북도문화재연구원, 2011,『음성 양덕리유적』.

55) 中央文化財研究院, 2008,『陰城 柳村里·道晴里·覺悔里遺蹟』.

56) 中原文化財研究院, 2013,『曾坪 二城山城Ⅲ』: 2014,『曾坪 杻城山城』.

57) 충북대학교박물관 외 5개 조사기관, 2018,『淸州 松節洞遺蹟』.

58) 韓國文化財保護財團, 2000,『淸州 松節洞遺蹟』; 中原文化財研究院, 2007,『淸州 松節洞遺蹟』; 中央文化財研究院, 2008,『淸州 松節洞遺蹟』; 충청북도문화재연구원, 2014,『청주 송절동 산 90-7번지 유적』.

59) 國立淸州博物館, 2000,『淸州 明岩洞遺蹟(Ⅰ)』; 國立淸州博物館, 2001,『淸州 明岩洞遺蹟(Ⅱ)』.

60) 忠北大學校博物館, 2002,『淸州 鳳鳴洞遺蹟(Ⅰ)-Ⅰ地區 調査報告-』; 忠北大學校博物館, 2006, 『淸州 鳳鳴洞遺蹟-Ⅴ地區 調査報告-』.

61) 忠北大學校博物館, 2002,『淸州 佳景4地區 遺蹟(Ⅰ)』; 忠北大學校博物館, 2004,『淸州 佳景4地區 遺蹟(Ⅱ)』.

청주 비하동유적[62]	구릉	5	저장수혈5	4C후반~5C전반
청주 분평동유적[63]	구릉	6	수혈70	3C후반~4C전반
청주 지북동유적[64]	구릉	1		5C전반
청주 오송유적[65]	구릉	5	토광묘735기 등	3C후반~5C전반
청원 풍정리유적[66]	구릉	6	수혈22,주혈군2	4C전반~4C후반
청원 연제리유적[67]	곡간	6	저장수혈5,탄요1,제련로1,고상건물18	4C전반~4C후반
청원 쌍청리유적[68]	구릉	2	·	3C후반~4C중반
연기 합강리 생줄유적[69]	구릉	5	탄요1	3C후반
연기 용호리 용산유적[70]	구릉	9	토기요11,수혈45	4C중반~5C전반
연기 응암리 가마골유적[71]	구릉	33	환호,토기요6,수혈17	3C후반~4C전반
연기 응암리유적[72]	구릉, 곡간	16	수혈8,분묘15	3C후반~4C중반
연기 월산리 황골유적[73]	구릉	2	고상건물4,저장수혈120,구상25	4C전반~5C전반
연기 대평리A~D[74]	충적지	186	고상건물114,수혈1207,분묘186	4C전반~5C중반
연기 석삼리유적[75]	충적지	8	주구부굴립주건물지23, 굴립주건물지38,도로 등	4C전반~4C후반

62) 中原文化財研究院, 2006,『清州 飛下洞遺蹟』; 中原文化財研究院, 2008,『清州 飛下洞遺蹟Ⅱ』.

63) 中央文化財研究院, 2006,『清州 粉坪洞遺蹟』.

64) 中原文化財研究院, 2013,『清州 池北洞遺蹟』.

65) 중앙문화재연구원, 2018,『청주 오송유적』.

66) 中央文化財研究院, 2005,『清原 大栗里·馬山里·楓井里遺蹟』; 中原文化財研究院, 2012,『清原 桃源里·楓井里遺蹟Ⅱ』.

67) 中央文化財研究院, 2008,『清原 蓮堤里遺蹟』.

68) 國立清州博物館, 1993,『清原 雙清里 住居址』.

69) 中央文化財研究院, 2014,『燕岐 龍湖里 龍山·合江里遺蹟』.

70) 中央文化財研究院, 2014,『燕岐 龍湖里 龍山·合江里遺蹟』.

71) 忠北大學校博物館, 2010,『燕岐 鷹岩里 가마골遺蹟(B地區)』; 韓國考古環境研究所, 2010,『燕岐 鷹岩里 가마골遺蹟(A地區)』.

72) 公州大學校博物館, 2008,『燕岐 鷹岩里遺蹟』.

73) 韓國考古環境研究所, 2010,『燕岐 月山里 황골遺蹟』.

74) 百濟文化財研究院, 2012,『行政中心複合都市敷地 內 3-1-A地點 燕岐 大坪里遺蹟』; 韓國考古環境研究所, 2012,『行政中心複合都市敷地 內 3-1-B地點 燕岐 大坪里遺蹟』; 忠清南道歷史文化研究院, 2010,『行政中心複合都市敷地內 3-1-C地點 燕岐 大坪里遺蹟』; 韓國考古環境研究所, 2017,『行政中心複合都市 3-1生活圈(D地點) 燕岐 大坪里遺蹟』.

75) 韓國考古環境研究所, 2015,『燕岐 石三里遺蹟』.

연기 나성리유적[76]	충적지		구획저택11,구획유구29, 주구건물4,망루6,도로 등	4C후반~5C전반
세종 평기리유적[77]	구릉	23	환호,원형수혈26,	4C전반~4C중후반
세종 봉안리유적[78]	구릉	1	수혈6	
세종 태산리유적[79]	구릉	2	·	4C말~5C전반
천안 장산리유적[80]	구릉	8	·	3C초반~3C후반
천안 용원리유적[81]	구릉	121	토기요3,고상건물2,수혈2	3C중반~4C중반

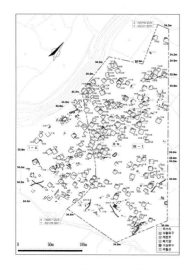

〈그림 7〉 청주 송절동유적(일부)

미호천 중류인 청주지역은 동부의 산지를 제외하고 구릉이 발달하였으며 서쪽으로 미호천이 형성되어 너른 충적지가 발달한 지역이다. 일대의 중심취락은 청주테크노폴리스 내 송절동유적이다. 송절동유적은 마한·백제 주거, 생산, 저장, 분묘 들을 비롯한 다양한 구성요소가 복합적으로 확인된 대단위 유적이다. 이 가운데 중심 주거공간은 미호천과 무심천이 합류하는 남안의 충적지에 입지하며 500기 이상의 주거지가 확인되었다. 그리고 충적지

76) 中央文化財硏究院, 2015,『燕岐 羅城里遺蹟』; 韓國考古環境硏究所, 2015,『燕岐 羅城里遺蹟』.

77) 백제문화재연구원, 2017,『세종 평기리 264-4번지 유적』; 백제문화재연구원, 2016,『세종 평기리 유적』; 백제문화재연구원, 2016,『세종 평기리 288-9번지 유적』; 東邦文化財硏究院, 2015, 『世宗 坪基里遺蹟』.

78) 嘉耕考古學硏究所, 2016,『世宗 鳳安里遺蹟』.

79) 동방문화재연구원, 2017,『세종 태산리 188-8번지 유적』.

80) 忠南大學校博物館, 1996,『天安 長山里遺蹟』.

81) 忠淸埋藏文化財硏究院, 1999,『天安 龍院里遺蹟 A地區』; 서울大學校博物館, 2001,『龍院里遺蹟 C地區』; 公州大學校博物館, 2000,『天安 龍院里 古墳群』.

에 위치한 평지성 취락 뒤편의 구릉에는 구릉 전체를 감싸도록 조성된 3중의 구상 유구가 존재하고 있어, 충적지상의 취락과 유기적인 관계를 가지면서 방어 및 경계가 필요한 기능이 구릉에 존재하였을 가능성이 있다. 취락의 존속시기는 3세기 말~4세기 말로 이해된다. 청주분지 일원에서 송절동유적을 제외하고 봉명동유적, 비하동유적, 가경동유적, 분평동유적 등 다수가 존재하나, 대부분 구릉상에 위치하는 소규모 취락이다.

미호천 우안에 위치한 오송 일원은 청주분지와는 일정 거리를 두고 있어 세력권이 형성될 수 있는 여지가 충분히 있으며 이를 보여주는 유적으로 오창유적, 오송유적이다. 오창 일원에서는 아직까지 중심취락은 확인되고 있지 않으나 오송 일원에서는 분묘군과 함께 주거유적이 확인된다. 오송유적에서는 2세기 중후반~4세기 중엽의 대규모 분묘군이 존재하는 것에 비해 주거지는 주거지 6기 정도만이 확인되어 일원은 분묘조영공간으로 활용하였음을 알 수 있다. 취락은 분묘군 동쪽에 위치한 청원 연제리유적 및 만수리 원평유적을 중심으로 한 공간이라 이해된다. 연제리유적은 4세기 중반경에 해당하는 주거지 6기 등이 조사되었는데 주거지보다 이른 시기에 해당하는 제철유구의 존재로 볼 때, 진천 송두리유적의 예에서와 같이 이 일원의 곡간부를 중심으로 취락이 조영되었을 가능성이 높다. 그리고 오송유적 18지점 주구건물지는 28기가 확인되었는데, 이는 아산 갈매리유적이나 연기 나성리유적 등에서 확인되는 유형과 유사하고, 그 기능 또한 주거목적보다는 생산시설과 관련한 형태로 이해된다. 이들 집단은 철기생산 등을 자체생산하면서 이 일대의 중심 거점취락으로 자리매김하였을 것이다.

오창 및 오송일원 서쪽의 병천천 수계와 접하여 천안 용원리유적 및 장산리유적이 위치한다. 용원리유적은 능선의 남사면에 입지하고 유적 남쪽에는 하천변 충적대지가 발달해 있다. 유적은 구릉 사면에 주거지 121기가 5개의 군으로 구분되어 입지한다. 용원리 취락은 3세기 중반~4세기 전반경에 거점취락으로 자리매김하였던 것으로 이해된다. 장산리유적은 용원리 취락 운용 이전에 소규모 개별취락이라 할 수 있다. 유적은 남쪽으로 뻗어내리는 구릉 사면에 입지하고 있고, 주변에 너른 충적지가 발달해 있다. 주거지는 8기가 구릉 사면에 중복관계를 보이며 분포한다.

　미호천 하류의 연기 응암리 가마골유적은 남쪽으로 뻗어내리는 구릉의 정상부에 입지하며 유적 동쪽으로는 금강의 지류 하천에 의해 충적지가 형성되어 있다. 유적 서쪽으로는 응암리 및 용호리유적이 자리한다. 유적은 구릉 정상부 및 사면에 주거지가 입지하고, 취락을 이중환호로 보호하고 있다. 주거지는 33기가 확인되었으며 토기요 6기가 공존하고 있어 생산과 소비가 함께 이루어진 취락이라 할 수 있다. 주거지는 대부분 사면에 열상으로 입지하는 특징을 보인다. 미호천 서쪽에 위치한 세종 평기리유적은 유적이 위치한 구릉 전면에 금강의 지류인 하천이 흐르고 주변으로 충적지가 형성되어 있는 입지적 특징과 구릉 정상부를 둘러싼 3중의 환호가 존재한다. 미호천을 경계로 서쪽과 동쪽 일원에 각각 위치한 응암리

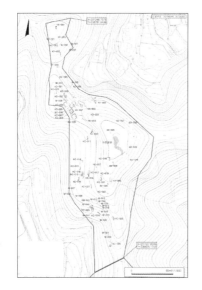

〈그림 8〉 연기 응암리가마골(A지구)유적

가마골유적과 평기리유적은 입지면에서 있어서 유사할뿐만 아니라 환호 취락이라는 점에서 4세기 전반경 백제가 이 일대에 대하여 직접적인 영향력을 끼치기 이전에 거점취락으로 기능하였을 것으로 판단된다.

　연기 대평리유적은 금강 본류 남안의 너른 충적지상의 미고지에 입지한다. 마한·백제에 해당하는 유구는 주거지 186기, 주구부굴립주건물지 3기, 굴립주건물지 111기를 비롯하여 분묘 184기가 조사되었다. 그리고 구하도 내에서 수전과 밭 경작지가 조성된 대규모 취락지이다. B지점 내에 위치한 취락 중

심은 북쪽의 가장 높은 지역에 조성된 묘역과 구분되어 자리하며 중간지점은 양호한 지형임에도 불구하고 공공건물만을 축조하고 공지로 두어 제사 의례 등의 다양한 공적기능 공간으로 활용한 것으로 보아 체계적이고 지속적인 취락으로서 기능한 것으로 여겨진다. 마한에 해당하는 주거지의 존속시기는 3세기 후반~4세기 중반으로 볼 수 있다. 백제시대 주거지는 5세기를

〈그림 9〉 연기 나성리유적(일부)

전후로 편년되어 대평리 북쪽, 금강을 넘어 위치한 나성리유적이 운영되는 시기에 소규모 취락이 일원의 마한 취락 공간을 점유하였던 것으로 판단된다.

　연기 나성리유적은 대평리유적의 맞은 편 금강 북안의 충적지의 미고지에 자리한다. 취락 형태는 수혈주거지의 형태가 아니라 구를 이용하여 부지를 구획한 후 생활, 생산 및 저장, 제사, 광장, 수장저택, 묘역, 토성 등이 배치한 거점적인 도시 구조이다. 존속시기는 5세기 전반~5세기 후반의 백제시대에 운영되었던 유적으로, 한성백제와 긴밀한 관계속에 백제의 지방도시로 기능하였을 가능성이 있다[82].

5. 금강-갑천권역

　금강-갑천권역은 행정구역상 대전, 충남 계룡에 해당한다. 서쪽으로 계룡산, 동

---

82) 李弘鍾 · 許義行, 2014, 「漢城百濟期 據點都市의 構造와 機能-羅城里遺蹟을 中心으로-」, 『百濟 研究』 60.

쪽으로 식장산-계족산, 남쪽으로 보문산-구봉산 등의 산지에 의해 둘러싸인 분지 지형이며 갑천을 비롯한 대전천과 유등천 등의 하천수계가 발달한 지형적 특징을 보인다. 현재까지 조사된 마한·백제 취락은 구릉에 입지하는 경향을 보이지만 충적대지상에서도 존재할 가능성이 크다.

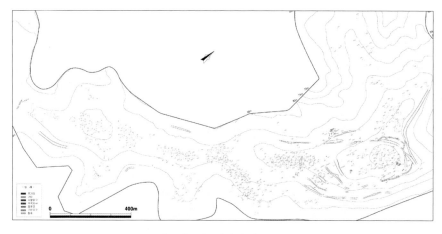

〈그림 10〉 대전 용계동유적

권역 내 마한의 대규모 취락은 용계동유적이라 할 수 있다. 유적은 북쪽으로 뻗어내리는 구릉의 끝단에 위치하며 유적 북쪽으로 진잠천이 동쪽으로 흘러 갑천에 합류한다. 유적이 위치한 구릉 정상부에서는 하천의 합수지점을 비롯한 일원의 충적지를 조망하기에 탁월하다. 용계동 취락 내 주거지는 443기가 확인되었으며 관련된 유구는 주거지군을 아우르는 환호, 그리고 환호 외부에는 생산시설인 토기가마 6기, 탄요 1기 등이 조사되었다. 원형계 및 방형계 주거지는 구릉 정상부와 완만한 사면을 중심으로 집중 분포한다. 용계동 취락은 현재까지 대전분지 내에서 가장 규모가 큰 취락으로 볼 수 있어 한성백제가 일원을 통합하기 이전의 중심취락으로 판단된다.

<표 5> 금강-갑천권역 마한 · 백제 주거유적

유적명	입지	주거지	관련유구	존속연대
대전 용계동유적[83]	구릉	443	토기요6,탄요1,환호	3C전반~4C중반
대전 구성동유적[84]	구릉	29	저장수혈2,분묘15	3C전반~중엽
대전 오정동유적[85]	구릉	5	분묘2	3C전반~중엽
대전 신대동유적[86]	구릉	9	수혈1,분묘2	3C후반~4C중반
대전 장대동유적[87]	구릉	12	수혈1	3C후반~4C중반
대전 죽동유적[88]	구릉	47	토기요1,탄요1,구상4	3C전반~4C중반
대전 도안동 음지말유적[89]	구릉	2	토기요2,구상1,수혈1	3C중반~4C중반
대전 상대동 중동골유적[90]	구릉	14	탄요1,분묘1,구상1	3C중반~4C중반
대전 대정동유적[91]	구릉	7	탄요1,저장수혈37,분묘1	3C말~4C초
대전 대화동유적[92]	구릉	3	수혈3,구상6,분묘1	4C후반~5C중반
대전 송촌동유적[93]	구릉	6	분묘19	4C초~전반
대전 판암동유적[94]	구릉	4	저장수혈1	4C전반~4C중반
대전 덕암동유적[95]	구릉	6	토기요1,수혈11,구상3	3C후반~4C전반
대전 추목동유적[96]	곡간	2	·	4C중반~4C후반
대전 지족동유적[97]	곡간	2	고상건물4,구상,주공군	4C말~5C초

---

83) 中央文化財研究院, 2011,『大田 龍溪洞遺蹟』.

84) 韓南大學校博物館, 1997,『大田 九城洞遺蹟』.

85) 韓南大學校博物館, 1998,『大田 梧井洞遺蹟』.

86) 韓南大學校博物館, 2004,『大田 新垈洞遺蹟』.

87) 충청남도역사문화원, 2006,『大田 場垈洞遺蹟』.

88) 中央文化財研究院, 2014,『大田 竹洞遺蹟』.

89) 中央文化財研究院, 2011,『大田 佳水院洞 · 道安洞遺蹟』.

90) 백제문화재연구원, 2011,『대전 상대동(중동골 · 양촌)유적』.

91) 高麗大學校埋藏文化財研究所, 2002,『大井洞遺蹟』.

92) 中央文化財研究院, 2002,『大田 大禾洞遺蹟』.

93) 忠南大學校博物館, 2016,『京釜高速道路 청원-증약間 擴張工事區間內 文化遺蹟 發掘調査 報告書』; 大田保健大學博物館, 2002,『大田 松村洞遺蹟』.

94) 百濟文化財研究院, 2009,『大田 板岩洞遺蹟』.

95) 湖南文化財研究院, 2016,『大田 德岩洞遺蹟』.

96) 忠淸文化財研究院, 2004,『大田 自雲洞 · 秋木洞遺蹟』.

97) 백제문화재연구원, 2010,『大田 智足洞 遺蹟』.

대전 복룡동 당산마을 유적[98]	충적지	42	와요2,공방1,구상1	4C후반~5C후반
계룡 두계리유적[99]	구릉	1	·	3C중반~4C초반
계룡 입암리유적[100]	구릉	26	저장수혈12	4C전반~4C중반

〈그림 11〉 대전 용계동유적

용계동유적을 중심으로 도안동 음지말유적은 1.2㎞, 상대동 중동골유적은 1.2㎞, 장대동유적은 3.2㎞, 죽동유적은 4.2㎞ 이내에 위치하고 있어 상호 관련성을 갖고 존재하였을 가능성이 크다. 주변 유적 가운데 장대동유적은 구릉 정상부에 12기의 주거지가 일정한 간격을 두고 분포하는 소규모 취락이며, 죽동유적은 47기를 비롯한 토기가마 등의 생산시설이 함께 운영되었던 중형 정도의 취락이라 할 수 있다.

갑천에 인접한 구릉에는 구성동유적, 신대동유적 등이 있다. 구성동유적은 갑천변 북쪽 하안에 접한 구릉에 입지하여 남쪽으로 갑천과 충적대지가 내려다 보이는 곳이다. 주거지는 구릉의 남쪽 경사면 일대에 29기의 타원형계 주거지가 밀집 분포한다. 신대동유적 또한 입지면에 있어서 큰 차이를 보이고 있지 않다. 이러한 입지를 가진 유적이 대전지역 내 취락 가운데 비교적 이른 시기에 해당됨은 하천변의 구릉지가 취락지로서 선호되었음을 알 수 있다. 이후 송촌동유적, 대정동유적, 판암동유적 등 수계와 약간 이격된 구릉상에 확대 조영되는 것으로 이해된다.

이후 기존 주거문화와는 다른 주거형태가 등장하는데 대전 지족동유적에서 확

---

98) 錦江文化遺産研究院, 2011, 『大田 伏龍洞 堂山마을 遺蹟』.

99) 忠淸南道歷史文化院, 2007, 『鷄龍 豆溪里遺蹟』.

100) 忠淸南道歷史文化研究院, 2008, 『鷄龍 立岩里遺蹟』.

인되는 呂자형 및 凸자형 주거지이다. 이들 주거형태는 구릉에 입지하는 이전 단계의 주거지와는 다르게 폐쇄적인 곡간부 및 천변 충적대지에 입지하는 것이 특징이다. 주거지 존속시기는 4세기 말~5세기 초에 해당되어 백제의 영향하에 등장한 주거유형이라 여겨진다. 그리고 복룡동 당산마을유적은 주거지 42기가 확인되었으며, 이 가운데 呂자형 3기, 凸자형 1기가 존재한다. 이들 주거지에서 한강유역에 서부터 경기남부지역에 주로 분포하는 주거형식과 함께 출토유물은 대전지역 재지세력이 한성백제의 영향권에 흡수되었음을 보여준다.

갑천 상류에 해당하는 계룡지역은 산지로 둘러싸인 협소한 분지지형으로, 수계를 따라 낮은 구릉과 충적지가 존재한다. 조사된 유적은 대단위의 취락은 확인되지 않았고, 유적 분포상 또한 소략한 편이다. 마한 취락인 입암리유적에서는 주거지 26기가 조사되었다. 유적은 야트막한 구릉 말단부에 입지하며 유적 전면에는 남쪽에서 북쪽으로 작은 하천이 흐르고 있다. 아마도 구릉 정상부를 포함한 일대까지 취락이 입지하였을 가능성이 커, 당시 취락규모는 지금보다 확대된 모습이었을 것이다.

6. 금강 중류권역

〈표 6〉 금강 중류권역 마한 · 백제 주거유적

유적명	입지	주거지	관련유구	존속연대
공주 내촌리유적[101]	구릉	36	·	3C초~3C중반
공주 금흥동유적[102]	구릉	3	·	2C말~3C전반
공주 안영리유적[103]	구릉	7	토실등49	3C말~4C중반
공주 수촌리유적[104]	구릉	2	수혈29	·

---

101) 한남대학교 중앙박물관, 2017, 『公州 內村里 · 上西里遺蹟』.
102) 공주대학교박물관, 2008, 『公州 金興洞遺蹟』.
103) 公州大學校博物館, 2002, 『安永里遺蹟』.

공주 장선리유적[105]	구릉	6	토실39,저장공25,수혈3 등	3C중엽~4C전반
공주 덕지리유적[106]	구릉	59	저장수혈161,토기요5,분묘61	3C중반~4C중후반
부여 반산리유적[107]	구릉	2	수혈13	4C~6C
부여 규암리유적[108]	구릉	8	고상건물1,저장수혈14,목책	3C후반~5C후반
부여 암수리유적[109]	구릉	3	·	3C~4C
부여 가중리 가좌유적[110]	구릉	13	·	3C전반~4C중반
부여 합정리유적[111]	구릉	2	·	5C~6C초
부여 외리유적[112]	구릉	13	수혈1,환호,분묘2	3C후반~4C전반
부여 가탑리 금성산 두시럭골유적[113]	곡간	14	고상건물2,토기요1 등	3C~4C
청양 분향리유적[114]	구릉	4	토기요1	3C후반~4C중반
논산 정지리·원남리·원북리유적[115]	구릉	300	저장수혈약600 등	3C~5C초
논산 내동유적[116]	구릉	223	고상건물4,수혈20	3C후반~4C중반
논산 호암리 절골유적[117]	구릉	1	·	4C대
논산 마전리유적[118]	곡간	2	저장수혈39	3C말~5C중반

---

104) 충청남도역사문화연구원, 2016, 『公州 水村里古墳群Ⅳ』.

105) 忠南發展研究院, 2003, 『公州 長善里 土室遺蹟』.

106) 백제문화재연구원, 2012, 『公州 德芝里遺蹟』.

107) 백제문화재연구원, 2018, 『부여 규암면 반산리 72-7번지 백제유적』; 백제고도문화재단, 2015, 『부여 규암면 반산리 71번지 백제유적』.

108) 大田保健大學博物館, 2004, 『扶餘 籔岩里遺蹟』.

109) 百濟文化財研究院, 2014, 『扶餘 岩樹里 原三國住居遺蹟』.

110) 忠淸문화재연구원, 2006, 『부여 佳中里 가좌·산직리 및 恩山里 상월리 遺蹟』.

111) 忠南發展研究院, 2003, 『扶餘 合井里遺蹟Ⅱ』.

112) 嘉耕考古學研究所, 2014, 『扶餘 外里遺蹟』.

113) 한국전통문화대학교 고고학연구소, 2013, 『부여 가탑리 금성산 두시럭골유적』.

114) 忠淸南道歷史文化院, 2006, 『靑陽 鶴岩里·分香里遺蹟』.

115) 충남대학교박물관, 2000, 『논산 정지리 백제 취락지』(발굴조사 약보고서); 中央文化財研究院, 2001, 『論山 院北里遺蹟』; 百濟文化財研究院, 2014, 『論山 院北里·定止里遺蹟』; 忠淸南道歷史文化研究院, 2012, 『論山 院南里·定止里遺蹟』; 韓國考古環境研究所, 2013, 『論山 定止里遺蹟』.

116) 韓國考古環境研究所, 2011, 『論山 奈洞遺蹟』.

117) 嘉耕考古學研究所, 2012, 『論山 虎岩里절골遺蹟』.

118) 韓國考古環境研究所, 2002, 『麻田里遺蹟-A地區』.

금강 중류권역은 행정구역상 충남 공주, 부여, 논산에 해당한다. 금강은 대평리 유적과 나성리유적 일대를 지나면서 산지에 의해 곡류함에 따라 자연스럽게 단절되는 현상이다. 공주 일원에서 정안천과 유구천, 부여 일원에서 금천이 금강에 합수되는 지점은 산지가 아닌 구릉성 지형을 갖는다. 이후 석성천과 논산천에 이르러서야 너른 충적지를 형성한다.

금강 중류권역 내 마한·백제 주거지 역시 하천 수계를 따라 분포하는 양상으로, 가장 규모가 큰 취락은 공주 내촌리유적이며 주변의 충적지가 한눈에 들어오는 구릉에 입지한다. 내촌리유적에서 확인된 주거지는 36기이며 구릉 정상부에 인접한 사면을 중심으로 위치한다. 그리고 수촌리유적에서는 주거지 2기와 저장수혈 29기 등이 조사되어 고분군 조영 이전에 주거공간으로 활용되었던 것으로 볼 수 있다. 정안천 하류에는 공주 금흥동유적이 존재한다.

부여지역 북안에 위치한 수계를 따라 마한·백제 주거지가 확인된다. 이 가운데 부여 가중리 가좌유적은 금강 지류인 은산천에 인접한 야트막한 구릉의 남사면 상단부에 13기의 주거지가 중복없이 열상으로 분포한다. 주거지 모두 화재에 의해 폐기되었으며 유물양이 많은 것으로 보아 급박한 원인에 의해 폐기된 것으로 이해된다. 부여 외리유적은 금강 우안에 위치한 구릉 상단부에 13기의 주거지가 일부 중복관계를 보이기는 하나 열상으로 분포하고 환호성격의 구상유구가 존재한다. 환호취락의 형태이나 환호의 규모가 크지 않고 주거지 기수가 많지 않아 소규모 취락형태로 여겨진다. 규암리유적과 함께 금강 및 주변지역을 조망하기에 유

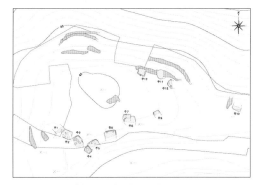

〈그림 12〉 부여 외리유적

〈그림 13〉 논산 내동(Ⅰ-2지구)유적

리한 입지적 특징으로 인해 일반취락이기보다는 감시 성격 등을 가진 취락이라 추정된다. 외리-규암리-반산리-가중리유적은 전체적으로 하나의 벨트로 인정될 수 있다.

반면 금강 우안의 석성천과 논산천 수계와 관련된 유적은 공주 장선리, 공주 덕지리유적, 논산 정지리 · 원남리 · 원북리유적 등이 있다. 장선리유적은 토실유구 등이 구릉 정상부를 중심으로 조영되어 있으며 주거지는 구릉 상단 사면에 일정한 거리를 두고 분포한다. 그리고 장선리유적과 유사한 양상을 보이는 안영리유적, 덕지리유적이 인접하여 위치한다.

논산천과 석성천 사이에 위치한 정지리 · 원남리 · 원북리유적은 조사 사유는 각기 다르나 하나의 단일 유적이라 할 수 있다. 유적은 남-북으로 길게 뻗은 구릉에 입지하며 유적의 동쪽에서 노성천과 논산천이 합류하여 금강으로 유입된다. 유적 내 확인된 주거지는 약300기, 저장구덩이 약600기 등이 조사된 대규모 거점취락이

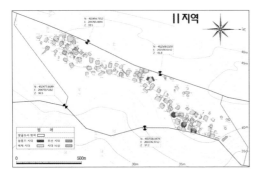

〈그림 14〉 논산 정지리(Ⅱ지역)유적

라 할 수 있다. 취락의 존속시기는 3세기~4세기대를 중심으로 하지만 일부 주거지는 5세기 초까지 존속되었던 것으로 판단된다. 이는 본 유적이 가진 탁월한 입지에서 기인한다고 하겠다. 그리고 주거지 223기가 조사된 논산 내동유적 또한 중심취락으

로 기능하였을 가능성이 있다.

금강 중류권역에 분포하는 유적 가운데 백제단계의 취락은 소략한 것에 비해 저장수혈 등 다양한 형태의 수혈이 입지하는 양상이 특징적이다. 논산 화정리유적[119]을 비롯한 저장기능 수혈이 기타 권역보다 다수 분포하고, 형태 또한 다양한데, 장선리유적의 토실 구조는 저장기능이 강조된 유구라 생각된다. 이는 금강유역의 너른 평야지대를 기반으로 한 높은 생산력에 기인한다고 여겨진다. 백제단계에는 구릉상에 저장기능 등이 독립적으로 조영되고 있음은 관련 취락이 구릉지가 아닌 충적대지상에 입지할 가능성이 높아 향후 조사성과를 기대해 본다.

7. 금강 하류권역

금강 하류권역은 행정구역상 충남 서천, 부여 등에 해당한다. 서쪽은 서해안, 남쪽과 동쪽으로는 금강 하류역, 북쪽으로는 산지성 지형에 의해 구분된다. 권역 중앙에는 북에서 남으로 길산천이 흘러 금강 하류에 유입되며, 과거에는 서해안과

〈그림 15〉 서천 지산리유적

금강 하류의 넓은 유역에 의해 현재보다는 내륙의 깊은 곳까지 바닷물이 유입되어 불규칙한 지형을 가졌을 것으로 이해된다.

---

119) 충청매장문화재연구원, 2003, 『公州 花井里遺蹟』.

유적명	입지	주거지	관련유구	존속연대
서천 지산리유적[120]	구릉 곡간	75	저장수혈등13	4C전반~4C후반
서천 봉선리유적[121]	구릉	68	저장수혈107 등	3C중반~5C중반
서천 추동리유적[122]	구릉	32	수혈?	3C후반~4C중반
서천 송내리 원도골유적[123]	구릉	10	구상3	4C전반
서천 송내리유적[124]	구릉	28	수혈9	3C중반~4C중반
서천 옥북리 역리유적[125]	구릉	5	·	3C중반
서천 옥남리유적[126]	구릉	12	토기가마1,수혈15	4C후반~5C전반
서천 석촌리 대월골유적[127]	구릉	6	·	3C중엽~4C대
서천 저산리유적[128]	구릉	2	고상건물2,저장수혈26,봉토분2	4C후반~5C후반

　　권역 내 마한 주거지는 서천 지산리 · 추동리 · 송내리유적 등에서 조사되었다. 지산리유적은 길산천 상류에 위치하는데 유적 전면에는 소하천에 의해 형성된 충적지가 있다. 유적은 구릉에 입지하며 주거지는 동쪽으로 돌출된 능선 선상부를 제외하고 남사면의 상단부에서 하단부의 저지대에 이르기까지 넓은 분포범위를 갖는다. 조사된 주거지는 75기이나 취락 일부만이 조사되었기에 취락 규모는 보

---

120) 公州大學校博物館, 2005,『舒川 芝山里遺蹟』.

121) 忠淸南道歷史文化院, 2005,『舒川 鳳仙里遺蹟』; 忠淸南道歷史文化硏究院, 2018,『舒川 鳳仙里遺蹟Ⅰ』; 충청문화재연구원, 2009,『서천 봉선리유적』; 忠南大學校百濟硏究所, 2004,『舒川 鳳仙里 · 台城里遺蹟』.

122) 忠淸文化財硏究院, 2006,『舒川 楸洞里遺蹟-Ⅰ地域』; 忠淸文化財硏究院, 2006,『舒川 楸洞里遺蹟-Ⅱ地域』.

123) 韓國考古環境硏究所, 2011,『舒川 松內里 원도골遺蹟』.

124) 忠淸埋藏文化財硏究院, 2001,『舒川 松內里遺蹟』.

125) 忠淸文化財硏究院, 2014,『舒川 玉北里 驛里遺蹟』.

126) 忠淸文化財硏究院, 2008,『舒川 玉南里遺蹟』.

127) 한일문화유산연구원, 2013,『서천 석촌리 대월골유적』.

128) 부여문화재보존센터, 2012,『서천 저산리 · 수성리유적』.

다 넓은 범위에 걸쳐 조영되었을 가능성이 높다. 그리고 지산리유적 남쪽으로 봉선리유적이 자리하며 마한 주거지는 10여기로 백제단계에 해당하는 취락보다 소규모이다.

추동리유적은 금강 하류역에 인접한 구릉지로, 북쪽을 제외한 지역은 바닷물이 유입되었을 가능성이 크다. 조사된 주거지 32기가 일정한 간격으로 배치되었으며, 취락 남쪽으로 구역을 달리하여 분묘군이 자리한다. 추동리유적에서 길산천을 사이에 두고 서쪽으로 약6.3㎞의 거리에 송내리유적이 위치한다. 이들 유적은 3세기 후반~4세기 중반경에 존속하였던 취락으로 백제가 일대에 직접적인 영향을 끼치기 이전에 운영되었던 취락이라 할 수 있다.

백제단계에 해당하는 유적은 대표적으로 봉선리유적을 들 수 있으며 주거지 가운데 백제에 해당하는 주거지가 다수를 차지하는 것으로 판단된다. 마한 주거지가 구릉 사면부에 입지하는 것과는 달리 백제 주거지는 구릉 선상부와 사면부에

〈그림 16〉 서천 봉선리유적

걸쳐 폭넓게 분포한다. 원삼국시대에는 구릉 정상부에 분묘군, 사면부에 취락을 조영하였으나, 백제단계에 들어와 마한의 분묘공간을 포함한 구릉 전면에 취락을 조성하였던 것으로 이해된다. 서해안에 인접한 서천 옥남리유적의 주거지는 구릉을 달리하여 날머리유적 2기, 원개들유적 8기, 우아실유적 2기가 각각 확인되어 주거지의 밀집도는 높지 않은 것으로 여겨진다.

8. 남한강 상류권역

남한강 상류권역은 행정구역상 충북 충주, 제천, 단양, 음성 동부, 괴산 등이 해당된다. 본 권역은 북쪽으로 남한강 상류에 접하며 동쪽으로 험준한 태백산맥에 의해 단절되는 지형을 갖는다. 그리고 서쪽으로는 금강유역의 낮은 구릉성 지형과 구분되는 산지가 남-북방향으로 형성되어 있다. 권역 내 원삼국·백제 주거지는 충적대지상 또는 구릉상에 입지한다.

남한강 수계를 따라 중도유형문화의 표지적인 주거형태인 몸자형 및 凸자형 주거지가 존재하며 유적은 중원 하천리유적[129], 단양 수양개유적[130], 괴산 두천리유적[131] 등이 있다. 단양 수양개유적은 남한강 우안의 충적대지, 중원 하천리유적은 남한강 지류인 제천천변에 입지하는 등, 이들 유형의 취락은 하천변 충적지에 위치하는 특징을 보인다.

〈표 8〉 남한강 상류권역 마한·백제 주거유적

유적명	입지	주거지	관련유구	존속연대
충주 장태산유적[132]	구릉	29	분묘16	4C중반~4C후반
충주 탑평리유적[133]	충적지	37	수혈363 등	4C후반~5C전반
충주 탄금대토성[134]	구릉	3	토성,저수시설1	4C 중후반
충주 대화리유적[135]	구릉	2	탄요13,제련로2	4~5C

---

129) 김병모 외, 1984,『忠州댐 水沒地區文化遺蹟發掘調査綜合報告書』, 考古美術分野(Ⅱ).

130) 忠北大學校博物館, 1995,「단양 수양개유적 발굴조사 개보」,『年報』4.

131) 한국선사문화연구원, 2010,『槐山 杜川里遺蹟』.

132) 충청북도문화재연구원, 2013,『충주 장태산·장천리·잠병리·율능리유적』.

133) 中央文化財研究院, 2013,『忠州 塔坪里遺蹟』; 國立中原文化財研究所, 2013,『忠州 塔坪里遺蹟(中原京 추정지) 발굴조사보고서』.

134) 中原文化財研究院, 2009,『忠州 彈琴臺土城Ⅰ-2007年度 發掘調査 報告-』.

135) 中原文化財研究院, 2012,『忠州 大花里遺蹟』.

충주 문성리 큰긴골유적[137]	구릉	30	탄요23,수혈31,분묘2	4C후반~5C후반
음성 오궁리유적[138]	구릉	3	.	3C중반~4C초반
제천 신월동유적[139]	곡간	1	.	.
제천 왕암동유적[140]	구릉	7	수혈2	3C중반~3C후반
괴산 학생중앙군사학교부지 내 유적[141]	구릉	5	분묘1	4C중후반

　백제가 이 일원에 진출하기 이전의 마한 문화와 관련한 유적은 음성 오궁리, 제천 왕암동유적이라 판단된다. 오궁리유적은 남한강 지류인 청미천 수계에 입지하는 유적으로, 구릉 사면부에서 마한 주거지 3기가 확인되었으며, 왕암동유적은 구릉의 남사면에서 원삼국 주거지 7기가 조사되었다. 오궁리 및 왕암동유적에서는 경질무문토기가 출토되는데, 동부내륙지역에서 경질무문토기의 전통이 중서부지역보다 늦게까지 존속하는 것을 고려하더라도 3세기 중반, 백제 이전 단계에 해당되는 것으로 보인다.

　백제 이전 재지세력에 의해 운영된 취락은 충주 장태산유적으로 판단된다. 장태산유적은 남한강 우안의 구릉에 입지하는데 동쪽 사면에 29기의 주거지, 서쪽 사면에 (주구)토광묘 16기가 조사되었다. 그리고 백제가 남한강 상류역에 진출하였음을 보여주는 유적은 충주 탑평리유적으로, 유적은 남한강 좌안의 너른 충적지상에 입지하며, 백제, 고구려, 신라 삼국의 고고학적 증거들이 확인되어 일대를 중심으로 한 세력변화를 보여준다. 백제단계는 4세기 후반~5세기 전반에 해당하는 주거지 37기와 관련유구가 조사되었다.

136) 中原文化財研究院, 2012, 『忠州 大花里遺蹟』.
137) 중원문화재연구원, 2014, 『충주 가신리·문성리유적』.
138) 韓國文化財保護財團, 2001, 『陰城 梧弓里·文村里遺蹟』.
139) 韓國文化財保護財團, 2003, 『堤川 新月土地區劃整里事業地區 文化遺蹟 試·發掘報告書』.
140) 中原文化財研究院, 2011, 『堤川 旺岩洞遺蹟』.
141) 충청북도문화재연구원, 2012, 『괴산 학생중앙군사학교부지 내 유적』.

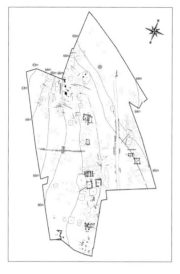

〈그림 17〉 충주 탑평리유적

충주 문성리 큰긴골유적은 전면에 하천이 존재하고 있으나 개방된 구릉에 위치하기보다는 폐쇄적인 곡간부에 입지하고 있어, 일반 주거지 입지와는 차별성을 보이고 있다. 주거지는 30기가 확인되었는데, 취락 주변으로 다수의 목탄요가 존재하고, 주거지 출토품에서 철기의 비율이 높은 점[142]으로 보아 철기생산을 전문으로 하는 집단에 의해 운영되었던 취락이라 할 수 있다. 이는 백제가 5세기 전반 철생산기지로서 충주지역 일대를 적극적으로 경영하였음을 보여준다고 할 수 있다.

Ⅲ. 충청지역 마한·백제 주거 구조와 출토유물

1. 서해안-삽교천권역

서해안-삽교천권역의 마한의 주거 양상은 홍성 석택리유적 등을 통해 파악할 수 있다. 석택리 주거 구조는 방형계이며 장방형보다 방형이 높은 비율을 보이고 있어 충청 서해안 일대의 방형계 주거형태와 맥을 같이하고 있다. 마한 단계에 해당하는 주거지는 방형 비사주공식이 주를 이루며 취사 및 난방시설은 주거지 모서리

---

142) 주거지 출토 철기유물은 철촉 75점, 철모 1점, 철준 2점, 철부 11점, 철도자 11점, 철겸 8점, 철정 8점 등, 그리고 숫돌 11점이 출토되었다. 특히 4호 주거지에서 철정 7점, 15호 주거지에서 철촉 53점이 출토되었다.

에 점토를 이용하여 부뚜막 또는 쪽구들형태로 시설하였다. 아궁이 내부에 솥받침으로 석재 또는 토기를 이용하였고, 배연부는 주거지 벽면을 굴광하여 외부로 돌출시켰다. 석택리유적 내 방형 사주공식 주거지는 환호취락 밖에서 주로 확인되며 주거지 기수가 많지 않고, 비사주공식 주거지보다 대형이라는 점, 유물상 등을 고려한다면 시기적으로 후행할 가능성이 크다.

서산 해미 기지리유적에서는 분구묘보다 선행하는 주거지가 확인되어 마한의 주거지라 판단된다. 주거형태는 방형 비사주공식이며 규모면에서 석택리 주거 규모보다 큰 편이다. 그리고 취사 및 난방시설은 점토를 이용하여 축조하였으며 부뚜막에서 직각으로 꺾여 길게 시설된 쪽구들 형태이다. 기지리 주거 형태는 동일권역 내 석택리 취락보다는 금강 하류권역의 지산리 및 송내리유적 등과 유사성이 크다고 볼 수 있다. 이러한 양상이 시기적 또는 지역적 차이인지는 추후 검토의 여지가 있으나 마한 주거문화의 다양성으로 파악된다.

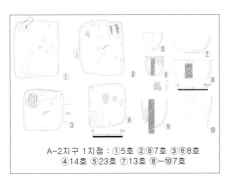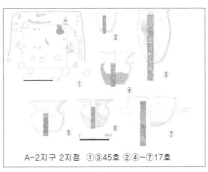

A-2지구 1지점 : ①5호 ②87호 ③68호
④14호 ⑤23호 ⑦13호 ⑧~107호

A-2지구 2지점 ①③45호 ②④~⑦17호

〈그림 18〉 홍성 석택리 주거지 및 출토유물

유물은 마한 단계의 주거지에서는 경질무문토기가 확인되고 격자타날문 중심으로 확인되나 평행선문도 일부 확인된다. 기종으로는 심발형토기, 장란형토기, 시루, 완, 호, 주구토기, 대옹 등 일반 주거 출토품과 큰 차이를 보이지 않는다. 심발

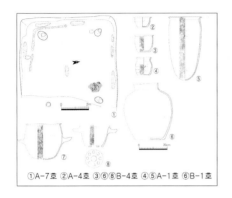

①A-7호 ②A-4호 ③⑥B-4호 ④⑤A-1호 ⑥B-1호

〈그림 19〉 당진 가곡리Ⅱ 주거지 및 출토유물

형토기는 경질무문토기 전통이 강하게 남아 있는 것과 전형적인 격자타날 심발형토기가 출토된다. 장란형토기 또한 심발형토기와 유사한 양상이다. 시루는 평저에 소형 원공이 무질서하게 배치된 형식이다. 석택리유적은 백제 진출 이전 마한에 의해 운영되었던 취락인 만큼 그 유물상에 있어서도 재지적인 특징을 보이고 있다.

백제의 영향 관계 속에서 조영된 취락은 당진 가곡리·원당리유적 등으로 주거 형태는 방형계가 중심이다. 기둥배치는 석택리와 달리 사주공식이 주를 이루며 취사 및 난방시설은 원당리의 경우 부뚜막이 높은 비율을 차지하는 반면, 가곡리에서는 부뚜막과 쪽구들, 노지 형식이 공존한다.

유물은 격자 및 승문 등이 함께 확인되며 기종은 심발형토기, 장란형토기, 시루 등의 자비용기를 비롯하여 개배, 삼족기 등이 출토된다. 대표적으로 시간성을 반영하는 시루의 경우 증류공이 중앙원공을 중심으로 중형원공을 배치하거나 중앙원공에 반원공을 배치한 형식이 주를 이룬다.

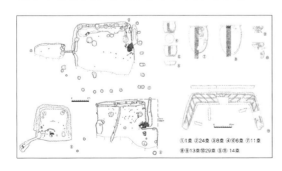

①1호 ②24호 ③8호 ④⑥6호 ⑦11호
⑧⑨13호⑩29호 ⑪ 14호

〈그림 20〉 서산 언암리 낫머리 주거지 및 출토유물

서산 언암리 낫머리유적은 5세기를 전후한 시점에 해당하는 유적으로, 권역 내 취락 가운데 늦은 단계라 할 수 있다. 주거지는 방형이 주를 이루나 일부 주거지는 정형성이 흐트러져 기존 형식

적 분류 범위에 포함시키기 어려운 점이 있다. 주공배치 또한 사주공식, 사주벽주공식 등 다양하게 확인된다. 취사 및 난방시설은 점토를 이용한 부뚜막 구조로, 주거지 벽면 중앙 및 모서리를 중심으로 배치하였고, 일부는 연도를 주거지 외부로 돌출시키는 구조가 확인된다. 1호 주거지는 呂자형 평면에 사주의 중심주공이 배치되었으며 벽주가 존재하는 형식으로 전형적인 백제계 요소와 재지계의 요소가 지속적으로 결합하고 있음을 알 수 있다. 그러나 한성기 늦은 단계에 조영된 당진 성산리 주거형태에서 판석재 부뚜막이 시설되면서 방형계 비사주공식으로 통일되면서 기존 사주공식 주거 형태가 소멸하는 것으로 이해된다.

유물 가운데 심발형토기 및 장란형토기는 격자타날이 소멸하고 평행선문 또는 승문계가 중심이며 기형은 심발형토기의 경우 기고가 낮고 경부가 넓어지는 형태로, 장란형토기의 경우 난형에 가까운 형태로 변화한다. 그리고 시루는 원공이 기존보다 더 커지고, 중앙원공을 중심으로 반원공을 배치한 평저 동이형 시루가 대세를 이룬다. 그리고 삼족기, 고배, 배, 완, 뚜껑, 아궁이틀 등이 출토된다.

2. 곡교-성환천권역

곡교-성환천권역의 마한 주거지는 원형계와 방형계가 확인되지만 방형계가 높은 비율을 보인다. 이른 단계의 방형 주거는 입장천 수계에 위치한 정촌리유적과 본고에서 권역을 구분하였으나 인접한 장산리유적 등에서 확인된다. 정촌리 방형 주거는 사주공식과 비사주공식의 비율이 유사하나 병천천 수

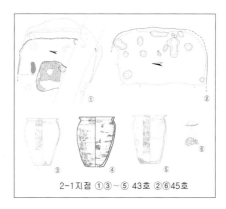

2-1지점 ①③~⑤ 43호 ②⑥45호

〈그림 21〉 천안 정촌리 주거지 및 출토유물

계에 위치에 장산리·용원리는 사주공식의 비율이 높은 점은 두 지역간 차별성이라 할 수 있다. 취사 및 난방시설은 정촌리의 경우 무시설식노지가 다수이며 쪽구들과 부뚜막은 각각 1기씩만이 확인된다. 이는 이른 단계의 주거에서 취사 및 난방시설인 부뚜막 및 쪽구들 구조가 활발하게 채택되지 못하였을 가능성이 있음을 보여준다.

정촌리 2지점 79호 및 두정동 D지구 9호 등은 벽면이 둥글게 처리된 형태로, 원형계의 속성이 반영된 주거형태로 판단된다. 이들 주거형태의 기둥배치는 비사주공식이며 점토 부뚜막이 시설되어 있다. 본 권역의 원형계 주거는 자료가 충분치 않기에 금강-갑천권역의 원형계 주거지와의 관련성을 언급하기 어려운 점이 있다.

정촌리유적 등 이른 시기의 주거지에서는 경질무문토기와 타날문토기가 공반된다. 격자타날문토기의 비율이 높은 편이며 경질무문토기 제작전통에 타날문토기 제작기술이 도입된 과도기적 모습으로 이해된다. 경질무문토기는 발형토기, 완 등 기종이 제한적이나 격자타날문토기는 심발형토기, 장란형토기, 시루, 원저호, 동이 등이 주를 이룬다. 시루는 서해안-삽교천권역의 석택리와 다른 원저에 소형 원공이 다수 투공된 형식이다.

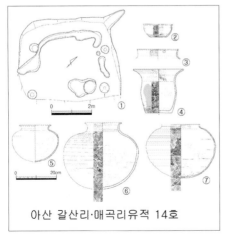
아산 갈산리·매곡리유적 14호

아산 갈산리유적 11호

〈그림 22〉 아산 갈산리·매곡리 주거지 및 출토유물

이후 본 권역에서는 방형 사주공식 주거가 지속적으로 채택되고 유지된다. 두정동 D-8호·갈산리 11호·삼룡동 Ⅱ-6호 등에서는 사주벽주공식이 확인되며 평행선문 장란형토기, 유견호, 조족문토기 등이 출토되어 단순 사주공식 주거보다 후행하는 주거형식이라 할 수 있다. 취사 및 난방시설은 다른 권역과 비교하여 명확한 구조의 예가 많지 않은데, 두정동 및 유리유적 등에서 부뚜막과 쪽구들이 확인된다.

토기는 취사·배식·저장용기 중심이며, 철기는 이른 시기의 주거지를 포함하여 출토량이 전체적으로 많지 않은 편이나 아산 송촌리 6호 주거지에서 평행타날의 장란형토기와 함께 쇠삽날, 철모, 철정 3점이 출토되었다.

기존 주거형식과 다른 凸자형 주거지는 갈매리에서 확인된다. 갈매리 凸자형 주거지는 육각형 구조에 출입구가 부가되어 있고, 출입구 맞은편 벽면에 판석재 부뚜막이 축조되었다. 주공은 벽주공식으로 한성백제의 전형적인 구조이나 유물은 격자문의 심발과 장란형토기, 완 등이 출토되어 백제적인 요소가 뚜렷하지 않다[143]. 呂자형 및 凸자형 주거는 곡교천을 따라 미호천 지류인 병천천의 용원리에서 확인되는데, 용원리에서는 방형 주거공간에 축약된 출입구가 부가되고, 사주공이 배치되고 있어 재지적인 요소와 결합된 양상을 보인다.

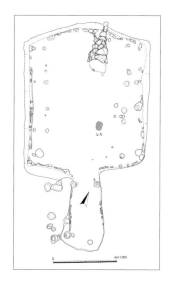

〈그림 23〉 아산 갈매리
Ⅲ지구 KC-001호

---

143) 서현주, 2010, 「호서지역의 원삼국문화-주거지를 중심으로」, 『마한·백제 사람들의 주거와 삶』, 중앙문화재연구원·국립공주박물관.

수혈 주거 형태 가운데 시기적으로 후행하는 아산 초사동 주거는 방형 2주공식이며 판석조 부뚜막이 시설되었다. 유물은 승문계 장란형토기, 평행선문과 격자타날이 조합된 원저호, 광구소호 등이 출토되어 5세기 중엽경으로 편년된다. 권역 내의 주거지 가운데 구릉상에 입지하는 5세기대 유적의 예가 많지 않음은 갈매리·매곡리유적의 예처럼 취락의 입지가 충적지 및 구릉 말단부로 중심 취락지가 이동하였음을 알 수 있다. 토기조업 등과 같은 생산시설과 결부된 일부 주거지만이 구릉상에 자리하는 것으로 판단된다.

3. 금강 상류권역

금강 상류권역의 마한·백제 주거지의 평면형태는 원형계 주거지와 방형계 주거지가 확인된다. 원형계 주거지가 확인되는 유적은 권역에서 3세기 초까지 소급되는 금산 창평리유적으로, 금산·옥천 일원은 원형계 분포권에 해당된다고 할 수 있다[144]. 창평리유적의 주거지는 일부 원형이나 모서리가 말각을 이루며 벽면이 밖으로 벌어져 타원형에 가까운 형태의 주거지가 확인된다. 이러한 중형의 주거지는 소형의 방형 주거지보다 선행하는 것으로 보아 전체적으로 원형에서 방형, 대형에서 소형으로 변화하는 것으로 볼 수 있다. 기둥배치는 주공이 확인된 사례가 많지 않아 정형적인 사주공식보다는 비사주공식으로 분류될 수 있을 것이다. 취사 및 난방시설은 점토를 이용하였고, 쪽구들보다는 부뚜막구조가 우세한 편이다. 그리고 솥받침은 석재를 선호하였으나 석재+토기, 또는 장란형토기 등을 시설한 예 등이 있다.

---

144) 옥천 가풍리유적 2호 주거지는 원형이며 부뚜막이 시설되어 있어, 금산·옥천일원까지 원형 주거지 분포권으로 이해된다.

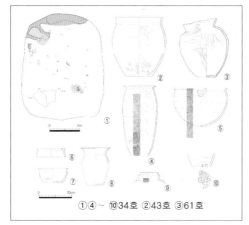
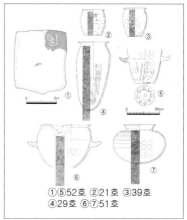

①④~⑩34호 ②43호 ③61호

①⑤52호 ②21호 ③39호
④29호 ⑥⑦51호

〈그림 24〉금산 창평리 주거지 및 출토유물

　유물은 경질무문토기 외반구연옹 등이 일부 주거지에서 출토되었으며 전체적으로 격자계 문양이 우세하다. 기종은 장란형토기, 심발형토기, 시루 등의 자비용기가 주를 이루며 배식기인 완, 발형토기, 저장용기인 원저호, 대옹 등이 있고, 그외 이중구연토기, 파배, 주구토기 등이 출토되었다. 심발형토기는 격자타날 일색이고, 장란형토기 역시 격자타날이 우세하며 세장한 난형의 첨저형태를 띠는 형식이 우세하다. 시루는 평저에 소형 원공이 배치된 형식이며 시기적으로 늦은 52호 출토품만이 중형 원공이 배치된 형식이다. 뚜껑은 창평리 34호에서 상부가 편평한 형태가 확인되며 지역적으로 인접한 금강-갑천권역의 판암동 1호, 용계동 54호 출토품과 유사성을 띤다.

　창평리유적과 달리 구릉에 입지하면서 시기적으로 후행하는 수당리는 방형계 주거이면서 기둥이 확인되지 않는다. 유물은 심발형토기의 경우 격자와 함께 승문타날이 확인되고 장란형토기는 격자타날이나 동최대경이 상부에 위치한 형식이다. 이는 승문계 심발형토기가 한성백제의 영역확대와 관련하여 등장하는 것

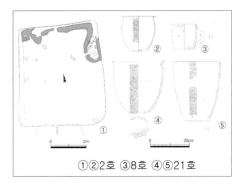

〈그림 25〉 보은 우진리 주거지 및 출토유물

①②2호 ③8호 ④⑤21호

145)을 고려한다면 두 집단의 문화상의 차이를 알 수 있다.

현재까지 확인된 보은지역의 마한·백제 주거지는 모두 구릉에 입지한다. 보은 우진리·성주리·서원리유적의 주거지는 방형계 일색이며 기둥배치는 사주공식, 벽주공식 등이 확인된다. 그러나 이들 주거지 간에는 방형계 비사주공식이면서 쪽구들 및 부뚜막이 시설된 형식과 방형 사주공식이면서 부뚜막이 시설된 형식으로 크게 구분된다. 유물상에서 방형계 비사주공식이 방형 사주공식보다 선행하는데, 방형 사주공식은 4세기 중반 이후로 편년된다. 이는 재지적 주거형식이 원형계보다는 방형 비사주공식이었으며 백제 진출 영향으로 방형 사주공식으로 변화하는 것으로 이해할 수 있다. 그러나 방형 사주공식이 유입됨에도 기존 주거양식이 계속적으로 조영되면서 백제 요소와 상호 결합하기도 한다.

유물은 방형 비사주공식이 중심을 이루는 우진리유적에서는 격자타날이 우세하며 심발형토기 및 장란형토기 등 단순한 기종구성을 보인다. 그러나 방형 사주공식의 성주리와 서원리유적에서는 평행선문이 증가하는 경향을 보이며 파배 등이 추가되면서 기종구성이 다양해진다.

4. 금강-미호천권역

금강-미호천권역의 주거지 평면형태는 방형계가 주를 이루나 금강과 미호천이

---

145) 朴淳發, 2001, 「深鉢形土器考」, 『湖西考古學報』 4·5합집, 湖西考古學會.

합류하는 일원의 합강리 생줄유적과 금강과 무심천이 합류하는 송절동유적에서 원형계 주거지가 확인되고 있어 갑천권역과의 관련성을 상정할 수 있다. 합강리 생줄유적의 방형계 주거지는 구릉의 사면부에 위치하는 반면, 원형계 주거지는 구릉의 정상부 평탄면에 입지하고 있어, 입지상에 있어서도 차이를 보이고 있다. 청주 송절동유적 원형계 주거지는 경질무문토기가 공반되어 이른 단계로 볼 수 있으나 일부 중복관계에서 방형보다 후행하는 예(Ⅶ-2지점 방형65호-원형66호)를 고려한다면 유적 내에서 원형과 방형의 시기차이는 크지 않을 가능성이 크다. 한편 중평 추성산성 북성 1차 1·4호에서와 같이 (타)원형 주거문화는 4세기 중반 무렵까지 그 전통이 유지되었던 것으로 볼 수 있다.

유물은 송절동유적 등의 이른 단계의 주거지에서 격자문토기와 경질무문토기가 공반되며 점차 경질무문토기는 소멸하면서 격자 및 평행타날토기 중심으로 변화하는 일반적인 흐름과 맥을 같이 한다. 기종은 심발형토기, 장란형토기, 동이, 시루, 완 등 기종의 다양성은 높지 않은 편이다. 시루의 경우 합강리 생줄유적 4호 출토품은 원저에 미세공이 투공된 형태로, 권역에서 이른 단계의 주거지와 대응하는 예이다.

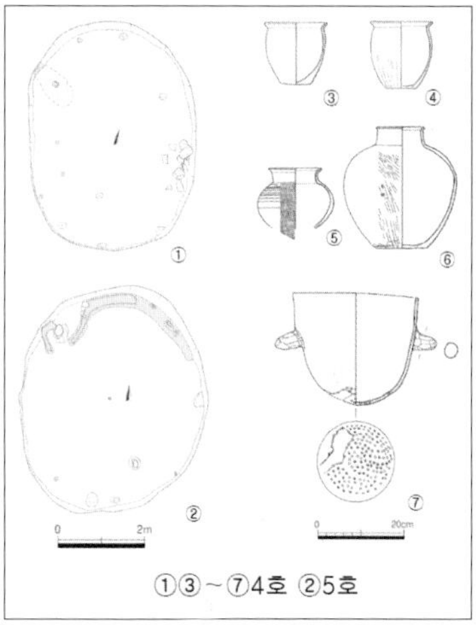

본 권역의 이른 시기 방형 주거지는 진천

〈그림 26〉 연기 용호리 생줄 주거지 및 출토유물

①③~⑦4호 ②5호

신월리유적 3호와 청주 송절동유적 Ⅶ-2지점 69호 등을 들 수 있으며 아직까지 원형계 주거지가 분포하는 미호천 하류역에서는 확인되지 않고 있다. 구릉에 입지하는 신월리 3호는 사주공과 부뚜막이 시설된 것으로 추정되고, 충적지에 입지하는 송절동 Ⅶ-2지점 69호는 벽주공과 'ㄱ'자 쪽구들이 시설되어 차이점이 존재한다.

유물은 경질무문토기와 타날문토기와 공반되며 유물 가운데 시루는 소형원공이 불규칙하게 뚫린 형식이다.

이후 4세기 전반경의 방형 주거지는 미호천 하류에 위치하는 연기 응암리유적 등의 경우 사주공식이 주를 이루나 중상류역의 명암동유적 등은 비사주공식이 높은 비율을 보인다. 취사 및 난방시설은 쪽구들 및 부뚜막 구조가 모두 확인된다.

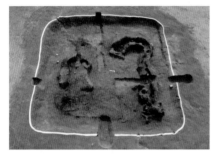

〈그림 27〉 청주 송절동(Ⅶ-1지점) 6호 주거지 및 출토유물

〈그림 28〉 청주 송절동(Ⅶ-1지점) 105호 주거지 및 출토유물

연기 응암리 가마골 A지구 KC-023호는 주거지 내 유물 세트관계가 확인된 경우로 발 10여점, 호 6점, 대옹 1점 등이 배식 및 저장용기를 중심으로 출토되었다. 출토유물 조합상에서 취사용기의 결여는 주거지 내 취사시설이 존재하지 않은 것에

기인하는 것으로 이해된다. 또한 KC-008호 마형대구 6점, KC-009호에서 마형대구 8점 등과 함께 인골이 확인되었고, 환호내부에서 철정 11매가 출토되는 등 유물출토상이 주목된다. 이러한 맥락과 함께 응암리 및 응암리가마골유적 등 화재에 의한 폐기가 다수 존재하는 것으로 볼 때 취락의 폐기원인이 전쟁 등의 급박한 이유에 의한 것으로 추정된다.

그리고 4세기 중·후반경 이후에는 사주공에 벽체를 세운 정연한 벽주가 등장한다. 이러한 사주벽주공식은 재지계의 사주공식과 한강유역의 벽주식 건물이 결합하여 발생한 것으로 파악된다[146]. 대표적인 유적으로 진천 송두 산업단지 내 송두리유적, 청원 연제리 유적, 연기 대평리유적 등을 들 수 있다. 취사 및 난방시설은 무시설식노지,

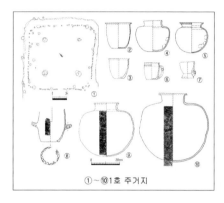

〈그림 29〉 청원 연제리 1호 주거지 및 출토유물

부뚜막, 쪽구들 모두 확인되나 미호천 상류로 갈수록 부뚜막 비율이 높아지고, 하류로 갈수록 쪽구들 구조 비율이 증가하는 경향이다. 축조재료는 부뚜막의 경우 점토+석재의 비율이 높고, 쪽구들의 경우 점토의 비율이 높은데 이는 시기적인 변화상을 반영하는 것이라 할 수 있다.

백제 주거지는 평면형태상 방형을 비롯하여 凸자형, 오각형 등으로 다양화된다. 청주 송절동 및 연기 대평리·세종 태산리유적 등에서 凸자형 주거지가 확인되지만 사주공식과 점토 부뚜막의 비율이 높아 재지적 요소와 결합되는 양상을 보여

---

146) 김승옥, 2007, 「금강유역 원삼국~백제시대 취락의 전개과정 연구」, 『한국고고학보』 65, 한국고고학회.

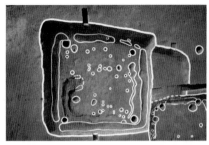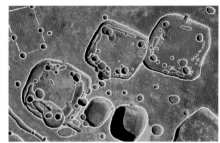

〈그림 30〉 연기 응암리가마골(KC008호) 대평리 D지점(KC015~017)

준다. 이러한 주거 유형의 등장은 5세기를 전후한 시점에 백제의 영향이 마한재지
권역으로 점차 남하함에 따라 등장하는 주거유형이라 볼 수 있으나 이와 같은 유
형의 주거지가 소수에 그치는 것으로 보아 지속적인 현상으로 보기 어려운 측면이
있다. 재지적 전통의 주거지는 풍정리유적 및 오송유적 5지점 1호처럼 방형 사주
식 주거형태가 유지되지만 거점취락의 경우는 연기 나성리유적에서와 같이 다양
한 기능의 유구가 복합적으로 배치된 구조로 변화되어 간다. 이 시기의 주거지에
서는 승문타날 장란형토기, 고배, 개배 등이 출토된다.

5. 금강-갑천권역

금강-갑천권역 마한 주거지는 이른 시기부터 원형계 주거지와 방형계 주거지가
확인된다는 것이 가장 큰 특징이다. 두 형식의 주거지는 원형계 주거지가 방형계
주거지보다 이른 시기의 주거형식임이 이제까지의 조사성과에서 밝혀졌다. 타원
형계 주거지는 3세기대 취락인 대전 구성동 · 용계동 · 신대동 · 오정동유적 등이
해당되며 갑천변 구릉에 분포되어 있다. 원형계 주거지는 4세기 전반경까지 계속
적으로 존속하는 것으로 판단된다. 원형계 주거지 주공배치는 비사주공식 또는 벽
주공식이 주가 된다. 내부시설은 점토를 이용한 부뚜막과 쪽구들 형태의 취사 · 난

방시설이 확인되며 쪽구들의 비율이 높은 편이다.

유물은 경질무문토기와 격자 타날문이 공반되는데 오정동유적의 경우 경질무문 토기 비율이 60%를 상회하는 것으로 나타난다. 기종은 경질무문토기 외반구연옹, 심발형토기, 미세원공시루 등이 출토되며 타날문 단경호, 양이부호 등과 함께 완 과 호 등의 소형기종이 함께 출토된다. 철기는 철겸, 철촉 등 소량이 공반된다.

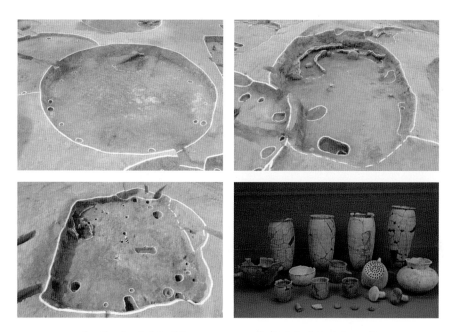

〈그림 31〉 대전 용계동 51 · 272 · 412호 주거지 및 유적 출토유물

방형계 주거지 또한 장대동유적에서 확인되는 바와 같이 3세기 후반부터 등장 하고 용계동 · 송촌동유적 등에서 확인된다. 장대동은 정형화된 방형계 사주공식 중심의 취락이나 용계동은 원형 및 타원형을 비롯하여 방형과 장방형 주거지가 모 두 확인되고 있다. 용계동 386 · 412호 등은 방형 사주공에 쪽구들이 시설된 주거 로, 출토된 3점의 장란형토기가 3세기 후반경에 해당하는 점을 고려한다면 방형

사주공식 주거가 지속적으로 존속함을 알 수 있다. 그리고 용계동 233호 주거지 등의 예에서 보듯이 평면 타원형에 사주공 결합하는 예도 존재한다. 이는 방형계 주거지 형식이 본 권역에 유입된 후에 두 주거문화가 결합하는 양상으로 이해된다. 내부시설은 점토를 이용한 부뚜막과 쪽구들 형태의 취사·난방시설이 원형계 주거지에서와 같이 확인된다.

유물은 장대동유적에서 경질무문토기가 확인되기도 하나 말기적 특징을 보여주는 것으로 보아 소멸과정에 있는 것으로 여겨진다[147]. 심발형토기 등의 문양은 장대동유적의 경우 무문양이나 대부분의 유적의 경우 격자계가 중심이며 늦은 단계로 가면서 격자계가 우위를 차지하고 있는 가운데 일부 승문계가 확인되고 있다. 기종은 장란형토기, 파수부동이, 파수부시루, 단경호, 완 등의 전통적인 기종이 지속적으로 사용되며, 광구호, 평저단경소호, 배 등의 기종이 추가된다. 시루는 대부분의 유적에서 평저+소원공 형식이 주를 이루나 장대동유적 출토품의 경우 원저+소원공 형식과 함께 원저+선공 형식이 함께 보이고 있는 것이 특징이다. 양이부호는 오정동 C-24호, 죽동 31호, 용계동 357호 등에서 출토되었다. 뚜껑은 상부가 편평한 형태와 삿갓형태가 확인되는데, 편평한 형태는 용계동 47·106호, 판암동 1호 등이고, 삼각거치문이 시문된 삿갓형은 용계동 167·263·305호 등의 출토품이 있다. 계형토기는 128호 출토품 등이 있다.

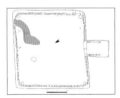 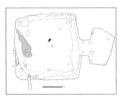

〈그림 32〉 대전 지족동 1·2호 주거지

이후 4세기 말~5세기 전반에 대전 지족동·복룡동 당산마을유적에서 보이는 주거형태인 장방형 또는 몸·凸자형 주거형태가 등장한다. 지족동 주거지는 몸자형 1

147) 조상기, 2007, 「대전지역 고대 정치체의 성립과 변천」, 『硏究論文集』 3號, 中央文化財硏究院.

기, 凸자형 1기가 확인되었으며 주공배치는 사주공식이며 벽체를 위한 홈과 소주공이 확인된다. 내부시설은 점토를 이용한 부뚜막이 확인된다. 유물은 격자타날문이 주가 되며 기종은 발형토기, 파수부시루 등이 출토되었고, 살포 1점, 철촉 1점, 철겸 3점 등 철기유물이 이전 주거형태보다 많은 수량이 출토되었다. 복룡동 당산마을에서는 呂자형 3기, 凸자형 1기 등 모두 방형계이다. 주거지 간 중복관계에서 정방형보다 장방형이 후행하는 것으로 확인된다. 주공배치는 사주공식, 벽주공식 등이 확인되는데, 일반적으로 무주공식이 많으나 呂자형의 경우 사주공식 또는 사주벽주공식이다. 내부시설은 점토 및 점토+석재를 이용하여 부뚜막 또는 쪽구들을 시설하였으며 부뚜막의 비율이 높다. 격자 및 선문타날된 옹형토기, 심발형토기, 시루, 삼족기 등 한성백제기의 표지적인 유물이 출토된다.

지족동 및 복룡동 당산마을유적에서는 한강유역에서 보이는 주거 평면형태에 재지적인 사주공식 주공배치가 결합된 양상을 보인다는 점과 백제의 표지적인 유물이 출토되고 있어 갑천권역이 한성백제의 영향권에 흡수되었음을 보여준다 하겠다.

갑천권역 상류에 위치한 유적 가운데 마한 취락인 계룡 입암리유적은 갑천하류의 대전 분지와는 다르게 방형계 주거지 일색으로, 시기적으로 선행하는 주거지는 장방형보다 방형의 비율이 높고, 주공배치가 비사주공식이 주를 이룬다. 대전분지의 마한 취락에서는 원형 및 방형계가 혼재하면서 사주공 배치가 확인되는 것에 비해 이 일원에서는 방형 중심이고, 비사주공식이 높다. 취사 및 난방시설은 대부분 점토를 이용한 부뚜막과 쪽구들이다.

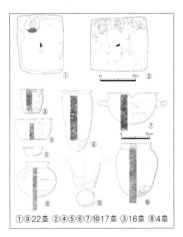

①⑨22호 ②④⑤⑥⑦⑩17호 ③16호 ⑧4호

〈그림 33〉 계룡 입암리 주거지 및 출토유물

유물은 격자계 중심이며 일반 주거지 출토유물상과 유사하나 시루의 비율이 적고, 심발형토기와 완의 출토비율이 같은 점이 특징이라 할 수 있다. 이러한 양상은 대전분지에 위치한 취락과의 관련성보다는 지역적으로 인접한 금강 중류권역의 논산 정지리·원북리·원남리유적의 주거 형태와 관련성이 있는 것으로 판단된다. 이후 계룡 두계리유적 1호에서와 같이 백제단계에는 규모가 대형화된 방형 사주공식 주거가 확인되고, 취사 및 난방시설은 석재 + 점토를 이용한 구조가 확인된다.

6. 금강 중류권역

금강 중류권역 가운데 마한 주거양상을 살펴볼 수 있는 유적은 정안천 수계에 위치한 내촌리유적 등이다. 내촌리 주거지 평면형태는 방형계 주거지의 비율이 높기는 하나 원형계의 주거지 비율이 일정 정도 차지하고 있음이 특징이다. 그리고 시기적으로 취락의 존속시기가 3세기 초~3세기 중반에 해당되어 원형계 주거지는 갑천유역권 및 미호천 하류를 중심으로 확인된다는 점에서 상호 관련성을 생각해 볼 수 있다. 기둥배치는 사주공식보다는 비사주공식이며 취사 및 난방시설은 부뚜막은 18기, 쪽구들은 8기이고, 시기적으로 후행하는 16·22호를 제외하고 점토를 이용하여 축조하였다.

유물은 내촌리유적에서 경질무문토기와 격자타날문토기가 공반 출토되고 있다. 경질무문토기의 주요기종은 심발형토기, 완, 시루 등이고, 타날문토기의 주요기종은 호와 동이 등이다. 경질무문 심발형토기는 동최대경이 중상위에 위치하고, 구연은 약간 외반한다. 경질무문 시루는 원저옹형이며 바닥에 소형원공이 투공되어 있는 형식이다. 타날문 장경호의 경우 견부에 삼각거치문이 시문되어 있다.

정안천 하류의 공주 금흥동유적은 타원형 주거지 1기, 방형 주거지 2기가 확인된다. 주공은 확인되지 않으며 방형 2호 주거지 모서리에 부뚜막이 시설되어 있다.

방형 3호에서 원저심발형토기가 출토되어 주목되는데, 원저심발은 연기 용호리유 적 1·3호 (주구)토광묘에서 궐수문장식검과 함께 출토되어 3세기 전반에 해당한 다[148]. 원저심발형토기 및 유개대부호 등은 주로 아산·청주지역 분묘에서 출토되 고 있어, 이들 주거는 방형의 주거양식인 것으로 추정되는데, 이는 기존 원형계 주 거형식권역으로 유입되는 것으로 이해된다.

부여 및 석성천을 중심으로 입지하는 취 락 내 주거지는 정안천유역의 주거지와 달 리 방형계가 다수를 차지하는 것으로 보아 마한부터 백제에 이르기까지 형태상의 변 화는 없는 것으로 파악된다. 다만 3세기대 경질무문토기가 공반되는 주거지가 아직 까지 확인되고 있지 않기 때문에 시기 또 는 지역적 차이에서 오는 현상인지 불분명 하다. 기둥배치는 석성천 상류의 주거지를 중심으로 사주공식이 확인되기도 하지만

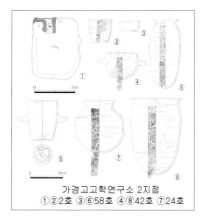

가경고고학연구소 2지점
①②2호 ③⑥58호 ④⑧42호 ⑦24호

〈그림 34〉 논산 정지리 주거지 및 출토유물

전체적으로 비사주공식 비중이 높다. 취사 및 난방시설은 쪽구들보다는 부뚜막이 높은 비율을 보이고 있어 인접한 금강-갑천권역과는 차별성을 보이지만 지리적으 로 인접한 계룡 입압리와는 상호 관련성이 있는 것으로 판단된다. 논산 정지리유 적의 부뚜막 및 쪽구들은 벽면 중앙 및 모서리 등에 시설되는 다양성이 존재하며 솥받침으로 석재 및 심발형토기 등을 이용하였다. 이러한 양상은 부여 외리를 비 롯한 금강 북안에 위치한 유적에서도 큰 차이를 보이지 않는다.

---

148) 公州大學校博物館, 2008,『燕岐 龍湖里遺蹟』; 성정용, 2007,「漢江·錦江流域의 嶺南地域系 統 文物과 그 意味」,『百濟研究』第46輯, 忠南大學校 百濟研究所.

유물은 안영리 · 장선리유적 등에서 격자문 연질토기 등이 주를 이루고, 집선문이 소략한 양상으로 취락의 중심연대는 3~4세기대로 추정된다. 기종은 심발형토기, 장란형토기, 시루 등의 취사용기와 완 등의 배식기, 그리고 저장용기인 호, 옹 등으로 기종의 다양성은 많지 않은 편이다. 정지리유적 등의 출토 시루는 무문의 원통형의 동체이며 바닥은 평저에 중원공이 배치된 형식이다. 양이부호는 가중리 가좌 12호, 내동 III지구 KC-016호 등에서 출토되었다. 뚜껑은 가중리 가좌 10호, 계형토기는 외리 12호 출토품 등이 있다.

정지리 및 내동유적 등에서 사주공식이 늦은 단계에 해당되는 것으로 보아 마한에서 백제로 이행되면서 비사주공식보다는 사주공식을 선호하였다고 볼 수 있다. 내동유적 주거지 가운데 5% 정도만이 사주공식인데, 이들 주거지는 시기적으로 늦은 백제단계에 해당하는 것으로 판단되며 연기 대평리유적에서 확인되는 방형에 출입구가 부가된 형태와 유사한 IV지구 KC-028호 또한 사주공식이다. 권역 내 전형적인 사주공식 주거에서 출토되는 유물은 경질소성 및 평행타날문의 비중이

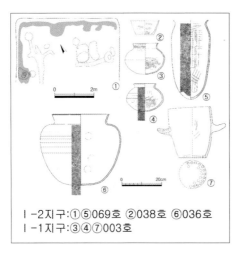
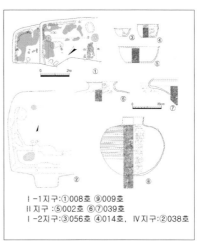

〈그림 35〉 논산 내동 주거지 및 출토유물

증가하는 경향이며 정지리(가경고고학연구소) Ⅰ지역 12호에서 삼족토기 등이 공반되며 내동 Ⅱ지구 KC-039호의 옹의 경부가 발달한 형식이다.

7. 금강 하류권역

금강 하류권역에서 마한에 해당하는 유적은 서천 봉선리 · 지산리 · 추동리 · 송내리 · 석촌리 대월골유적 등이다. 주거지 평면형태는 방형계 일색으로, 원형 및 타원형 주거지형태가 현재까지 확인되지 않아 서해안-삽교천 유역과 함께 지역적 특징이 뚜렷하게 보인다. 기둥배치는 석촌리 대월골 2호 등에서 확인되듯이 사주식이 일부 확인되나 대부분 비사주식이다. 취사 및 난방시설은 점토를 이용하여 축조한 부뚜막 또는 쪽구들과 무시설식 노지가 확인된다. 서천 송내리유적 등은 3가지 형식 모두 존재하고,

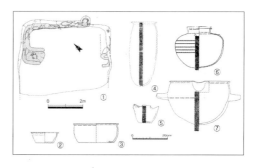

〈그림 36〉 서천 지산리 Ⅱ-11호 주거지 및 출토유물

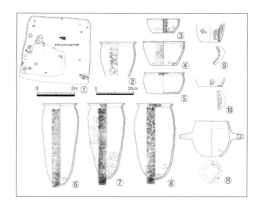

〈그림 37〉 서천 송내리 Ⅰ-12호 주거지 및 출토유물

지산리유적에서는 부뚜막과 쪽구들 구조가 복합된 예가 확인되기도 한다. 그리고 추동리 및 지산리유적의 경우 배연시설을 주거지 외부로 돌출시킨 쪽구들 구조가 존재한다. 한편, 석촌리 대월골의 경우 무시설식 노지만이 시설되어 취락마다 필

요에 의해 그 기능을 중시하여 채택하였던 것으로 여겨진다.

유물은 격자타날이 많고 경질소성의 무문과 평행선문은 소량 확인된다. 기종은 심발형토기, 장란형토기, 주구토기, 양이부호 등이다. 송내리 12호 출토 유물은 주거 내 조리 · 배식 · 저장용 토기 조합상을 보여주는 예라 할 수 있는데, 심발형토기 8점, 장란형토기 5점, 옹 1점, 원저단경호 3점, 동이 1점, 완 4점, 시루 3점, 토제방추차 1점 등이다. 심발형토기는 무문 2점과 격자타날문 6점으로 두 가지 형식이 공반되고, 장란형토기 또한 동체가 세장하면서 저부가 뾰족한 형태와 난형이 함께 출토된다. 시루는 외면이 무문과 격자, 증기공이 소원공과 중원공 두가지 형식이 공반된다. 양이부호는 송내리 I 지구 13호, 석촌리 대월골 1지점 5호, 이중구연토기는 지산리 II-11호 출토품 등이 있다. 계형토기는 지산리 II-11호 출토품이 있는데, 평저에 격자타날되어 있다. 철기는 철겸, 철도자, 철촉 등이 소량 확인되며, 추동리 B-3호에서 철제낚시바늘이 출토되기도 하였다.

〈그림 38〉 서천 봉선리 2005:3-1호 및 2018:9호 출토유물

본 권역의 백제 주거지는 봉선리 · 옥남리유적 등을 들 수 있다. 봉선리유적 I의 9 · 10호는 방형 사주공식이면서 쪽구들이 시설된 형태로, 백제의 표지적인 유물이라 할 수 있는 직구호 등이 공반된다. 이는 백제가 사주공식 방형주거문화를 기반으로 하여 이 일원에 진출하였던 것으로 추정된다. 이후 단계의 주거지 평면

은 기존의 전통과 동일하게 방형계이며 기둥배치는 옥남리유적 원개들 2·4호처럼 사주공식이 존재하나 전체적으로 비사주공식이 주를 이루고 있어, 사주공식 주거문화의 영향이 크지 않았음을 알 수 있다. 그리고 4세기 말~5세기 초 봉선리유적 내 백제 주거지는 기존의 방형의 전통과 다르게 다양한 형태로 변화되어 가는 것은 삽교천권역의 서산 언암리 낫머리유적에서도 확인되는 바이다. 취사 및 난방시설은 쪽구들보다는 부뚜막 또는 무시설식노지를 중심으로 시설되며 점토뿐만 아니라 석재 + 점토를 사용한 예가 증가하고, 봉선리유적 2018-4호, 2005 3-1구역 7호의 예처럼 단순히 주거지 벽면을 굴광하는 것이 아닌 주거지 외부로 연도를 배치한 구조가 확인된다. 그리고 배수시설은 기존에 단순히 주거지 내부의 벽구시설에 한하는 경우가 많았으나 경사면 아래쪽으로 주거지 바닥면에서 외부로 길게 시설하는 경우가 증가한다.

토기류는 격자문의 전통이 계속되지만 경질토기편의 비율이 증가하고 기종면에 있어서 다양함을 보여준다. 기종은 심발형토기, 장란형토기, 시루, 완형토기, 고배, 삼족기 등이다. 장란형토기는 봉선리유적 2018-4호 출토품의 경우 격자에 횡침선이 부가

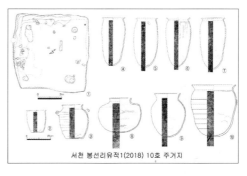

서천 봉선리유적1(2018) 10호 주거지

〈그림 39〉 서천 봉선리 주거지 및 출토유물

되기도 한다. 그리고 시루는 봉선리유적 2지역 3호 출토 시루는 평행선문이며 바닥 중앙에 대형 원공과 주위에 중형원공을 배치한 형식으로 기존의 형식보다 발전된 형식이 확인되고, 봉선리 3-1구역 1호 출토품처럼 완전히 백제화된 형식이 보인다.

8. 남한강 상류권역

남한강 상류권역은 일찍부터 중도유형문화의 표지적인 주거형태인 몸자형 및 凸자형 주거지가 분포하며 대표적인 유적은 중원 하천리유적과 단양 수양개유적이다. 이들 주거문화는 남한강 지류인 달천을 따라 남하하여 괴산지역까지 파급되었음이 두천리유적을 통해 확인된다[149]. 이들 유적에서 확인되는 주거지는 몸자형 및 凸자형으로 주거공간에 출입구가 부가된 구조이다. 주거지는 장방형 또는 오각형, 육각형의 주거공간에 출입구가 부가되어 있으며 노시설은 주거지 장축 중앙선상의 후벽쪽에 치우쳐 부석식 또는 점토띠식 등이 설치되었다. 유물은 중도식토기 및 타날문토기가 공반되는데 타날문토기의 비율이 높다. 이들 유적은 2~3세기대에 존속하였던 취락으로 금강유역권의 주거양상과 차별성을 보이고 있다.

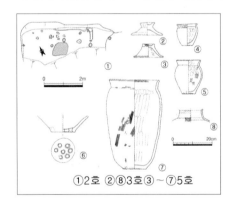

①2호 ②⑧3호③~⑦5호

〈그림 40〉 제천 왕암동 주거지 및 출토유물

한편, 몸자형 및 凸자형 주거형태와 달리 구릉상에 입지하는 방형계 주거지가 음성 오궁리유적과 제천 왕암동유적에서 확인된다. 음성 오궁리유적 1호는 방형계이며 모서리 벽면에 주공이 배치된 형식이며, 제천 왕암동유적에서는 방형계이나 주공은 사주공식과 같이 중심주공은 확인되지 않는 형식이다. 출토유물은 왕암동유적의 경우 경질무문토기의 비율이 높고 격자 및 평행선문 토기가 낮은 비율로 공반된다. 기종은 경질무문 발과 옹, 시루 등이며 격자타날 호가 중심으로, 3세기 중·후반경에

149) 한국선사문화연구원, 2010, 『槐山 杜川里遺蹟』.

해당한다고 할 수 있다. 기존 몸자형 및 凸자형 주거문화에 이어 방형계 마한주거
문화가 유입되는 현상으로 이해된다. 이와 같은 맥락으로 곡간부에 입지하고, 원
형 또는 말각방형의 주거형태이면서 몸자형 및 凸자형 주거형태와 결합하는 타원
형 부석식노지가 시설된 신월리유적 주거지가 출현하는 것으로 추정된다.

백제가 충청동부내륙의 남한강 상류권역을 본격적으로 경영하기 이전 단계의
충주 장태산유적 내 취락은 구릉 반대편 사면에 입지하는 분묘군 등을 참고한다면
4세기 중반경에 편년되는 것으로 이해된다. 주거지는 방형계 주거지이며 비사주
공식의 기둥배치를 갖고 있다. 취사 및 난방시설은 확인되지 않았다. 유물은 격자
타날 및 평행선문이 확인되며 심발형토기, 호 등 단순한 기종구성을 보인다.

충주 탑평리유적의 백제 주거지는 기본적으로 장방형의 평면형태에 출입구가
부가된 몸자형, 凸자형, 방형, 장방형 등 다양하다. 기둥배치는 사주공식의 중심주
공이 있고, 벽체를 세우기 위한 구와 보조기둥이 존재하는 형식과 중심주공이 없
이 벽면을 따라 주공이 배치되어 있는 양식 등이 있다. 내부에는 노지만 시설된 경
우와 부뚜막이 설치된 경우, 부뚜막과 노지가 공존하는 경우 등이 있다. 노지는 수
혈식으로 원형 또는 타원형으로 점토다짐을 한 형태이며 부뚜막은 점토와 석재를
이용하여 'ㅡ'자형으로 축조하였다. 유물 가운데 토기류는 심발형토기, 장란형토기
고배, 시루, 단경소호, 단경호, 광구장경호, 대옹 등이 출토된다. 심발형토기는 요

〈그림 41 〉 충주 탑평리 2-1호 및 유적 출토유물

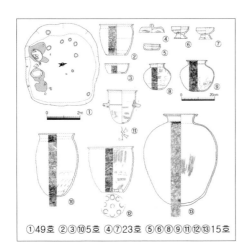

〈그림 42〉 충주 문성리 큰긴골 주거지 및
출토유물

면형 구연에 승문 · 격자 · 평행선문 모두가 확인되고, 장란형토기 또한 유사한 양상으로 재지적인 요소와 백제양식이 공존하는 있는 것으로 판단된다.

충주 문성리 큰긴골 주거지 평면은 방형 또는 장방형을 이룬다. 기둥배치는 중심기둥을 세운 후 보조기둥을 배치한 형식으로 사주공 등 정형성 있는 구조는 확인되지 않는다. 취락 내 부뚜막 및 쪽구들 구조는 명확하지 않고, 10호의 부뚜막 구조는 취사 및 난방시설보다는 철생산 공정을 위한 시설로 보고자는 제시하고 있다. 그리고 주거지 모서리에 저장용 대옹을 묻어 놓은 예가 4기의 주거지에서 확인된다. 유물은 발형토기, 장란형토기, 시루, 고배, 개, 단경호, 대옹 등의 기종이 확인되고, 격자문과 평행선문 뿐만 아니라 조족문이 확인된다. 그리고 다른 취락과는 달리 철촉, 철부, 철정 등과 함께 숫돌 등 철기와 관계된 유물의 비율이 높게 공반되는 특징을 보인다.

문성리 큰긴골유적은 입지면에서 폐쇄적인 공간을 점유하고 있어 일반적인 성격의 취락보다는 철기생산을 담당한 전문집단에 의해 운영된 취락이라 할 수 있다. 백제 단계의 산지 구릉에 입지하는 수혈 주거 형식은 철기 및 토기 생산집단에 의해 조영되었을 가능성이 크다. 한편 중심 취락은 물류 교역 등이 용이한 천변충적지 및 구릉 말단부에 입지하는 것으로 이해된다.

Ⅳ. 맺음말

충청지역 마한·백제 주거지는 각 권역별로 많은 유적이 분포하고 있는데, 금강 유역 및 서해안권역을 중심으로 마한이라는 정치체에 의해 운영된 취락이 존재한 다. 그리고 남한강 하류권역에는 중도유형문화가 유입되었음을 알 수 있다. 이후 백제의 성장과 함께 충청지역으로 남하하는 과정에서 문화적 영향과 영역화 과정 에서 물질문화를 포함한 주거문화가 계속적으로 영향을 끼치게 된다. 그러나 유적 내에는 마한과 백제 주거지가 혼재하는 관계로, 두 주거문화를 명확히 구분해 내 는 것은 그리 쉬운 작업이 아님을 알 수 있다. 그럼에도 불구하고 본고는 충청지역 의 마한·백제 주거지 정리를 통해 거시적 문화흐름을 파악하고자 하였다.

마한 주거지는 서해안과 금강유역을 중심으로 분포하며 중도유형문화권이 유입 된 남한강 상류권역인 충청 동부내륙지역까지 분포하며 각 권역을 중심으로 독자 적인 문화상을 보인다. 서해안-삽교천권역은 홍성 석택리유적, 곡교-성환천권역은 정촌리유적, 금강 상류권역은 금산 창평리유적, 금강-미호천권역은 연기 응암리유 적, 금강-갑천권역 대전 용계동유적 등 각 권역에 거점취락이 분포함과 동시에 소 규모 개별취락이 입지함을 알 수 있다.

충청지역 마한 주거문화는 권역별로 동질성 및 차별성이 공존한다. 서해안-삽교 천권역은 방형 비사주공식 주거문화를 기본으로 한다. 곡교-성환천권역은 방형 사 주공식 주거문화가 주를 이루지만 원형계 주거문화가 일부 유입된다. 금강-미호천 권역은 방형 사주공식 주거문화이나 금강-갑천권역과 인접한 하류역을 중심으로 원형계 주거문화가 교차한다. 금강-갑천권역은 일찍부터 원형계 주거문화와 방형 사주공식 주거문화가 이입되어 상호 영향을 끼쳤던 것으로 파악된다. 금강 상류권 역은 금강-갑천권역과 동일한 원형계 주거문화에 점차적으로 방형 주거문화가 이 입된다. 금강 중류권역은 미호천 및 갑천권역과 인접한 일원을 중심으로 원형계 주거문화가 확인되지만 점차적으로 영향권을 벗어나 방형 비사주공식 문화가 주를 이룬다. 그리고 금강 하류권역은 방형 비사주공식 주거문화 일색이다.

　백제의 진출과 함께 등장하는 呂 · 凸자형 주거문화는 곡교천에 등장하고, 서서히 남하하여 병천천을 지나 금강-미호천권역과 금강-갑천권역까지 확인되나 지속적이지 않았다고 보여진다. 하지만 이들 주거문화는 곡교천권역 및 금강-미호천권역에 영향을 끼쳐 재지적 전통의 방형 사주공식 주거문화에 벽주라는 요소가 결합하여 사주벽주공식으로 변화하고, 점차적으로 사주벽주공식 주거문화는 서해안-삽교천권역 · 금강 상류권역과 금강 중 · 하류권역으로 파급된다. 그러나 5세기를 전후한 시점부터 백제의 지방도시로 편제됨과 함께 취락 조영공간이 천변 충적지 및 구릉 말단부를 중심으로 조영되면서 연기 나성리유적 등과 같은 다양한 기능이 결합된 구조로 변화하는 것으로 이해된다. 한편, 구릉상에 입지하는 수혈식 주거지는 소규모로 입지하게 되고, 발달된 취사 및 난방시설이 채택되면서 형태적으로 정형성이 흐트러진다.

충청지역 마한 · 백제 주거 연구의 성과와 과제

정종태 비전문화유산연구원

I. 머리말

역사적 실체 마한의 성립 시기는 기원전 300년 무렵에서 기원전 2~1세기경으로, 소멸(해체) 시기는 기원후 4세기 후반에서 6세기 중엽까지 다양하다[1]. 이로 인해 마한의 존속 시기는 최대 기원전 300년 무렵에서 기원후 500년 중반에 이른다. 이 기간은 한국고고학계의 시기구분으로는 초기철기시대에서 삼국시대 중반에 해당한다.

그러나 현재까지의 고고학적인 연구 성과로 보아 마한은 우리나라 중서부 및 서남부지역의 원삼국시대와 시간적 범위를 일치하고자 하는 견해는 타당하다[2].

한강유역 및 중서부지방의 원삼국시대의 편년[3]은 경질무문토기·타날문(승문,

---

1) ①박순발, 2009a, 「마한 사회의 변천」, 『마한의 숨쉬는 기록』, 국립전주박물관 기획특별전 도록 논고; ②최완규, 2009, 「마한묘제의 형성과 전북지역에서의 전개」, 『마한의 숨쉬는 기록』, 국립전주박물관 기획특별전 도록 논고; ③임영진, 2009, 「영산강유역 마한사회의 해체」, 『마한의 숨쉬는 기록』, 국립전주박물관 기획특별전 도록 논고; ④최몽룡, 2009, 「마한연구의 새로운 방향과 과제」, 『마한의 숨쉬는 기록』, 국립전주박물관 기획특별전 도록 논고; ⑤최성락, 2009, 「호남지방 마한의 성장과 대외교류」, 『마한의 숨쉬는 기록』, 국립전주박물관 기획특별전 도록 논고; ⑥노중국, 2009, 「마한의 성립과 변천」, 『마한의 숨쉬는 기록』, 국립전주박물관 기획특별전 도록논고.

2) 성정용, 2009, 「중서부지역 마한의 물질문화」, 『마한의 숨쉬는 기록』, 국립전주박물관 기획특별전 도록, 233~234쪽.

3) 한강유역 및 중서부지역 원삼국시대 토기편년은 연구자별로 크게 벗어나지는 않는다.
①박순발, 1998, 『백제국가의 형성연구』, 서울대학교대학원 박사학위논문; ②김성남, 2004, 「백제한성양식토기의 형성과 변천에 대하여」, 『고고학』3-1, 중부고고학회; ③김무중, 2004, 「백제한성기 지역토기 편년-경기 서남부지역을 중심으로-」, 『고고학』3-1, 중부고고학회; ④김무중, 2005, 「한강유역 원삼국시대 토기」, 『제29회 한국고고학전국대회 발표논문집』, 한국고고학회; ⑤박순발, 2004, 「백제토기 형성기에 보이는 낙랑토기의 영향」, 『백제연구』40, 충남대학교백제연구소; ⑥한지선, 2005, 「백제토기 성립기 양상에 대한 재검토」, 『백제연구』41, 충남대학교백제연구소. 이후 박순발은 새로운 자료의 증가와 문제제기에 대한 검토를 하여 발전된 편년안을 제시하였다(박순발, 2009b, 「중서부지역 원삼국시대 토기편년의 재고」, 『백제 마한을 담다』, 토기특별전 도록, 특별논고(1), 충청남도역사문화연구원).

격자문, 평행선문)토기로 대표되는 새로운 토기의 출현과 변천, 낙랑계유물의 유입(낙랑토기와 漢代 단조철기, 낙랑계화분형토기 등)과 위만조선의 멸망·한군현의 설치 및 멸망·그에 따른 유이민의 파동 등 서북지방의 정치·사회적 혼란 상황 등을 종합하여 설정되었다. 절대연대는 기원전 100년에서 기원후 300년 무렵이다. 이 중 타날문토기는 중국 전국계 토기생산기술의 영향을 받아 출현하였으며 박자에 의한 타날문의 시문과 회전판의 사용, 등요의 채용 등이 특징이다. 타날문토기의 주요 기종으로는 원저단경호, 심발형토기, 장란형토기, 시루, 동이, 완 등이다. 또한 마한문화권에서는 이중구연호, 양이부호, 조형(새모양)토기, 조족문토기, 주구토기 등 마한계토기로 불리는 기종들이 새롭게 등장한다[4].

기원후 250년 무렵인 3세기 중·후반이 되면 한강하류 지역의 송파구·강동구 일대를 중심으로 고대국가 백제(百濟)가 성립한다. 도성의 축조와 고총고분의 출현, 백제토기의 형성, 위세품의 제작과 분배 같은 고대국가 형성의 지표들이 나타난다[5].

마한의 성립과 소멸은 서울·경기, 충청, 전라지역에 먼저 자리 잡았던 54개소 국의 마한연맹체가 이 중 한강하류의 서울지역에 자리 잡았던 고구려계 유이민 집단인 백제국(伯濟國)이 고대국가 백제(百濟)로 발전하고, 백제가 점점 그 세력 확장하면서 마한연맹체가 해체되어 백제로 모두 편입되는 과정으로 이해된다[6].

이러한 과정은 마한의 물질문화가 한성백제의 물질문화로 변해가는 것으로 나타난다. 그런데 즉시 변하지 않고 일정 정도 공존했다가 변화하는 경우가 있는데, 이를 "원삼국-백제 교체기" 또는 "한성백제 I 기 병행기 원삼국사회"로 표현하기도 한다[7].

---

4) 김종만, 2009, 「호서지역의 백제토기」, 『백제 마한을 담다』, 토기특별전 도록, 특별논고(2), 충청남도역사문화연구원.
5) 박순발, 1998, 3-①)의 앞 논문.
6) 임영진, 2009, 1-③)의 앞 논문.
7) 성정용, 2009, 주2)의앞 논문.

한편 충청지역에서는 원삼국 I 기에서 원삼국 II-1기 사이인 기원전 100년에서 기원후 150년에 해당하는 마한 주거는 현재까지 확인되지 않고 있는 실정이다. 원삼국 II-2기로 볼 수 있는 것은 천안 장산리 유적 7호 주거지[8]와 제천 하천리 F지구 1호 주거지이다. 그리고 원저단경호와 경질무문토기는 한성백제 II 기 초반인 4세기 중반~후반까지 지속되다가 한성백제양식토기로 대체된다[9]. 또한 충청지역 마한 주거인 방형의 4주공식이 5세기대에 해당하는 세종 나성리 유적[10] 등에서 확인되고 있는데, 이는 마한 주거문화가 백제 주거문화에도 이어지고 있는 것이다.

따라서 이 글에서는 기원후 3세기에서 5세기 후반까지 충청지역을 중심으로 조사된 마한·백제 주거에 대한 연구 성과를 정리해 보고 앞으로의 과제에 대해 간단하게 언급해 보고자 한다.

II. 충청지역 마한·백제 주거에 대한 시기별 연구 경향

1. 1999년 이전 : 마한·백제주거에 대한 조사의 시작과 인식

1999년 이전 충청지역에서 이루어진 고고학적 조사는 공주 석장리 유적 중심의 구석기 유물 조사, 공주 중심의 무령왕릉과 웅진기 백제고분·공산성내 유적, 부여 중심의 부소산성·정림사지와 관북리 백제왕궁유적·백제사지·능산리 고분

---

8) 7호주거지의 방사성탄소연대 측정값이 A.D.80~160년에 해당한다(이강승·박순발·성정용, 1996,『천안 장산리 유적』, 충남대학교박물관.)
9) 성정용, 2009, 주2)의 앞 논문.
10) 허의행, 2017,「한성백제 지방도시 나성리유적의 구조와 성격」,『초기 도시의 고고학』제35회 호서고고학회 학술대회 발표요지, 호서고고학회.

군과 사비기 백제고분, 청주 중심의 송절동·신봉동 일원의 백제토광묘 및 고분 유적을 중심으로 이루어졌으며, 연구 성과도 이 분야를 중심으로 이어졌다.

반면 1999년 이전 충청지역에서 마한·백제 주거 관련 조사는 손가락에 꼽을 정도로 적었다. 이는 이 지역에 대규모 개발행위가 적었던 것에 기인한다. 1983년과 1984년에 남한강유역의 충주 하천리 유적 F지구에서 凸자형 주거지(중도유형)가 조사되었다[11]. 1986년~1991년에 걸쳐 금강의 미호천유역권인 진천 산수리·삼용리 토기 요지군[12]에 대한 발굴조사가 이루어졌으며, 방형의 4주식 대형 주거지 3기와 방형 주거지 1기가 조사되었다. 금강의 미호천유역권인 청원 쌍청리 유적[13]에서 6주식의 방형 주거지 2기가 조사되었다. 1995년·1996년에는 남한강유역의 단양 수양개 유적에서 凸자형 주거지(중도유형)가 조사되었다. 충남지역에서는 1994년도에 곡교천유역권인 천안 장산리 유적[14]에서 방형의 4주공식 주거지 8기가 조사되었다. 1995년 금강의 갑천유역권인 대전 구성동 유적[15]에서 원형 주거지가 조사되었고, 1996년에는 대전 오정동 유적[16]에서 원형의 주거지가 조사되었다. 1998년에는 천안 용원리 유적[17]에서 120기에 달하는 마한·백제 방형의 주거지들이 조사되었는데, 이중 4주공식은 85기, 무주공식은 9기, 철자형 7기 등의 조사 성과가 있었다.

---

11) 윤용진, 1984, 「중원하천리F지구 발굴조사보고」, 『충주댐 수몰지구 문화유적 발굴조사보고서(Ⅱ)』.

12) 최병현·김근완·류기정·김근태, 2006, 『진천 삼용리·산수리 토기 요지군』, 한남대학교중앙박물관.

13) 신종환, 1994, 『청원 쌍청리주거지』, 국립청주박물관.

14) 이강승·박순발·성정용, 1996, 『천안 장산리 유적』, 충남대학교박물관.

15) 최병현·류기정, 1997, 『대전 구성동유적』, 한남대학교박물관.

16) 최병현·류기정, 1998, 『대전 오정동유적』, 한남대학교박물관.

17) ①오규진·이갈열·이혜경, 1999, 『천안 용원리 유적-A지구』, (재)충청매장문화재연구원; ②이남석, 2000, 『용원리 고분군』, 공주대학교박물관; ③임효재 외, 2001, 『용원리 유적』, 서울대학교박물관.

천안 장산리 유적[18]에 대한 발굴조사를 통해 한강유역에서 조사된 呂·凸자형 주거는 예계문화이고, 중서부지역에서 조사된 장방형 주거는 마한의 문화로 보았다. 한편 현재는 대표적인 마한 주거로 인식되고 있는 장원리 유적에서 조사된 방형의 4주공식 주거지에 대하여는 주목하지 못했다.

이남석[19]은 천안 용원리 유적에서 조사된 네 모서리에 대형주공이 확인되는 방형의 수혈주거는 인근의 천안 장산리 유적이나 전남지역의 무안 양장리 유적에서도 확인되는 것으로 보아 3세기 후반 이후 중서부지역 이남의 원삼국기 주거지의 정형적 형태를 보여주는 것이라 보았다.

2. 2000년~2010년 : 자료의 폭발적 증가와 마한·백제 주거의 특징 및 변화양상에 대한 접근

2000년에 접어들면서 충청지역에서는 논산시 일대의 산업단지개발, 천안과 아산시 일대의 공단·아파트단지·도시개발, 서해안고속도로 및 천안-논산간 고속도로건설, 행정중심복합도시건설, 충남도청이전 신도시개발 등 곳곳에서 대규모 개발사업이 진행되면서 마한·백제 주거자료가 폭발적으로 증가하였다. 이와 관련된 연구 성과가 도출되면서 마한·백제 주거문화의 기본적인 틀이 확립되었다. 마한계 주거와 백제계 주거의 구조와 내부시설의 특징 그리고 변천양상에 대한 그림이 그려지게 되었다.

신연식[20]은 충청지역 마한·백제 주거를 미호천유역(진천·음성·청주·청

---

18) 이강승·박순발·성정용, 1996, 주18)의 앞 보고서.
19) 이남석, 1998, 「원삼국시대 주거지 일례-천안 용원리 고분군내 주거지-」, 『선사와 고대』제11호, 한국고대학회.
20) 신연식, 2003, 「3~5세기 호서지방 주거지 연구」, 숭실대학교대학원 사학과 석사학위논문.

원·천안), 갑천유역(대전일대), 금강중유역(논산일대), 서해안(서천일대) 등 4개
지역으로 구분하고 입지, 평면형태(원형·방형·육각형), 주공배치(4주식·무주
식), 노지(무시설식·터널식·부뚜막식)를 기준으로 주거유형을 분류하고, 방사성
탄소연대 및 유물에 대한 분석을 통해 3단계의 전개양상을 파악하였다. Ⅰ기(2세
기 후반~3세기 후반)에는 갑천유역에서 원형주거, 미호천유역(천안 장산리유적)
에서 소형의 사주식 방형주거가 확인되고, 노지는 터널식(3세기 전반)에서 부뚜막
식(3세기 후반)으로 변한다. Ⅱ기(4세기대)에는 4개 지역 전역에서 무주식 방형주
거와 사주식 방형주거가 중심을 이루며 규모가 다양해진다. 4세기 말에는 원형주
거가 사라진다. Ⅲ기(5세기대)는 백제시대로 평지구릉에 입지하고, 소형주거만 확
인되는데, 이는 주거지의 지상화가 이루어기 시작하므로 다른 시각으로 보아야 한
다고 지적하였다. 초보적인 연구지만 충청지역의 마한·백제주거는 원형과 방형
이 공존하다가 원형은 사라지고, 방형의 4주식과 비4사주식이 대세를 이루고 있음
이 밝혀지게 되었다.

정 일[21]은 전남지역에서 다량으로 확인되는 사주식 방형주거의 연원을 충청지
역의 천안 장산리 유적 사주식 주거에서 찾아 마한의 특징적인 4주식 주거문화가
전남지역으로 넓게 확산되는 것으로 파악하였다. 이를 계기로 마한·백제 주거에
대한 연구는 전라지역을 넘어 충청지역에서도 4주식 주거지에 대한 관심이 높아지
게 되었다.

김승옥[22]은 금강수계(충청지역과 전북지역 포함)의 원삼국~백제시대 주거에
대한 분석을 통해 원삼국계 주거는 비4주식의 방형 및 원형, 4주식 방형, 구들시설

21) 정일, 2006, 「전남지역 사주식주거지의 구조적인 변천 및 전개과정」, 『한국상고사학보』제54
호, 한국상고사학회.
22) 김승옥, 2007, 「금강 유역 원삼국~삼국시대 취락의 전개과정 연구」, 『한국고고학보』제65집,
한국고고학회.

은 점토화덕과 점토구들이 특징이며, 백제계 주거는 비4주식의 및 벽주식 방형, 벽주건물, 구들시설은 판석화덕과 판석구들이 특징이다. 특히 4주식 방형은 백제계인 판석화덕의 구들시설 부가되어 백제시대까지 지속되는 것도 있다. 금강유역 마한·백제주거의 전개양상은 마한지역으로 백제세력의 확장이라는 정치사회적인 상황으로 해석하였다. Ⅰ단계(기원전 100년~ 기원후 50년)에서 Ⅴ단계(5세기 후엽 이후)에 이르는 변천양상을 제시하였는데, "경질무문토기 단순기"의 유적은 발견되지 않고 있기 때문에 Ⅰ단계는 자료의 증가를 기대하며 잠정적으로 설정하였다.

3. 2010년 이후 현재 : 지역별 특징에 대한 접근, 취락과 도시로 연구 범위 확장

2010년 이후 현재까지는 지역별 특징, 취락, 도시 등 보다 다양하고 세분화된 연구가 시도되고 있다. 전통적인 마한·백제 주거문화에 대한 보다 세부적인 연구[23]도 진행되었고 있으며, 원삼국시대 유구나 유물이 충청지역 내에서 지역별로 차이가 있는지 또는 마한에서 백제로의 변화가 세부적으로 차이가 있는지 접근하려는 연구도 시도되고 있다.

2011년에는 제23회 호서고고학회 학술대회의 주제를 "금강유역 마한 문화의 지역성"으로 정하여 개최하였다[24]. 그 결과 금강유역 마한의 정치체인 국(國)의 공간

---

23) ①신연식, 2010, 「호서지역 마한·백제 주거지 연구」, 『마한·백제사람들의 주거와 삶』, 중앙문화재연구원·국립공주박물관; ②신연식, 2016, 「금강유역 원삼국~백제시대 취락양상」, 『금강·한강유역 원삼국시대 문화의 비교연구』2016년 호서고고학회·중부고고학회 합동학술대회 발표문, 호서고고학회·중부고고학회; ③장덕원, 2010, 「원삼국~삼국시대 금강유역의 주거와 취사시설의 변화로 본 정치체의 동향」, 『호서고고학보』제22집, 호서고고학회.

24) 호서고고학회, 2011, 『금강유역 마한 문화의 지역성』제23회 호서고고학회 학술대회 발표요지.

범위는 대략 30㎞ 내외의 규모로 추정되었고, 마한 주거가 백제 주거로 변화하는 시점이나 마한 주거 자체의 변화시점이 지역별로 약간의 차이가 있음이 밝혀졌다.

취락을 "주거+저장+생산+분묘+방어시설"이 모두 갖추어진 중심취락과 "주거 +(분묘)"으로 구성된 하위취락으로 모델링하여 3~5세기 충청지역 내 마한소국이 백제로 편입되는 과정에서 취락의 위상변화가 어떻게 나타나는지에 대한 연구도 있었다[25].

문헌에 등장하는 마한소국의 국읍, 읍락, 별읍, 촌락(촌+락) 등의 경관과 구조에 대한 고고학적 접근을 시도하였다[26]. 그리고 광범위한 공간을 도로망 구축하고 사적공간과 공공시설물이 들어선 공적공간이 구분되는 취락은 도시로 볼 수 있다는 연구가 진행되기도 하였다[27]. 세부적인 내용은 다음 장에서 살펴보기로 한다.

Ⅲ. 충청지역 마한 · 백제 주거에 대한 주제별 연구 성과

1. 수혈주거에서 지상건물로의 변화

충청지역의 마한 · 백제시대 주거는 수혈주거와 지상건물로 구분된다. 수혈주거는 평면형태는 원형(타원형 포함) · 방형(말각방형 · 장방형 포함) · 오각형으로 나뉘고, 방형과 오각형은 다시 출입구 시설의 부가 유무에 따라 呂 · 凸자형으로,

---

25) 윤정현, 2013, 「호서지역 백제영역화에 따른 취락의 위상변화」, 충남대학교대학원 고고학과 석사학위논문.
26) 이영철, 2017, 「마한의 마을 구조」, 『마한의 마을과 생활』, 2017년 마한연구원 국제학술회의 발표요지문.
27) 허의행, 2017, 「한성백제 지방도시 나성리유적의 구조와 성격」, 『초기 도시의 고고학』제35회 호서고고학회 학술대회 발표요지, 호서고고학회.

기둥구멍은 유무와 배치에 따라 4주공식·무주공식·벽주공식·외주공식·4주+벽주공식으로, 취사 및 난방시설은 형태에 따라 부뚜막형·외줄고래형으로 축조재료는 점토·석재·혼축으로 구분된다.

충청지역의 마한 주거는 대부분 수혈주거 형태로 확인되었다. 천안 장산리 유적 7호주거지(방형, 4주공식), 천안 두정동이나 대전 용계동 유적 주거지(원형계, 무주공식), 중원 하천리 유적 F지구 1호주거지(凸자형)가 비교적 이른 시기인 기원후 2세기 후반·3세기 초 무렵에 해당한다. 그리고 대부분의 주거유적들은 3세기 후반~4세기 중·후반에 해당한다.

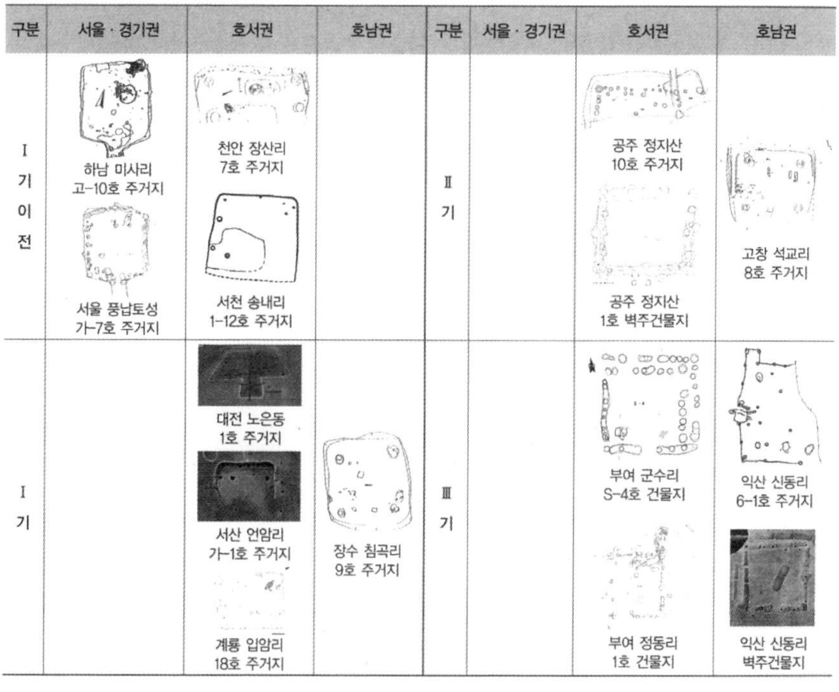

구분	서울·경기권	호서권	호남권	구분	서울·경기권	호서권	호남권
I 기 이 전	하남 미사리 고-10호 주거지 / 서울 풍납토성 가-7호 주거지	천안 장산리 7호 주거지 / 서천 송내리 1-12호 주거지		II 기		공주 정지산 10호 주거지 / 공주 정지산 1호 벽주건물지	고창 석교리 8호 주거지
I 기		대전 노은동 1호 주거지 / 서산 언암리 가-1호 주거지 / 계룡 입암리 18호 주거지	장수 침곡리 9호 주거지	III 기		부여 군수리 S-4호 건물지 / 부여 정동리 1호 건물지	익산 신동리 6-1호 주거지 / 익산 신동리 벽주건물지

〈그림 1〉 마한·백제주거의 지상화과정 계보(이건일, 2011, 121쪽)

충청지역의 백제 주거는 5세기 중·후반 이후 웅진백제기 무렵부터는 수혈주거
가 지상건물로 변화한다[28]. 이러한 지상건물은 사비백제기에 보편화되는데, 기와
건물·주구부건물·굴립주건물·벽주(대벽)건물 등이 대표적 형태이다[29]. 한편
수혈주거는 웅진백제 및 사비백제에도 지속되고는 있으나, 각종 지상건물이 대세
로 자리 잡는다. 한편 지상건물은 5세기 후엽~7세기에 걸쳐 전북서부와 전북동부,
전남서부와 전남동부 등의 지역에 따라 약간의 시차를 두고 나타나는데, 이러한
양상도 백제와 가야세력 등 외부세력의 호남지역 진출시점과 궤를 같이 한다[30].

2. 주거 구조 및 변천양상

1) 취락의 입지

충청지역 마한·백제 주거의 입지는 산과 구릉의 정상부나 사면부, 특히 사면
상단부쪽에 주거가 분포하는 경우가 많고, 구릉 말단부나 하천 주변의 저지대에서
도 유적의 발견사례가 늘고 있다[31]. 취락의 입지유형을 분류하면 대분류로는 구
릉형과 저지형으로 분류된다. 소분류에서 구릉형은 입지 지형에 따라 정상부, 능
선부, 사면부로 구분되고, 구릉의 정상부와 능선부·사면부에 고루 분포되어 있는
구릉 복합형도 있다. 저지형은 자연제방과 선상지 등 저지대를 모두 포괄하는 것
으로 구분된다. 충청지역 마한·백제 취락의 입지유형은 구릉 정상부형, 구릉 능

28) 이건일, 2011, 「호서지역 백제주거지의 지상화과정에 관하여」, 『호서고고학』제24집, 호서고고
학회.
29) 이건일 외 2015, 『건물지로 본 사비고고학』, 서경문화사.
30) 이동희, 2012, 「삼국시대 호남지역 주거·취락의 지역성과 변동」, 『중앙고고연구』제10호.
31) 서현주, 2010, 「호서지역 원삼국문화-주거지를 중심으로-」, 『마한·백제사람들의 주거와 삶』,
중앙문화재연구원 창립10주년 국립공주박물관 개관 70주년 기념 특별전 도록, 논고, 248~
250쪽.

선부형, 구릉 사면부형, 구릉 복합형, 저지대형 등 5가지로 세분된다[32].

한편 취락의 입지는 유적에 대한 전면 발굴의 진행정도에 따라 차이가 있을 것으로 판단된다. 구릉 정상부형은 대전 용계동 유적, 홍성 석택리 유적, 청양 분향리 유적이 대표적이다. 대전 용계동 유적은 독립된 구릉지에 300여기가 넘는 주거가 상당한 중복을 이루고 있으며, 대전 용계동 유적과 홍성 석택리 유적은 대규모 환호가 확인되었다.

구릉 능선부형은 대전 장대동 유적, 당진 원당리 유적, 청원 쌍청리 유적이 대표적이다.

구릉 사면부형은 천안 용원리 유적(A지구)이 대표적이며, 구릉 사면부가 길게 발달된 지형의 상단부에 120여기의 주거가 자리한 대규모 취락이다. 구릉 복합형은 논산 정지리 유적, 논산 내동 유적, 서천 봉선리 유적, 서산 언암리 낫머리 유적, 당진 성산리 유적이 대표적이다. 이처럼 유적의 입지를 분명하게 파악할 수 있는 유적들은 구릉지 전체에 대한 발굴조사가 진행된 것이다.

저지형은 아산 갈매리 유적, 대전 복룡동 당산마을 유적, 세종 대평리 유적, 세종 나성리 유적이 대표적이다.

2) 충청지역 마한 · 백제 주거의 구조와 특징

충청지역 마한 · 백제 주거의 구조적 특징은 평면형태, 주공배치, 노시설 등에 따라 다음과 같이 구분할 수 있다. 평면 형태는 원형계(원형, 타원형 포함)와 방형계(방형, 장방형, 말각방형), 여철(呂凸)자형계 등 크게 3가지로 구분된다. 주공의 형태는 주공의 유무와 배치양상에 따라 4주공식, 비4주공식, 벽주공식, 4주공식+

---

32) 윤정현, 2013, 「호서지역 백제영역화에 따른 취락의 위상변화」, 충남대학교대학원 고고학과 석사학위논문, 33~38쪽.

벽주공식 등 크게 4가지로 구분된다[33]. 노시설[34]은 노(爐), 부뚜막, 외줄구들로 구분된다[35]. 노시설은 축조재료에 따라 점토, 판석(석재)+점토, 기반토식[36]으로 구분된다.

충청지역의 마한계(재기계) 주거는 평면 형태는 원형 또는 방형이고, 기둥배치는 비4주공식 또는 4주공식이며, 노시설은 점토로 만든 부뚜막과 외줄구들을 특징으로 한다. 반면 백제계 주거는 呂凸자형의 평면 형태가 특징이다. 주지하듯이 呂凸자형의 평면 형태의 주거지는 한강 중상류 유역(양평과 이천을 연결하는 선을 기준으로 이동 지역에 속함)의 중도유형 주거의 특징이다[37]. 그러나 한강유역에서 국가단계 백제가 성립되면 다양한 형태의 呂凸자형 주거지에서 한성백제중앙양식의 토기가 출토된다. 따라서 충청 중부 및 서부지역에서 한성백제양식유물이 출토되는 呂凸자형 주거지는 중도유형의 주거가 아니고 한성백제유형 주거로 보아야

---

33) 2주공식과 6주공식이 소량 확인되나, 현재까지는 크게 의미가 없는 것으로 판단되어 제외한다.

34) 노시설은 주거지 주거지내에서 취사와 난방을 담당하는 것으로 구들시설, 부뚜막시설, 화덕시설, 취사와 난방시설 등 다양하게 불려 왔으나, 최근에는 노시설로 용어가 정리되는 추세이다.

35) 충청지역에서 확인되는 노(爐)는 남한강 상류에서 확인되는 중도유형 주거의 것을 제외하면 바닥에 불 맞은 흔적만 남아 있는 무시설식노 또는 토광식노를 말한다. 중도유형 주거에서는 토광식노, 중도식노, 지각식노, 아궁이식노 등 다양한 형태의 노가 확인된다(박경신, 2018, 『원삼국시대 중도유형 취락의 편년과 전개』, 숭실대학교대학원 박사학위논문). 부뚜막은 연기와 열이 흘러나가는 고래부가 없다고 할 정도의 짧은 것을 말한다(장덕원, 2010, 주23-③)의 앞 논문, 8쪽). 외줄구들은 터널형토지, 쪽구들로 불리는 고래부가 발달한 다양한 형태를 말한다.

36) 기반토식은 부뚜막이나 외줄구들의 아궁이부(연소부)는 주거 내부에 있고, 연도부를 주거벽체 외부에 별도로 굴착하여 만든 것이다. 서천 봉선리 3-1지점 7호 주거지에 확인되었다(장덕원, 2010, 주23-③)의 앞 논문).

37) 박경신, 2018, 「원삼국시대 중부지역과 영남지역의 내륙교역」, 『삼한·삼국시대 교류와 교역』, 제124회 부산고고학연구회 기획학술발표회, 부산고고학회, 12~14쪽.

한다. 즉 아산 갈매리 유적이나 천안 용원리 유적에서 확인되는 凸자형 주거지는 마한 주거에서 한성백제 주거로 변화한 것으로 보아야 한다. 그리고 판석이나 석재를 이용하여 만든 부뚜막이나 외줄구들의 골격을 만들고 점토로 보강 후 피복한 형태도 백제계 주거의 특징이다.

장덕원[38]은 금강유역의 원삼국~백제시대 주거지의 평면형태와 취사시설(부뚜막, 쪽구들)의 변화양상을 분석하여, 주거문화의 변화상이 정치적 변화상(백제세력의 마한지역으로의 확장)과 어떤 관계가 있는지 살펴보았다. 1단계(3세기 초~3세기 중반)는 원형 주거와 점토부뚜막 및 점토외줄고래가 대전지역에서 확인되며 점토외줄고래가 먼저 사용되었다. 2단계(3세기 중엽~3세기 말)는 원형주거가 1단계에 비해 감소하고 4주공식 주거와 비4주공식 주거에 점토외줄고래가 시설된다. 3단계(4세기 초~중반경)는 원형 주거와 점토외줄고래가 소멸하고 곡교천유역에서는 5각형 주거(아산 갈매리유적) 및 凸자형주거(천안 용원리유적)가 등장한다. 4단계(4세기 중엽~4세기 말)는 비4주공식 주거의 비율이 증가하고 부뚜막과 외줄고래가 다양한 형태로 결합된다. 5단계(5세기 초~5세기 중엽)에는 呂 · 凸자형주거(대전 지족동 · 복룡동 유적)가 갑천유적(대전분지)에 등장한다. 이러한 현상은 기존 연구자들과 마찬가지로 한성백제와 관련된 주거문화이며 이는 백제세력의 확장으로 이해하였다. 반면 방형의 4주공식 또는 비4주공식 주거가 백제시대에도 충청지역 내 그대로 존속되고 있는 것은 백제의 마한병합은 마한의 재지기반을 온존시키거나 간접적인 지배방식으로 진행되었음을 나타내는 것이며, 凸자형 4주공식주거의 등장은 마한의 재지적 주거문화와 백제의 주거문화와 결합되는 양상으로 파악하였다.

---

38) 장덕원, 2010, 주23-③)의 앞 논문.

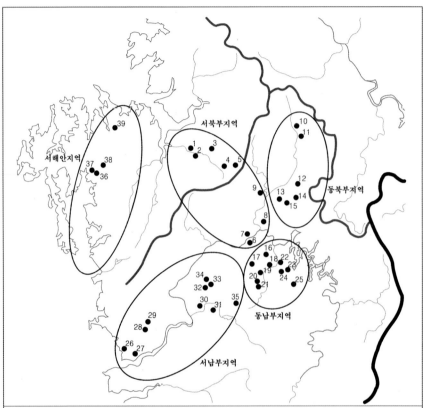

서북부:1.아산 갈산리, 2.아산 갈매리, 3.천안 두정동, 4.천안 용원리, 5.천안 장산리, 6.연기 대평리, 7.연기 월산리, 8.연기 응암리, 9.청원 연제리, **동북부**:10.진천 신월리, 11.진천 삼룡리·산수리, 12.청원 풍정리, 13.청주 가경4지구, 14.청주 명암동, 15.청주 분평동, **동남부**:16.대전 추목동, 17.대전 지족동, 18.대전 구성동, 19.대전 장대동, 20.대전 용계동, 21.대전 대정동, 22.대전 신대동, 23.대전 송촌동, 24.대전 오정동, 25.대전 판암동, **서남부**:26.서천 옥남리, 27.서천 송내리, 28.서천 봉선리, 29.서천 지산리, 30.논산 원북리, 31.논산 내동, 32.공주 화정리, 33.공주 장선리, 34.공주 안영리, 35.계룡 입암리, **서해안**:36.서산 기지리, 37.서산 언암리, 38.서산 부장리, 39.당진 원당리

〈그림 2〉 금강유역권 3~5세기 중요 주거유적 분포와 지역구분(서현주, 2011, 주45)의 논문)

3) 충청지역 마한 · 백제 주거의 변천양상

충청지역 마한 · 백제 주거의 변천양상을 정리하면 다음과 같다[39].

---

39) 신연식, 2016, 「금강유역 원삼국~백제시대 취락양상」, 『금강 · 한강유역 원삼국시대 문화의

〈표 1〉 금상유역 원삼국~백제시대 취락 편년표(신연식, 2016, 주39)앞 논문, 27쪽)

구분	유적	Ⅰ기(3세기 초반~3세기 중반)	Ⅱ기(3세기 중반~4세기 중반)	Ⅲ기(4세기 중반~5세기 중반)
곡교천	천안 장산리	■■■■		
	천안 두정동	■■■■■		
	아산 갈산리	■■■■■■		
	아산 갈매리	■■■■■■		
	천안 용원리		■■■■	
	아산 초사동			■■■■
미호천	진천 삼룡리	■■■■		
	진천 신월리	■■■■		
	청원 연제리			■■■
	청원 풍정리			■■■
	청주 명암동			■■■
	청주 가경동			■■■
	청주 봉명동			■■■
갑천	대전 구성동	■■■■■		
	대전 오정동	■■■■■		
	대전 신대동	■■■■■■		
	대전 장대동		■■■■	
	대전 용계동		■■■■■	
	대전 대정동		■■■■	
	대전 송촌동		■■■■	
	대전 판암동		■■■■	
	대전 노은동		■■■■	
	대전 복용동			■■■■
	대전 지족동			■■■■
금강중	공주 내촌리	■■■		
	연기 응암리		■■■■	
	응암리 가마골		■■■■	
	연기 대평리		■■■■■	
금강하	청양 분향리	■■■■■		
	서천 송내리		■■■■■	
	가중리 가좌		■■■■	
	공주 장선리		■■■■■	
	공주 안영리		■■■■■	
	서천 추동리		■■■■■	
	서천 봉선리		■■■■■	
	서천 지산리			■■■
	계룡 두계리			■■■
	논산 원북리			■■■
	옥남리 우아실			■■■
	계룡 입암리			■■■
서해안	서산 기지리		■■■	
	서산 부장리		■■■■	
	당진 원당리		■■■■	
	당진 도성리			■■■
	홍성 남장리			■■■

● Ⅰ기(3세기 초반~3세기 중반)

　○갑천유역 무시설식 노지나 쪽구들 갖춘 원형계주거가 등장, 곡교천유역 노

　　지가 설치된 방형계 사주식주거 확인됨, 경질무문토기와 타날문토기는 비

　　슷한 비율로 공반, 마한계 주거로 인식된 4주공식 방형주거는 천안 장산리

　　유적에서 시작된 것으로 인식을 같이 함

● Ⅱ기(3세기 중반~4세기 중반)

　○갑천유역 원형계와 방형계 혼재, 곡교천유역에서는 한성백제지역의 특징인 凸

　　자형주거 등장, 경질무문토기 비율 현저하게 감소하다 소멸, 타날문토기 일색

　○호서지역 내에 한성백제의 영향 본격화 됨

● Ⅲ기(4세기 중반~5세기 중반)

　○주거의 수가 증가, 비4주공식 방형주거 넓게 확산, 벽주식 방형주거 비율 높

　　아짐

　○승문계 장란형토기, 광구장경호, 직구호, 고배, 삼족기 등 전형적인 백제토

　　기 출토

　　→ 금강유역 대부분 백제화

2. 주거 구조의 지역성 연구

　현대환 · 양지훈[40]은 충청지역 원삼국시대 주거의 구조적 특징과 전개양상을 검
토하여 재지계(마한계)와 백제계 주거의 구조적 특징을 지역별로 살펴보았다. 산맥

비교연구』 2016년 호서고고학회 · 중부고고학회 합동학술대회 발표문, 호서고고학회 · 중부
고고학회.

40) 현대환 · 양지훈, 2011, 「호서지역 원삼국시대 주거구조와 전개」, 『금강유역 마한 문화의 지역
성』제23회 호서고고학회 학술대회 발표요지, 호서고고학회.

과 수계를 중심으로 서해안지역 · 곡교천유역 · 미호천유역 · 갑천유역 · 금강중상류역 · 금강중하류역 · 금강하류역 등 7개 권역으로 나누고 주거의 구조적 특징을 권역별로 정리하였다. 그 결과 주거는 평면형태, 주공의 배치, 부뚜막과 외줄구들의 축조재료와 형태 따라 재지계와 백제계로 구분되는데, 재지계는 원형계와 방형계, 凸 · 呂자형은 백제계, 점토로 만든 부뚜막과 외줄구들은 재지계, 석재의 부뚜막과 외줄구들은 백제계, 사주식은 재지계, 벽주식은 백제계의 특징으로 확인되며, 이러한 양상은 지역별로 약간의 차이가 나타난다. 정리하면 다음의 〈표 2〉과 같다.

〈표 2〉 마한 · 백제 주거의 지역별 주거구조와 변화상[41]

변화상 지역구분		주거구조 변화상	
		재지계(마한계)	백제계
1	서해안지역	방형 평면 비사주공식 점토부뚜막 및 점토외줄고래	방형 평면 사주공식 점토부뚜막
2	곡교천유역	원형 및 방형 평면 비4주공식 · 4주공식 점토부뚜막	방형 평면, 凸자형 평면 4주공식 · 비4주공식 · 4주공식+벽주식 점토부뚜막 및 점토외줄고래, 석재외줄고래 등장
3	미호천유역	원형 · 방형 평면 4주공식 · 비4주공식 점토부뚜막	방형 평면 비4주공식 · 4주공식+벽주식 점토부뚜막, 석재부뚜막
4	갑천유역	원형 · 방형 평면 4주공식 · 비4주공식 점토외줄고래 및 점토부뚜막	방형 · 凸呂자형 평면 4주공식 · 4주공식+벽주식 점토부뚜막
5	금강중상류역	방형 평면 4주공식 · 비4주공식 점토외줄고래 및 점토부뚜막	방형 · 凸자형 4주공식 · 4주공식+벽주식 점토부뚜막 및 석재부뚜막
6	금강중하류역	방형 평면 4주공식 · 비4주공식 점토부뚜막 및 점토외줄고래	방형 · 凸자형 4주공식 · 비4주공식 석재부뚜막
7	금강하류역	방형 평면 4주공식 · 비4주공식 점토부뚜막 · 점토외줄고래	방형 평면 4주공식 석재부뚜막과 석재외줄고래

41) 현대환 · 양지훈, 2011, 주38)의 앞 논문, 267쪽, 전재 후 편집.

이외에도 주거 구조의 지역별 특징에 대한 연구는 갑천유역의 대전분지 일원[42], 서산지역을 중심으로 한 서해안지역 일원[43]에 대한 연구가 있으며, 내용은 <표 2>와 대동소이하다. 충남 서북부지역에서는 마한의 전통적인 주거형태인 평면 방형계의 주거에 무주, 2주, 4주, 6주, 벽주 등 다양한 형태의 주공배치가 결합되지만, 전형적인 백제토기들이 확인되고 있어 마한의 전통적인 문화요소와 백제의 문화요소가 서로 융합되는 양상으로 이해하고 있다[44].

서현주[45]는 충청지역을 서북부지역, 동북부지역, 동남부지역, 서남부지역, 서해안지역으로 나누어 주거유적들을 검토한 결과 주거지의 구조, 시루, 장란형토기, 동이, 아궁이틀에서 원삼국단계에도 지역별 차이가 나타나고, 백제단계에도 지역별로 차이가 나타남을 논하였다.

원삼국단계에는 주거지의 비율, 시루와 장란형토기의 형태, 동이의 형태에서 서북부, 동북부지역과 서남부, 서해안지역에서 차이를 보인다.

백제단계에서는 서북부지역에서 지역적 차이가 두드러진다. 4주식 주거가 유지되면서 횡으로 출입구가 부가되거나 벽주공식이 채용되고, 평저심발형 시루나 평저동이형 시루에 격자나 승문의 타날문이 다양하게 나타나며, 장란형토기는 승문·수직집선문계와 격자문계가 함께 성행한다.

그리고 5세기대 영산강유역권의 시루나 장란형토기, 아궁이틀은 지역적인 특징도 있지만, 충청 서북부지역의 특징도 나타나고 있어 충청 서북부지역의 양상이 영산강유역권으로 확산되는 일면이 보인다.

---

42) 조상기, 2007, 「대전지역 고대 정치체의 성립과 변천」, 『연구논문집』제3호, 중앙문화재연구원.
43) 정해준, 2008, 「원삼국 주거지와 백제시대 주거지의 비교검토-서천 봉선리 유적을 중심으로」, 『백제문화』제38집, 공주대학교 백제문화연구소.
44) 이종수, 2009, 「충남 서북부지역 마한·백제주거지 일고찰」, 『역사와 담론』제53집, 호서사학회.
45) 서현주, 2011, 「3~5세기 금강유역권의 지역성과 확산」, 『호남고고학보』제37집, 호남고고학회.

3. 마한의 취락과 도시

마한사회는 54개의 소국으로 이루어져 있는데, 개별소국은 국읍(國邑), 읍락(邑落), 별읍(別邑), 소도(蘇塗) 등이 존재하는 사회였으며, 큰 나라는 1만호에 이르고 작은 나라는 수천 호의 가옥들이 각기 산과 바다 사이에 어우러져 살았다. 배를 타고 왕래하였으며, 한(韓)과 교역하였다는 기록이 있다(『後漢書』東夷傳 韓條).

마한소국의 중심인 읍락이나 국읍은 여러 가지 기능의 주거단위가 복합구조이다. 즉, 거주지 외에 농경지 및 저장창고, 공방(야철지·토기요지 등 생산시설), 분묘 및 제의 등 다양한 기능이 서로 유기적으로 연결된 하나의 거점취락(중심취락)을 형성하게 되며, 이것은 이동이나 유통에 필요한 도로망으로 연결된다. 이러한 일련의 기능이 복합되어 읍락이나 국읍을 이루게 된다[46]. 이러한 고고학적 경관 및 자연·지리적 환경에 대한 분석이 종합된다 해도 고고학적으로 마한소국의 위치를 비정하는 것은 매우 어렵거나 불가능할 수도 있다고 보았다.

현재까지의 마한의 취락에 대한 연구는 취락에 대한 모델을 설정하거나 대규모 발굴조사가 이루어진 지역을 대상으로 경관 차원의 접근을 통해 이정도 규모를 갖추면 거점취락(중심취락)이나 일반취락으로 볼 수 있을 것이다는 정도로 이루어지고 있다.

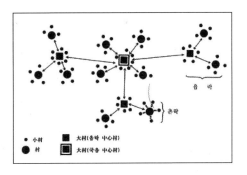

〈그림 3〉 삼한소국의 고고학적 분포정형
(이희준, 2000)

---

46) 이영철, 2017, 「마한의 마을 구조」, 『마한의 마을과 생활』, 2017년 마한연구원 국제학술회의 발표요지문.

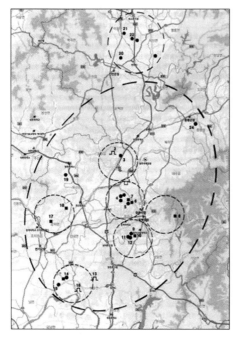

〈그림 4〉 미호천유역 원삼국시대 유적분포 현황
(박중균, 2011, 206쪽)

삼한의 소국을 구성하는 마을 유적을 소촌 → 촌 → 대촌(읍락 중심촌) → 대촌(국읍 중심촌) 등 4등급으로 위계화하고, 복수의 소촌과 촌이 결집된 단위를 촌락으로, 몇 개의 촌락이 군집적으로 결집된 단위를 읍락으로 파악하고 있다[47].

김무중[48]은 소형취락, 중형취락, 대형취락으로 구분하고, 사례분석을 통해 호서지역 읍락사회의 변천과정과 통합화과정을 분석하였다. 곡교천유역의 갈매리 유적은 생산(철기, 청동기, 유리제작)과 유통관련 대형취락으로 조직적으로 분업화된 통합이 어느 정도 이루어진 모습을 보여주는 예이다. 진천 유적군은 백제토기를 생산하던 삼용리·산수리 유적군과 백제한성기 최대의 제철유적인 석장리 유적이 대략 10km의 범위에 위치하고 있어 지역정치체의 면모를 상정하기도 하였다.

박혜림[49]은 호서지역의 백제 영역화 과정에서 나타나는 취락은 주거지, 수혈유

---

47) 이희준, 2000, 「삼한 소국 형성과정에 대한 고고학적 접근의 틀」, 『한국고고학보』제43집, 한국고고학회.

48) 김무중, 2007, 「취락으로 본 호서지역 읍락사회의 변천」, 제17회 호서고고학회 발표요지문, 호서고고학회.

49) 박혜림, 2007, 「백제 국가형성기 호서지역의 취락변화에 대한 연구」, 충남대학교대학원 고고학과 석사학위논문.

구, 분묘의 배치양상을 통해 주거전문, 저장중심, 주거+저장+분묘의 중심취락으로 유형화하였다.

박중균[50]은 원삼국시대 미호천유역에 존재하던 '국(國)'의 사회·문화상과 '국(國)'의 존재양태 및 성격을 규명하는데 분묘자료를 활용하였다. 미호천 주변의 정북동토성을 '국(國)'성립의 징표로 보고 정북동토성의 축조집단이 미호천유역의 정치세력임을 밝혔다. 국의 구조와 규모는 고분군과 주거유적의 분석을 통해 검토하였다. 미호천 유역 원삼국시대 대규모 고분은 오창 송대리·상평리 고분군, 산남동 고분군, 송절동 고분군, 봉명동 고분군이 있고, 주거지는 봉명Ⅴ지구 주거군, 송절동 주거군, 명암동 주거군, 분평동 주거군, 쌍청리 주거군이 있다. 6~7개의 주거가 하나의 취락단위를 이룬 소규모의 취락이 약 5㎞ 정도의 거리를 두고 분포하고 있는데, 이를 읍락으로 본다면 미호천 유역의 '읍락'의 규모는 대략 직경 5㎞의 범위로 산정할 수 있다. 그리고 '국(國)'은 약 2千戶 정도 이상의 규모가 되려면 적어도 다수의 읍락을 포함하는 대략 직경 30㎞ 정도의 규모는 되어야 할 것으로 추정하였다.

윤정현[51]은 취락을 공간구성에 따라 A유형[주거+저장+생산+분묘+방어시설], B유형[주거(+저장+생산+분묘)+방어시설], C유형[주거+저장(+생산+분묘)], D유형[주거+저장(+분묘)], E유형[주거(+분묘)] 등 5개 유형(위계화)으로 분류하여 호서지역 백제영역화에 과정을 살펴보았다.

3세기대 중심취락은 A유형·B유형에 속하며, 취락내에서는 복합적인 공간구성

---

50) ①박중균, 2010,『미호천유역 원삼국시대의 분묘와 사회집단』, 충북대학교대학원 박사학위논문; ②박중균, 2011,「금강유역 문화의 지역성과 정치체의 존재양태-국의 추출과 성장·소멸」,『금강유역 마한 문화의 지역성』제23회 호서고고학회 학술대회, 호서고고학회
51) 윤정현, 2013,「호서지역 백제영역화에 따른 취락의 위상변화」, 충남대학교대학원 고고학과 석사학위논문.

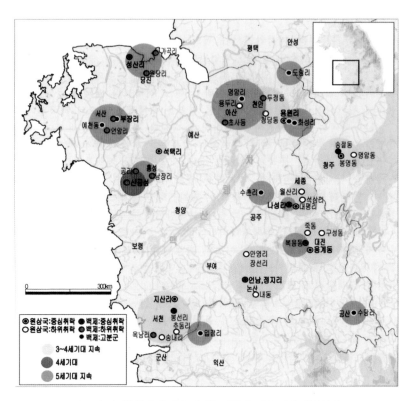

〈그림 5〉 한성기 백제의 영역화 과정에 따른 지방 재편양상
(윤정현, 2013, 주51)의 앞 논문, 109쪽)

이 확인된다. 3세기 중·후엽에는 청당동 고분군으로 대표되는 마한의 중심세력
이 소멸하면서 마한의 중심취락도 동시에 소멸하는 양상이 확인된다.

4세기 전반경에는 서해안권에서 백제의 지방지배를 위한 거점확보가 시작된다.
서해안권의 홍성지역(신금성 유적)에 대한 전략적 필요성에 의해 중국제 자기와
같은 위세품이 출현한다.

4세기 중·후반경에는 내륙지역에서 본격적인 지방지배를 위한 거점이 확보된
천안 용원리·천안 화성리에서 중국제 청자가 확인된다. 최고 위세품의 출현이 빈

번해지는 것으로 보아 용원리 일대의 취락집단은 공납과 분여의 공공적 행위가 상시적으로 발생하는 집단으로 여느 취락보다 백제의 중앙과 밀접하게 관련되어 있으면서 지역 거점 역할을 수행했던 것으로 해석된다.

5세기대에는 서해안권의 백제 취락이 다시금 주목된다. D유형인 서산 부장리 유적을 중심으로 하여 주변에는 C유형의 취락이 형성된다. 대규모 분구묘와 금동식리, 중국제 자기의 출현은 금강이남 지역으로 백제 확산과정을 시사한다. 또한 대규모 백제 한성기 취락이 보고되지는 않았지만 고분의 존재로 보아, 공주 수촌리 일대, 금산 수당리 일대, 익산 입점리 일대도 5세기 이후로는 백제의 영역으로 편입된다.

〈그림 6〉 세종 나성리 유적-남족지역 유구배치도
(한국고고환경연구소, 2010, 『(행정중심복합도시내 4-1지점)연기 나성리 유적(남쪽)』

이영철[52]은 충청지역의 대전 용계동 환호취락과 홍성 석택리 환호취락을 거점 취락의 경관을 보여주는 일례로 들어 마한소국의 별읍(別邑)은 아니고, 일반 거주 지인 읍락(邑落)의 한 유형으로 분류하였다. 즉 다중환호를 두른 읍락 수준의 거점 취락은 관할하는 일반(하위)취락을 조망할 수 있는 지정학적 위치를 차지하는 경 관을 갖추었다고 보았다. 즉 환호 내 공지를 기준으로 그룹화된 주거군이 자리하 고 이 주거군을 도로로 연결하며, 환호 내 토기가마에서 일상용기류를 생산 및 소 비한다. 또한 집회나 의례를 위한 광장을 갖추고 있으며 분묘는 환호 바깥구역에 조성하는 경관이 확인된다. 다중환호를 갖춘 거점취락은 생활공간으로만 활용되 는 주거단위이다.

허의행[53]은 금강중유역에서 조사된 세종시 나성리 유적에 주목하여 5세기대 에는 도시가 출현한다고 보았다. 도시가 형성되려면 물리적 요소와 시설요소 를 갖추어야 한다. 물리적 요소는 넓은 대지인데, 나성리유적 주변에는 최대 약 1,000,000㎡에 이르는 하안단구 지형을 형성하고 있다. 이는 한성백제 중앙의 도 시로 파악되는 풍납토성의 내부면적(약 850,000㎡)과 거의 유사하다. 시설요소는 생활시설, 공공시설, 공동분묘시설, 기타공공시설(주거지와 그 부속건물)용소는 고를 것으로 추정하였다. 취락은 간선과 지선 도로망을 구축하고, 도로 좌우측으 로 도랑을 둘러 부지를 만들고 거주장소를 마련하였다. 도랑 내부에는 주구를 갖 춘 주구부 건물과 함께 주변으로 3~4동의 고상식 건물, 수혈유구 등을 배치하였 다. 생활공간 뿐 아니라 창고, 생산 및 저장, 제사공간을 계획적으로 조성한 모습 이다. 거주지의 외부로는 공공의 시설물과 생산과 저장시설, 광장, 묘역, 토성, 경

---

52) 이영철, 2017, 「마한의 마을 구조」, 『마한의 마을과 생활』, 2017년 마한연구원 국제학술회의 발표요지문.

53) 허의행, 2017, 「한성백제 지방도시 나성리유적의 구조와 성격」, 『초기 도시의 고고학』 제35회 호서고고학회 학술대회 발표요지, 호서고고학회.

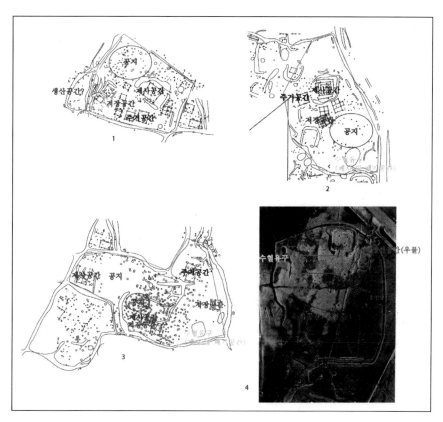

〈그림 7〉 세종 나성리 유적-구획내 공간배치(허의행, 2017, 주53)의 앞 논문, 191쪽)

관적 장소 등을 배치하였다. 이처럼 사적 공간으로서의 거주지와 공적 공간으로서의 공공시설물이 조합된 취락은 도시로 볼 수 있다. 그리고 이 유적은 4세기 후반·5세기 초반이 등장하여 5세기 후반 갑자기 사라지게 되는데 그 이유는 다양하게 추정하였다.

Ⅳ. 맺음말 - 충청지역 마한 · 백제 주거 연구의 향후 과제

이상으로 충청지역 마한 · 백제 주거에 대하여 시기별 연구의 흐름과 연구성과에 대하여 살펴보았다. 이상을 종합하면서 향후 연구과제에 대하여 정리해 보도록 하겠다.

첫째, 충청지역 내 원형계 주거의 등장과 배경에 대한 검토가 필요하다.

원형계(원형, 타원형) 주거는 전남동부지역 및 서부경남지역을 중심으로 이른 시기부터 등장하고 규모도 큰 취락을 이루고 있음은 주지의 사실이다. 영남지역의 경우 기원전후 무렵인 원삼국시대부터 원형계 주거가 등장하며, 서부경남의 경우는 삼국시대까지도 원형주거가 사용된다. 동부나 북부경남지역은 삼국시대가 되면 방형이 우세해진다. 이러한 이유로 변진한의 특징적인 주거형태로 파악하고 있다.

전남 동부지역에서는 원삼국시대 이른 시기인 기원후 1세기부터 원형계 주거가 확인되고 있으며, 가야의 영역과 유사하여 가야의 주거문화로 이해되기도 한다.

최근 들어 전북 동부내륙과 충청중부내륙지역(금산, 옥천, 보은, 대전, 천안, 청주 중심)을 중심으로 원형계 주거의 조사 빈도가 높아지고, 특히 대전 용계동 유적에서는 원형계 주거가 밀집된 상태로 조사되었다. 그런데 충청내륙지역에서 조사되는 원형계 주거는 소급해도 기원후 2세기 중 · 후반이고 일반적으로 3세기대로 편년되고 있다. 이렇게 보면 원형계 주거는 전남 동부내륙에서 전북 북부내륙으로 그리고 충청중부내륙으로 확대된 것으로 이해할 수 있다. 그런데 원형계 주거를 서북지역 철기문화의 삼한지역으로 2차 파급 경로와 연관 지으면 육로를 따라 서북지역 → 중부내륙지역 → 충청내륙지역 → 전북 및 전남 동부지역으로의 루트를 생각할 수 있을 것이다.

둘째, 주거의 기둥배치와 벽체구조에 관한 검토가 필요하다.

4주공식, 비4주공식, 벽주공식, 4주공+벽주공식 등은 고고학 자료에서 최종적으로 확인되는 주공의 배치에만 주목한 것이다. 기둥구멍의 위치를 잡고 굴착하는 것은 지붕을 만들기(올리기) 위한 기둥을 세우는 기초적인 작업에 해당한다. 마한 주거 내에서 확인되는 4주공식과 4주공+벽주공식은 그 규모만으로도 지붕을 올리는데 큰 무리가 없어 보인다. 반면 벽주공은 내력벽 역할을 하는 벽체가 있어야 지붕을 올릴 수 있는 기둥으로의 역할을 할 수 있을 것이다. 건축학적 접근이 필요할 것으로 판단된다.

셋째, 남한강유역에 해당하는 충청동부내륙의 중도유형 문화에 대한 연구가 필요하다.

남한강 상류인 단양 수양개 유적, 충주 하천리 유적과 남한강의 지류인 달천유역의 괴산 두천리 유적 등에서 凸자형주거, 경질무문토기 등 중도유형문화가 조사되었다. 그리고 충주 탑평리 유적이나 충주 문성리 유적에서는 4주공식의 呂凸자형 주거가 확인되었다. 고배, 광구장경호, 격자문 및 평행선문이 모두 확인되는 심발형토기와 장란형토기 등이 출토되었다. 이것은 한강하류유역의 한성백제 주거의 양상과 유사하다. 중도유형의 呂凸자형 주거가 한성백제단계로 전환되면서 4주식이라는 마한의 주거문화요소와 한성백제토기 등이 결합된 것으로 볼 수 있다.

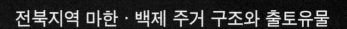

전북지역 마한 · 백제 주거 구조와 출토유물

조성희 전북문화재연구원

Ⅰ. 머리말

일반적으로 주거(住居)는 인간이 일정한 곳에 자리를 잡고 머물러 사는 것을 말하며, 집이나 건물 등으로 구획한 생활하는 공간뿐만 아니라 그 안에서 이루어지는 생활에 대한 행위를 포함하는 의미를 담고 있다. 또한 주거지는 주거가 이루어지는 지역(地)을 지칭하기도 하지만 고고학에서는 건축된 건물로써의 성격이 강하며, 문화재 발굴조사에서는 주거활동이 중지되어 폐기된 상태의 터(址)[1]로 발견되고 있다.

사람이 떠난 자리, 무너진 폐허 속에서 무엇을 찾을 수 있을까? 하는 의문이 들겠지만 유적에는 생각보다 많은 삶의 증거가 남겨져 있고, 고고학자는 그 증거를 찾아 연구하여 고고역사적인 업적을 세우기도 하고 학문적 호기심을 충족하기도 한다. 마한·백제 주거지를 연구하는 것은 마한인과 백제인이 남긴 생활의 흔적을 통하여 그들의 흥망이 담긴 삶을 들여다보는 방법 중 하나이며, 나아가서는 우리의 근본과 정체성을 찾아가는 과정이다.

본 글은 전북지역에서 발굴조사 된 마한과 백제(백제계)의 수혈 주거유적을 대상으로 고고학적 조사현황을 정리하고, 각 권역별로 분포하는 유적과 주거지 구조, 내부에서 출토되는 유물의 양상을 살펴보고자 한다. 대상자료는 전북지역 마한(원삼국) 주거지의 첫 발견으로 볼 수 있는 '김제 청하 주거지(1981년)'에서부터 2018년 상반기까지 발굴조사가 이루어진 주거유적을 포함하며 약 220여 개소의 유적이 해당된다.

유적의 분포범위는 전라북도 14개 시·군 지역 중 13개 시·군이 해당되는데, 무주군은 아직까지 마한·백제시대로 편년되는 주거유적이 조사되지 않았기 때문

---

1) 國立文化財研究所, 2001,『韓國 考古學 事典』.

에 범위에서 제외하였다.

본 글에서 마한 주거와 백제(백제계) 주거의 구분은 해당 발굴조사 보고서 집필진의 편년안을 우선으로 따랐음을 밝힌다. 주거시설과 출토유물을 바탕으로 '원삼국·마한·철기시대·AD 3~4세기 등'으로 보고된 유적은 마한 주거유적으로, '삼국·백제·4세기 이후·AD 5~6세기 등'으로 보고된 유적은 백제(계) 주거유적으로 분류하였다. 전북 동남부에서 확인되는 가야계 주거유적에 대해서도 동일한 기준을 적용하였다.

주지하듯 전북지역은 경기·충청도 및 전남지역과 아울러 마한과 백제의 고토(古土)로 비정되어 왔으며[2], 특히 만경강을 중심으로 하는 익산·전주 등 전북 서북부 지역은 마한이 태동하는 기층문화의 중심지에 해당한다[3].

"삼한과 백제·신라·가야는 죽순(筍)과 대나무(竹)의 관계"[4]와 같다는 천관우의 유명한 문구(文句)에서도 알 수 있듯이, 전북지역은 어느 시기 마한과 백제가 함께 존속했던 문화적 점이지대이다. 백제가 마한을 병탄하는 시점을 전후하여 이 지역의 주거유적에서는 어떠한 선으로 딱 잘라 경계 그을 수 없는 마한과 백제의 생활문화가 확인되기 때문에 이러한 고고학 연구관점에서 전망하는 전북지역의 마한·백제의 주거유적은 상당히 의미가 있다고 생각한다.

---

2) 安鼎福, 1756, 「三韓考」, 『東史綱目』 附錄 下卷: "三韓之地. 自今漢水以南爲始. 馬韓今漢水以南 京畿忠淸全羅道之地. 西渡海通靑齊楊越. 東南渡海通倭. 北限漢水接朝鮮. 東連辰卞二韓. 後百 濟有其地.”; 盧重國, 1987, 「馬韓의 成立과 變遷」, 『馬韓·百濟文化』 第10輯, 圓光大學校 馬韓 ·百濟文化硏究所; 金元龍, 1990, 「馬韓考古學의 現狀과 課題」, 『馬韓·百濟文化』 第12輯, 圓 光大學校 馬韓·百濟文化硏究所; 문창로, 2011, 「조선 후기 실학자들의 삼한 연구-연구 추이와 특징을 중심으로」, 『한국고대사연구』 제62집, 한국고대사학회.

3) 金奎正, 2014, 「益山 靑銅器文化圈과 馬韓」, 『馬韓·百濟文化』 第23輯, 圓光大學校 馬韓·百濟 文化硏究所; 박순발, 2016, 「마한사의 전개와 익산」, 『馬韓·百濟文化』 第28輯, 圓光大學校 馬 韓·百濟文化硏究所.

4) 千寬宇, 1976, 「三韓의 國家形成(上)-「三韓攷」 第3部-」, 『韓國學報』 2권, 일지사, 6쪽.

Ⅱ. 전북지역 마한·백제 주거지 조사 현황

1. 연도로 보는 조사현황

남한에서 원삼국시대 수혈주거지가 최초로 조사된 곳은 경기도에 위치한 가평 마장리 유적[5]이다. 한국전쟁 중인 1951~1952년 사이에 조사된 것으로 기록되어 있으며, 미군 소령 H. A. MacCord에 의해 5기의 주거지 중 1기가 발굴되었다. 한국 에서는 최초로 방사성탄소연대측정법을 사용하여 연대(AD 200년, 1700±250B.P.) 를 얻었다는 고고학사적 의의가 있는 유적이다. 그렇다면 전북지역에서는 언제 원 삼국시대 주거 유적이 조사되었을까?

호남지역에서 원삼국시대 주거 유적이 조사되고 그 존재가 인식된 것은 1980년 대부터이며 그 시작은 전북지역에서 비롯되었다. 호남지역 원삼국시대 주거유적 으로 보고되는 최초의 유적은 김제 청하 주거지(異名:김제 동지산리 주거지)[6]이 다. 1981년 4월 당시 전북 일대에서 지표조사를 실시하고 있었던 국립중앙박물관 고고연구실 이건무의 발견으로 신고되었으며 같은 해 7월 긴급발굴조사가 이루어 졌다.

유구는 화재폐기 된 방형 주거지 1기가 조사되었는데, 새마을사업 도로개설 과 정에서 대부분 파괴되어 일부만 잔존하고 있었다. 내부에서는 벽체로 추정되는 소 토덩어리와 발형토기, 호형토기, 장란형토기 등의 유물이 출토되었다. 유구의 잔 존상태가 양호하지 못했지만 출토유물을 통해 유적의 시기를 파악할 수 있었고, 호남지역에서 발견된 최초의 원삼국시대 주거유적이라는 의의를 가지고 있다.

---

5) 金元龍, 1971, 「加平馬場里冶鐵住居址」, 『歷史學報』第五十·五十一合輯, 110~135쪽.
6) 李白圭, 1982, 「金堤 靑蝦住居址 發掘報告」, 『全北史學』第6輯, 全北大學校 史學會.

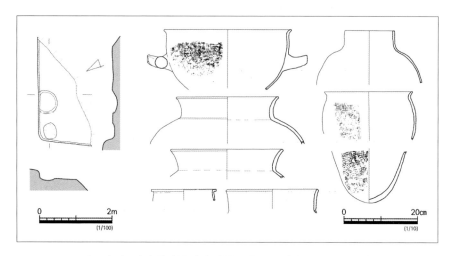

〈그림 1〉 김제 청하 주거지 및 주요 출토유물(원도 재편집-필자)

뒤이어 조사된 남원 세전리 유적[7]은 호남 최초의 원삼국시대 취락유적이라고 할 수 있다. 1984년 말 경지정리 과정에서 유물이 확인되면서 세전리 주민의 제보로 알려졌고, 1986년까지 총 3차에 걸친 발굴조사를 통해 약 30여 기의 주거지가 조사되었다. 유적은 섬진강의 충적대지상에 입지하며, 장타원형 또는 말각방형의 주거지 내부에서는 점토대토기를 비롯한 각종 토기류, 방직구, 어구, 옥류, 석기류, 철기류 등이 출토되었다.

세전리 유적은 아직까지 정식 보고서가 발간되지 않아 세부 내용을 접하기 어려운 부분이 있지만, 기원전후~AD 4세기 경까지 편년되는 이른 시기의 유적이기 때문에

7) 尹德香, 1986,「南原 細田里遺蹟地表收拾 遺物報告」,『全羅文化論叢』第1輯, 全北大學校 全羅文化研究所; 尹德香, 1989,「전북지방 原三國時代 연구의 문제점」,『韓國上古史 -연구현황과 과제』, 韓國上古史學會, 144쪽; 全北大學校 博物館, 1989,『細田里 發掘調查報告書-圖面 · 圖版 Ⅰ-』, 學術叢書 1; 全北大學校 博物館, 1990,『細田里 發掘調查報告書-圖面 · 圖版 Ⅱ-』, 學術叢書 1; 溫華順, 1993,「全北地方 原三國時代 住居址의 研究 -南原 細田里遺蹟을 中心으로-」, 漢陽大學校 大學院 碩士學位論文.

현재까지도 전북지역의 원삼국시대 주거유적에서 가장 중요한 위치를 점하고 있다.

이전까지 전북지역에서 접할 수 있었던 원삼국문화는 옹관이나 수습된 청동유물 등이었기 때문에 상기 두 유적은 원삼국시대의 취락 연구에 대한 기틀을 마련할 수 있는 중요한 단초가 되었다[8].

1990년대에 들어서는 전주 여의동 · 효자동 유적, 완주 구암리 주거유적이 조사되었고, 1990년도 중반에는 완주 반교리 · 용암리A 유적, 군산 남전A · 남전B, 김제 심포리 유적 · 익산 영등동 · 신동리 5~7지구 유적, 진안 와정 유적 등이 조사되었다. 이 시기에는 한 유적 내에서 10기 이하의 주거지가 조사되어 양적으로는 주목할 만한 점이 없지만, 유적의 분포 범위가 넓어지고 있어 원삼국시대 주거유적의 지속적인 발견 가능성을 열어 주었다.

동시기의 전남지역에서도 1986년 승주 낙수리 · 대곡리 유적을 시작으로 원삼국시대 주거유적이 조사되기 시작하였으며, 이와 관련된 연구도 일찍이 시작되었다[9].

전북지역 마한 · 백제 주거유적의 연구가 급속하게 진척될 수 있었던 획기는 1999년으로 볼 수 있다. 1990년대 후반에 진행된 서해안고속도로 건설구간의 발굴조사를 기점으로 유적의 대량화가 나타기 시작했기 때문이다. 고창 우평리 · 낙양리Ⅱ · 성남리 · 신덕리 · 신송리, 김제 대목리, 부안 부곡리 · 신리 · 장동리 · 교운리 유적 등에서 주거유적을 포함하는 대규모 취락과 분묘, 복합유적 등 다양한 성격의 유적이 주목되었다. 이 시기에 조사된 유적은 전북지역의 원삼국시대와 마한에 대한 다각적인 연구가 이루어질 수 있는 기폭제가 되었다고 말할 수 있다.

2000년대에 들어서는 도로 및 철도 건설, 택지개발, 산업단지 건설 등 대규모 건

---

8) 尹德香, 1989, 「전북지방 原三國時代 연구의 문제점」, 『韓國上古史 -연구현황과 과제』, 韓國上古史學會.

9) 崔夢龍 · 金庚澤, 1990, 「全南地方의 馬韓 · 百濟時代의 住居址 硏究」, 『韓國上古史學報』 第4號, 韓國上古史學會.

설사업과 맞물리면서 발굴조사 건수가 대폭 증가하는 현상이 벌어진다. 각 지역의
구릉과 충적지에 잔존하고 있던 유적이 문화재 발굴조사를 통해 드러나면서 주거
유적의 증가 또한 눈에 띄게 나타나게 된다. 주거유적은 학술조사나 긴급발굴조사
의 형태보다 구제발굴조사 형태로 조사되는 것이 대부분인데, 이는 수혈 주거유적
의 특징상 지하에 잔존하고 있고 지표상에 드러나 있는 고분이나 건축유적 등 다
른 유적과 달리 육안으로 확인하는 것이 어렵기 때문이다.

〈그림 2〉는 1981년부터 2018년 상반기까지 전북지역에서 조사된 마한·백
제 주거유적의 연도별 조사 수량을 나타낸 것이다. 전술한 바와 같이 1980년대와
1990년대 중반까지는 5개소 이하의 유적이 조사되었지만, 1999년에는 5배 정도 증
가된 양상을 알 수 있다. 다시 유적의 증가 폭이 두드러진 시점은 2002년도인데 전
주 일원의 택지 개발과 군장산업단지 진입도로 개설 등과 같은 건설사업에 따른
조사를 통해 전주 송천동, 군산 관원리 유적 등에서 30기 이상의 취락이 조사되었

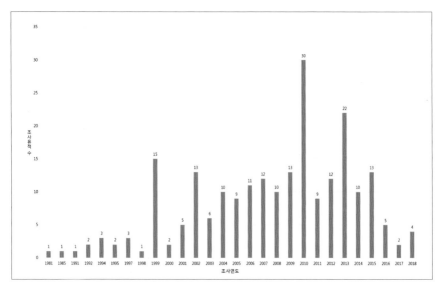

〈그림 2〉 연도로 보는 전북지역 마한·백제 주거유적 조사현황

다. 이후 2009년도까지 15개소 이하의 유적이 꾸준히 조사되었으며, 2010년에 30개소의 가장 많은 주거유적이 조사되었고 이후 잠시 급감하였지만 2013년도에도 비슷한 증가 폭을 보이고 있다.

개발사업의 호조뿐만 아니라 사업면적 또한 유적의 수량에 영향을 미치는 것으로 생각된다. 고창 교운리 · 봉덕 · 남산리 · 부곡리 · 봉산리 황산 · 두어리 · 하련리, 전주 송천동 · 장동 · 동산동, 완주 수계리 장포, 군산 관원리Ⅱ-가, 익산 사덕 · 장신지구, 부안 장동리, 정읍 장수동 · 신면 · 마석리 · 남산, 임실 망월촌 · 석두리 · 갈마리 해평, 순창 대가리 향가 유적 등 규모가 큰 주거유적은 대부분 2000년대 이후에 대규모 건설사업에 따른 발굴조사에서 확인되었다.

〈그림 3〉은 2018년도 상반기까지 조사된 전북지역 마한 · 백제 주거유적에 대한 발굴조사 연표를 작성해 본 것이다.

전북지역의 마한 · 백제 주거지 연구는 단독으로 이루어지지 않고 주로 전남 및 충남지역에 포함된 지역 · 지리적인 구분 속에 호남, 서남부, 중서부, 서해안, 금강유역 등에 포함되어 연구되었다. 전북지역에 한정한 주거유적의 연구는 현재까지도 많지 않은 것으로 파악되고 있다[10].

10) 溫華順, 1993,『全北地方 原三國時代 住居址의 硏究 -南原 細田里遺蹟을 中心으로-』, 漢陽大學校 大學院 碩士學位論文; 노미선, 2001,「전북 서해안일대 원삼국시대 주거지의 盧址施設에 대하여 -부안 부곡리Ⅱ 유적을 중심으로-」,『연구논문집』第1號, (재)호남문화재연구원; 金承玉, 2003,「全北地域 1~7世紀 住居址의 分布와 性格」,『전북지역 백제문화유산의 성격과 관리방안』, (재)전북문화재연구원; 金承玉, 2004,「全北地域 1~7世紀 聚落의 分布와 性格」,『韓國上古史學報』第44號, 韓國上古史學會; 金承玉, 2007,「금강 유역 원삼국~삼국시대 취락의 전개과정 연구」,『한국고고학보』제65집, 한국고고학회; 김은정, 2006,「全北地方 原三國時代 住居址 硏究」, 전북대학교 대학원 석사학위논문; 金垠井, 2007,「全北地域 原三國時代 住居址 硏究」,『호남고고학보』제26집, 호남고고학회; 김은정, 2016,「전북지역 원삼국시대 문화적 공백기에 대한 재검토」,『중앙고고연구』제19호, (재)중앙문화재연구원; 안현중, 2010,「全北 西部地域 原三國時代 住居址 出土 炭火作物에 대한 硏究:完州 龍興里遺蹟을 中心으로」, 원광대학교 대학원 석사학위논문; 송공선, 2013,「익산 사덕유적 삼국시대 수혈주거지의 내부공간 활용과 성격」,『湖南考古學硏究』第14號, (재)호남문화재연구원.

연도	유적
1981	김제 청하
1985	남원 세전리
1991	전주 여의동
1992	완주 구암리·전주 효자동
1994	완주 반교리·군산 남전A·군산 남전B
1995	익산 영등동·진안 와정(1차)
1997	김제 심포리·완주 용암리A·익산 신동리(5·6·7지구)
1998	진안 와정(2차)
1999	고창 우평리·고창 낙양리Ⅱ·고창 성남리Ⅴ-A·고창 성남리Ⅴ-B·고창 성남리Ⅵ·고창 신덕리Ⅰ·고창 신덕리Ⅱ·고창 신덕리Ⅲ-B·고창 신송리·김제 대목리·부안 부곡리Ⅱ·부안 신리Ⅳ·부안 장동리·고창 교운리·완주 배매산
2000	익산 신동·군산 아동리
2001	고창 봉덕·남원 대곡리·익산 신동리(1·2·3지구)·군산 둔덕리·군산 고봉리
2002	군산 산월리·군산 내흥동(Ⅱ·Ⅶ지구)·전주 송천동A·전주 송천동B·전주 평화동·익산 월곡·익산 장신리·군산 관원리Ⅱ-가·군산 관원리Ⅴ·군산 취동리·정읍 신정동(A·E지구)·군산 통사리
2003	고창 석교리·장수 침곡리·익산 사덕·완주 상운리·군산 대명리·정읍 관청리
2004	군산 둔덕·익산 웅포리Ⅰ·순창 노동리·정읍 신월리·전주 성곡·정읍 장수동·고창 남산리(3·5·6-가 6-나구역)·고창 부곡리·군산 동매·군산 둔율
2005	전주 마전Ⅱ·전주 마전Ⅲ-1·전주 마전Ⅲ-2·전주 봉곡·전주 여매·전주 척동·익산 배산·전주 유상리·전주 중인동
2006	익산 송학동·전주 장동·순창 내월·김제 석담리 봉의산·전주 아중마을Ⅰ·임실 망월촌·완주 용흥리·익산 장신지구·익산 부송동 242-73번지·순창 탄금리·익산 광암리
2007	익산 황등리·전주 효자5·전주 중인동 하봉·익산 석교리Ⅰ·고창 석교리Ⅲ·고창 오호리 신지매·고창 후포리·전주 대정·익산 흥암리·김제 대청리B·완주 제내리Ⅱ·임실 상신리B
2008	정읍 신천리·부안 백산성(1차)·전주 중동 5지구·익산 다송리 상마·고창 부곡리 증산Ⅱ·익산 모현동 내장3·익산 모현동 학동·정읍 신면·김제 대화리·임실 도인리
2009	익산 모현동·부안 백산성(2차)·익산 서두리 상갈2-B·순창 지선리·김제 장화동·전주 원장동E·익산 오룡리9·순창 가남리·순창 교성리·정읍 마석리·익산 오룡리·완주 갈산리(나자구)·완주 신풍(가·다지구)
2010	전주 만성동·전주 중동D·순창 건곡리3·순창 외이리2·순창 창신리·순창 창신리3·남원 대곡리 노산·남원 천사동·익산 구평리Ⅳ·고창 자룡리·전주 안심·익산 기산리·익산 삼담리·임실 석두리Ⅲ·임실 석두리Ⅳ·정읍 유정리·익산 보삼리·익산 서두리2·완주 구암리·정읍 망담·정읍 이문·김제 부거리Ⅵ·정읍 오정·완주 옥정·김제 부거리Ⅰ·2·김제 하정리·익산 서두리1·익산 율천리·부안 백산성(3차)·완주 신정C
2011	완주 원용암·익산 용기리·정읍 용흥리·정읍 남산·정읍 오정Ⅱ·순창 무수리·군산 옥봉리·익산 용기리Ⅰ·진안 군상리
2012	익산 송학리·고창 봉산리 황산·김제 상동동Ⅲ·전주 동산동 쪽구름·김제 수록리·김제 월성동·순창 대가리 향가·익산 신용리 갓점·전주 동산동·전주 동산동·전주 축산리 계남·부안 역리 옥여
2013	고창 신대리 332-2·익산 무형리 고산2·부안 줄포·고창 금평리·고창 왕촌리·순창 구미리·익산 어량리 마산·고창 내동리·익산 광암리 동촌리2-B·익산 광암리 동촌리4·익산 광암리 동촌리5-B·익산 광암리 동촌리5-C·익산 광암리 동촌리5-E·익산 광암리 동촌리6·익산 광암리 동촌리8·익산 광암리 동촌리9-A·익산 광암리 동촌리9-C·익산 광암리 동촌리10·익산 광암리 동촌리11·익산 광암리 동촌리14·익산 광암리 동촌리 표본1지점
2014	전주 원만성·익산 부송동 석치고개·전주 만성동 원만성1·완주 둔산리 서당·완주 수계리 청동·남원 노암동·정읍 신천리 부안·고창 신대리 335·김제 상정리·임실 갈마리 해평
2015	김제 반용리 부용리·전주 평화동 대정Ⅱ·전주 효자동 신주Ⅰ·전주 효자동 함대Ⅰ·전주 효자동 함대Ⅳ·전주 효자동 함대Ⅴ·전주 효자동 함대Ⅵ·전주 효자동 함대Ⅸ·익산 도순리 산48-14번지·완주 수계리 신포·완주 수계리 장포·군산 도암리 287·익산 평장리A
2016	익산 와리 금성·익산 석왕동 21-4·고창 두어리·군산 오식도동·익산 광암리 산66-6
2017	전주 만성동 141-5·부안 신리 464-2
2018	익산 어량리 호천·고창 하련리·완주 운곡리 운곡·완주 운곡리 지암

전북지역 마한·백제 주거유적 발굴조사 연표

〈그림 3〉 전북지역 마한 · 백제 주거유적 발굴조사 연표(2018년도 상반기까지)

이에 대한 짧은 사견으로 호남지역에서 원삼국시대 주거지 조사의 신호탄은 전북지역에서 쏘아 올렸지만 이후 전북지역에서는 청동기시대 유적과 백제 고분 등의 조사가 활발하였기 때문에 상대적으로 연구자의 관심도가 적었던 것이 아니었을까 생각된다.

동시기의 전남지역은 주거지 및 토기의 연구가 활발하였는데 이러한 기조는 현재까지도 이어지고 있는 것으로 생각된다. 물론 유적과 주거지의 수량도 전남지역이 현저히 많은 편이다[11].

2. 지역별 유적 분포현황

전북지역 마한 · 백제(계) 주거유적의 분포현황과 함께 유적이 입지하는 전북지역의 지리적 조건을 간단히 언급하고자 한다.

전라북도는 한반도의 서남부에 위치하며 전반적으로 동고서저(東高西低)의 계단식 지형을 이루고 있다. 완주-전주-정읍-고창을 선상(線上)으로 가르는 호남정맥(노령산맥)을 경계로 서부 평야지역과 동부 산악지역으로 구분하고 있다[12].

서부평야지역은 100m 이내의 낮은 파상구릉인 준평야와 삭마평야, 충적평야지대, 잔구 등이 형성되어 있다. 동부 산악지역은 해발고도 1,000m 이상의 산과 해발고도 700m 전후의 산간부지 고원이 분포한다. 평야와 산악지대가 접하는 지역은 침식구릉지대를 이루고 있다. 전라북도 서부와 동부의 대조적인 지형분포

---

11) 김은정, 2017, 「마한 주거 구조의 지역성 -호남지역을 중심으로-」, 『중앙고고연구』 제24호, (재)중앙문화재연구원, 6쪽.

12) 서부 평야지역은 서해 연안에서 노령산맥의 산록 말단부까지를 말하며 만경강과 동진강을 중심으로 하는 호남평야와 군산반도, 진봉반도, 변산반도 등의 해안선을 포함한다. 동부 산악지역은 노령산맥에서 소백산맥까지를 말하며 진안고원, 장계 · 장수분지, 남원 · 오수분지 등을 포함한다.

는 신생대 제3기 말에서 제4기에 걸친 온난한 기후의 영향으로 전북지역 지질의 기반을 이루는 화강암의 풍화와 차별침식이 원인이 되어 나타난 것으로 알려져 있다[13].

수계는 금강·만경강·동진강·섬진강의 큰 줄기가 흐르며 본류에 합류하는 크고 작은 가지상의 지류가 모여 서해로 유입한다. 만경강은 호남평야의 북부를 관류하고, 동진강은 남부를 관류하는데 평야가 발달한 만경강·동진강 유역은 후빙기 이후 해수면의 상승에 따라 퇴적된 충적층이 해발고도 10m까지 넓게 분포한다. 금강수계는 전북 동부 산간에서 발원하여 상류를 이루고 충청도를 돌아 도계를 형성하며 서해로 흘러간다. 섬진강 수계는 동부 산악지대를 양분하며 전남지역으로 흘러 들어간다. 고창의 인천강(주진천)은 노령산맥의 서사면에서 발원하여 서해로 유입한다.

고대의 취락은 이러한 하천의 양안과 미고지에 입지하여 발달하였으며, 주요 하천의 하구에 발달한 넓은 간석지와 낮은 평야가 침강되어 형성된 해안지역 또한 취락이 형성되기에 좋은 입지이다. 이와 같은 전라북도의 자연지리적 여건은 일찍이 마한의 선민(先民)이 터를 잡아 선사문화를 이루고 마한 50여 개 국(國)이 성립하는 기반이 되었다.

〈그림 4〉는 전북지역 마한·백제 주거유적의 조사 현황을 행정구역별로 구분하고 음영법으로 나타낸 것이다. 공교롭게도 앞서 말한 지리적 구분과 유사한 양상이 나타나고 있다. 서부평야지역은 유적이 분포하는 집중도가 높아 색이 짙고, 동부산악지역은 상대적으로 유적의 분포도가 적어 옅은 색을 띠고 있는 것을 확인할 수 있다.

---

13) 全羅北道, 1989, 『全羅北道誌』 第1卷; 농촌진흥청 국립농업과학원 토양환경정보시스템 (http://soil.rda.go.kr).

가장 많은 주거유적이 조사된 지역은 전북 서북부에 위치하고 있는 익산으로써 현재까지 약 55개소가 확인되었다. 익산은 감해국(感奚國)·건마국(乾馬國)·여래비리국(如來卑離國)·염로국(冉路國) 등이 위치하였을 것으로 추정하고 있고[14], 그 외 전주, 고창, 군산, 완주,

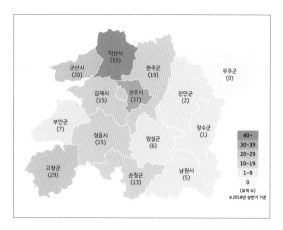

〈그림 4〉 시·군별 마한·백제 주거유적 조사 현황

김제, 정읍, 임실, 순창 일원에서도 대규모 취락이 조사되고 있어 전북지역 내 마한 소국이 존재하였을 만한 충분한 근거가 되고 있다.

현재까지 조사·보고된 전북지역 마한·백제(계) 주거유적은 224개소 2,317기로 집계되고 있다(2018년도 상반기 기준). 이 중 마한 주거유적은 142개소, 마한의 주거 구조와 백제계 주거문화가 함께 나타나는 주거유적은 79개소가 확인된다. 기타 가야계 주거유적은 3개소이다(그림 5).

전북지역 마한 주거지, 백제계 주거지, 가야계 주거지에 대한 체계는 김승옥에 의해 세워졌다고 해도 과언이 아니며[15], 지금까지도 주거지의 시기를 구분하는 큰 기준이 되고 있다.

---

14) 김규정, 2016, 「마한의 성장과 익산」, 『首部 익산, 마한의 중심에서 백제의 왕도로』 고도익산 정체성 확립 학술회의, 익산시·원광대학교 마한백제문화연구소.

15) 金承玉, 2003, 「全北地域 1~7世紀 住居址의 分布와 性格」, 『전북지역 백제문화유산의 성격과 관리방안』, (재)전북문화재연구원; 金承玉, 2004, 「全北地域 1~7世紀 聚落의 分布와 性格」, 『韓國上古史學報』第44號, 韓國上古史學會.

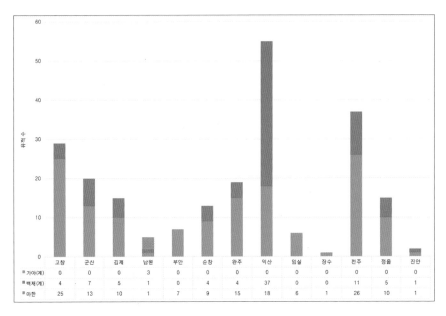

	고창	군산	김제	남원	부안	순창	완주	익산	임실	장수	전주	정읍	진안
■ 가야(계)	0	0	0	3	0	0	0	0	0	0	0	0	0
■ 백제(계)	4	7	5	1	0	4	4	37	0	0	11	5	1
■ 마한	25	13	10	1	7	9	15	18	6	1	26	10	1

〈그림 5〉 행정구역별 마한·백제 주거유적 조사현황

　　마한 주거지는 원형도 나타나지만 주로 방형의 평면형태로 수혈을 굴착하였으며 내부에는 점토로 만든 취사시설과 토기·천석을 이용한 솥받침, 벽구와 배수로, 무주공식이거나 사주공식의 기둥배치 형태, 장타원형수혈 등이 존재하는 것이 특징이다. 유물은 격자문이 타날된 연질토기가 대부분이며 주요 기종은 장란형토기, 발형토기, 호형토기, 완형토기, 주구토기, 시루 등이 출토되고 있다.

　　사주공식 주거지는 시대의 구분 없이 주거지 바닥면에 4개의 주공이 확인되는 주거지를 통칭하는 것이지만[16], 원삼국시대 주거지에서는 중심주공 4개의 유무에 따라 비사주공식과 사주공식 주거지로 구분한다.

---

16) 서현주, 2013, 「마한·백제 사주식주거지의 연구 성과와 과제」, 『주거의 고고학』, 제37회 한국고고학전국대회 자유패널 발표 -마한·백제 사주식주거지의 의미와 과제-, 한국고고학회.

사주공식 주거지는 방형의 네 벽면 모서리에 기둥을 세우는 주공이 위치하고 주공의 종·횡간 거리가 일정해지며, 주거 내부에는 다양한 형식의 벽구가 시설되고 부뚜막은 한 쪽 벽면에 치우쳐 시설되는 주거 구조로 정의하고 있다[17].

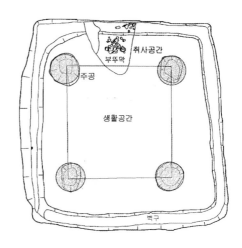

〈그림 6〉 사주식 주거지 모식도(정일 2007)

백제계 주거지는 상술한 바와 같이 마한의 주거 구조 속에 백제계 주거문화가 함께 나타나는 주거지로써, 판석제 취사시설과 구들 등 난방시설의 등장, 삼족기·개·배·완·직구단경호·고배 등 경질소성한 백제토기의 출현 등으로 특징짓는다. 방형의 평면형태와 사주식의 기둥형태 등 마한 주거지의 건축 속성이 유지되는 가운데 일상용기는 백제토기를 이용하고, 쪽구들 형태의 취사시설이 등장하고 있는 점에서 당시 마한인들이 남하하는 백제의 주거문화를 선택적으로 받아들여 수용한 것으로 추정하고 있다.

전라북도 내 가야계 주거지는 남원을 중심으로 확인되고 있는데 유적 수는 아직까지 적은 편이다. 대표적으로 남원 대곡리·천사동·노암동 유적 등이 알려져 있다. 주거지의 구조적 속성은 백제계 주거지와 유사한 양상을 보이고 있어[18] 구분

---

17) 鄭一, 2005,『全南地方 3~5世紀 四柱式住居址 硏究』, 慶北大學校 大學院 碩士學位論文; 鄭一, 2007a,「四柱式住居址의 上部構造 復元 試論」,『연구논문집』第7號, (재)호남문화재연구원; 鄭一, 2007b,「全南地域 四柱式住居址의 構造的인 變遷 및 展開過程」,『韓國上古史學報』第54號, 韓國上古史學會; 鄭一, 2013,「전남 서부지역 사주식주거지 검토」,『주거의 고고학』제37회 한국고고학전국대회 자유패널 발표 -마한·백제 사주식주거지의 의미와 과제-, 한국고고학회.

18) 金承玉, 2004,「全北地域 1~7世紀 聚落의 分布와 性格」,『韓國上古史學報』第44號, 韓國上古

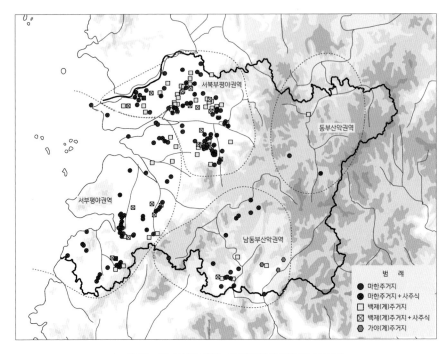

〈그림 7〉 전북지역 마한·백제(계) 주거유적 분포도

이 어렵지만 가야의 장경호 및 투창고배, 기대 등이 출토되고 있어 가야계 주거지로 구분하고 있다.

　〈그림 7〉은 이러한 구분을 참고하여 마한과 백제계 및 가야계 주거 유적의 분포도를 나타낸 것이다. 분포도를 살펴보면 마한 주거유적은 호남정맥을 중심으로 서부지역의 분포도와 밀집도가 높은 것을 알 수 있는데, 특히 만경강을 중심으로 하는 서북부지역에 매우 집중되어 있는 현상을 보이고 있다.

　동부지역은 금강 수계와 섬진강 수계를 중심으로 형성된 분지에 입지하여 분포

史學會, 66쪽.

하고 있는데, 서부지역과 상대적으로 유적의 밀집도가 낮은 편이다. 다만 원형주거지의 분포가 특징을 알려졌던 과거 연구와 달리 사주공식의 속성을 가진 방형주거지의 조사 예가 늘어난 것을 감지할 수 있다. 이러한 분포양상으로 마한인들의 주 활동영역을 서부 평야지역으로 일축할 수도 있겠지만 당시 전북지역을 점유했던 마한 소국의 위치나 제 소국 간의 규모, 인구 밀도에 따른 차이로도 생각해 볼수도 있을 것이다.

백제(계) 주거유적은 백제의 진출이 가장 먼저 이루어졌을 전북 서북부지역, 즉 금강유역과 미륵산 일원에 밀집하고 있고 그 외 전주, 정읍, 고창 일원과 섬진강 유역에서도 확인되고 있다. 백제계 주거지는 마한 취락 내에서 함께 발견되는 예도 다수 있어 분포범위에 있어서 특별한 차이는 보이지 않고 있지만 해안가와는 다소 거리를 두며 내륙을 중심으로 분포하는 특징을 보이고 있다.

전북지역 가야계 주거유적은 남원 대곡리 유적 이후 남원 천사동·노암동 유적 등이 추가로 조사되어 자료가 증가하였다. 남원을 포함하는 전북지역 섬진강 수계의 가야 유적은 남원 동부의 운봉과 아영분지에 분포하는 가야계 고분이 대표되었으나 최근에는 주거유적의 자료도 증가하여 전북지역의 가야문화에 대한 관심도를 높이고 있다.

3. 소권역 설정

전북지역 마한·백제 주거지의 구조와 출토유물을 살펴보기에 앞서 상기한 유적의 분포와 자연지리적 조건을 바탕으로 주거유적의 분포 권역을 설정해보고자 한다.

권역은 어떠한 영향력이 미치는 특정한 범위의 지역을 말한다. 보통 사람이 모이거나 물자·정보가 집산하는 지리적 범위를 한데 묶어 지칭하는데, 고고학에서

권역을 구분하는 것은 물질자료와 그것을 남긴 집단이 어떠한 문화에 소속되어 있다는 공통된 관계를 부여하는 것이다.

전북지역 주거유적의 분포에 따른 주요 권역 설정은 여러 연구자들에 의해 시도되었는데 그 내용을 정리하면 〈표 1〉과 같다. 권역을 설정하는 범위에 대한 세부적인 이견은 존재하지만 공통적으로는 서부 평야지역과 동부 산악지역으로 대분하고, 다시 강·하천 등의 수계와 지맥에 따라 수 개의 소권역으로 세분하고 있다. 대부분 문화적 경계보다 자연지리적 경계에 촛점을 맞추고 있으며, 자연지리적 경계에서도 지형보다는 수계에 중점을 두고 구분하고 있다.

〈표 1〉 전북지역 마한·백제취락의 주요 권역 구분

구 분	주요 권역	소속 행정구역
김승옥 (2000)[19]	전북 서해안	부안, 김제 고창
	섬진강 상류	남원
김승옥 (2007)[20]	금강 상류	남원 장수, 순창, 임실, 진안, 금산
	금강 하류	군산, 익산, 서천
	만경강 유역	전주, 익산, 완주
	전북 서해안	김제, 정읍, 고창
조규택 (2010)[21]	금강 상류	진안, 장수
	금강 하류	익산, 군산
	만경강 유역	완주, 전주, 김제
	서해안 일대	고창, 부안, 정읍, 영광
	섬진강 상류	남원, 임실, 순창

---

19) 金承玉, 2000, 「호남지역 마한 주거지의 편년」, 『호남고고학보』 第11輯, 湖南考古學會.
20) 金承玉, 2007, 「금강 유역 원삼국~삼국시대 취락의 전개과정 연구」, 『한국고고학보』 제65집, 한국고고학회.
21) 조규택, 2010, 「湖南地域 馬韓·百濟住居 構造와 展開」, 『馬韓·百濟사람들의 일본열도 이주와 교류』 중앙문화재연구원 창립10주년 기념 국제학술대회, 국립공주박물관·(재)중앙문화재연구원·백제학회.

조규택 (2011)[22]	만경강 상류권	전주, 완주
	만경강 하류권	김제 만경읍 · 백구면 일원
	동진강 상류권	정읍
	동진강 하류권	부안
김은정[23] (2006)	금강 하류	군산, 익산, 논산, 서천
	전북 서부	김제, 전주, 완주, 부안, 정읍, 고창
	전북 동부	장수, 남원, 순창
김은정 (2011)[24]	금강 상류권	진안, 장수
	금강 하류권	군산, 익산 북부
	만경강권	익산 남부, 김제, 전주, 완주
	동진강권	정읍
	곰소만권	정읍 서부, 부안, 고창 북부
	인천강권	고창 남부
	섬진강권	남원, 임실, 순창
임동중 (2013)[25]	만경강 유역권	군산, 익산, 김제, 전주, 완주
	서해안권	정읍, 부안, 고창
	섬진강 유역권	순창
	기타	장수
김은정 (2017)[26]	만경강 북부권	군산, 익산
	만경강 남부권	김제, 전주, 완주
	동진강권	고창 북부, 부안, 정읍
	주진천권	고창 남부, 영광
	금강 상류권	장수, 진안
	섬진강 상류권	임실, 순창
	섬진강 중류권	곡성, 구례, 남원

22) 조규택, 2011, 「전북 만경강 · 동진강 유역의 마한」, 『새만금권역의 고고학-전라북도 서부평야의 고고학적 성과와 과제-』 제19회 호남고고학회 학술대회, 호남고고학회.

23) 김은정, 2006, 「全北地方 原三國時代 住居址 硏究」, 전북대학교 대학원 석사학위논문.

24) 김은정, 2011, 「전북지역 마한 · 백제 취락의 경관 검토」, 『호남지역 삼국시대의 취락유형』 제2회 한국상고사학회 워크숍, 한국상고사학회.

25) 임동중, 2013, 「호남지역 사주식주거지의 변천과정」, 전남대학교 대학원 석사학위논문.

26) 김은정, 2017, 「마한 주거 구조의 지역성-호남지역을 중심으로-」, 『중앙고고연구』 제24호, (재)

전북지역의 권역을 구분하는 큰 줄기는 금강 · 만경강 · 동진강 · 섬진강 · 주진천(인천강) 등의 수계이다. 이들의 공통점은 모두 장수와 진안, 정읍 등의 호남정맥에서 발원하여 흐르고 있는 점이다. 다만 남원시 운봉면을 흐르는 남천은 낙동강 수계에 속한다.

본 글에서는 먼저 전북지역을 북동-남서 방향으로 가르는 호남정맥(노령산맥)을 중심으로 서부평야지역과 동부산악지역으로 나누었고, 수계 및 지형 조건과 함께 유적의 밀집도를 참고하여 서북부평야권역, 서부평야권역, 남동부산악권역, 동부산악권역 등 네 개의 권역으로 구분하였다.

서북부평야권역은 금강하구역 · 만경강 북부권역 · 만경강 남부권역으로 세분하였고, 서부평야권역은 서해안권역 · 만경강 및 동진강의 하류와 원평천이 합류하는 평야지대는 하구역 · 동진강 중상류(정읍천 · 갈곡천)와 주진천 상류를 포함하는 정읍 · 고창 일원은 내륙권역으로 세분하였다. 서부평야권역은 유적의 조사에가 증가할수록 밀집도의 형태가 변화할 가능성이 높기 때문에 추후 권역의 미시적 변동이 예상된다.

남동부산악권역은 섬진강 유역에 포함되는데 해발 500m 이상의 고원분지와 해발 50~300m 사이의 유역분지로 세분하였다. 동부산악지역은 백두대간에 해당하는 해발 1,000m를 전후하는 높은 산지로 이루어져 있으며 금강 상류권역에 포함할 수 있다.

중앙문화재연구원.

Ⅲ. 전북지역 마한·백제 주거 구조와 출토유물

1. 서북부평야권역

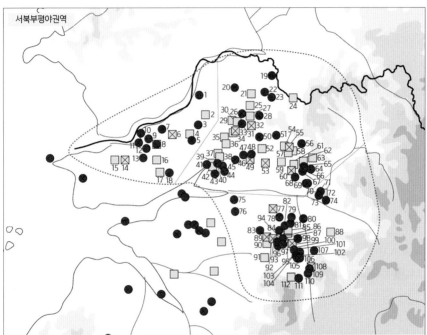

서북부평야권역

1.익산 웅포리Ⅰ 2.군산 관원리Ⅴ 3.군산 관원리Ⅱ-가 4.군산 취동리 5.군산 축산리 계남 6.군산 대명리 7.군산 남전 A·B 8.군산 도암리 287번지 9.군산 둔덕리 10.군산 내흥동Ⅱ 11.군산 내흥동Ⅶ 12.군산 둔덕 13.군산 아동리 14.군산 둔율 15.군산 동매 16.군산 고봉리 17.군산 통사리 18.군산 산월리 19.익산 무형리 고산2 20.익산 와리 금성 21.익산 삼담리 22.익산 어량리 호천 23.익산 어량리 마산 24.익산 월곡 25.익산 용기리 26.익산 용기리Ⅰ 27.익산 오룡리9 28.익산 구평리Ⅳ 29.익산 다송리 상마 30.익산 서두리1 31.익산 서두리 상갈2-B 32.익산 오룡리5 33.익산 서두리2 34.익산 율촌리 35.익산 황등리 36.익산 보삼리 37.익산 배산 38.익산 모현동2가 내장3 39·40.익산 장신리(전북연) 41.익산 장신리(호문연) 42.익산 모현동2가 학동 43.익산 송학리 44.익산 송학리 45.익산 모현동 46.익산 신동 47.익산 영동동 48.익산 부송동 석치고개 49.익산 부송동 242-73번지 50.익산 기산리 51.익산 신용리 갓점 52.익산 석왕동 21-4번지 53.익산 신동리 54.익산 도순리 산48-14번지 55.익산 광암리 56.완주 제내리Ⅱ 57.익산 광암리·동촌리 58.익산 광암리 산66-6번지 59.익산 평장리A 60.익산 사덕 61.익산 흥암리 62.완주 배매산 63.완주 원용암 64.완주 용암리A 65.완주 둔산리 서당 66.완주 수계리 청등 67.완주 구암리(원광대) 68.완주 구암리(군산대) 69.완주 수계리 신포 70.완주 수계리 장포 71.완주 운곡리 운곡 72.완주 운곡리 지암 73.완주 상운리 74.완주 용흥리 75.김제 반용리·부용리 76.김제 석담리 봉의산 77.전주 성곡 78.전주 장동 79.전주 동산동(전북연)·전주 동산동(호문연)·전주 동산동 쪽구름(전라연) 80.전주 송천동A·B 81.전주 유상리 82.전주 여의동 83.완주 반교리 84.전주 원장동E 85.전주 만성동 원만성1 86.전주 원만성 87.전주 만성동 141-5번지 88.전주 아중마을Ⅰ 89.완주 갈산리 90.완주 옥정 91.김제 대화리 92.완주 신풍 93.전주 중동D 94.전주 만성동 95.전주 중동 5지구 96.완주 신정C 97.전주 안심 98.전주 마전Ⅱ·Ⅲ-1·Ⅲ-2 99.전주 척동 100.전주 여매 101.전주 봉곡 102.전주 함대Ⅴ·Ⅷ·Ⅸ 103.전주 효자동 104.전주 효자동 신주Ⅰ 105.전주 효자동 함대Ⅰ 106.전주 효자동 함대Ⅳ 107.전주 효자동 108.전주 평화동 대정Ⅰ 109.전주 평화동 110.전주 대정 111.전주 중인동 112.전주 중인동 하봉

〈그림 8〉 서북부평야권역 주거유적 분포도

서북부평야권역은 전라북도의 서북부에 해당하며 지리적으로 금강 하구역과 만경강 중·상류 수계권을 포함하는 지역이다. 만경강을 중심으로 형성된 저평한 평야지대를 금강정맥과 호남정맥이 감싸고 있고, 만경강 북쪽으로는 미륵산과 함라산, 만경강 남쪽으로는 모악산 줄기에서 뻗어 나온 저평한 구릉이 형성되어 있다. 행정구역으로는 익산, 전주, 군산, 완주, 김제 북부를 포함한다.

서북부평야권역에서 조사된 마한·백제(계) 주거유적은 131개소로 전북지역에서 가장 높은 밀집도와 범위를 나타내고 있다. 특히 익산 일원은 백제계 주거유적의 비율이 높은데 백제가 마한으로 진출하는 길목에 해당하기 때문이다. 마한을 병합하기 위한 전략적 위치에 있기 때문인지 다른 지역보다 마한의 주거구조 속 백제계 주거문화의 습합을 다수 확인할 수 있다. 더불어 익산 사덕·장신지구, 전주 동산동·송천동 유적 등 대규모 취락이 위치하고 있는 것을 전북지역에 비정되는 마한 소국의 권역으로 생각해도 무리가 아닐 것으로 생각한다.

서북부평야권역은 금강하구역과 만경강 수계권으로 양분이 가능하며, 만경강수계권은 만경강 북부권역, 만경강 남부권역으로 세분할 수 있다. 서북부평야권역의 주거유적은 해발 50m 내외의 저지성 구릉과 독립구릉에 입지하고 있는 것이 대부분이다. 금강하구역의 주거 유적은 20m 내외의 구릉, 만경강 수계권의 주거 유적은 10~50m 내외의 구릉에 고르게 분포하고 있다.

1) 금강하구역

금강하구역은 전북 북부를 북동-남서 방향으로 흐르는 함라산맥의 줄기를 중심으로 설정하며 익산 서북부 일부와 군산을 포함한다. 서해와 맞닿아 있지만 해안보다 내륙지형에 가깝고 금강 하류 문화권에 포함되고 있다.

군산 관원리Ⅱ-가 유적을 제외하면 대부분 10기 이하의 주거지가 확인되고 있다. 평면형태는 방형·장방형·세장방형 등 방형계가 확인되고 어방리 남전A 유

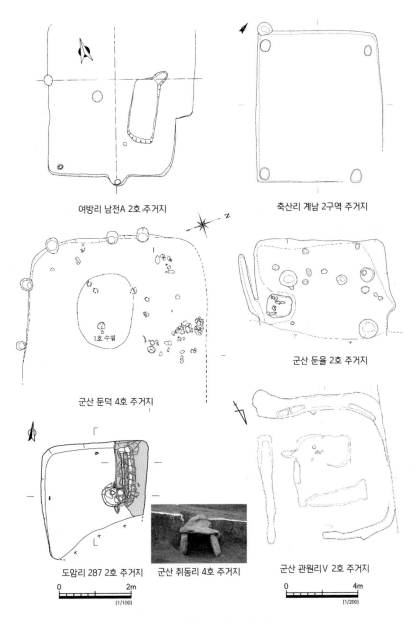

여방리 남전A 2호 주거지

축산리 계남 2구역 주거지

군산 둔율 2호 주거지

1호 수혈

군산 둔덕 4호 주거지

도암리 287 2호 주거지　군산 취동리 4호 주거지　군산 관원리V 2호 주거지

0　　　　　2m
(1/100)

0　　　　　4m
(1/200)

〈그림 9〉 금강하구역 마한·백제(계) 주거

적의 2호 · 3호 · 4호 주거지는 평면 방형에 돌출부가 부가된 형태이다. 마한 주거지와 백제계 주거지가 고르게 분포하고 있는데 함라산맥의 북쪽으로 올라갈수록 백제계 주거지가 등장하는 경향을 보이고 있다. 군산 취동리 · 도암리 287번지 유적은 마한 주거지와 백제계 주거지가 함께 분포하고 있다.

기둥배치는 주혈이 확인되지 않거나 배치의 정형성이 없는 비사주공식과 사주공식, 벽주식이 확인된다. 대부분 비사주공식이며 사주공식은 군산 축산리 계남 2구역 주거지, 군산 내흥동 Ⅶ지구 2호 주거지, 군산 둔율 2호 주거지이다. 벽주식은 군산 군덕 4호 주거지에서 확인된다.

▲ 군산 관원리 Ⅱ-가(① · ②)
· 취동리(③) 유적 출토유물

취사 및 난방시설은 점토로 구축한 부뚜막과 판석으로 만든 노지 및 구들을 시설하였다. 군산 둔율 2호 주거지는 북쪽 벽에 배연구를 시설하였고 석재를 솥받침으로 사용하였다. 배연구는 벽면을 경사지게 굴착하여 조성하였고 상면 가장자리를 따라 얕은 구를 파서 배연이 용이하도록 하였다. 이와 유사한 시설은 익산 부송동 242-73번지 6호 주거지에서도 조사되었다. 군산 둔덕 3호 주거지에서는 부뚜막에 사용한 토제아궁이틀이 출토되었고, 군산 여방리 남전A 7호 주거지에서는 연가(煙家)가 출토되었다.

군산 관원리 Ⅴ 2호 주거지는 주거지 둘레를 굴착한 외부구가 시설되었다. 외부구는 익산 구평리Ⅳ 9호 주거지에서도 확인되고 있다.

유물은 격자문이 타날된 연질토기가 주로 출토되며 기종은 장란형토기, 발형토기, 옹형토기, 호형토기, 완형토기, 주구토기, 시루 등이다. 백제계 주거지에서는 승문계 타날이 이루어진 연질토기와 회청색경질토기가 함께 출토되고 있다.

〈표 2〉 서북부평야권-금강하구역 주거유적

유적명	기수	입지 (해발)	평면형태	주요 시설	출토유물	시기	조사기관
익산 웅포리 I	7	구릉 정상부 (45m)	방형 장방형	화덕, 벽체, 주공	조형토기, 주구토기, 장란형토기, 파수부토기, 호형토기, 옹형토기, 양이부호, 이중구연호, 발형토기, 시루, 방추차	2~4세기	전북문화재연구원 (2008)
군산 관원리 V	2	구릉 서사면 (34m)	말각방형 방형	부뚜막, 선반, 내부 수혈, 외부구	장란형토기, 삼족기, 옹형토기, 시루, 지석	5~6세기	원광대학교 마한· 백제문화연구소 (2007)
군산 관원리 II-가	31	구릉 서사면 (22~28m)	방형 장방형	부뚜막, 주공, 벽구, 점토벽	장란형토기, 심발형토기, 시루, 단경호, 옹형토기, 완, 방추차, 내박자, 철부	원삼국	원광대학교 마한· 백제문화연구소 (2005)
군산 취동리	4	구릉 서사면 (30~35m)	방형	판석재 부뚜막, 벽구, 주공, 수혈	장란형토기, 발형토기, 시루, 철부, 지석	4세기 후반	원광대학교 마한· 백제문화연구소 (2007)
군산 축산리 계남 I구역	1	구릉 남사면 (23m)	말각방형	주공	-	원삼국	전주문화유산연구원 (2015)
군산 축산리 계남 II구역	1	구릉 정상부 (26m)	말각방형	사주공	-	원삼국	전주문화유산연구원 (2015)
군산 대명리 A지구	3	구릉 남동사면 (25~30m)	방형계	주공, 사주공, 벽구	발형토기, 시루, 회청색경질토기, 방추차, 환두도	3세기 전반 ~4세기	군산대학교 박물관 (2004)
군산 여방리 남전A	9	평야 (4m)	말각방형 장방형 방형	주공, 벽구, 돌출부	발형토기, 장란형토기, 파수부발, 호형토기, 소형토기, 파수부연통형토기, 시루, 방추차	3세기 중반	전북대학교 박물관 (1998)
군산 여방리 남전B	2	평야 (4m)	방형	주공	장란형토기, 천발형토기, 시루	마한	국립전주박물관 (1998)
군산 도암리 287	2	구릉 말단부 (8~9m)	말각방형	부뚜막, 구들	시루, 완, 호형토기, 발형토기, 철도자	원삼국 ~삼국	한국문화재단 (2017)
군산 둔덕리	1	구릉 남서사면 (35m)	말각장방형	노지	시루, 고배, 석추	3세기 전후	군산대학교 박물관 (2003)
군산 내흥동 II지역	1	구릉 남사면 하단부(21m)	방형계	부뚜막, 배연구	장란형토기	원삼국	충청문화재연구원 (2006)

군산 내흥동 VII지역	2	구릉 남사면 (18m)	방형	노지, 사주공	발형토기, 장란형토기, 시루, 방추차	3세기 후반 ~ 4세기 전반	충청문화재연구원 (2006)
군산 둔덕	4	구릉 북동사면 (15~16m)	말각방형	벽주공	발형토기, 파수부원통형토기, 시루, 개, 고배, 방추차, 아궁이장식틀, 철도자	원삼국 ~삼국	전북문화재연구원 (2006)
군산 아동리	3	구릉 정상부 (30m)	방형	노지, 소토부	장란형토기, 시루, 갈돌, 철도자	원삼국	군산대학교 박물관 (2002)
군산 둔율	2	구릉 서사면 (17~20m)	방형계	주공, 사주공, 부뚜막, 배연구	타날문토기편, 석제품	삼국	호남문화재연구원 (2006)
군산 동매	1	구릉 서사면 (14m)	방형계	주공, 배수구	발형토기, 장란형토기	삼국	호남문화재연구원 (2006)
군산 고봉리	1	구릉 정상부 (27~28m)	장방형	주공, 수혈	삼족기, 배	삼국	호남문화재연구원 (2003)
군산 통사리	1	구릉 말단부 (5m)	장방형	화덕, 벽구, 주공	장란형토기, 갈돌	삼국	군산대학교 박물관 (2004)
군산 산월리 나지구	4	구릉 정상부 (70m)	장방형	주공, 소토부	발형토기, 호형토기, 시루, 방추차	3세기 전반	군산대학교 박물관 (2004)

2) 만경강 북부권역

만경강 북부권역은 익산 장신지구·사덕 유적과 같은 대규모 취락이 입지하고 있다. 대부분 방형계의 평면형태로 주거지를 굴착하였다. 원형계의 주거형태는 익산 영등동 주거지, 익산 월곡 3호 주거지, 익산 광암리·동촌리 유적의 표본1지점에서 확인되고 있다. 방형의 평면형태에 돌출부가 부가된 주거지는 익산 용기리 I 9호 주거지와 10호 주거지, 익산 오룡리9 1호 주거지, 익산 송학동 3호 주거지, 익산 신동 3호 주거지, 익산 기산리 4호·5호 주거지, 익산 홍암리 2호 주거지 등에서 조사되었다.

사주공식의 기둥배치보다 비사주공식 주거유적의 비율이 높은 편이며, 그 외 내부시설은 노지, 벽구, 배수구, 외부구, 장타원형수혈, 출입시설 등이 확인되고 있다.

취사 및 난방시설은 점토로 구축한 부뚜막과 점토와 석재로 시설하고 배연시설을 갖춘 부뚜막과 구들이 나타난다. 배연시설은 주거지 벽면을 따라 '一'자형 또는 'ㄱ'자형으로 꺾어 배출하며, 벽면의 중앙이나 한 쪽 모서리에 시설하였다.

▲ 익산 장신지구(전북문화재연구원 2008)

군산 둔율 2호 주거지, 익산 부송동 242-73번지 6호 주거지, 익산 사덕 24호 · 30
호 · 35호 · 51호 · 57호 · 61호 · 73호 주거지, 익산 신동리 6지구 1호 주거지 등
에서 확인된다.

만경강 북부권역은 백제계 주거지의 비율이 높은 편인데, 익산 용기리 · 구평리
Ⅳ · 부송동 242-73번지 · 광암리동촌리 14지점 유적, 완주 원용암 유적 등이 해당
한다.

유물은 장란형토기, 발형토기, 옹형토기, 호형토기, 완형토기, 주구토기, 시루 등
의 토기류가 대부분이며, 백제계 주거지의 비율이 높은 만큼 백제토기의 출토비율
도 높게 나타난다. 토기류 외에 내박자와 방추차, 토제구슬 등이 출토되며, 익산 송
학동과 익산 장신리 유적에서는 토제 유리옥 거푸집이 출토되었다.

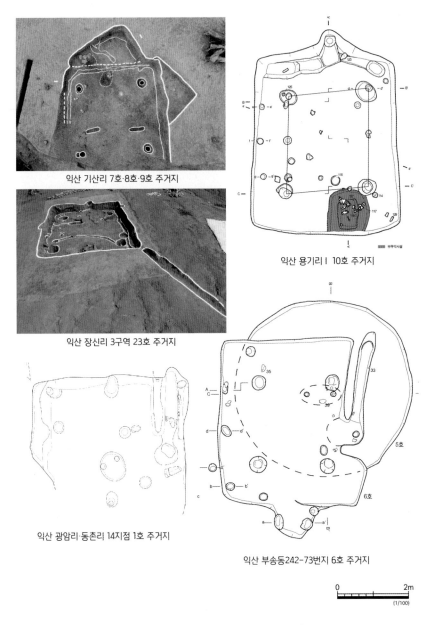

익산 기산리 7호·8호·9호 주거지

익산 장신리 3구역 23호 주거지

익산 용기리 I 10호 주거지

익산 광암리·동촌리 14지점 1호 주거지

익산 부송동242-73번지 6호 주거지

0　　　　　　2m
(1/100)

〈그림 10〉 만경강 북부권역 마한·백제(계) 주거

익산 송학동 유적 출토유물

익산 서두리2 유적 출토유물

익산 장신리 유적 출토유물

▲ 만경강 북부권역 마한 · 백제(계) 주거 출토유물

〈표 3〉 서북부평야권역-만경강 북부권역 주거유적

유적명	기수	입지 (해발)	평면형태	주요 시설	출토유물	시기	조사기관
익산 무형리 고산2	1	구릉 북사면 (16m)	방형	부뚜막	옹형토기	원삼국	원광대학교 마한 · 백제문화연구소 (2017)
익산 와리 금성	20	구릉 정상부 (12~19m)	방형	노지, 주공, 사주공, 벽 구, 장타원형수혈	장란형토기, 발형토기, 호형 토기, 주구토기, 방추차	원삼국	동서종합문화재연구원 (2018)
익산 삼담리	2	구릉 말단부 (5~6m)	방형	주공, 부뚜막, 연도, 장 타원형수혈	발형토기, 장란형토기	삼국	호남문화재연구원 (2012)

익산 어랑리 호천 4구역	1	구릉 정상부 (27m)	방형	-	완, 반		원삼국	전주문화유산연구원 (2018)
익산 어랑리 마산	1	구릉 남사면 (28m)	방형	부뚜막	장란형토기		원삼국	호남문화재연구원 (2015)
익산 월곡	3	구릉 서사면 (70~80m)	방형 원형	부뚜막, 연도, 배연구, 구들	발형토기, 직구소호, 개, 삼 족기		6세기 후반	호남문화재연구원 (2004)
익산 용기리	1	구릉 남사면 (17.5m)	장방형	소결부	호형토기, 시루		삼국	호남문화재연구원 (2013)
익산 용기리 I	4	구릉 능선 (27~28m)	방형 장방형	주공, 부뚜막, 사주공, 돌출부, 내구	발형토기, 호형토기, 장란형 토기		원삼국	전북문화재연구원 (2013)
익산 오룡리9	7	구릉 정상부 (23~25m)	방형 장방형	주공, 부뚜막, 수혈, 돌 출부	발형토기, 호형토기, 주구토 기, 단경호, 완, 시루, 철촉		삼국	원광대학교 마한 ·백제문화연구소 (2013)
익산 구평리IV	12	구릉 남사면 (13~21m)	방형 장방형	부뚜막, 판석재부뚜막, 벽구, 배수로, 주공, 사 주공, 외부구, 장타원형 구덩이	장란형토기, 발, 옹, 시루, 주구토기, 호, 방추차, 탄화 곡물		원삼국	전북문화재연구원 (2013)
익산 다송리 상마	2	구릉 동사면 (18~19m)	방형	주공, 타원형수혈	호형토기, 삼족기, 배, 방추 차, 지석		삼국	대한문화유산연구센터 (2011)
익산 서두리1	3	구릉 서사면 (15~17m)	방형계	부뚜막, 배연시설, 벽구, 주공	연질토기, 철부, 철촉		삼국	호남문화재연구원 (2013)
익산 서두리 상갈2-B	1	구릉 남사면 (26m)	장방형	노지	연질토기, 파수		원삼국	전북문화재연구원 (2011)
익산 오룡리5	1	구릉 동사면 (25m)	방형	주공, 벽구, 판석재부뚜 막	단경호, 직구호		삼국	원광대학교 마한 ·백제문화연구소 (2013)
익산 서두리2	10	구릉 동사면 (14~19m)	방형	주공, 사주공, 벽구, 부 뚜막	장란형토기, 발, 파수부호, 원저호, 주구토기, 직구호, 시루, 방추차, 석촉, 철모		삼국	호남문화재연구원 (2013)
익산 율촌리	2	구릉 서사면 (11m)	방형	벽구, 내구, 주공, 배수 구	장란형토기, 발형토기, 방추 차, 연석		삼국	호남문화재연구원 (2013)
익산 황등리	2	구릉 정상부 (61m)	방형 원형	주공, 단시설, 출입시설	장란형토기, 고배, 개, 지석		삼국	전북문화재연구원 (2009)
익산 보삼리	1	구릉 동사면 (16.6m)	방형	부뚜막	시루, 방추차		삼국	호남문화재연구원 (2013)
익산 배산	1	구릉 정상부 (11m)	방형계	-	-		삼국	전북문화재연구원 (2007)
익산 모현동 2가 내장3	3	구릉 정상부 (7m)	방형	판석재부뚜막, 구들, 연 도부, 타원형구덩이	호형토기		삼국	호남문화재연구원 (2011)
익산 장신리	1	구릉 정상부 (21.3m)	방형	주공, 장타원형수혈	발형토기		원삼국	호남문화재연구원 (2004)
익산 장신지구	109	구릉 정상부 ·사면부 (10~19m)	방형	부뚜막, 배연시설, 벽구, 주공, 사주공	장란형토기, 발형토기, 시 루, 양이부호, 장동호, 방추 차, 철기류		원삼국	전북문화재연구원 (2008)
익산 모현동 2가 학동	1	구릉 정상부 (15m)	방형계	벽구, 주공	연질토기, 토제구슬		삼국	호남문화재연구원 (2011)

익산 송학동	23	구릉 서사면 (5~8m)	방형	주공, 사주공, 부뚜막, 장타원형수혈, 벽구, 내부, 배수로	장란형토기, 호형토기, 발형토기, 완형토기, 주구토기, 방추차, 내박자, 유리옥거푸집, 석검, 석부, 석착	2~4세기	전북문화재연구원 (2008)
익산 송학리	1	구릉 동사면 (15m)	방형계	-	연질토기편	원삼국	전주문화유산연구원 (2014)
익산 모현동	2	구릉 남사면 (12m)	방형계	-	심발형토기, 장란형토기, 파수	원삼국 ~삼국	원광대학교 마한·백제문화연구소 (2011)
익산 신동	4	구릉 서사면 (18~19m)	방형	노지, 주공, 사주공, 돌출부	심발형토기, 호형토기	3세기 중엽	원광대학교 마한·백제문화연구소 (2002)
익산 영등동	1	구릉 정상부 (17.5m)	원형계	주공	연질토기, 시루, 파수, 지석	원삼국	원광대학교 마한·백제문화연구소 (2000)
익산 부송동 석치고개	13	구릉 남사면 (22~25m)	원형 방형 장방형	부뚜막, 배연시설, 벽구, 주공, 배수구, 장타원형수혈	심발형토기, 장란형토기, 개, 단경호, 시루, 호, 주구토기, 파수부토기, 철부	원삼국 ~삼국	전라문화유산연구원 (2017)
익산 부송동 242-73	2	구릉 남사면 (30~31m)	장방형	주공, 사주공, 출입시설, 부뚜막, 배연시설	연질토기, 지석	삼국	전북문화재연구원 (2008)
익산 기산리	9	구릉 남사면 (27~29m)	방형	주공, 사주공, 벽구, 부뚜막, 돌출부, 장타원형구덩이	장란형토기, 발, 호, 옹, 시루, 방추차, 지석	원삼국	전북문화재연구원 (2012)
익산 신용리 갓점	2	구릉 정상부 (56m)	방형	부뚜막, 주공, 수혈	장란형토기, 시루, 호형토기	원삼국	원광대학교 마한·백제문화연구소 (2014)
익산 석왕동 21-4	4	구릉 남사면 (32m)	방형 장방형	주공, 부뚜막, 배연시설, 배수구, 단시설	보주형개, 파수부배, 완형토기, 기와, 석제장신구, 시루철정, 살포	삼국	전북문화재연구원 (2018)
익산 신동리 1·2·3지구	10	구릉 능선 (20~30m)	방형 장방형	주공, 사주공, 부뚜막, 지하식배연시설, 돌출부	파수부호, 단경소호, 직구호, 시루, 완, 고배, 심발형토기, 어망추, 인장와, 주조괭이	삼국	원광대학교 마한·백제문화연구소 (2006)
익산 신동리 5·6·7지구	4	구릉 남사면 (24m)	방형 장방형	부뚜막, 주공, 사주공, 벽구	광구장경호, 소호, 고배, 개매, 심발형토기, 지석	삼국	원광대학교 마한·백제문화연구소 (2005)
익산 도순리 산48-14	3	구릉 남사면 (40~42m)	장방형	주공, 벽구	개, 연질토기, 지석	삼국	경상문화재연구원 (2018)
익산 광암리	10	구릉 남사면 (50~52m)	방형	부뚜막, 주공, 사주공, 단시설, 타원형수혈, 외부구	장란형토기, 발형토기, 고배, 개, 직구호, 파수부발	4~6세기 중후반	전북문화재연구원 (2009)
완주 제내리II	1	구릉 남사면 (60m)	방형	벽구, 배수구	-	원삼국	전북문화재연구원 (2010)
익산 광암리· 동촌리 2-B	9	구릉 동사면 (45~50m)	말각방형	주공, 벽구, 수혈, 부뚜막, 배연시설	호형토기, 고배, 기대, 시루, 삼족기	삼국	한국고고환경연구소 (2018)
익산 광암리· 동촌리4	1	구릉 남사면 (43m)	방형계	주공, 벽구, 구들	직구호, 동이, 호형토기	삼국	한국고고환경연구소 (2018)

익산 광암리·동촌리 5-B	1	구릉 남사면 (34m)	방형계	주공, 벽구, 부뚜막	호형토기, 배, 대부완, 기와편, 암막새	백제	한국고고환경연구소 (2018)
익산 광암리·동촌리 5-C	1	구릉 서사면 (36m)	방형계	주공, 벽구	연질토기	백제	한국고고환경연구소 (2018)
익산 광암리·동촌리 5-E	2	구릉 남사면 (35~36m)	장방형	주공, 배수로	직구호, 완, 개배, 고배, 토제등잔, 철기	백제	한국고고환경연구소 (2018)
익산 광암리·동촌리6	6	구릉 남사면 (36~42m)	방형·장반형	주공, 외부구, 수혈, 부뚜막	호형토기, 보주형개, 배, 대부완, 기와	백제	한국고고환경연구소 (2018)
익산 광암리·동촌리8	4	구릉 동사면 (32~42m)	장방형	주공, 벽주공, 배수로, 벽구	파수부토제연통, 동이, 시루, 광구호	원삼국~백제	한국고고환경연구소 (2018)
익산 광암리·동촌리 9-A	1	구릉 북사면 (42m)	장방형	주공, 벽구	장란형토기, 대부완, 기와	백제	한국고고환경연구소 (2018)
익산 광암리·동촌리 9-C	2	구릉 동사면 (34~36m)	방형계	주공, 구들, 수혈	직구호, 개	백제	한국고고환경연구소 (2018)
익산 광암리·동촌리 10	5	구릉 북사면 (35~38m)	방형	주공, 아궁이	연질토기, 배	백제	한국고고환경연구소 (2018)
익산 광암리·동촌리 11	1	구릉 남사면 (39m)	방형	주공, 벽주공, 아궁이, 외부구, 장방형수혈	양이부호, 단경호, 대부완	백제	한국고고환경연구소 (2018)
익산 광암리·동촌리 14	2	구릉 남사면 (36m)	방형	주공, 아궁이, 배연시설, 외부구	연질토기, 직구호, 대부완	백제	한국고고환경연구소 (2018)
익산 광암리·동촌리 표본1	2	구릉 남사면 (43~46m)	원형계·방형계	주공	파수부발, 옹형토기, 호형토기, 배, 직구호	백제	한국고고환경연구소 (2018)
익산 광암리 산66-6	2	구릉 동사면 (46m)	방형계	주공, 외부구	완, 시루, 파수, 지석	삼국	전북문화재연구원 (2017)
익산 평장리A	1	구릉 서사면 (30m)	방형계	-	연질토기편, 경질토기편	삼국	전주대학교 박물관 (2017)
익산 사덕	104	구릉 남동사면 (26~50m)	방형·장방형	주공, 사주공, 벽주, 벽구, 부뚜막, 구들, 배연시설, 배수구, 장타원형수혈	호형토기, 발형토기, 장란형토기, 이중구연토기, 주구토기, 파수부토기, 시루, 대옹, 삼족기, 고배, 병형토기, 컵형토기, 연통형토기, 연가, 방추차, 어망추, 내박자, 용범, 도지미, 지석, 철기류	4~7세기경	호남문화재연구원 (2007)
익산 흥암리	3	구릉 동사면 (46~47m)	방형	주공, 돌출부, 장타원형수혈, 벽구, 소토부	장란형토기, 발형토기, 자배기, 석촉	6세기 대	호남문화재연구원 (2009)
완주 배매산	3	구릉 남사면 (123m)	방형	주공, 구들	개, 배, 고배, 장란형토기, 파수	삼국	전북대학교 박물관 (2002)
완주 원용암	3	구릉 서사면 (51~55m)	방형	주공, 부뚜막, 외부구	장란형토기, 호형토기, 파수부옹, 발형토기, 고배, 방추차	삼국	전라문화유산연구원 (2013)
완주 용암리A	2	구릉 정상부	장방형	주공, 구들	발형토기, 지석	3세기 전후	전북대학교 박물관 (1999)
완주 둔산리 서당 1지점	1	구릉 서사면 (31m)	방형	벽구, 장타원형수혈	갈돌	원삼국	전라문화유산연구원 (2017)
완주 수계리 청등	12	구릉 말단부 (35~37m)	방형·장방형	주공, 사주공, 부뚜막, 수혈	호형토기, 발형토기, 장란형토기	원삼국	전라문화유산연구원 (2017)
완주 구암리	1	구릉 말단부	-	-	발형토기, 호형토기, 장란형토기	원삼국	원광대학교 박물관 (1992)

완주 구암리	8	구릉 서사면 · 동사면 (66~70m)	장방형	주공, 화덕, 구들	발형토기, 호형토기, 원통형 토기, 시루, 방추차, 어망추, 석촉, 철슬래그	원삼국	군산대학교 박물관 (2013)
완주 수계리 신포	15	충적대지 (19~20m)	방형 장방형	주공, 사주공, 부뚜막, 돌출부	장란형토기, 호형토기, 원저 단경호, 양이부호, 완형토 기, 개, 대옹, 시루	원삼국	전주문화유산연구원 (2018)
완주 수계리 장포	40	충적대지 (19~20m)	방형 장방형	사주공, 부뚜막, 장타원 형수혈, 벽구, 돌출부	파수부발, 장란형토기, 개, 호형토기, 주구토기, 완형토 기, 이중구연토기, 대호, 파 배, 방추차, 갈판, 갈돌, 철 정, 철도자, 철촉, 철겸, 철 착, 소형철부	원삼국	전주문화유산연구원 (2018)

3) 만경강 남부권역

만경강의 남부는 모악산 자락에서 뻗어 나온 저평한 구릉이 형성되어 있고 고산천 · 소양천 · 전주천 · 삼천 등의 지류가 발달하여 호남평야를 관류하고 있다. 주거유적은 완주와 김제지역 일부를 포함하는 전주에 집중분포하며 현재까지 약 49개소의 주거유적이 조사되었다.

만경강 남부권역의 가장 큰 취락은 전주 동산동 유적으로써 3개의 조사지역에서 총 152기의 주거지가 조사되었다. 이 외에도 전주 송천동 · 장동 · 효자동 함대 유적에서도 큰 규모의 주거유적이 조사되었다.

▲ 전주 동산동 유적 가지구 전경

동산동 유적은 해발 12~14m 내외의 충적대지에 입지하며 주변에는 만경강과 전주천이 흐르고 있다. 동산동의 주거지는 방형을 기본으로 하며, 내부에는 부뚜막과 배연시설, 벽체, 장타원형수혈, 주공, 돌출부 등이 시설되었다. 유물은 천여

▲ 전주 동산동 유적 주거지 및 출토유물

점에 이르는데, 발형토기와 장란형토기, 호형토기, 시루, 주구토기, 파수부호, 양이
부호 등이 출토되었다.

전주 장동 유적에서는 69기의 주거지가 조사되었는데 방형과 원형의 평면형태
로 축조되었다. 유적은 모악산에서 뻗어 내린 해발 30m 내외의 구릉에 입지하고
있다. Ⅱ구역 1호 주거지는 조사지역의 가장 높은 곳에 입지하고 규모가 가장 큰데
면적이 약 110㎡ 내외이다.

Ⅱ구역 9호 주거지의 면적은 약 94㎡로써 전북지역에서 조사된 사주식 주거지
중 가장 큰 규모로 알려져 있다. 사주식 주거지 가운데 가장 작은 주거지는 익산 신
동 2호 주거지로써 면적은 약 8.94㎡이다. 이와 같이 전북지역 마한·백제의 대형
주거지는 만경강 수계권의 대규모 취락에서 확인되고 있다.

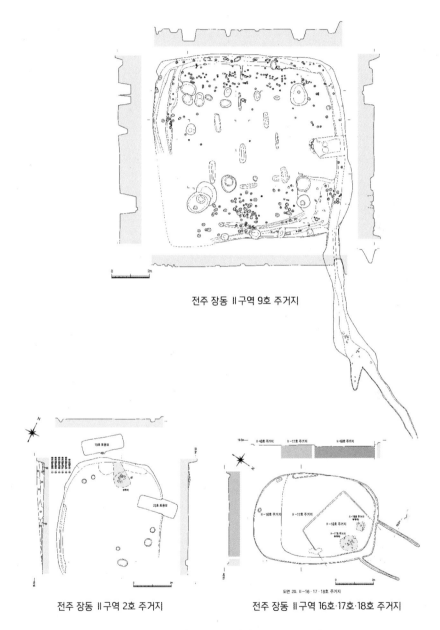

전주 장동 II구역 9호 주거지

전주 장동 II구역 2호 주거지　　　전주 장동 II구역 16호·17호·18호 주거지

〈그림 11〉 만경강 남부권역 전주 장동 유적

부뚜막은 한 기의 주거지에 하나의 부뚜막이 시설되는 것이 대부분이지만, 중·대형의 주거구조를 가진 서북부평야권역에서는 한 기의 주거지에 2기 이상의 부뚜막이 시설되는 것이 확인된다. 완주 상운리 다-3호 주거지는 북벽에 2개의 부뚜막이 일정한 간격을 두고 축조되었고, 전주 장동 Ⅰ구역 45호 주거지는 서벽과 북벽에 2개의 소토부와 1개의 부뚜막이 축조되었다.

벽구는 만경강 북부지역보다 전주, 완주 등 만경강 남부지역의 주거지에서 시설한 비율이 높은 편이다.

장타원형수혈은 주거지 내 1~2기가 열을 지어 배치된 상태로 확인되는 것이 대부분이지만 장동 유적의 대형 주거지에서는 8~10개의 장타원형 수혈이 확인되었다. 장타원형 수혈의 기능에 대해서는 공간분할, 작업공간, 집수기능, 저장공, 주

▲ 전주 효자동 복합유적 주거지 출토유물

거지 내 복층공간으로의 이동 등 다양한 추론이 제시되고 있다[27].

〈표 4〉 서북부평야권역-만경강 남부권역 주거유적

유적명	기수	입지 (해발)	평면형태	주요 시설	출토유물	시기	조사기관
완주 운곡리 운곡	3	구릉 북사 면·남사면 (39~42m)	방형계	주공, 벽구	대호	원삼국	전주문화유산연구원 (2018)
완주 운곡리 지암	1	구릉 정상부 (34.5m)	방형	부뚜막, 주공, 벽구, 장타 원형수혈	호형토기, 개, 방추차	삼국	전주문화유산연구원 (2018)

---

27) 김은정, 2017, 「마한 주거 구조의 지역성-호남지역을 중심으로-」, 『중앙고고연구』 제24호, (재)중앙문화재연구원, 28쪽.

완주 상운리 가 · 다지구	14	구릉 남사면 · 서사면 · 동사면 (35~41m)	방형 장방형	주공, 사주공, 벽구, 부뚜막, 장타원형수혈, 내구, 배수로, 돌출부	장란형토기, 발형토기, 주구토기, 호형토기, 개, 시루, 방추차, 어망추, 송풍관, 용범, 철정, 철도자, 철부, 철촉	4~5세기	전북대학교 박물관 (2010)
완주 용흥리	14	구릉 남서사면 (39~45m)	방형 장방형	주공, 사주공, 부뚜막, 벽구, 장타원형수혈, 돌출부	주구토기, 장란형토기, 옹, 호형토기, 발형토기, 개, 단경호, 장경호, 이중구연호, 광구호, 파수부발, 기대, 시루, 토관, 방추차, 내박자, 지석, 철도자, 철착, 탄화곡물	원삼국	전북문화재연구원 (2008)
김제 반용리 · 부용리 5 · 6구역	16	구릉 서사면 (11~24m)	방형 장방형	부뚜막, 주공, 장타원형수혈, 배연시설, 벽구, 내구, 돌출부	발형토기, 장란형토기, 호형토기, 완형토기, 양이부호, 파수부발, 소형토기, 방추차, 내박자	마한 · 백제	경남발전연구원 역사문화센터 (2017)
김제 석담리 봉의산	1	구릉 남사면 (55m)	방형	주공, 화덕	연질토기편, 파수	원삼국	군산대학교 박물관 (2009)
전주 성곡	1	구릉 남사면 (28m)	방형계	주공, 벽구	완형토기, 지석	삼국	호남문화재연구원 (2006)
전주 장동 I · II 구역	69	구릉 서사면 · 북동사면 (18~29m)	원형 타원형 방형 장방형	벽구, 부뚜막, 주공, 사주공, 장타원형수혈, 원형수혈, 배수구, 배연시설 돌출부	파수부원통형토기, 대호, 장란형토기, 완, 시루, 파배, 고배, 개, 소형토기, 토기받침, 방추차, 내박자, 철겸,, 철촉	원삼국 ~삼국	전북문화재연구원 (2009)
전주 동산동 가 · 나 · 마지구	134	충적대지 (12~13m)	방형 말각방형 장방형	벽체, 부뚜막, 배연시설, 주공, 돌출부, 장타원형 수혈	장란형토기, 발, 호, 옹, 양이부호, 파수부호, 이중구연호, 주구토기, 시루, 뚜껑, 원통형토제품, 방추차, 어망추, 석부, 석도, 지석, 철도자, 철겸	원삼국	호남문화재연구원 (2015)
전주 동산동	8	충적대지 (13~14m)	방형 장방형	주공, 벽구, 부뚜막, 돌출부	장란형토기, 발형토기, 호, 시루, 파수	원삼국	전북문화재연구원 (2015)
전주 동산동 쪽구름	10	충적대지 (13~14m)	방형 장방형	주공, 부뚜막, 돌출부	조형토기, 장란형토기, 호형토기, 주구토기, 발형토기, 시루, 이중구연호, 파수부토기	원삼국	전라문화유산연구원 (2014)
전주 송천동A	15	구릉 북사면 (24~28m)	방형 장방형	주공, 사주공, 벽구, 화덕 출입시설, 장타원형수혈, 칸박이시설, 배수로, 돌출부	발형토기, 천발형토기, 장란형토기, 단경호, 이중구연호, 양이부호, 직구호, 대부호, 광구소호, 주구토기, 옹형토기, 조형토기, 두형토기, 뚜껑, 방추차, 석촉, 갈판, 석부, 탄화곡물	2~4세기	전주대학교 박물관 (2004)

전주 송천동B	51	구릉 정상부 (22~28m)	방형 장방형	주공, 사주공, 벽구, 노지, 장타원형형수혈, 돌출부	호형토기, 장란형토기, 발형토기, 이중구연호, 양이부호, 파수부발, 광구호, 개, 주구토기, 조형토기, 옹형토기, 시루, 방추차, 내박자, 석검, 석촉, 지석	2~5세기 초	전북대학교 박물관 (2004)
전주 유상리 II·III지구	5	구릉 동사면 (26·29m)	방형계	주공, 벽구	장란형토기, 호형토기, 시루	원삼국	전북문화재연구원 (2007)
전주 여의동	3	구릉 말단부 (20m)	장방형	주공, 벽구	장란형토기, 발형토기, 시루, 방추차	원삼국	전북대학교 박물관 (1992)
완주 반교리	4	구릉 북사면 (23m)	방형	주공, 장타원형수혈, 벽체	발형토기, 완형토기, 시루, 옹형토기, 호형토기, 주구토기, 장란형토기, 지석	원삼국	국립전주박물관 (1996)
전주 원장동E	15	구릉 정상부 (28~32m)	방형 말각방형 장방형	주공, 벽구, 부뚜막, 장타원형수혈, 배수로, 돌출부	발형토기, 장란형토기, 장경호, 단경호, 주구토기, 시루, 방추차, 지석	원삼국	전북문화재연구원 (2013)
전주 만성동 원만성1	1	구릉 남서사면 (36.9m)	방형계	주공, 벽구, 타원형수혈	대상파수, 저부	삼국	전북문화재연구원 (2018)
전주 원만성 II지점	2	구릉 북사면 (31~33m)	방형계	주공	직구호, 대호, 기대, 시루, 기와, 철겸	삼국	호남문화재연구원 (2017)
전주 만성동 141-5	2	구릉 북사면 (37m)	방형 말각방형	주공, 화덕	연질토기	삼국	전북문화재연구원 (2017)
전주 아중마을 I	1	구릉 말단부 (111m)	방형계	화적	적갈색연질토기	원삼국	전북문화재연구원 (2009)
완주 갈산리 나지구	6	구릉 남사면·서사면 (24~31m)	방형	주공, 사주공, 벽구, 장타원형수혈	장란형토기, 호형토기, 시루, 단경호, 발형토기, 고배, 방추차, 갈판, 철도자, 철제대구	4~5세기	호남문화재연구원 (2014)
완주 옥정E	2	구릉 남사면 (28m)	방형계	벽구, 주공	발형토기, 완형토기, 호형토기	삼국	전북문화재연구원 (2013)
김제 대화리	2	구릉 동사면 (50m)	방형계	-	경질토기	삼국	대한문화유산연구센터 (2010)
완주 신풍 가·다지구	18	구릉 동사면 (25~29m)	방형	주공, 사주공, 부뚜막, 돌출부, 벽구, 배수로, 타원형수혈	장란형토기, 발형토기, 호형토기, 주구토기, 이중구연호, 대부호, 광구호, 평저장경호, 파수부발, 시루, 개, 고배, 방추차, 철도자, 철부	4세기 전반 ~ 5세기 중반	호남문화재연구원 (2014)
전주 중동D	1	구릉 남사면 (36.4m)	방형계	주공, 벽구, 부뚜막	-	원삼국	전주문화유산연구원 (2014)
전주 만성동	1	구릉 남사면 (35.7m)	방형계	부뚜막	장란형토기, 발형토기, 시루, 방추차	원삼국	전주문화유산연구원 (2014)
전주 중동 5지구	2	구릉 정상부 (35~36m)	장방형	주공, 노지, 배연시설, 배수로	완형토기	삼국	호남문화재연구원 (2013)

완주 신정C가·나지구	6	구릉 북사면·동사면 (36~45)	방형	주공, 부뚜막, 장타원형수혈, 벽구, 돌출부	주구토기, 장란형토기, 발형토기, 양이부호, 파수부완형토기, 호형토기, 이중구연호, 평저장경호, 개, 완형토기, 시루, 방추차, 철부	원삼국~삼국	전라문화유산연구원 (2013)
전주 안심	3	구릉 남사면 (35m)	방형계	주공, 사주공, 벽구	연질토기	원삼국	전주문화유산연구원 (2013)
전주 마전II	1	구릉 동사면 (53m)	방형계	주공, 벽구	호형토기, 시루, 파수	원삼국	호남문화재연구원 (2008)
전주 마전III-1	10	구릉 정상부·동사면 (40~45m)	방형	주공, 사주공, 벽구, 부뚜막, 벽체	장란형토기, 발형토기, 호형토기, 옹형토기, 주구토기, 시루, 방추차, 지석	원삼국	호남문화재연구원 (2008)
전주 마전III-2	9	구릉 정상부·동사면 (32~40m)	방형 장방형	부뚜막, 출입시설, 배수로, 벽구, 주공, 사주공, 벽주공, 부정형수혈	발형토기, 장란형토기, 이중구연토기, 시루, 개, 방추차, 철겸	2~3세기	호남문화재연구원 (2008)
전주 척동 I 구역	2	구릉 북사면 (42~43m)	방형	주공, 사주공, 부뚜막, 벽구, 타원형수혈	구연부편, 지석	삼국	호남문화재연구원 (2008)
전주 여매 I · II 구역	3	구릉 정상부·북사면 (32~52m)	방형	주공, 벽구, 돌출부, 장타원형수혈	발형토기, 장란형토기, 시루, 고배, 방추차	2~3세기	호남문화재연구원 (2008)
전주 봉곡 I 구역	1	구릉 정상부 (58m)	방형계	부뚜막	호형토기, 발형토기	원삼국	호남문화재연구원 (2008)
전주 효자동 함대 I	9	구릉 능선 (53~58m)	장방형	벽구, 돌출부, 장타원형수혈, 주공	장란형토기, 옹형토기, 지석, 석촉	원삼국	동아세아문화재연구원 (2018)
전주 효자동 함대IV	23	구릉 정상부·서사면·동사면·남사면 (49~60m)	방형 장방형	주공, 타원형수혈, 돌출부, 부뚜막, 내구, 배연시설	옹형토기, 개, 발, 주구토기, 시루, 단경호, 파배, 광구호, 직구호, 대호, 광구소호, 방추차, 석촉, 철제따비, 철겸	원삼국	동아세아문화재연구원 (2018)
전주 효자동 함대V	2	구릉 능선 (60m)	방형	주공	석기	삼국	동아세아문화재연구원 (2018)
전주 효자동 함대VII	1	구릉 서사면 (41m)	방형	주공, 벽주공, 벽구	고배	삼국	동아세아문화재연구원 (2018)
전주 효자동 함대IX	1	구릉 북동사면 (45m)	방형계	주공	경질토기	삼국	동아세아문화재연구원 (2018)
전주 효자동 신주 I	1	구릉 정상부 (48.5m)	방형	주공, 타원형수혈	장란형토기	원삼국	동아세아문화재연구원 (2018)
전주 효자5 D구역	17	구릉 남사면 (44~51m)	방형 장방형	주공, 노지, 배연시설, 돌출부	이중구연호, 발형토기, 호형토기, 주구토기, 양이부호, 장란형토기, 개, 파수부호, 옹형토기, 완, 시루, 방추차, 금제이식	원삼국	전북문화재연구원 (2009)
전주 효자동	1	구릉 서사면	방형계	-	개, 경질토기 저부, 방추차	원삼국	전북대학교 박물관 (1992)
전주 평화동 대정II	5	구릉 정상부 (60~65m)	장방형	부뚜막, 배연시설, 주공, 사주공	장란형토기, 발형토기, 주구토기, 대옹, 옹형토기	삼국	호남문화재연구원 (2017)

전주 평화동	1	구릉 남사면 (54m)	방형	주공, 장타원형수혈	호형토기, 장란형토기, 주구토기, 발형토기, 시루, 방추차, 지석	원삼국	전주대학교 박물관 (2004)
전주 대정	1	구릉 정상부 (58m)	방형	주공, 부뚜막, 장타원형수혈	장란형토기, 호형토기, 옹형토기, 발형토기, 시루	3세기 초~ 4세기 중반	호남문화재연구원 (2009)
전주 중인동	9	구릉 정상부 (62~66m)	방형 장방형	주공, 화더, 벽구, 벼체, 돌출부	호형토기, 발형토기, 장란형토기, 평저장경호, 부형토기, 파수부발, 주구토기, 조형토기, 이중구연호, 옹형토기, 개, 시루, 방추차, 내박자	4세기	전북문화재연구원 (2008)
전주 중인동 하봉	2	구릉 서사면 ·남사면 (67~78m)	방형계	주공, 벽구, 돌출부, 단시설, 타원형수혈	시루, 고배, 개	삼국	전북문화재연구원 (2009)

2. 서부평야권역

1) 유적의 입지와 분포

서부평야권역은 전북 남서부에 치우친 지역으로 넓게는 서해안을 포함하고 있다. 군산에서 고창·영광까지 이르는 해안지역과 만경강·동진강·인천강 등의 수계를 포함하는 평야지대는 하구역으로 구분하며, 노령산맥의 서사면에 해당하는 산간지대는 내륙지역으로 구분한다. 주거유적은 호남정맥과 영산기맥에서 갈라져 나온 지맥의 구릉과 하천을 따라 주로 충적평야에 입지하는데 66개소의 유적이 조사되었다.

해발고도에 따른 주거지의 입지를 살펴보면 해안지역은 10~32m, 하구역은 12~27m, 내륙지역은 23~92m의 높이에 분포하고 있다. 구릉 내에서도 사면부에 입지하는 비율이 높은 편인데, 각 방향에 따른 편차는 크지 않다.

북사면의 경우 하구역의 주거유적에서 다수 선택하였고, 동사면과 서사면은 내륙지역의 주거유적에서 다수 선택하고 있다. 북사면은 다른 사면보다 일조량이 적어 주거의 조건에서 불리할 것으로 생각되지만 50m 내외의 저지성 구릉과 평야로 이루어진 하구역에서는 경사도가 높은 내륙지역에 비해 태양광이 비추는 제약이 적은 것으로 생각된다. 고창 봉산리 황산 유적은 구릉이 아닌 와촌천 유역의 자연 제방에 입지하는 것이 특징이다.

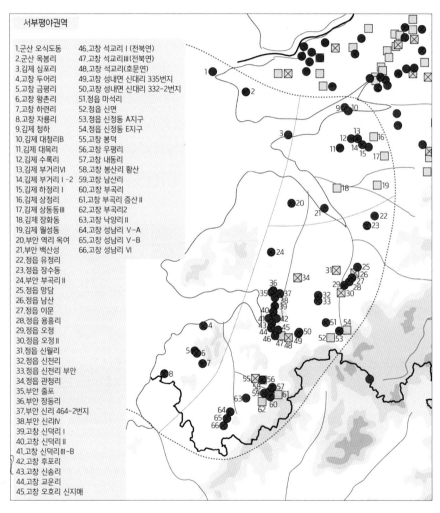

서부평야권역

1.군산 오식도동
2.군산 옥봉리
3.김제 심포리
4.고창 두어리
5.고창 금평리
6.고창 왕촌리
7.고창 하린리
8.고창 자룡리
9.김제 청하
10.김제 대청리B
11.김제 대목리
12.김제 수록리
13.김제 부거리Ⅵ
14.김제 부거리Ⅰ-2
15.김제 하정리Ⅰ
16.김제 상정리
17.김제 상동동Ⅲ
18.김제 장화동
19.김제 월성동
20.부안 역리 옥여
21.부안 백산성
22.정읍 유정리
23.정읍 장수동
24.부안 부곡리Ⅱ
25.정읍 망담
26.정읍 남산
27.정읍 이문
28.정읍 용흥리
29.정읍 오정
30.정읍 오정Ⅱ
31.정읍 신월리
32.정읍 신천리
33.정읍 신천리 부안
34.정읍 관청리
35.부안 줄포
36.부안 장동리
37.부안 신리 464-2번지
38.부안 신리Ⅳ
39.고창 신덕리Ⅰ
40.고창 신덕리Ⅱ
41.고창 신덕리Ⅲ-B
42.고창 후포리
43.고창 신송리
44.고창 교운리
45.고창 오호리 신지매

46.고창 석교리Ⅰ(전북연)
47.고창 석교리Ⅲ(전북연)
48.고창 석교리(호문연)
49.고창 성내면 신대리 335번지
50.고창 성내면 신대리 332-2번지
51.정읍 마석리
52.정읍 신면
53.정읍 신정동 A지구
54.정읍 신정동 E지구
55.고창 봉덕
56.고창 우평리
57.고창 내동리
58.고창 봉산리 황산
59.고창 남산리
60.고창 부곡리
61.고창 부곡리 증산Ⅱ
62.고창 부곡리2
63.고창 낙양리Ⅱ
64.고창 성남리 Ⅴ-A
65.고창 성남리 Ⅴ-B
66.고창 성남리 Ⅵ

〈그림 12〉 서부평야권역 주거유적 분포도

2) 주거 구조와 출토유물

서부평야권역의 평면형태는 방형계와 원형계가 모두 나타나지만, 방형계의 비율이 높게 나타난다. 원형계 주거지는 고창 석교리Ⅲ 1호 주거지, 고창 신덕리Ⅲ-B 6호 주거지, 부안 백산성 7호 · 10호 · 12호 주거지가 해당한다. 고창 석교리Ⅲ 1호 주거지, 고창 신덕리Ⅲ-B 6호 주거지는 백제계의 비사수식 주서시이다. 김제 대목리 8호 주거지는 평면형태가 오각형에 가까워 방형의 범주에서 벗어난 형태이다.

노지는 주거지의 한 쪽 벽면에 치우쳐 시설하는데 점토를 이용하여 노벽을 만들고 장란형토기와 발형토기, 석재를 이용하여 지각과 지주를 세우는 방식이다. 정읍 관청리 3호 주거지는 점토와 판석을 이용하여 부뚜막을 구축하였고, 고창 남산리 6구역 나지구 13호 주거지는 부뚜막의 이맛돌을 원통형 토관으로 시설하였다.

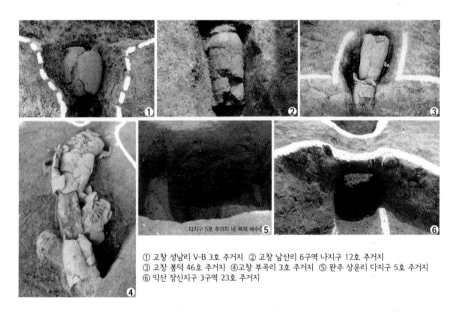

① 고창 성남리 V-B 3호 주거지 ② 고창 남산리 6구역 나지구 12호 주거지
③ 고창 봉덕 46호 주거지 ④고창 부곡리 3호 주거지 ⑤ 완주 상운리 다지구 5호 주거지
⑥ 익산 장신지구 3구역 23호 주거지

▲ 주거지 내 배수관 시설형태

벽구는 주거지의 네 벽면을 따라 가장자리를 굴착하여 시설하는데, 구릉의 경사도에 따라 주거지 벽면을 터널과 같이 뚫고 외부로 배수구와 연결짓는다. 벽구와 배수구의 연결부위는 배수관 기능으로 장란형토기, 난형토기를 놓거나 완주 상운리 다지구 5호 주거지와 같이 목제 관을 시설한 예도 확인된다.

주공은 사주공, 보조주주공, 보조주공, 벽구 내에 시설된 벽주 등이 확인되고 있다. 서부평야권역의 사주식 주거지는 전북지역에서 약 70%의 비율을 차지하고 있다. 사주공의 평면형태는 원형, 방형, 타원형, 부정형이 확인되고 있다. 4개의 주공이 원형, 방형, 타원형으로만 이루어지거나 각 형태가 다양한 조합으로 확인되기도 한다. 순수 방형의 주공은 김제 · 부안 · 고창

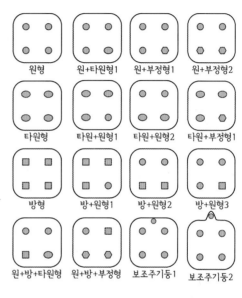

〈그림 13〉 서부평야권역 사주공 형태

지역을 중심으로 확인되며 부안 장동리 유적, 고창 교운리 · 봉덕 유적 등이 해당한다.

보조주주공과 보조주공은 유사하지만 보조주주공이 중심주공에 가까운 개념이다. 사주공 변의 중심에 위치하여 삼각변을 이루는데 평면상으로 볼 때 주공의 배치가 오각형으로 나타난다(그림 13). 보조주주공은 벽면에 가깝게 치우친 벽구 내, 돌출부 내에 시설되어 지붕상부구조를 지탱하는 사주공의 하중을 안정적으로 분산시키는 역할을 하는 것으로 추정된다. 보조주공은 주거지를 증축하거나 중심주공이 쓰러지지 않도록 보조하는 역할을 하며 확장하여 굴착한 사주공 평면에 포함

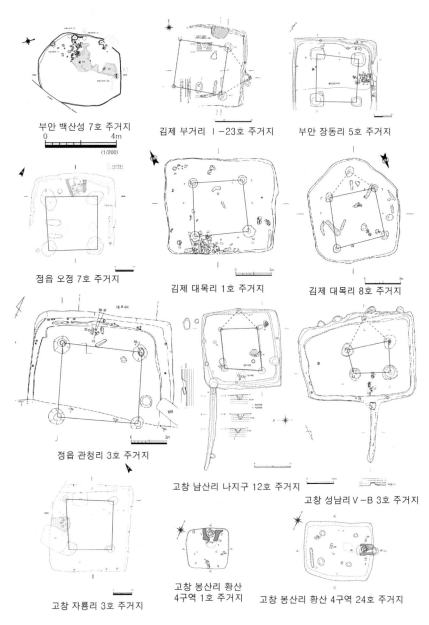

부안 백산성 7호 주거지

0   4m

(1/200)

김제 부거리 Ⅰ-23호 주거지

부안 장동리 5호 주거지

정읍 오정 7호 주거지

김제 대목리 1호 주거지

김제 대목리 8호 주거지

정읍 관청리 3호 주거지

고창 남산리 나지구 12호 주거지

고창 성남리 Ⅴ-B 3호 주거지

고창 자룡리 3호 주거지

고창 봉산리 황산
4구역 1호 주거지

고창 봉산리 황산 4구역 24호 주거지

〈그림 14〉 서부평야권역 주요 주거유적

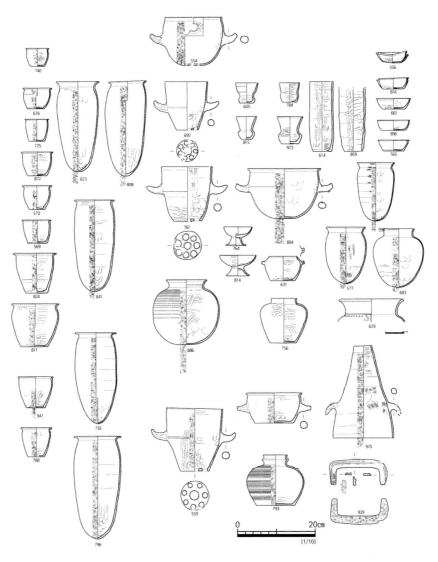

〈그림 15〉 고창 황산리 봉산 유적 출토유물(대한문화재연구원 2015)

되어 있거나 중심주공 주변에 근접하여 확인되고 있다. 중심주공보다 작은 직경의 기둥을 사용하며 별도의 규칙성을 보이지 않아 기타 소주공과 구별되지 않는 경우가 많다. 대부분 중심주공 외에 확인되는 주공을 통칭하는 편이다.

서부평야권역의 백제계 주거지는 정읍과 고창 일원에서 확인되고 있는데 정읍 관청리·정읍 신월리·정읍 남산 유적, 고창 봉덕 유적 등이 해당한다. 주거지의 구조적 특징에서 마한주거지와 구별되는 점은 크게 없다고 볼 수 있고 단경호, 고배, 삼족기와 같은 회청색경질토기의 출토유무로 구분 지을 수 있다.

〈표 5〉 서부평야권역-서해안권역 주거유적

유적명	기수	입지 (해발)	평면형태	주요 시설	출토유물	시기	조사기관
군산 오식도동 2지점	2	구릉 남사면 (25~27m)	방형	주공, 벽구, 배수로	파수, 찍개	원삼국	전라문화유산연구원 (2018)
군산 옥봉리	9	구릉 남사면 (9~10m)	방형	주공, 사주공, 타원형수혈, 벽구, 부뚜막, 배수로	발형토기, 장란형토기, 호형토기, 이중구연호, 양이부호, 주구토기, 시루, 방추차	3세기 후반~4세기 후반	전주문화유산연구원 (2013)
김제 심포리	3	구릉 남사면	방형계	부뚜막	주구토기, 옹형토기, 발형토기, 이중구연호, 개, 탄화곡물	원삼국	국립전주박물관 (1999)
고창 두어리	31	구릉 서사면 (9~11m)	방형	주공, 사주공, 벽주공, 벽구, 부뚜막, 장타원형수혈, 배수로	옹형토기, 발형토기, 장란형토기, 시루, 반, 직구소호, 배, 고배, 방추차, 석도, 철촉	원삼국	전주문화유산연구원 (2018)
고창 금평리 2구역	3	구릉 동사면 (9~11m)	방형 장방형	주공, 사주공, 부뚜막, 벽구, 배수로, 장타원형수혈	옹형토기, 발형토기, 장란형토기	원삼국	전주문화유산연구원 (2015)
고창 왕촌리	22	구릉 동사면 (11~30m)	방형 장방형	주공, 사주공, 돌출부, 부뚜막, 타원형수혈	이중구연호, 발형토기, 호형토기, 장란형토기, 주구토기, 옹형토기, 시루, 갈돌	원삼국	전주문화유산연구원 (2015)
고창 하련리	27	충적대지 (13m)	방형 말각방형	주공, 사주공, 부뚜막, 벽구, 배수로, 외부구	장란형토기, 발형토기, 이중구연호, 호형토기, 연통형토기, 내박자	원삼국	전라문화유산연구원 (2018)
고창 자룡리	9	구릉 정상부 (15~18m)	방형	부뚜막, 주공, 사주공, 벽주공, 벽구, 타원형수혈	발형토기, 장란형토기, 대옹편, 완, 원통형토기, 이중구연호, 시루, 방추차	3~4세기	전주문화유산연구원 (2013)

<표 6> 서부평야권역-만경강 · 동진강 하구역 주거유적

유적명	기수	입지 (해발)	평면형태	주요 시설	출토유물	시기	조사기관
김제 청하	1	구릉	방형계	주공	주구토기, 호형토기, 장란형토기, 파수	원삼국	이백규 (1982)
김제 대청리B	2	구릉 정상부 (25~28m)	방형 장방형	주공, 부뚜막, 타원형수 혈, 벽구, 배연시설	직구호, 호형토기, 발 형토기, 파수, 방추차, 지석	삼국	호남문화재연구원 (2009)
김제 대목리	8	구릉 정상 부 · 남사면 (25~28m)	말각방형 오각형	화덕, 주공, 사주공, 장 타원형수혈	발형토기, 장란형토기, 호형토기, 주구토기, 조형토기, 파수부발, 시루, 방추차, 토제옥 거푸집	2세기 후반~ 5세기 후반	전북대학교 박물관 (2003)
김제 수록리 B · C지구	3	구릉 동사 면 · 서사면 (18~22m)	방형 장방형	주공, 벽구, 노지, 돌출 부	시루, 장란형토기, 발 형토기	원삼국	군산대학교 박물관 (2014)
김제 부거리 가 · 나 · 다지구	22	구릉 남사 면 · 동사면 (12~20m)	방형 장방형	주공, 사주공, 부뚜막, 벽구, 장타원형수혈, 내 구, 배수로	발형토기, 호형토기, 파수부토기, 장란형토 기, 옹형토기, 주구토 기, 조형토기, 시루, 방 추차	원삼국	전주문화유산연구원 (2014)
김제 부거리 I -2	14	구릉 서사 면 · 남사면 (12~15m)	방형	주공, 사주공, 벽주공, 벽구, 장타원형수혈, 부 뚜막, 배수로	호형토기, 발형토기, 장란형토기, 개, 지석	원삼국	전북문화재연구원 (2014)
김제 하정리 I	2	구릉 정상부 (13m)	방형	주공, 부뚜막, 벽구, 배 수로, 돌출부	장란형토기, 방추차, 철부	원삼국	전북문화재연구원 (2014)
김제 상정리 2구역	3	구릉 남사면 (26~27m)	방형계	부뚜막, 배연부	파수부호, 호형토기	삼국	호서문화유산연구원 (2017)
김제 상동동Ⅲ	5	구릉 동사면 (26~30m)	원형 방형	주공, 돌출부, 배수로	발형토기, 원통형토기, 파수부토기, 대각	삼국	전라문화유산연구원 (2014)
김제 장화동	1	구릉 남사면 (10m)	방형	주공, 부뚜막, 배수로	-	삼국	전북문화재연구원 (2011)
김제 월성동	1	구릉 정상부 (30m)	방형계	주공, 돌출부	-	삼국	전라문화유산연구원 (2014)
부안 역리 옥여 1구역	2	구릉 남사면 (15~16m)	장방형	주공, 사주공, 벽주공, 장타원형수혈, 벽구, 배 수로	발형토기, 파수, 방추 차	원삼국	전주문화유산연구원 (2017)
부안 백산성	20	구릉 정상부 (43~46m)	원형 말각방형 장방형	주공, 벽구, 돌출부, 소 토부	완, 옹, 호, 발, 주구토 기, 장란형토기, 양이 부호, 잔, 시루, 대부 완, 방추차, 도자, 옥, 탄화곡물	원삼국	전북문화재연구원 (2010 · 2011)

<표 7> 서부평야권역-정읍·고창 내륙지역 주거유적

유적명	기수	입지 (해발)	평면형태	주요 시설	출토유물	시기	조사기관
정읍 유정리	1	구릉 남사면 (120m)	방형계	주공, 벽구	-	원삼국	전북문화재연구원 (2012)
정읍 장수동	19	구릉 정상부 (30~36m)	방형 장방형	주공, 사주공, 부뚜막, 장 타원형수혈	파수부발, 호형토기, 장 란형토기, 발형토기, 이 중구연호, 대부완, 시루, 방추차	원삼국	호남문화재연구원 (2007)
부안 부곡리II	15	구릉 동사면 (19~21m)	방형 말각방형	노지, 벽구, 주공, 사주공, 배수로, 돌출부	장란형토기, 이중구연 호, 발형토기, 주구토기, 시루, 철도자	3세기 전후	전북대학교 박물관 (2003)
정읍 망담 2구역	2	구릉 정상부· 동사면 (18~20m)	장방형	주공, 부뚜막, 장타원형 수혈, 벽구	호형토기, 옹형토기, 주 구토기	원삼국	전주문화유산연구원 (2013)
정읍 남산	40	구릉 동사 면·남사면 (27~42m)	방형 말각방형	주공, 사주공, 벽구, 부뚜 막, 장타원형수혈	호형토기, 발형토기, 장 란형토기, 주구토기, 광 구소호, 이중구연토기, 옹형토기, 조형토기, 시 루, 개, 방추차, 내박자, 도지미	4세기 중반	호남문화재연구원 (2013)
정읍 이문	3	구릉 남사면 (22~25m)	방형	주공, 사주공, 벽구, 부뚜 막, 장타원형수혈	호형토기, 장란형토기, 발형토기, 파수부발, 파 수부연통형토기, 양이 개, 방추차	원삼국	전주문화유산연구원 (2013)
정읍 용흥리	1	구릉 동사면 (36m)	방형계	주공	장란형토기	원삼국	전주문화유산연구원 (2013)
정읍 오정	22	구릉 정상부· 남사면 (26~36m)	방형 장방형	주공, 사주공, 장타원형 수혈, 벽구, 배수로, 부뚜 막, 초반석	발형토기, 장란형토기, 호형토기, 옹형토기, 주 구토기, 시루, 개, 직구 소호, 배, 방추차, 토제 구슬	3~4세기 중반	전주문화유산연구원 (2012)
정읍 오정II	3	구릉 말단부 (23m)	방형	사주공, 벽구, 부뚜막, 내 구, 배수로	시루, 완, 발형토기, 호 형토기, 장란형토기, 육 면체토제품, 짚신	삼국	호남문화재연구원 (2013)
정읍 신월리	5	구릉 정상부· 남사면 (34~44m)	방형	주공, 사주공, 벽구, 부뚜 막	호형토기, 발형토기, 두 형토기, 개, 배, 완, 고 배, 방추차	삼국	호남문화재연구원 (2005)
정읍 신천리	4	구릉 동사면· 남사면 (31~34m)	방형	주공, 벽구, 부뚜막	발형토기, 호형토기, 장 란형토기, 개, 방추차, 석촉	원삼국	전북문화재연구원 (2010)
정읍 신천리 부안 1·4구역	23	구릉 남사면 (27~44m)	방형	주공, 벽구, 부뚜막, 배수 로, 타원형수혈	발형토기, 장란형토기, 호형토기, 옹형토기, 파 수부토기, 양이부호, 절 구형토기, 개, 시루, 방 추차, 석촉	원삼국	전주문화유산연구원 (2018)

정읍 관청리	6	구릉 동사면 (20~21m)	방형	주공, 사주공, 벽주공, 벽구, 내구, 부뚜막, 장타원형수혈	발형토기, 장란형토기, 호형토기, 파수부호, 시루, 완, 고배, 방추차, 아궁이틀, 지석	5세기	호남문화재연구원 (2006)
부안 줄포	7	구릉 서사면 (11~13m)	방형 장방형	주공, 부뚜막, 벽구, 배수로	시루, 발형토기, 호형토기, 장란형토기, 방추차	원삼국	전라문화유산연구원 (2015)
부안 장동리	33	구릉 남동사면 (18~24m)	방형 장방형	주공, 사주공, 벽주공, 벽구, 부뚜막, 내구, 장타원형수혈, 외부구	장란형토기, 발형토기, 주구토기, 파수부발, 시루, 파수부연통형토기, 개, 토제방추차, 석제방추차	4세기	전북대학교 박물관 (2003)
부안 신리464-2	5	구릉 서사면 (13~14m)	방형	주공, 사주공, 벽구, 부뚜막, 배수시설	발형토기, 장란형토기, 파수	원삼국	전라문화유산연구원 (2017)
부안 신리IV	7	구릉 남사면 (22~24m)	방형 장방형	부뚜막, 주공, 사주공, 벽구, 배수로, 내구	완, 호형토기, 장란형토기, 발형토기	원삼국	전북대학교 박물관 (2003)
고창 신덕리 I	12	구릉 서사면 (19~23m)	방형 장방형	주공, 부뚜막, 장타원형수혈, 돌출부, 배수로, 외부구	발형토기, 장란형토기, 호형토기, 옹형토기, 시루, 철정	원삼국	원광대학교 마한·백제문화연구소 (2006)
고창 신덕리II	12	구릉 동사면 (25~27m)	방형 장방형	부뚜막, 주공, 사주공, 벽주공, 벽구, 돌출부, 장타원형수혈, 배수로, 단시설	발형토기, 장란형토기, 주구토기, 옹형토기, 호형토기, 이중구연호, 시루, 완, 파수부토기, 방추차, 토관, 원판형토기	원삼국	원광대학교 마한·백제문화연구소 (2006)
고창 신덕리III-B	6	구릉 남사면 (18~23m)	원형 방형	부뚜막, 벽구, 내구, 배수로, 주공, 타원형수혈	옹형토기, 호형토기, 직구호, 장란형토기, 발형토기, 이중구연토기, 시루, 고배, 개, 방추차	원삼국~삼국	원광대학교 마한·백제문화연구소 (2006)
고창 후포리	1	구릉 남사면 (23m)	장방형	주공, 부뚜막, 벽구, 배수로	발형토기	원삼국	호남문화재연구원 (2008)
고창 신송리	13	구릉 북사면 (17~22m)	방형	주공, 사주공, 벽구, 부뚜막, 타원형수혈, 돌출부	옹형토기, 호형토기, 장란형토기, 발형토기, 이중구연토기, 완, 시루, 주구토기, 파수부토기, 토관, 방추차, 갈돌, 갈판	원삼국	원광대학교 마한·백제문화연구소 (2006)
고창 교운리	44	구릉 정상부·남사면·북사면 (12~22m)	방형 장방형	주공, 사주공, 벽주공, 내구, 벽구, 돌출부, 부뚜막, 배수로, 장타원형수혈	발형토기, 완형토기, 호형토기, 장란형토기, 주구토기, 이중구연호, 시루, 개, 방추차, 지석	3세기	호남문화재연구원 (2002)
고창 오호리 신지매	2	구릉 남사면 (25m)	-	화덕, 벽구	-	원삼국	전북문화재연구원 (2007)
고창 석교리 I	16	구릉 북사면 (16~26m)	방형 장방형	부뚜막, 주공, 사주공, 벽구, 배수로, 장타원형수혈	발형토기, 완형토기, 호형토기, 주구토기, 장란형토기, 시루, 개, 갈돌	원삼국	전북문화재연구원 (2009)
고창 석교리III	3	구릉 말단부 (18~19m)	방형 말각방형	주공	옹형토기, 주구토기, 발형토기, 완형토기, 시루, 배, 삼족기, 방추차	삼국	전북문화재연구원 (2009)

고창 석교리	13	구릉 남사면 (33~37m)	방형	주공, 사주공, 벽구, 부뚜막, 장타원형수혈, 돌출부	발형토기, 장란형토기, 옹형토기, 완형토기, 파수부발, 컵형토기, 배부병, 고배, 시루, 대부완, 개, 아궁이틀, 방추차	5세기 중후반	호남문화재연구원 (2005)
고창 성내면 신대리 335	3	구릉 서사면 (33~34m)	방형 장방형	주공, 벽주공, 벽구, 노지, 장타원형수혈, 외부구	발형토기, 장란형토기, 파수, 유리구슬	원삼국	한국문화재보호재단 (2017)
고창 성내면 신대리 332-2	2	구릉 남사면 (35m)	방형	주공, 사주공, 부뚜막	발형토기, 장란형토기, 도가니, 철부	원삼국	한국문화재보호재단 (2015)
정읍 마석리	34	구릉 동사면 (49~67m)	방형	주공, 사주공, 부뚜막, 벽구, 돌출부	장란형토기, 호형토기, 발형토기, 개, 방추차	원삼국	전라문화유산연구원 (2012)
정읍 신면 A지구	33	구릉 북사면 (62~65m)	방형 장방형	부뚜막, 벽체, 출입시설, 장타원형수혈, 주공, 연도, 돌출부	장란형토기, 발형토기, 파수부토기, 옹형토기, 호, 시루, 개, 이중구연토기, 양이부호	4세기 전후	호남문화재연구원 (2011)
정읍 신정동A	12	구릉 서사면 (90~95m)	방형 장방형	주공, 사주공, 부뚜막, 벽구, 배수로	장란형토기, 발형토기, 호형토기, 옹형토기, 고배, 시루, 도지미, 지석	4~6세기	원광대학교 마한· 백제문화연구소 (2005)
정읍 신정동E	4	구릉 남사면 (81~84m)	방형	주공, 부뚜막, 배수로	발형토기, 장란형토기, 주구토기, 개, 고배	4~6세기	원광대학교 마한· 백제문화연구소 (2005)
고창 봉덕	56	구릉 동사면·서사면 (30~43m)	방형	주공, 사주공, 벽주공, 노지, 벽구, 단시설, 배수로, 돌출부, 타원형수혈	발형토기, 완형토기, 호형토기, 장란형토기, 이중구연토기, 옹형토기, 양이부호, 광구호, 고배, 시루, 개, 주구토기, 광구소호, 방추차, 토관, 내박자, 지석, 철부, 철겸	원삼국	호남문화재연구원 (2003)
고창 우평리	9	구릉 동사면 (43~45m)	방형 장방형	사주공, 벽주공, 벽구, 배수로, 화덕	발형토기, 장란형토기, 호형토기, 주구토기, 직구호, 고배, 개, 방추차, 지석	3세기	전주대학교 박물관 (2002)
고창 내동리	13	구릉 서사면 (48~49m)	방형	주공, 사주공, 부뚜막, 벽구, 장타원형수혈, 내구, 배수로	장란형토기, 발형토기, 호형토기, 완형토기, 이중구연토기, 주구토기, 시루	원삼국	전라문화유산연구원 (2016)
고창 봉산리 황산 4구역	104	충적대지 (36~37m)	방형 말각방형 장방형 말각장방형	주공, 사주공, 부뚜막, 배연시설, 벽구, 장타원형수혈, 돌출부	호형토기, 주구토기, 완형토기, 발형토기, 장란형토기, 옹형토기, 양이부호, 이중구연호, 파수부발, 시루, 개, 경배, 고배, 파수부연통형토기, 방추차, 연통, 아궁이틀, 옥, 철촉, 철부, 철겸, 철도자	4~5세기	대한문화재연구원 (2012)

고창 남산리 3·5·6-가 ·6-나구역	65	구릉 정상 부·남사 면·동사면 (46~58m)	방형 장방형	주공, 사주공, 벽주공, 벽구, 부뚜막, 장타원형수혈, 내구, 배수로, 단시설, 외부구, 배수시설	발형토기, 호형토기, 장란형토기, 옹형토기, 이중구연호, 주구토기, 완형토기, 장경소호, 시루, 개, 토관, 방추차, 내박자, 갈돌	3~5세기	전북문화재연구원 (2007)
고창 부곡리	26	구릉 북사 면·서사면 (53~58m)	방형	주공, 사주공, 벽구, 돌출부, 장타원형수혈, 부뚜막, 배수로	장란형토기, 이중구연토기, 호형토기, 발형토기, 옹형토기, 광구호, 시루, 개, 방추차	3~4세기	호남문화재연구원 (2006)
고창 부곡리 증산 II	2	구릉 남사 면·북사면 (52~54m)	장방형	소토부	장란형토기, 호형토기	삼국	호남문화재연구원 (2011)
고창 부곡리2	9	구릉 남사면 (50~55m)	방형계	주공	-	삼국	대한문화재연구원 (2015)
고창 낙양리 II	2	구릉 남사면 (40m)	방형	주공, 벽구	호형토기, 발형토기, 방추차, 갈돌	원삼국	원광대학교 마한· 백제문화연구소 (2006)
고창 성남리 V-A	2	구릉 서사면 (40~43m)	방형	노지 사주공, 장타원형수혈	장란형토기, 발형토기, 완형토기, 주구토기	원삼국 ~삼국	원광대학교 마한· 백제문화연구소 (2006)
고창 성남리 V-B	4	구릉 북사면 (42~43m)	방형 장방형	주공, 사주공, 벽구, 배수로, 돌출부, 노지	발형토기, 장란형토기, 호형토기, 양이부호, 이중구연토기, 대옹, 시루, 도지미	원삼국 ~삼국	원광대학교 마한· 백제문화연구소 (2006)
고창 성남리 VI	3	구릉 북사면 (36~38m)	방형 장방형	노지, 사주공, 벽구, 배수로, 장타원형수혈	발형토기, 장란형토기, 호형토기, 주구토기, 석촉, 철도자	원삼국	원광대학교 마한· 백제문화연구소 (2006)

3. 남동부산악권역

1) 유적의 입지와 분포

남동부산악권역은 백두대간에서 호남정맥이 갈라져 흐르는 산악지형으로써 동부산악권역과 마찬가지로 해발 1,000m를 내외하는 높은 산지가 형성되어 있다. 진안군 백운면과 장수군 장수읍의 경계인 팔공산 데미샘에서 발원하는 섬진강은 오수천, 요천 등과 합수하여 남쪽으로 흐르면서 곳곳에 유역분지와 충적대지를 형성하였다.

주거유적은 노령산맥의 동사면에 형성된 임실분지, 오수분지, 남원분지, 순창분지 등의 고원분지와 해발 50~300m 사이의 유역분지에 입지하고 있다. 유역분지 가운데서도 순창지역은 섬진강이 곡류하는 충적지에 위치하고 있어 고도가 낮은 편이다.

　남동부산악권역은 행정구역상 임실·순창·남원지역을 포함하며, 주거유적은 24개소가 조사되었다. 임실과 순창 서부지역의 주거유적은 고원분지에 입지하고, 순창 동남부와 남원의 주거유적은 유역분지에 입지하고 있다.

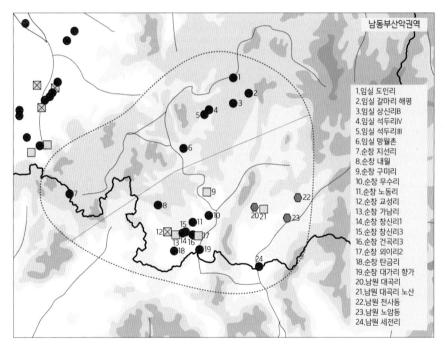

〈그림 16〉 남동부산악권역 주거유적 분포도

2) 주거 구조와 출토유물

동부지역의 주거유적은 2000년대 초반까지도 남원 세전리 유적 외에는 조사 예가 전무하였고, 장수 침곡리 유적을 제외하면 원형주거지가 대부분인 것으로 나타났기 때문에 동부권의 주거지는 곧 원형계 주거지 일색인 것으로 규정지어 지는 듯 하였다. 게다가 서부지역의 주거유적은 방형계의 비율이 월등히 높아 더욱 대조되었고 높은 산악지형으로 인한 방형 주거문화의 확산 제약, 서부지역과 다른 사회문화적 발전과정이 나타난 것으로 설명되었다[28].

그러나 임실 망월촌 · 도인리 · 석두리 유적, 순창 노동리 · 내월 · 교성리 · 대가리 향가 유적 등이 조사되면서 현재는 방형계 주거지의 비율이 높게 나타나게 되었다. 다만 사주식 주거지의 비율은 약 10% 정도로 적은 편이며, 순창 건곡리3 · 교성리 · 내월 · 대가리 향가 유적, 임실 갈마리 해평 · 도인리 · 망월촌 · 석두리에서 각 유적 별로 10기 미만의 수량으로 조사되었다.

내부시설은 서부지역의 주거지와 큰 차이없이 나타나며 노지, 벽구, 배수구, 장

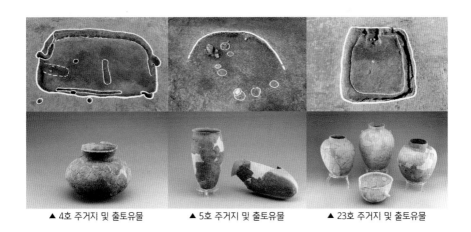

▲ 4호 주거지 및 출토유물　　　▲ 5호 주거지 및 출토유물　　　▲ 23호 주거지 및 출토유물

---

28) 金承玉, 2004, 「全北地域 1~7世紀 聚落의 分布와 性格」, 『韓國上古史學報』 第44號, 韓國上古史學會.

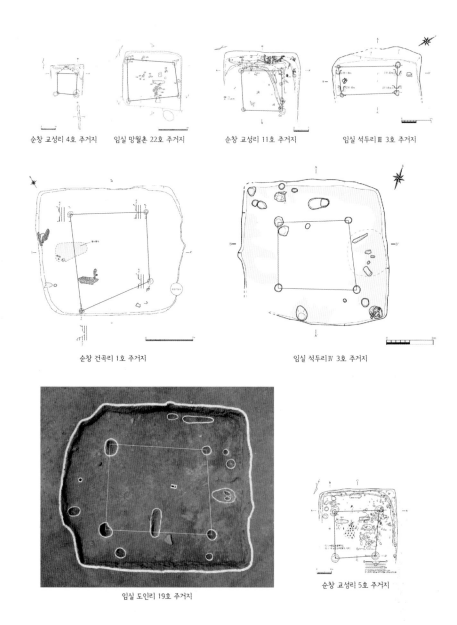

순창 교성리 4호 주거지　　임실 망월촌 22호 주거지　　　순창 교성리 11호 주거지　　　임실 석두리Ⅲ 3호 주거지

순창 건곡리 1호 주거지　　　　　　　　임실 석두리Ⅳ 3호 주거지

임실 도인리 19호 주거지　　　　　　　순창 교성리 5호 주거지

〈그림 17〉 남동부산악권역 주요 주거유적

타원형수혈, 사주공, 보조주공, 벽주 등이 확인되고 있다.

부뚜막은 주거지의 한 쪽 벽면에 치우쳐 시설되었는데, 북벽보다 동벽과 서벽 쪽에 축조하는 경향이 나타난다. 솥받침은 토기받침과 석재받침이 혼재하고 있다.

순창 대가리 향가 유적은 섬진강 중류의 서안에 위치하고, 주거유적은 해발 78~85m 지점에 분포하고 있다. 원삼국시대 주거지는 26기가 조사되었다. 대부분 방형의 평면형태를 띠고 있지만 5호 주거지는 원형계이다. 전반적으로 평면형태와 내부시설은 마한계 주거지의 속성을 따르고 있다.

임실 도인리 유적에서는 원삼국시대 주거지 21기가 조사되었는데 구릉의 정상부를 따라 분포하고 있다. 평면형태는 장방형 13기, 말각장방형 6기, 타원형 1기가 확인되었다. 내부시설은 벽구와 화덕, 주공이 시설되었다. 화덕은 주거지의 단벽 중앙에 시설되었고 장란형토기를 도치하여 지주로 이용하였다. 사주식은 17호·19호·21호 주거지에서 확인되는데 출토유물로 보아 유적 내 다른 주거지보다 늦은 시기에 조성되었을 것으로 추정된다. 유물은 적갈색연질토기가 주를 이루며, 기종은 장란형토기, 완형토기, 호형토기, 주구토기, 발형토기, 시루, 조형토기, 광구호, 기대 등이 출토되었다.

임실 갈마리 해평 유적에서는 원삼국시대 주거지 56기가 조사되었다. 평면형태

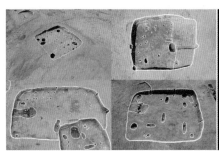

▲ 임실 갈마리 해평 1호·19호·21호·26호 주거지

▲ 임실 갈마리 해평 원삼국시대 주거지 출토유물

는 방형과 장방형이지만 출입시설이라 추정하는 돌출부가 부가된 형태도 확인되고 있다. 내부시설은 부뚜막, 배연시설, 벽구, 장타원형 수혈, 주공 등이 시설되었다. 갈마리 해평 유적의 1호·19호·25호 주거지는 규모가 크고 면적이 넓어 같은 주거지군에서 초대형으로 분류하고 있다. 다만 주거지의 규모에 비해 화덕이 시설되지 않고 바닥 전면에 작은 주공이 불규칙하게 분포하고 있어, 일상 주거의 용도가 아닌 마을 내 작업장 또는 창고 등의 공공건물이었을 가능성을 추정하고 있다. 유물은 심발형토기, 장란형토기, 시루, 주구토기, 동이, 원저단경호, 이중구연호, 양이부호, 평저호, 대옹, 완, 직구장경평저호, 유리옥거푸집, 도지미, 내박자, 방추차, 토관 등이 출토되었다.

임실 석두리 유적은 임실 석두리산성이 위치하는 해발 240m 구릉의 정상부에서 뻗는 능선과 사면부에 입지한다. 원삼국~삼국시대 주거지는 석두리Ⅲ 유적에서 39기, 석두리Ⅳ 유적에서 21기가 조사되었다. 평면형태는 방형과 장방형, 세장방형 등으로 나타나는데 경사가 급한 사면에 주거지를 짓기 위해 세장방형의 구조를 선택한 것으로 판단된다.

내부시설은 부뚜막과 주공, 장타원형 수혈 등이 시설되었다. 기둥배치는 대부분 비사주식이며, 주거지 벽면을 따라 배치한 벽주식이 확인된다. 유물은 장란형토기, 호형토기, 발형토기, 주구토기, 시루, 완, 자배기, 파수부토기, 광구소호, 이중구연호, 옹형토기, 고배, 방추차, 철기류 등이 출토되었다. 석두리Ⅲ 유적의 24호 주거지에서는 일명 '공자형(工字形) 고배'라 불리는 경질고배가 출토되었다. 또한 석두리Ⅳ 유적의 20호 주거지에서는 승석문이 타날된 호형토기가 출토되었는데 두 유물은 함안식 토기의 특징을 가지고 있다.

남원 세전리 유적은 섬진강의 강안에 해당하며 수지천과 삼천이 합류하여 형성된 삼각형의 충적대지상에 위치하고 있다. 1차 발굴조사에서는 주거지 7기, 2차 발굴조사에서는 19기의 주거지가 조사되었다. 주거지의 평면형태는 장타원형과 말

각방형이 주로 확인되며, 유물은 점토
대토기, 심발형토기, 발형토기, 파수부
발형토기, 옹형토기, 장란형토기, 시루,
주구토기, 홍도, 소형토기, 방추차, 어
망추, 각종 옥류, 석기류, 철기류 등이
출토되었다.

시기는 기원전후~AD 4세기 경으로
추정하고 있다.

▲ 남원 세전리 유적 출토유물

〈표 8〉 남동부산악권역-고원분지 주거유적

유적명	기수	입지 (해발)	평면형태	주요 시설	출토유물	시기	조사기관
임실 도인리	21	구릉 정상부 (260m)	장방형 말각장방형	주공, 벽구, 화덕	장란형토기, 파수부발, 주구토기, 호형토기, 양이부호, 조형토기, 시루, 기대, 방추차	원삼국	군산대학교 박물관 (2011)
임실 갈마리 해평	56	구릉 정상부 ·남사면부 (230~240m)	방형 장방형	부뚜막, 벽구, 장타원형 수혈, 주공, 벽주공, 돌출 부, 외부구, 배연시설	심발형토기, 장란형토기, 주구 토기, 시루, 원저단경호, 이중구 연호, 양이부호, 유리옥거푸집, 내박자, 도지미, 토관, 방추차, 철겸, 철도자, 철준	원삼국	전라문화유산연구원 (2017)
임실 상신리B	1	구릉 남사면 (167~168m)	원형계	노지, 장타원형수혈	대형옹, 단경호, 심발형토기, 장 란형토기	원삼국	전북문화재연구원 (2009)
임실 석두리III	39	구릉 정상부 ·남사면부 (205~216m)	방형 장방형 세장방형	부뚜막, 사주공, 벽주공, 주공, 수혈, 배연시설	발형토기, 장란형토기, 시루, 주 구토기, 호형토기, 이중구연토 기, 뚜껑, 경질고배	4세기	전라문화유산연구원 (2012)
임실 석두리IV	21	구릉 능선 (180~190m)	방형 장방형 세장방형	부뚜막, 사주공, 벽주공, 단시설, 배연시설	장란형토기, 호형토기, 발형토 기, 주구토기, 시루, 완, 자배기, 광구소호, 이중구연소호, 옹형 토기, 원통형토기, 방추차	4세기	전라문화유산연구원 (2012)
임실 망월촌	39	구릉 동사면 (152~158m)	방형 원형	주공, 사주공, 부뚜막, 벽 구, 돌출부	호형토기, 장란형토기, 발형토 기, 옹형토기, 완, 이중구연호, 주구토기, 시루, 개, 파수부토 기, 방추차, 어망추, 철도자	원삼국	호남문화재연구원 (2008)
순창 지선리 B지점	4	구릉 말단부 (312m)	방형계	주공, 벽구	옹형토기	원삼국	전북문화재연구원 (2011)

<표 9> 남동부산악권역-유역분지 주거유적

유적명	기수	입지 (해발)	평면형태	주요 시설	출토유물	시기	조사기관
순창 내월 가·나지구	6	구릉 남사면 (152~181m)	말각방형 방형	노지, 벽주공, 사주공, 주공, 장타원형구덩이	주구토기, 장란형토기, 호, 발, 완, 시루, 개, 철부	원삼국	호남문화재연구원 (2008)
순창 구미리	2	하천 충적대지 (90m)	방형	부뚜막	호, 단경호, 배, 석제품, 철부	삼국	호남문화재연구원 (2015)
순창 무수리	3	하천 충적대지 (82m)	방형	부뚜막	고배, 개, 배, 발형토기, 장란형토기, 파수	원삼국 ~삼국	전북문화재연구원 (2013)
순창 노동리	3	구릉 남사면 (130~132m)	말각방형 방형	벽구, 노지	장란형토기, 발형토기, 내박자, 도지미	4세기	전북대학교 박물관 (2006)
순창 교성리	11	구릉 서사면·북사면 (130~152m)	방형	사주공, 벽구, 부뚜막, 타원형구덩이	완형토기, 장란형토기, 발형토기, 호형토기, 원통형토기, 유공소호, 파수부잔, 경배, 시루, 방추차	5세기	호남문화재연구원 (2012)
순창 가남리	1	구릉 남사면 (95m)	방형계	벽구, 부뚜막, 타원형구덩이	완형토기, 장란형토기	5세기	호남문화재연구원 (2012)
순창 창신리1	1	구릉 남사면 (113~114m)	방형계	-	석기	원삼국 ~삼국	전북문화재연구원 (2012)
순창 창신리3	1	구릉 남사면 (107m)	방형계	벽구, 주공	방추차	원삼국 ~삼국	전북문화재연구원 (2012)
순창 건곡리3	1	구릉 남사면 (114~115m)	말각방형	사주공, 노지	장란형토기, 발형토기, 파수부발, 호형토기	원삼국	전북문화재연구원 (2012)
순창 외이리2	3	구릉 남사면 (102m)	방형계	주공	옹형토기, 완, 석기	삼국	전북문화재연구원 (2012)
순창 탄금리	3	구릉 (145m)	방형계	주공, 노지	시루	원삼국	호남문화재연구원 (2006)
순창 대가리 향가	26	구릉 남사면 (78~85m)	장방형 방형	주공, 사주공, 부뚜막, 벽구, 타원형수혈, 배수로	옹형토기, 호형토기, 발형토기, 장란형토기, 주구토기, 시루, 뚜껑, 방추차, 석촉, 갈돌	원삼국	전주문화유산연구원 (2014)
남원 대곡리	2	구릉 말단부 (120m)	말각 장방형	석재부뚜막, 주공	장란형토기, 발형토기, 옹형토기, 뚜껑, 기대	5세기 중엽 ~6세기 중엽	전북대학교 박물관 (2003)
남원 대곡리 노산	4	구릉 정상부 (105~115m)	방형계	노지, 벽주공, 방형구덩이	장란형토기, 발형토기, 단경호, 완, 호형토기, 컵형토기, 양이개고배, 연통형제품, 철촉	삼국	대한문화재연구원 (2012)
남원 천사동	2	구릉 서사면 (130~131m)	방형계	부뚜막, 주공, 장타원형구덩이	장란형토기, 발형토기, 호형토기, 연석	삼국	대한문화재연구원 (2012)
남원 노암동	2	구릉 서사면 (117m)	-	취사시설	장란형토기	삼국	전라문화유산연구원 (2016)
남원 세전리	26	하안 충적대지 (100m)	장타원형 말각방형	화덕	점토대토기, 심발형토기, 발형토기, 파수부발형토기, 옹형토기, 장란형토기, 시루, 주구토기, 홍도, 소형토기, 방추차, 어망추, 각종 옥류, 석기류, 철기류	기원전후 ~4세기경	전북대학교 박물관 (1986)

4. 동부산악권역

1) 유적의 분포와 입지

동부산악권역은 전북지역의 동부를 지나는 백두대간에 해당하며, 금강수계의 최상류지역에 속한다. 진안고원과 장계·장수분지가 형성된 일부 지역을 제외하면 대부분 해발 700~1,000m를 전후하는 높은 산지로 이루어져 있다. 금강과 섬진강의 발원지인 동시에 두 유역을 남과 북으로 나누는 분수령이 되기도 한다. 서부지역에 비해 유적의 분포도가 낮지만, 동부산악권이 갖는 역사적 위치는 결코 작지 않다.

동부산악권역은 진안군, 장수군, 무주군이 속해 있는데, 이 지역은 백제와 가야를 최단거리로 연결하는 내륙교통로에 해당하며[29] 전략적 요충지인 동시에 두 문

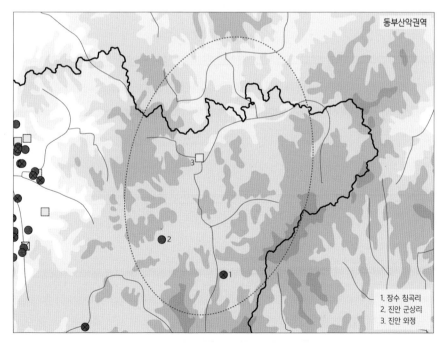

〈그림 18〉 동부산악권역 주거유적 분포도

화가 만나는 결절지이다. 이러한 문화적 배경은 주거유적에서도 간취할 수 있는데, 장수 침곡리 유적, 진안 와정 · 군상리 유적이 해당한다.

2) 주거 구조와 출토유물

(1) 장수 침곡리 유적

동부산악권역의 대표적인 주거유적으로써, 금강 상류 계남천을 바라보는 법화산 지류의 낮은 구릉에 입지한다. 원삼국시대 주거지는 6기가 조사되었다. 주거지의 장축방향은 등고선과 나란하고, 평면형태는 방형 · 장방형이다.

9호 주거지는 전북지역 사주식 주거지 가운데 가장 높은 곳에 단독입지하고 있다. 생활공간과 취사공간으로 구분되는 2기의 방형유구로 구성되었으며 토층을 통해 축조와 폐기가 동시에 이루어진 것으로 확인되었다.

생활공간은 바닥면을 불다짐처리 하였으며 내부에는 사주식의 주공과 소토부가 확인되고 면적은 49.77㎡이다. 취사공간은 생활공간의 남서쪽으로 약 90㎝ 정도 떨어져 위치하고, 내부에는 아궁이와 부뚜막, 장방형수혈, 배연시설, 숯과 재를 모아둔 공간 등이 확인된다. 부뚜막 위에는 8점의 토기가 본래 놓인 상태로 발견되었다.

유물은 적갈색연질토기편, 장란형토기, 발형토기, 단경호, 직구호, 시루편, 지석 등이 출토되었다.

(2) 진안 와정 유적

진안 와정 유적의 주거지는 전략적 요충지에 쌓은 구릉 정상부의 목책토성 내에

---

29) 곽장근, 2011, 「전북지역 백제와 가야의 교통로 연구」, 『한국고대사연구』 제63호, 한국고대사학회, 83쪽.

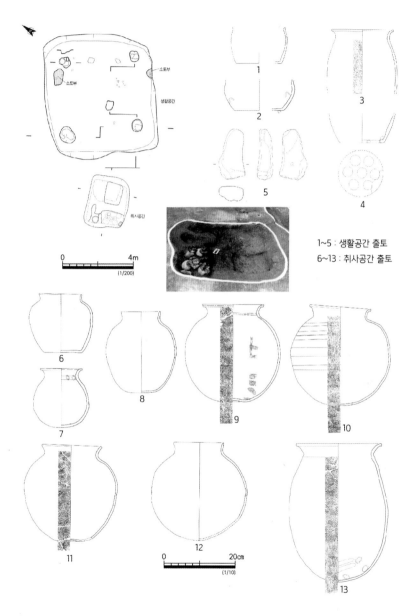

1~5 : 생활공간 출토
6~13 : 취사공간 출토

〈그림 19〉 장수 침곡리 유적 9호 주거지 및 출토유물

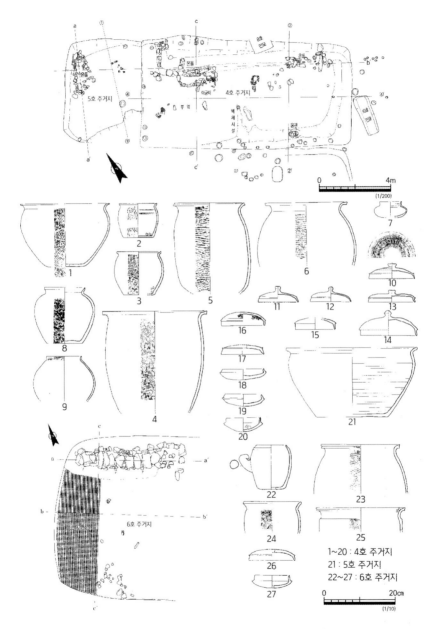

〈그림 20〉 진안 와정 유적 4호 · 5호 · 6호 주거지 및 출토유물

입지하고 있다. 1차 조사에서는 방형 주거지 7기, 2차 조사에서는 구들 13기가 조사되었다. 방형의 주거지 내에는 벽면을 따라 외줄고래를 시설한 구들을 축조하였는데 'ㅡ'자형과 'ㄱ'자형이 확인된다. 부뚜막에는 발형토기를 도치하거나 천석을 박아 솥받침으로 사용하였다. 4호 주거지는 동-서 길이 11.72m, 남-북 너비 5.75m로 와정에서 규모가 가장 큰 주거지이다. 평면형태는 세장방형이며 내부에 벽체를 시설하여 주거공간과 취사공간이 분할되어 있는 형태이다. 출입시설은 주거공간과 취사공간에서 각각 확인되고 있다. 유물은 심발형토기, 호형토기, 직구호, 개, 배, 삼족기, 직구소호 등이 출토되었는데, 취사공간에서는 적갈색연질토기, 주거공간에서는 회청색경질토기가 주로 출토되었다.

(3) 진안 군상리 유적

진안에서 처음 조사된 원삼국시대 주거유적으로써, 해발 315m 내외의 구릉 중하단부와 남사면에 입지하고 있다. 주거지는 5기가 조사되었는데 잔존상태가 양호하지 않지만 평면형태는 방형계이다. 내부시설은 벽주와 부뚜막, 벽구가 확인되고 있다. 부뚜막은 석재를 솥받침으로 이용하였으며 주변에서 장란형토기와 시루가 출토되었다.

<표 10> 동부산악권역-금강 상류권역 주거유적

유적명	기수	입지 (해발)	평면형태	주요 시설	출토유물	시기	조사기관
장수 침곡리	6	구릉 동사면 (410m)	장방형 말각방형	벽구, 노지, 외부취사공간	장란형토기, 호형토기, 직구호, 단경호 시루, 갈돌, 갈판	4세기 전후	군산대학교 박물관 (2006)
진안 군상리	5	구릉 말단부 (317m)	방형	벽주, 부뚜막, 벽구, 수혈	호형토기, 주구토기, 자배기, 파수	4세기 후엽 (1670±30)	전라문화유산연구원 (2014)
진안 와정 (1차)	7	구릉 정상부 (253m)	장방형	고래, 아궁이	장란형토기, 발형토기, 직구단경호, 파수부발, 시루, 개, 배, 삼족기, 방추차, 철부	5세기 전후	군산대학교 박물관 (2001)
진안 와정 (2차)	13	구릉 정상부 (253m)	-	구들	장란형토기, 심발형토기, 호형토기, 개, 배, 고배, 시루, 장경호, 철부	5세기 전후	전북대학교 박물관 (2001)

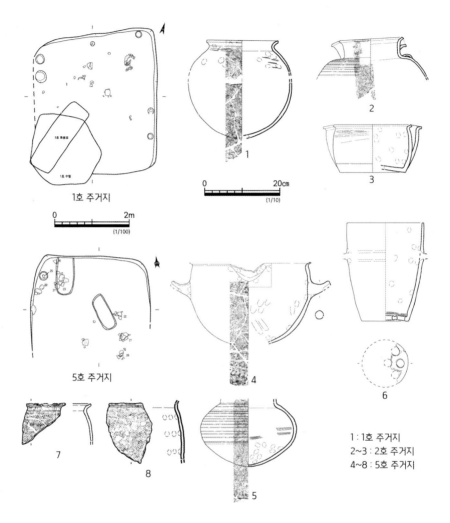

1호 주거지

5호 주거지

1 : 1호 주거지
2~3 : 2호 주거지
4~8 : 5호 주거지

〈그림 21〉 진안 군상리 유적 1호 · 5호 주거지 및 출토유물

IV. 맺음말

지금까지 전북지역에서 조사된 마한·백제 주거유적과 출토유물의 현황을 개괄적으로 살펴 보았다. 주거유적의 분포는 전라북도의 자연지리적 환경에 따라 서북부평야권역·서부평야권역·남동부산악권역·동부산악권역 등 네 권역으로 크게 구분이 가능하다. 그 중 서북부평야권역은 전북지역 마한·백제 주거유적의 절반이상이 분포하고 있다. 이는 만경강유역을 중심으로 재지문화를 형성한 마한 소국의 존재를 더욱 입증시켜주는 것이라 할 수 있다.

남동부산악권역은 전북 서부지역보다 문화의 전파가 늦거나 다른 경로로 유입되었을 것으로 생각하였으나, 근래의 발굴성과를 보면 순창과 임실지역 일원까지도 마한의 세력권이었음을 알 수 있다. 동 시기 남원지역의 주거문화는 가야문화의 영향이 미쳤을 것으로 연구되었으나, 본 글에서는 깊이 다루지 못하였다.

이미 다수의 연구 축적으로 마한·백제 주거지의 정의는 정립되어 가는 단계이며, 전북지역만의 지역성과 출토유물에 대한 연구성과도 매우 진전되어 가고 있다[30]. 다만 다수의 발굴조사 보고서가 아직까지도 미발간 된 사정이 있기 때문에[31] 연구성과에 있어 자료의 공백이 느껴지는 것은 당연한 것이다. 전북지역 주거유적 연구자들의 학문적 갈증 해소를 위한 동학들의 선처와 이해가 필요한 시점이다.

---

30) 金垠井, 2017a, 『湖南地域의 馬韓 土器-住居址 出土品을 中心으로-』, 全北大學校 大學院 博士學位論文; 김은정, 2017b, 「마한 주거 구조의 지역성-호남지역을 중심으로-」, 『중앙고고연구』 제24호, (재)중앙문화재연구원.
31) 金承玉, 2004, 「全北地域 1~7世紀 聚落의 分布와 性格」, 『韓國上古史學報』 第44號, 韓國上古史學會.

전북지역 마한 · 백제 주거 연구의 성과와 과제

이은정 전주문화유산연구원

Ⅰ. 머리말

마한과 백제의 영역이었던 전북지역은 양 세력의 문화양상이 시공간적으로 복잡한 양상을 보여 고고학적으로 마한과 백제를 구분 짓기는 상당히 어려운 실정이다. 특히 주거(住居)는 거주 집단에 따라 일정한 구조적 특성을 갖추고 있어 주거양상을 통해 당시 사회집단의 성격을 엿볼 수 있는 고고학적 자료임에도 불구하고 오랜 기간 조영된 대규모 취락에서 마한과 백제의 요소를 구별하기란 상당히 어렵다. 하지만 재지세력인 마한이 백제로 흡수되면서 주거 구조에서 변화가 있었던 것은 분명한 것으로 보여 진다.

이 글에서는 전북지역에서 조사된 2~6세기대의 마한 · 백제 주거유적[1]을 대상으로 그동안의 연구 흐름과 주제별 성과, 특히 마한의 주거가 백제화 되면서 나타나는 변천 양상에 대한 연구내용을 중점적으로 검토하고자 한다.

전북지역의 마한 · 백제 주거지는 1980년대 처음 조사가 실시되면서 연구자들이 관심을 갖게 되었으나 이 후 2018년 상반기까지 약 2,314여기의 주거지가 조사되었음에도 전북지역을 중심으로 한 연구는 타 지역에 비해 매우 미비하다고 할 수 있다. 이러한 이유 중 하나는 수계, 산계 등의 지리적인 특성상 금강유역인 충청도지역 또는 전남지역과 함께 호남지역을 대상으로 연구되었기 때문일 것이다.

그간에 이루어진 연구내용은 주거 내 구조분석을 통한 편년제시가 주를 이루며, 반면 주거 공간의 활용, 주변 경관에 대한 분석 등의 연구는 극히 드물다. 금번 논고에서는 이와 같은 문제점 등을 향후과제에서 제시하고자 한다.

---

1) 본고에서는 2~6세기대의 수혈 주거지를 대상으로 하였으며 대벽건물지, 고상가옥 등 지상화된 건물지 형태는 검토 대상에서 제외하였다.

Ⅱ. 전북지역 마한 · 백제 주거의 시기별 연구흐름

전북지역에서 현재까지 조사된 마한 · 백제 주거지는 223개소 2,314기 내외이다[2]. 1990년대 주거지 조사가 급증하면서 주거에 대한 관심 또한 높아졌고, 현재까지도 주거와 관련된 연구가 꾸준하게 이어지고 있다. 이 장에서는 전북지역의 마한 주서지를 인식하기 시작한 단계부터 현재까지 이루어진 연구의 흐름에 대해 살펴보았다.

1. 마한 주거지에 대한 인식 : ~ 1990년대 중반

전북지역에서 조사된 최초의 마한 주거유적은 1981년 조사된 김제 청하 주거지[3]이다. 주거지는 도로개설과정에서 대부분 파괴되어 일부만 존재하고, 화재폐기 된 것으로 내부에서 발, 호 등의 토기가 출토된 바 있다. 이 후 남원 세전리유적에서는 1984~1986년까지 3차례의 조사를 통해 26기의 주거지가 조사되었다[4]. 이 두 유적의 조사는 전북지역의 마한 주거유적에 대한 인식과 관심을 불러일으키는 계기가 되었다.

1990년대 초반에는 전주 여의동[5] · 효자동[6], 완주 구암리 유적[7] 등에서 주거지가

---

2) 2018년도 상반기까지 조사된 주거유적과 주거지 기수로써 보고서가 발간되지 않은 유적도 포함되어 있다.

3) 이백규, 1982, 「김제 청하주거지 발굴보고」, 『전북사학』 제6집, 전북대학교 사학회.

4) 윤덕향, 1986, 「남원 세전리유적 지표조사 유물보고」, 『전라문화논총』 제1집, 전북대학교 전라문화연구소; 윤덕향, 1989, 「전북지방 원삼국시대 연구의 문제점」, 『한국상고사-연구현황과 과제』, 한국상고사학회; 전북대학교박물관, 1989, 『세전리 발굴조사보고서-도면 · 도판 Ⅰ』, 학술총서1.

5) 윤덕향, 1992, 『전주 여의동유적 수습조사보고서』, 전북대학교 박물관 총서9.

6) 곽장근, 1992, 『전주 효자동유적 수습조사보고서』, 전북대학교 박물관 총서10.

7) 최완규, 1992, 「전북지방의 백제고분 신자료-완주 구암리 원삼국 주거유적 출토 유물」, 『옥구 장상리 백제 고분군 발굴조사보고서』, 원광대학교 박물관.

조사되면서 전북지역 마한 주거유적의 지속적인 발견 가능성을 열어두게 되었다.

이 당시 주거지에 대한 연구는 1993년 온화순[8]에 의해 남원 세전리유적을 중심으로 주거지와 유물의 성격 파악 및 주변 유적의 검토가 이루어졌다.

2. 기초자료 분석과 편년 : 1990년대 후반 ~ 2000년대

전북지역에서 대규모 취락이 본격적으로 조사되고, 자료가 대량화 되는 시기는 1990년대 후반에 들어서면서 부터이다. 당시 서해안고속도로 등 대규모 토목공사가 활발하게 이루어지면서 고창 교운리유적, 부안 장동리 · 신리유적 등에서 대규모 주거지군이 조사되고, 2000년대에는 고창 봉덕 · 남산리 · 봉산리 황산유적, 익산 사덕유적, 전주 송천동유적 등 전북지역 곳곳에서 대단위의 취락이 조사되었다. 또한 1990년 후반에 조사된 유적의 보고서가 2000년대 초반 발간되면서 전북지역 마한 주거지에 대한 연구가 활발하게 이루어지게 되었다. 당시의 연구는 주거의 구조 분석을 통한 분기설정 및 편년 제시가 주를 이루었다.

전북지역 주거유적에 대한 본격적인 연구는 김승옥에 의해 시작되었다. 김승옥은 전북지역 1~7세기대 주거지의 분포와 시공간적 전개양상을 분석하여 네 단계로 구분하였고, 취락의 구조와 출토유물을 통해 마한계 · 백제계 · 가야계주거지로의 구분을 시도하였다. 여기에서는 구릉 정상부 및 사면부에 입지, 방형계, 4주식 주공, 벽구시설, 점토로 축조한 노지시설을 갖춘 주거지, 그리고 격자문이 대다수(90%이상)를 차지하는 연질토기인 장란형토기, 발형토기, 호형토기 등이 출토되는 주거지를 마한 주거지의 특징으로 정립하였다. 또한 이전까지 구분이 명확하지

---

8) 온화순, 1993, 「全北地方 原三國時代 住居址의 硏究 -南原 細田里遺蹟을 中心으로-」, 한양대학교 대학원 석사학위논문.

않았던 백제계 주거지와 가야계 주거지를 주거시설과 출토유물의 양상을 통해 구분함으로써 마한의 주거 전통이 백제에 편입된 이후에도 백제계 주거지에 남아 지속되었고, 전북 동부지역이 백제와 가야의 각축장이었음을 가야계 주거유적의 예로 설명하였다[9]. 이후 마한계 주거지와 백제계 주거지를 구분 짓는 속성으로 '벽주식'이 추가되며 백제취락을 포함하는 다섯 단계로 세분하였다[10].

김은정은 전북지역 원삼국시대 주거지를 대상으로 구조적인 특징과 출토유물 양상에 따른 변화상을 통해 2세기 중반~5세기 중반에 해당되는 주거지를 세 단계의 분기로 설정하였고, 금강 중류, 금강 하류, 전북 서부, 전북 동부 등 지역권별로 독특한 전개양상을 보이고 있음을 살펴보았다. 세부적으로 보면 금강하류와 전북 서부에서는 방형계 주거지, 전북 동부에서는 원형계 주거지가 높은 빈도로 나타나는 양상, 유물의 기종에서도 차이를 보이는 것, 토기의 문양은 격자문계에서 승문계·평행선문계가 등장하는 등의 전개 양상을 보이는데, 이러한 현상을 전북지역이 백제의 성장에 따라 그 영향 아래 들어가지만 여전히 기존의 주거형태를 사용한 결과로 보고 있다[11].

이외에도 주거 내부시설에 대한 연구 및 제작실험, 주거지 조사방법에 대한 논의도 활발하게 이루어졌다. 먼저 취사시설에 대한 연구는 이형주가 부뚜막의 형식 분류와 지역적 특성을 밝히는 연구를 진행하였고[12], 이민석은 시대별로 노시설의

---

9) 김승옥, 2004, 「全北地域 1~7世紀 聚落의 分布와 性格」, 『韓國上古史學報』 第44號, 韓國上古史學會.

10) 김승옥, 2007, 「금강유역 원삼국~삼국시대 취락의 전개과정 연구」, 『한국고고학보』 제65집, 한국고고학회.

11) 김은정, 2006, 「전북지방 원삼국시대 주거지 연구」, 전북대학교 대학원 석사학위논문.

12) 이형주, 2001, 「한국 고대 부뚜막시설 연구」, 충남대학교 대학원 석사학위논문; 김규동, 2002, 「한반도 고대 구들시설에 대한 연구」, 『국립공주박물관기요』 2, 국립공주박물관; 김미영, 2004, 「온돌주거지 발생과 양상」, 『가라문화』 18, 경남대학교 가라문화연구소; 김동훈, 2005, 「한국 터널식 노시설에 관한 시론」, 성균관대학교 대학원 석사학위논문; 박강민, 2005, 「삼한

변천양상을 통해 원삼국시대에 주로 사용된 노시설은 부뚜막식이며 지역별로 형태 차이는 없고 세부속성에서 상이성이 나타나는 것으로 보았다[13]. 이영덕은 2000년대 조사된 주거 유적에서 부뚜막 조사예가 증가함에 따라 발굴조사 과정에서 부뚜막 구조를 이해하기 위한 대안으로써 익산 사덕유적의 부뚜막 자료를 근거로 하여 부뚜막을 제작하고 조리과정을 실험하기도 하였다[14]. 이와 함께 부뚜막의 형태를 복원하고 조사법을 제시한 연구[15]도 진행되었다.

주거지 내 기둥배치에 대한 연구는 김승옥에 의해 시작되었고, 사주식 주거지를 마한계 주거지로 규정하였다[16]. 정일은 사주식 주거지의 전파와 소멸과정을 살피고, 상부구조를 복원하는 연구를 진행하였다[17].

3. 내부시설 및 취락의 자연경관에 대한 연구 : 2010년대

2010년대에는 주거지 내부 구조 및 시설에 대한 연구에 집중하게 된다. 전북을 포함한 타 지역에서 최근 중점적으로 다루어지고 있는 연구는 사주식 주거지로써

시대 주거지내 부뚜막과 구들시설에 대한 연구」, 동아대학교 대학원 석사학위논문.

13) 이민석, 2003, 「韓國 上古時代의 爐施設 研究-湖南地域을 中心으로-」, 전북대학교 대학원 석사학위논문.

14) 이영덕, 2004, 「湖南地方 3~5世紀 住居址 構造 復原 試論(Ⅰ)-益山 射德遺蹟의 부뚜막을 中心으로」, 『연구논문집』 4집. 호남문화재연구원.

15) 김미연, 2005, 「住居址 부뚜막 調査法 一案」, 『연구논문집』 第5號, 호남문화재연구원; 정상석, 2006, 「부뚜막부 쪽구들 구조분석과 조상방법에 대한 일고찰」, 『야외고고학』 창간호, 한국문화재조사연구기관협회; 이영덕, 2013, 「삼국시대 주거지 구조 복원을 위한 조사방법 제안」, 『호남고고학연구』 제14호, 호남문화재연구원.

16) 김승옥, 2007, 「금강유역 원삼국~삼국시대 취락의 전개과정 연구」, 『한국고고학보』 제65집, 한국고고학회.

17) 정일, 2006, 「전남지역 사주식주거지의 구조적인 변천 및 전개과정」, 『한국상고사학보』 54, 한국상고사학회.

출현과 성행, 쇠퇴과정, 그리고 비사주식 주거지와의 관계 등에 대해 살피고 있다.

조성희는 전북지역을 서북부평야, 서부평야, 동부산악, 남동부산악 등 네 권역으로 구분하여 각 권역별로 사주식 주거지의 분포 및 주거 구조에 대해 살펴보았다. 전북지역의 사주식 주거지는 서부평야 권역을 중심으로 발전하였으나 여전히 비사주식 축조비율이 높게 나타나는 점을 들어 비사주식과 사주식 주거시는 전북지역 마한의 재지문화이며 백제계 주거 요소를 수용하면서 사주식 주거지 내에서 노시설과 출토유물의 변화가 나타나는 것으로 추정하였다[18].

임동중은 호남지역 사주식 주거지의 변천과정을 네시기로 구분하였다. I기(3세기대)는 호남지역에서 사주식 주거지가 소수 확인되는 시기, II기(4세기초~4세기중후반)는 호남 전역으로 확신되는 시기, III기(4세기말~5세기대)는 급격히 감소하는 시기, IV기(6세기 이후)는 호남지역에서 사주식 주거지가 거의 확인되지 않는 시기로 정의하였으며, 사주식 주거지가 소멸하는 이유로는 주거지의 지상화 영향, 백제화 되기 시작한 것으로 이해하였다[19].

박지웅은 사주식 주거지가 마한계 주거지로 대표되고 있고, 2~3세기경 천안지역에서 발생한 사주식 주거지 집단이 남하하여 호남지역에 사주식 주거지를 확산시키고 있는 것으로 보는 기존의 연구내용에 대해 사주식 주거지의 원 거주지인 충청 내륙지역과 이주지인 호남지역이 묘제와 토기에서 큰 차이를 보이고 있어 이주에 의한 확산 과정이 타당하지 못하다고 제기하였다. 박지웅의 분석 결과에 의하면 사주식 주거지가 축조 방식, 공반 토기 양상에서 지역에 따라 큰 차이가 있음을 보이고 있어, 호서·호남지역의 지역성과 연동하는 것으로 추정하였다[20].

---

18) 조성희, 2013, 「전북지역 마한·백제 사주식 주거지에 대한 소고」, 『주거의 고고학』, 한국고고학회.
19) 임동중, 2013, 「호남지역 사주식 주거지의 변천과정」, 전남대학교 대학원 석사학위논문.
20) 박지웅, 2014, 「호서·호남지역 사주식 주거지 연구」, 경희대학교 대학원 석사학위논문.

즉 사주식 주거지가 마한 재지계의 성격을 띠며 백제화의 영향으로 서서히 사라지게 된다는 점은 연구자들이 모두 동의하는 의견이지만, 박지웅은 집단의 이동과 관련하여 충청 내륙지역의 사주식 주거지 집단이 호남지역으로 이주하면서 확산되었다는 것을 묘제, 토기 등을 검토함으로써 반박하고 있다.

주거의 특정 구조 연구와 함께 지역성에 대한 연구도 진행된다[21]. 김은정은 호남지역 전반에 걸쳐 마한 주거의 평면형태, 기둥배치, 취사시설 등 구조를 중심으로 권역별로 검토하였고, 마한 주거 구조의 시기별 변천 양상과 지역성에 대해 언급하였다. 마한 주거는 동부와 서부지역의 지역성이 뚜렷하고, 삼국시대에 들어서는 백제와 가야 등 외부세력과의 상호작용과 맞물려 마한 주거 구조도 흐름을 같이 하고 있음을 확인하였다. 조규택[22]은 호남지역의 마한·백제 주거의 분포권역과 주거의 구조, 특히 난방시설을 중점적으로 살펴봄으로써 마한에서 백제로의 단계별 전개양상을 살펴보았다. 또한 전북의 서부평야지역인 만경강·동진강 유역의 주거와 분묘유적을 중심으로 이 지역의 마한의 성립과 소멸 등 변천과정을 살펴보았다.

주거지의 내부 구조 뿐 아니라 취락의 경관 검토도 시도되었다. 유적이 입지한 지형과 취락을 둘러싼 경관을 살핌으로써 전북지역의 주거 유적은 구릉이 높지 않고 평탄면이 넓게 조성되어 있어 주거지 축조에 용이한 곳, 주변 평탄지와 하천에서 구릉까지의 고도차가 적어 이동의 수월성과 접근성이 유리한 곳이 취락 조성의

---

21) 허진아, 2011, 「주거자료를 통해 본 호남지역 원삼국시대 지역성」, 『한국상고사학보』 74, 한국상고사학회; 김은정, 2017, 「마한 주거 구조의 지역성-호남지역을 중심으로-」, 『중앙고고연구』 24, 중앙문화재연구원.
22) 조규택, 2010, 「호남지역 마한·백제 주거 구조와 전개」, 『馬韓·百濟 사람들의 일본열도 이주와 교류』, 국립공주박물관·중앙문화재연구원; 조규택, 2011, 「전북 만경강·동진강 유역의 마한」, 『새만금권역의 고고학-전라북도 서부평야의 고고학적 성과와 과제』, 제19회 호남고고학회 학술대회, 호남고고학회.

최적지로 추정하였다. 더불어 취락을 조성하는 방향은 특히 전북 새해안지역의 경우 북서계절풍의 영향을 덜 받으면서 일조량이 높은 남·동사면을 선호한 점 등이 취락 입지의 고려 조건으로 작용한 것으로 보았다[23]. 취락 경관에 대한 연구는 지금까지의 유구나 유물에 집중된 연구에서 벗어나 유적 전반에 놓여있는 것을 인식할 수 있게 되는 계기가 된 연구라고 생각된다.

이외에 익산 사덕유적과 광주 하남유적을 대상으로 주거지 내부 공간 활용 연구도 이루어진 바 있다[24].

유물과 관련된 연구도 다수 이루어진 바 있는데, 발[25], 장란형토기[26], 시루[27] 등 주거지 출토 단독기종과 호남지역 주거지 출토 마한 토기에 대한 전반적인 연구[28] 등 다양하게 이루어졌다. 특히 나혜림은 고창 봉산리 황산유적에서 출토된 완형의 아궁이테를 모티브로 아궁이테가 부착된 부뚜막을 복원 제작하는 실험을 통해 취사 실험 결과 제작된 아궁이테는 그을음이 부착된 반면 주거지 출토품에는 그을음이 없는 것으로 보아 실제 부뚜막에서 사용된 것이 아닌 의식적인 행위로 사용되었을 가능성이 있다고 추정하였다[29].

---

23) 김은정, 2011, 「전북지역 마한·백제 취락의 경관 검토」, 『호남지역 삼국시대의 취락유형』, 제 2회 한국상고사학회 워크숍, 한국상고사학회.

24) 송공선, 2013, 「익산 사덕유적 삼국시대 수혈주거지의 내부공간 활용과 성격」, 『호남고고학연구』 제14호, 호남문화재연구원; 곽명숙, 2011, 「광주 하남동유적 주거지 연구」, 목포대학교 대학원 석사학위논문.

25) 송공선, 2008, 「三國時代 湖南地域 鉢形土器 考察」, 전남대학교 대학원 석사학위논문.

26) 전형민, 2003, 「호남지역 장란형토기의 변천배경」, 전남대학교 대학원 석사학위논문.

27) 허진아, 2006, 「韓國 西南部地域 시루의 變遷」, 전남대학교 대학원 석사학위논문.

28) 김은정, 2017, 「호남지역의 마한토기 -주거지 출토품을 중심으로-」, 전북대학교 대학원 박사학위논문.

29) 나혜림, 2015, 「고창 봉산리 황산유적 아궁이테 제작과 취사실험」, 『고창 황산리 봉산유적』, 대한문화재연구원.

Ⅲ. 전북지역 마한·백제 주거의 주제별 연구성과

주거에 대한 연구로는 유구와 유물의 검토를 통한 편년 설정이 대다수를 차지한다. 이외에 구조와 유물의 변천양상과 전북지역의 권역에 따른 차이점이나 지역성, 마한과 백제계 주거의 특성 구분 등이 있으며 최근에는 공간 활용이나 취락 경관에 대한 연구도 이루어지고 있다.

1. 주거 구조의 변천양상

주거 유적에 대한 연구 중 대다수를 차지하는 것은 시공간적인 전개 양상, 즉 주거지 내부 구조와 유물의 변천 양상을 통한 편년제시이다. 전북지역을 대상으로 한 연구는 김승옥, 김은정, 조성희 등에 의해 이루어졌고, 이외에도 여러 연구자들에 의해 전북지역이 충청지역 또는 전남지역과 함께 다루어 진 바 있다.

전북지역에서 조사된 주거의 입지와 평면형태, 부뚜막, 기둥배치, 벽구시설이 시기에 따라 변천하는 양상을 살펴보면 다음과 같다.

1) 입지

주거의 입지는 크게 구릉과 평지로 나뉜다. 구릉은 다시 구릉 정상부와 사면부로 세분되고, 평지는 구릉과 평지가 만나는 접점지역인 구릉 말단부와 충적대지로 구분된다. 마한 주거의 입지는 대부분 구릉에 입지하는 양상을 보이며 구릉 정상부에서 사면까지 고르게 분포하고 있다. 주거 입지의 변화를 김은정은 동일 유적 내에서 시기가 상대적으로 늦을수록 구릉의 사면 말단부와 북사면에 입지하고 있음을 들어 입지는 지역성과 함께 시간성을 반영하는 것으로 보았고, 시기가 늦어

짐에 따라 구릉 상부에서 하부, 평지로 변화된다고 하였다[30]. 또한 늦은 시기의 주거지가 충적지에 입지하는 이유로 논농사의 활발해지는 이유를 들고 있지만[31] 최근 충적지 조사가 활발해지면서 전주 동산동유적, 고창 봉산리 황산유적, 완주 수계리 장포유적 등에서 대단위의 취락이 조사된 바 있고, 비교적 이른 시기의 주거가 평지에 입지하는 예도 확인되고 있다.

2) 평면형태

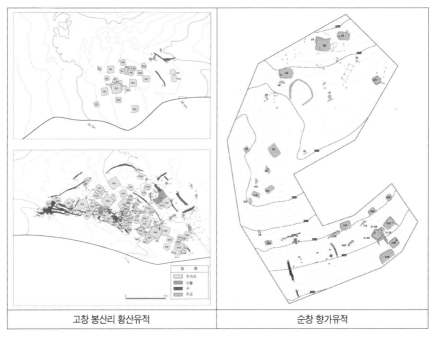

| 고창 봉산리 황산유적 | 순창 향가유적 |

〈그림 1〉 전북 서부 · 동부지역 평면형태(방형계)

---

30) 김은정, 2007, 「全北地域 原三國時代 住居址 研究」, 『湖南考古學報』 26, 湖南考古學會.
31) 이은정, 2007, 「全南地域 3~6世紀 住居址 研究」, 『湖南考古學報』 26, 湖南考古學會; 김은정, 2011, 「전북지역 마한 · 백제 취락의 경관 검토」, 『호남지역 삼국시대의 취락유형』(한국상고사학회 제2회 워크샵), 한국상고사학회.

주거의 평면형태는 상부구조를 결정짓는 중요한 요소로써, 마한 주거의 형태는 방형계와 원형계로 구분된다. 전북 서부지역 주거의 평면형태는 방형계가 일색을 이루고 있는 반면 동부지역은 방형계와 원형계가 혼재되어 확인되는데, 이러한 차이점을 많은 연구자들은 지역성을 띠는 것으로 보고 있다. 그러나 동부지역에 해당되는 순창, 임실에서 조사된 여러 주거 유적의 경우 대부분 방형계를 띠며 구조 및 출토유물 등에서도 서부지역과 유사한 양상을 보이고 있어 서부지역과 긴밀한 관계에 있었던 것으로 여겨진다[32].

3) 부뚜막

주거지에서 조사된 취사시설은 재료 및 아궁이의 유무 등을 기준으로 노형, 부뚜막형, 쪽구들형 등으로 구분[33]되는데 이 글에서는 전북지역의 마한 주거에서 주로 확인되는 부뚜막형에 대해서만 살펴보기로 한다.

부뚜막은 아궁이, 연소부, 연도로 구성된다. 부뚜막의 노벽은 점토와 석재로 시설하고 연소부에 장란형토기, 발형토기, 석재 등을 이용하여 솥받침을 세우며, 장란형토기를 이용하여 부뚜막 입구에 지주를 세우는 형태를 띤다. 연도는 'ㅣ'자형, 'ㄱ'자형, 'T'자형 등으로 구분되며 점토와 석재로 축조된다.

부뚜막 벽의 재료로 사용된 점토에는 견고함을 위해 초본류를 혼합(김제 부거리 유적 9호[34])하기도 하며, 벽(완주 수계리 장포유적 20호[35]) 과 연도(진안 와정 4호)

32) 김승옥, 2004, 「全北地域 1~7世紀 聚落의 分布와 性格」, 『韓國上古史學報』 第44號, 韓國上古史學會; 김은정, 2017, 「마한 주거 구조의 지역성-호남지역을 중심으로-」, 『중앙고고연구』 24, 중앙문화재연구원.

33) 김은정, 2017, 「마한 주거 구조의 지역성-호남지역을 중심으로-」, 『중앙고고연구』 24, 중앙문화재연구원.

34) 전주문화유산연구원, 2014, 『김제 부거리유적』.

35) 전주문화유산연구원, 2018, 『완주 수계리유적 Ⅱ』.

의 재료로 석재가 사용된 경우 역시 벽체를 견고하게 하기 위한 것으로 판단되며 시간성을 반영하기도 한다.

점토벽+토제 솥받침	석재벽+석재 솥받침
김제 부거리 9호	완주 수계리 장포 20호

〈그림 2〉 부뚜막 벽 · 솥받침 재료

솥받침은 연소부 중앙에 1개 또는 횡방향으로 2개를 토제와 석재, 또는 둘을 혼재하여 놓는다. 솥받침이 두 개 놓인 경우 솥을 두 개 걸었을 것으로 판단하기도 하나[36] 이영덕은 부뚜막 제작 실험 과정에서 솥받침의 간격이 좁은 경우 두 개의 솥을 받칠 수 있는 구조가 아닌 것으로 판단하였고, 오히려 저경이 넓은 솥을 이용하였을 가능성을 제시하였다[37].

지주는 부뚜막의 앞부분 양쪽에 장란형토기를 거꾸로 세우고 점토로 덧발랐는데 지주의 용도는 부뚜막의 입구를 견고하게 하기 위한 것으로 판단되며, 전북지역에서는 전주, 부안, 고창 등에서 주로 확인되고 있다.

---

36) 이형주, 2001, 「한국 고대 부뚜막시설 연구」, 충남대학교 대학원 석사학위논문; 이민석, 2003, 「한국 상고시대의 노시설 연구-호남지역을 중심으로-」, 전북대학교 대학원 석사학위논문.
37) 이영덕, 2004, 「호남지방 3~5세기 주거지 구조 복원 시론(Ⅰ)-익산 사덕유적의 부뚜막을 중심으로」, 『연구논문집』 4집, 호남문화재연구원.

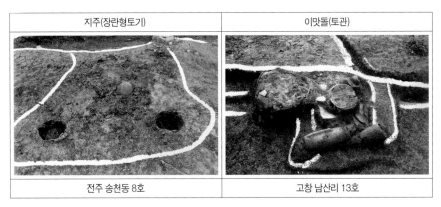

지주(장란형토기)	이맛돌(토관)
전주 송천동 8호	고창 남산리 13호

〈그림 3〉 부뚜막 내 지주와 이맛돌

아궁이 위쪽으로는 토제관을 이용하여 이맛돌을 설치한 예(고창 남산리유적 나지구 13호[38])도 확인되는데, 이후에는 아궁이테 등을 이용한 장식을 부착시키는 양상으로 변화한다.

점토를 주재료로 사용하였던 부뚜막은 점차 석재로 노벽을 세우고, 솥받침을 시설하는 등 판석형 부뚜막으로 변화하며 쪽구들형 역시 대부분의 구조를 석재로 축조하였다. 이러한 재료의 변화는 마한계와 백제계 주거지를 구분하는 지표가 되기도 한다.

4) 기둥배치

주거지에서 기둥은 크게 사주식과 비사주식[39]으로 구분된다.

사주식 배치는 주거지 네 모서리에 일정한 간격으로 주기둥이 설치되는 형태로써 김승옥은 방형계 평면형태인 주거지에 사주식 기둥배치, 벽구, 점토부뚜막 등이 시설된 주거지를 사주식 주거지로 명명하였고 마한계 주거지의 특징 중 하나로

---

38) 전북문화재연구원, 2007,『고창 남산리유적-주거지-』.
39) 주거지 내에 주공흔적이 전혀 확인되지 않거나, 다수의 주공이 확인되지만 정형성이 없는 것을 포함하여 비사주식이라고 명명한다.

보았다[40]. 정일 또한 사주식 주거지를 방형의 네 벽면 모서리에 주공이 위치하고 주공의 종·횡간 길이가 일정하며 주거 내부에는 다양한 형태의 벽구와 부뚜막이 확인되는 주거형태로 정의하면서[41], 서부지역을 중심으로 발전하여 전역에 확산되는 것으로 추정하였다. 또 사주식은 방형계 주거에서 확인되며 지붕 높이를 올리고 벽체 시설을 갖춰 내부 공간을 넓게 활용할 수 있는 발전된 선축 기술을 보여주는 요소라고 할 수 있다[42].

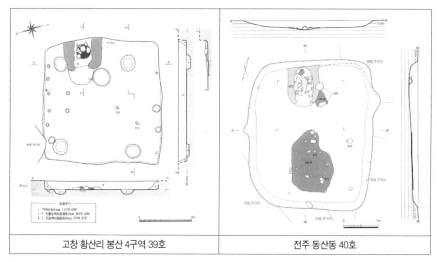

| 고창 황산리 봉산 4구역 39호 | 전주 동산동 40호 |

〈그림 4〉 사주식과 비사주식 주거지

전북지역 마한·백제 주거지는 사주식과 비사주식이 함께 공존하는데, 비사주식이 차지하는 비율이 사주식에 비해 월등하게 높은 편이고, 단일 유적 내에서 사

---

40) 김승옥, 2004, 「全北地域 1~7世紀 聚落의 分布와 性格」, 『韓國上古史學報』第44號, 韓國上古史學會.

41) 정일, 2006, 「全南地域 四柱式住居址의 構造的인 變遷 및 展開過程」, 『韓國上古史學報』54, 韓國上古史學會.

42) 정일, 2005, 「全南地方 3~5世紀 四柱式住居址 研究」, 경북대학교대학원 석사학위논문.

주식이 50%를 넘는 유적이 많지 않은 점을 들어 조성희는 사주식과 비사주식 주거지가 모두 마한 주거지의 요소라고 보고 있다[43]. 사주식 주거지는 전북지역의 김제, 부안, 고창 등 서부지역에서 주로 확인되는 양상을 보이며 중심 시기는 3~5세기대이다.

5) 벽구

벽구는 주거지 바닥의 가장자리를 따라 시설된 도랑으로 주거지의 일부에만 시설된 것과 전면에 시설된 것, 주거지 외부로 연결되는 것 등 다양한 형태로 확인 된다[44]. 벽구의 기능으로는 배수, 벽체를 세우기 위한 시설 등으로 보고 있으나 그 기능은 주거지의 입지, 벽구 내 주공 등의 시설에 따라 다를 것으로 생각된다.

전북의 주거지 중 벽구는 주로 서부지역에서 확인되며 사주식 주거지의 분포 비율과 일치하는 양상을 보이고 있다. 벽구 또한 사주식 기둥배치와 함께 마한계를 대표하는 시설 중 하나로써 벽구가 시설된 주거지와 사주식 주거지의 상관관계를 살펴본 결과 사주식 주거지에 벽구시설이 있는 예가 그렇지 않은 경우보다 많은 비율을 차지하고 있음을 알 수 있다[45].

그러나 벽구는 구릉에 축조된 주거지에서는 다수 확인되는 반면 평지의 주거지에서는 거의 확인되지 않는 양상을 보이고 있어 입지의 영향을 크게 받는 것으로 판단된다. 또한 입지와 관련이 있다면 벽구의 용도는 배수의 기능이 클 것으로 여겨진다.

---

43) 조성희, 2013, 「전북지역 마한·백제 사주식 주거지에 대한 소고」, 『주거의 고고학』, 한국고고학회.
44) 이영철, 1997, 「전남지역 주거지의 벽구시설 검토」, 『박물관연보』 제6호, 목포대학교 박물관.
45) 김은정, 2007, 「全北地域 原三國時代 住居址 硏究」, 『湖南考古學報』 26, 湖南考古學會.

2. 분기설정 및 편년

호남 또는 전북지역 주거의 분기설정은 연구자에 따라 3~5단계로 구분하였다. 이 글에서는 위에서 살펴본 주거 구조의 변천 양상과 출토유물을 통해 주거의 분기 및 편년에 대해 살펴보고자 한다. 2~6세기 주거지를 대상으로 하여 지금까지의 연구 성과[46]를 바탕으로 3개의 분기로 구분하였다.

1) Ⅰ기 : 마한 주거의 형성기(~2세기대)

주거지는 구릉부에 입지하며 평면형태는 방형계가 대부분을 차지하지만 일부 원형계도 확인된다. 취사시설은 노(爐)형과 점토로 만든 부뚜막이 있는데 부뚜막의 형태는 이후 단계에 비해 간단한 구조이다. 전주 장동Ⅱ-2호, 전주 동산동유적 128호, 백산성 7호가 등이 Ⅰ기에 해당되며 동산동 128호에서는 경질무문토기를 이용한 솥받침이 확인된 바 있다. 비사주식 주거지가 다수를 차지하는 단계로 마한 주거지가 형성되는 시기라고 할 수 있다[47].

2) Ⅱ기 : 마한 주거의 발전기(3세기 전반~4세기 중반)

Ⅱ기에 해당되는 주거 유적은 주로 구릉부에 입지하지만 전주 동산동, 완주 수계리유적 등과 같이 충적대지인 평지에서도 확인된다. 전북의 서부지역에서 주로

---

46) 김승옥, 2000, 「호남지역 마한 주거지의 편년」, 『호남고고학보』 11, 호남고고학회; 김승옥, 2004, 「全北地域 1~7世紀 聚落의 分布와 性格」, 『韓國上古史學報』 第44號, 韓國上古史學會; 김은정, 2007, 「全北地域 原三國時代 住居址 研究」, 『湖南考古學報』 26, 湖南考古學會; 김은정, 2017, 「마한 주거 구조의 지역성-호남지역을 중심으로-」, 『중앙고고연구』 24, 중앙문화재연구원; 이은정, 2007, 「전남지역 3~6세기 주거지 연구」, 『호남고고학보』 26, 호남고고학회; 조성희, 2013, 「전북지역 마한·백제 사주식 주거지에 대한 소고」, 『주거의 고고학』, 한국고고학회.

47) 김은정, 2017, 「마한 주거 구조의 지역성-호남지역을 중심으로-」, 『중앙고고연구』 24, 중앙문화재연구원.

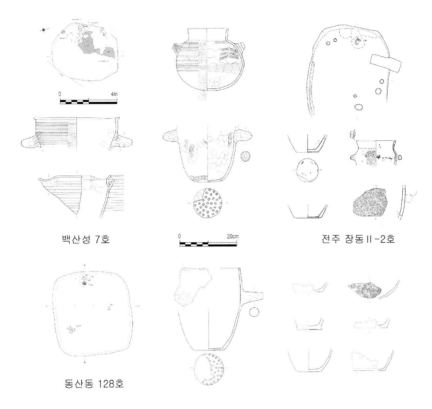

백산성 7호

전주 장동Ⅱ-2호

동산동 128호

〈그림 5〉 Ⅰ기 주거지(1/200)·유물(1/10)

확인되며 평면형태는 원형계가 사라지고 방형계 주거지가 대다수를 차지한다. 주거 구조의 속성이 발달하는 단계로써 점토벽체, 토제 또는 석재의 솥받침, 지주가 있는 부뚜막이 갖추어지며 배연시설이 부가된다. 기둥배치는 비사주식이 여전히 존재하고 다수를 차지하지만 이때부터 사주식 주거지가 등장하고 확산되면서 사주식의 기둥배치가 가장 성행하게 되는 단계이다. 구릉부에 입지한 주거지의 경우 사주와 함께 벽구가 가장 많이 나타나는 시기이기도 하다. 타날문토기가 증가하는 시기로 문양은 격자문과 평행문이 주로 확인된다. 마한 주거지가 발전하는 시기로

써 대표적인 유적으로는 고창 교운리, 부안 장동유적, 김제 부거리유적, 전주 송천
동유적 등이 있다.

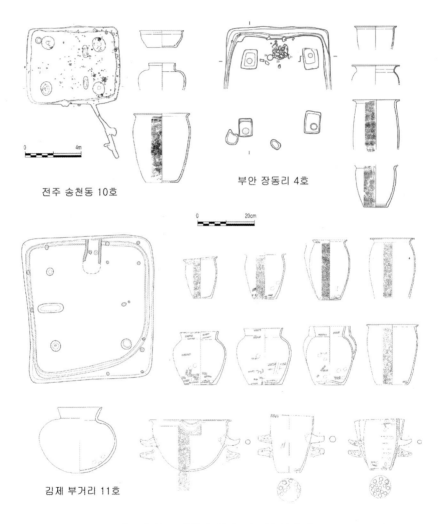

전주 송천동 10호

부안 장동리 4호

김제 부거리 11호

〈그림 6〉 Ⅱ기 주거지(1/200) · 유물(1/10)

3) III기 : 마한 주거의 쇠퇴기, 백제계 주거지 등장 (4세기 후반~6세기 전반)

III기는 전북지역에 백제의 요소가 유입되면서 주거 구조에도 변화가 발생하는 시기이다. 주거의 입지는 구릉과 평지에 고르게 분포하는데, 오랜 기간 동안 조성

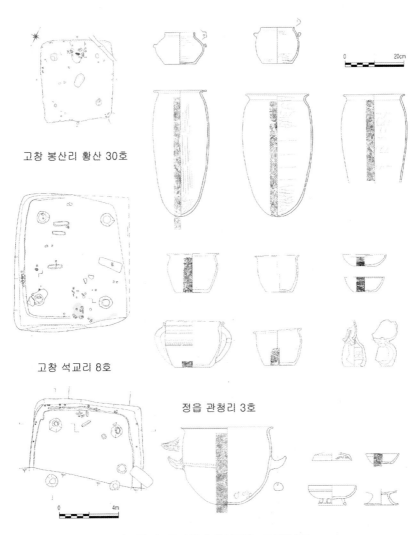

고창 봉산리 황산 30호

고창 석교리 8호

정읍 관청리 3호

〈그림 7〉 III기 주거지(1/200) · 유물(1/10)

된 대규모 취락의 경우 앞선 시기보다 구릉 하단부, 또는 북사면쪽에 분포하는 경향을 보인다. 평면형태는 방형이 다수이며, 점토가 주 재료였던 부뚜막은 석재를 사용하여 견고하게 축조한 판석형 부뚜막으로 변화한다. 취사시설 전체를 석재로 축조한 쪽구들이 등장하는 시기로 이는 백제계 주거지에서 확인되는 요소이며 취사와 난방을 겸하는 형태이다. 사주식 주거지는 계속해서 축조되며 동부지역까지 확산되는 단계이다. 이 시기의 주거지에서는 백제 토기의 출토양이 급증하며 경질토기와 타날문 중 승문이 주로 발견된다. 대표적인 유적으로는 고창 석교리, 군산 관원리Ⅴ, 정읍 관청리 유적 등이 있다.

3. 주거의 지역성

전북지역은 연구자에 따라 여러 권역[48]으로 구분되지만 여기에서는 크게 서부와 동부지역으로만 구분하였다.

서부와 동부지역의 주거지에서 보이는 가장 큰 차이점은 평면형태이다. 전북지역의 주거지는 대부분 방형계를 띠는 양상을 보이며 원형계의 점유율이 방형계에 비해 상당히 낮은편이다. 지역적으로 살펴보면 서부지역은 방형계가 일색을 이루고 있는 반면 동부지역에서는 방형과 원형이 혼재된 양상을 보이는데 특히 금강 중류와 전북 동부지역에서 원형이 확인되고 있고, 원형계 주거지에서는 경질무문토기가 주종을 이루고 있는 점이 서부지역과 차이를 보인다. 이는 한반도 중부지방에서 방형계와 원형계 주거지가 함께 공존하다가 2세기 이후 금북정맥 이남으로

---

48) 김은정은 호남지역을 크게 호남 서부와 동부로 구분하였다. 이 중 전북지역은 서부지역의 경우 만경강북부권, 만경강남부권, 동진강권, 주진천권으로, 동부지역은 금강상류권, 섬진강상류권으로 구분하였다. 조성희는 전북지역을 서북부평야, 서부평야, 동부산악, 남동부산악 네 개의 권역으로 구분한 바 있다.

넘어오면서 동·서로 갈라져 나오는 양상으로 이해되고, 원형계 주거지는 동부지역, 방형계 주거지는 서부지역으로 확산된 것으로 보여진다[49]. 전북 동부지역에서는 원형계 주거지 수량이 적은편이지만 전남지역의 경우 섬진강과 보성강을 따라 남해안 일대에 원형계 주거지가 다수 확인되고 있어 이를 입증해준다.

하지만 전북의 동부지역에 해당되지만 섬진강 상류권의 순창, 임실 등의 주거 유적에서는 방형 주거지가 대다수를 차지하고, 유물 또한 서부지역과 유사한 양상을 보이고 있어 서부지역과 밀접한 관련이 있음을 알 수 있다.

주거지의 분포 수량에서도 차이를 보이고 있다. 특히 장수와 진안 등 동부 산악지대에 해당되는 곳에서는 장수 침곡리와 진안 와정·군상리유적을 제외한 곳에서 주거 유적이 확인된 예가 없다. 발굴조사가 이루어지지 않은 점이 가장 큰 요인으로 생각되지만 서부지역은 주거지가 밀집 분포하는 양상을 보이는 등 대규모 취락이 많은 반면 동부지역은 그렇지 않은 점에서 차이를 보인다.

Ⅲ. 연구과제-맺음말을 대신하여

전북지역 마한·백제 주거는 조사 자료가 다량 축적됨에 따라 분포양상과 권역 설정, 유구와 유물 검토를 통한 시공간적인 전개양상 등이 어느 정도 파악되었다고 할 수 있다. 또한 조사된 부뚜막이나 아궁이테 등을 모티브로 하여 제작, 실험하는 연구도 이루어짐에 따라 당시의 취사시설에 대한 이해를 도왔다. 그러나 여전히 취락과 관련된 많은 연구가 이루어져야 할 것으로 여겨지며 필자가 생각하는 향후 과제에 대해 언급하면서 맺음말을 대신하고자 한다.

---

49) 김은정, 2007, 「전북지역 원삼국시대 주거지 연구」, 『호남고고학보』 26, 호남고고학회.

첫째, 사주식 주거지와 비사주식 주거지가 함께 공존하고 있는 것에 대한 문제이다. 여러 연구자들은 사주식을 마한 주거지의 특징으로 보고 있지만, 3~5세기대 주거 유적에서 사주식 주거지의 비율은 비사주식에 비해 낮은 편이다. 그렇다면 사주식과 비사주식이 동 시기에 하나의 취락에서 함께 나타나고 있는 점은 사주식과 비사주식을 둘 다 마한의 요소로 봐야하는지, 또는 집단의 성격이 다른 것으로 봐야하는지 의문이 든다. 대규모 취락 내에서 사주식과 비사주식 주거지가 시공간적으로 차이가 있는지의 여부에 대한 연구가 이루어진다면 사주식과 비사주식 주거지에 대한 많은 의구심이 풀릴 수 있을 것으로 생각된다.

둘째, 주거와 분묘유적이 함께 조사된 유적의 종합적인 연구가 이루어져야 할 것이다. 예를 들어 완주 수계리 유적은 대규모의 분묘(신포유적)와 함께 주거 유적(장포유적)이 자리하고 있고, 이외에도 많은 유적에서 주거와 분묘의 공간이 분리되어 확인되는 경우가 있다. 이 시기의 분묘와 주거 연구가 분야별로 다양한 연구가 이루어지고, 많은 성과가 있지만 하나의 유적에서 주거와 분묘에 대한 시기적인 상관성을 연구하는 것 또한 취락에 대해 이해할 수 있는 효과적인 방법이 될 것으로 여겨진다.

셋째, 취락의 경관 검토이다. 전북지역에서는 김은정에 의해 전북지역 마한·백제 취락의 경관에 대한 연구가 처음으로 시도되었다. 취락의 입지를 지형적 측면인 상대고도, 입지방향, 하천 등의 다양한 각도로 살피고, 주거지 뿐 아니라 분묘, 생산유구 등의 분포와 입지도 함께 검토함으로써 취락의 전반적인 경관에 대해 살피고 있다. 유구와 유물에 집중된 연구에서 벗어나 유적 전반과 그 주변경관을 함께 살핌으로써 당시 사람들의 방식과 유적이 포함된 보다 넓은 공간에 대한 이해를 돕는데 큰 역할을 할 것으로 기대된다.

전남지역 마한 · 백제 주거 구조와 출토유물

오대종 호남문화재연구원

Ⅰ. 머리말

문헌기록에 의하면 마한은 백제 건국 이전부터 경기 · 충청 · 전라지역에 이르는 공간범위 안에 54개국이 존재하였으며, 백제의 성장과 관련하여 공존하였다가 소멸된 것으로 보고 있다.

고고학 자료에 의하면 전남지역은 백제가 고대국가로 성장한 이후에도 5세기대까지 백제의 영향력이 크게 미치지 않는 주변지역으로, 마한 사회는 백제와 공존하면서 지속되고 있었음이 발굴조사 등을 통해 확인되고 있다. 특히, 전남지역에서는 마한 주거지의 특징으로 확인되는 방형계의 사주공식 주거지가 마한의 다른 지역에 비해 늦은 시기까지도 확인되고 있다.

전남지역에서 늦은 시기까지 지속된 마한 사회를 이해하기 위해서는 자연 환경적 요인에 의해 분리되는 지역에 따른 마한 · 백제 취락과 더불어 주거의 구조와 출토유물의 비교 · 검토가 필요할 것으로 생각된다.

이 글에서는 전남지역을 자연 환경적 경계에 따른 5개 지역권으로 설정 한 후, 시 · 발굴조사에서 확인된 마한 · 백제 취락을 살펴본다. 그리고 5개 권역에서 확인된 마한 · 백제 취락에서 확인된 주거의 구조와 출토유물을 간략히 정리해보고자 한다.

Ⅱ. 전남지역 마한 · 백제 주거지 조사 현황

취락은 '한 곳에 모인다'는 회(會)의 어원을 갖고 있다. 따라서 취락의 규모가 커지면 도시가 되고 규모가 작으면 촌락이 되지만, 일반적으로 촌락과 거의 같은 개념으로 쓰일 때가 많다. 취락의 구성 요소로는 사람이 거주하는 가옥, 물자 생산과 공급 장소로서의 경지, 도로, 매장지 등이 있어 넓은 의미로 인간 생활과 관련된 생활 무대 전반을 포함한다고 볼 수 있다[1].

취락은 한 개인이나 특정 그룹의 의지와 결정에 따라 생활 기반에 필요한 경관을 갖추게 되는데, 최소 기본단위인 개별 주거와 관련 부속시설에서 몇 개의 작은 단위가 모여 군집을 이루면서 취락을 형성한다. 전남지역의 마한ㆍ백제 사회의 경우도 위와 같은 과정들을 통해 취락들이 형성되었을 것으로 생각된다.

마한 취락의 경우 마한의 취락유적에서 나타나는 유형별 검토를 통해 규모가 일반적으로 작은 촌락인 일반취락과 국읍이나 읍락, 별읍과 같은 마한 소국의 중심지 역할을 수행하는 취락인 거점취락(據點聚落)으로 구분하여 설명하기도 하였다[2]. 이 글에서는 주거와 관련된 주거지, 수혈, 구 등의 유구만 확인된 취락을 주거유적, 주거 외에 매장ㆍ생산ㆍ경작과 관련된 다양한 유구 등이 확인된 취락을 복합유적으로 보고자 한다.

복합유적의 규모는 취락의 중심연대가 A.D. 2~4C로 편년되는 전주 동산동유적과 영산강 상류에 위치한 대규모 취락인 담양 태목리유적에서 확인된 다양한 유구들과 주변 지역까지 포함된 공간범위를 토대로 직경 1㎞ 정도로 추정된다고 보고 있다[3]. 복합유적이 포함하는 주거와 관련된 생활공간, 매장공간, 생산공간, 경작지, 도로 등 기본 취락이 형성되는 공간 범위는 현재 행정구역의 최소 단위인 부락 또는 리(里) 정도의 규모로 보인다.

이에 취락의 공간범위는 대략 1~2㎞ 내외를 이루었을 것으로 생각된다.

전남지역의 마한ㆍ백제 주거지가 확인된 취락을 표시할 유적분포지도에는 해

---

1) http://encykorea.aks.ac.kr. 한국민족문화대백과사전.
2) 이영철, 2017, 「마한의 마을구조」, 『마한의 마을과 생활』, 마한연구원 총서 5, 학연문화사.
3) 이영철, 2014, 「백제 지방도시의 성립과 전개-5~6세기 호남지역 사례를 중심으로」, 『한국 고대 사회의 공동체』, 한국 고대사학회.

안의 간척사업과 하구둑 · 댐 공사 등 개발이 이루어지지 않아 지형의 변화가 적게 표현되어 있는 1965년에 제작된 1:250,000 축척의 종이지형도[4]에 등고를 확인할 수 있는 음영기복을 첨부한 후 편집하였다. 그리고 마한 · 백제 주거지가 확인된 주거유적과 복합유적 위치는 구글어스[5], 하천관리지리정보시스템[6] 등을 이용하여 리(里) 단위에 해당하는 직경 1㎞ 규모로 표시하였다.

전남지역에서 확인되는 마한 · 백제 수혈주거지의 평면 형태는 잔존한 주거지의 평면 형태에 따라 다양한 형태로 확인되는데, 대부분 방형계와 원형계로 구분되어지고 있다. 하지만 방형계와 원형계가 혼재되어 확인되는 전남 동부지역의 경우 평면 형태를 구분 짓기는 쉽지 않다[7]. 이에 수혈주거지의 평면 형태는 상부구조와 관련성이 있기 때문에 수혈 벽을 기준으로 직선과 곡선에 따른 기준안을 세워보았다. 평면형태 기준안을 따르면 수혈 벽 3곳 이상이 직선을 이루면 방형계, 수혈 벽 2곳 이상이 곡선을 이루면 원형계로 구분되었다. 기준안에 의해 방형계, 원형계, 방형계+원형계 등으로 주거가 구분되는 유적들은 유적분포도에 위치를 평면 형태로 표시하였다.

전남지역의 지리 환경적 특징은 백두대간에서 뻗어져 나오는 노령산맥과 소백산백 주변으로 높고 낮은 산봉우리와 구릉, 평야가 있으며, 금남정맥부터 연결되는 호남정맥이 자연스럽게 서부와 동부의 지역적 경계를 이루고 있다. 전남지역의 서쪽과 남쪽은 서해와 남해와 접해 있다. 대표적 수계는 영산강, 탐진강, 섬진강 등 3개의 큰 강으로 서해와 남해로 흐르고 있다.

---

4) http://www.ngii.go..kr. 국립지리정보원.

5) http://www.google.co.kr. 구글어스.

6) http://www.river..go.kr. 하천관리지리정보시스템.

7) 한윤선, 2010, 「전남 동부지역 1~4세기 주거지 연구」, 순천대학교 대학원 석사학위논문; 오대종, 2014, 「섬진강유역의 1~6세기 주거지 분포와 지역성」, 『湖南文化財研究』 제15호, 호남문화재연구원.

전남지역의 행정구역 특징은 동쪽으로 섬진강과 소백산맥(지리산)을 경계로 경상남도와 접해 있으며, 북쪽으로 노령산맥(내장산)을 경계로 전라북도와 접하고 있다. 전남지역에 대한 지역권은 자연 환경적 경계와 행정구역 경계를 기준으로 대권역과 중권역으로 설정할 수 있다. 대권역은 통상적으로 호남지역의 동부와 서부를 나누는 기준인 호남정맥을 경계로 전남 서부와 동부 2개 권역으로 구분된다. 중권역은 서해와 남해와 접하고 있는 내륙지역과 주변 도서들이 포함되는 서해안과 남해안의 2개 권역과 영산강, 탐진강, 섬진강 등 3개의 큰 강이 포함되는 3개 권역으로 나누어진다.

이 장에서는 전남지역을 전남 서해안권역, 영산강권역, 탐진강권역, 섬진강권역, 전남 남해안권역 등 5개 권역에서 시 · 발굴조사된 마한 · 백제 주거지와 관련 유구 등이 확인된 취락과 취락의 중심연대를 살펴보도록 하겠다.

1) 전남 서해안권역

〈표 1〉 전남 서해안권역 마한 · 백제 취락 일람표

유적 번호	유역	대표유적	유적 분류	관련유구	보고서 중심연대
1	와탄천, 묘량천	마전 · 군동-가 · 라	복합	주거지, 수혈, 구, 토기가마, 주구토광묘, 토광묘, 옹관묘	B.C. 2C~ A.D. 3C
2	묘량천	수동	복합	주거지, 토광묘	기원 전 · 후~ A.D. 5C
3	묘량천	운당리	주거	주거지, 수혈, 구	A.D. 3~4C
4	삼학천	학정리 강변	복합	주거지, 석실분	A.D. 5~6C
5	학산천	논산리 금정	주거	건물지	A.D. 6C 이후
6	죽암천	소명	복합	주거지, 고분, 토기제작 관련 수혈	A.D. 3~4C
7	죽암천, 함평천	노적	주거	주거지	A.D. 5~6C
8	죽암천, 함평천	중랑	복합	주거지, 주구토광묘, 토광묘, 옹관묘, 방형주구	A.D. 2~5C

9	함평천, 학교천	송산, 반암	복합	주거지, 구, 토광묘, 분구묘, 옹관묘	기원 전·후 ~A.D. 4C
10	함평천, 엄다천	성천리 와촌	주거	주거지, 수혈, 구	A.D. 3~5C
11	엄다천	신계리	복합	주거지, 수혈, 옹관묘	A.D. 3~4C
12	엄다천	국산	복합	주거지, 토광묘	A.D. 4~5C
13	함평만	평산리 평림	복합	주거지, 추정고분의 주구	A.D. 3~4C
14	학계천	수반	주거	주거지	A.D. 5~6C
15	무안반도	용정리 신촌	복합	주거지, 수혈, 토광묘	A.D. 4C
16	무안반도	마산리 신기	주거	주거지	A.D. 4C
17	무안반도	목서리 476-3번지	주거	주거지, 고상건물지, 수혈	A.D. 4C
18	무안반도	용교	주거	주거지, 구	A.D. 3~4C
19	무안반도	하묘리 두곡· 둔전	복합	주거지, 분구묘, 토광묘, 옹관묘	A.D. 4~6C
20	용계천	상마리 상마정	복합	주거지, 수혈, 구, 분구묘, 횡혈식석실묘	A.D. 4~6C
21	오산천, 고군천	오산리	주거	주거지, 수혈, 적석유구	
22	삼산천	신금	주거	주거지, 수혈, 구	A.D. 3~5C
23	구산천	황산리 분토	복합	주거지, 수혈, 구, 토광묘, 옹관묘, 석실, 석곽묘	A.D. 1~7C
24	도암천	양유동	주거	주거지	A.D. 4C

　　전남 서해안권역은 북쪽으로는 전북 고창, 남쪽으로는 남해안 도서지역과 접해 있으며, 동쪽 내륙으로는 영산강권역과 탐진강권역과 인접해 있다. 전남 서해안권역에 속한 행정구역은 영광, 함평, 무안, 해남과 서해 도서지역인 신안과 진도 등이다.

　　전북 고창과 인접해 있는 영광에서는 서해로 흘러가는 와탄천과 삼학천 주변에서 마한·백제 취락(1~5)이 조사되었다. 와탄천과 묘량천이 합수되어 삼각형으로 형성되는 지역의 구릉 1㎞ 내외에 위치한 영광 마전, 군동-가·라, 수동, 운당리유적(1~3)에서는 대부분 방형계인 주거지를 비롯하여 토기가마, 주구토광묘, 토광묘, 옹관묘 등의 다양한 유구들이 B.C. 2C~ A.D. 5C에 이르는 시기 동안 존속하였

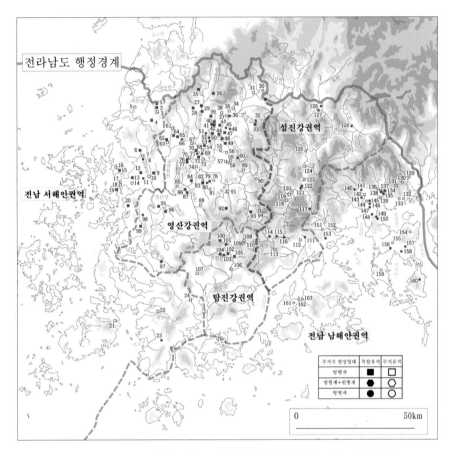

〈그림 1〉 전남지역 마한·백제 주거지가 확인된 취락 분포도(2018년 기준)

던 것으로 확인되었다.

영광 백수읍 주변의 만(灣)으로 흐르는 삼학천과 학산천 주변에 위치한 영광 학정리 강변, 논산리 금정유적(4, 5)에서는 A.D. 5C 이후로 편년되는 주거지와 건물지, 석실분 등이 확인되었다.

함평·무안에서는 함평만과 함평천, 무안반도 일대에서 마한·백제 취락(6~20)이 조사되었다. 함평만과 함평천 사이에 위치한 함평 소명, 노적, 중랑유적(6~8)에서는 대부분 방형계인 391기의 주거지와 토기제작 관련 수혈, 주구토광묘, 토광묘, 옹관묘 등이 확인되었으며, A.D. 2~6C로 편년된다.

영산강 하류로 흐르는 함평천과 학교천이 합수되어 삼각형으로 형성되는 지역의 구릉에 위치한 함평 송산·반암유적(9)에서는 취락의 중심연대가 기원 전후~A.D. 4C로 편년되는 방형계 주거지와 구, 토광묘, 분구묘, 옹관묘 등이 확인되었다.

무안반도에 위치한 무안 용정리 신촌, 마산리 신기, 목서리 476-3번지, 용교, 하묘리 두곡, 둔전유적(15~19)에서는 A.D. 3~6C로 편년되는 방형계 주거지와 고상건물지, 토광묘, 옹관묘, 분구묘 등이 확인되었다. 무안 용계천 주변의 무안 상마리 상마정유적(20)에서는 방형계 주거지를 비롯하여 분구묘, 횡혈식석실묘 등이 확인되었으며, 취락의 중심연대는 A.D. 4~6C로 편년된다.

서해도서 지역인 신안과 진도는 내륙에 위치한 지역에 비해 시·발굴조사가 이루어지지 않았으며, 마한·백제 취락 또한 시굴조사가 진행된 진도 오산리유적(21)에서만 방형계 주거지와 수혈, 적석유구가 확인되었다.

해남반도에서는 서해안과 접하고 있는 삼산천과 백포만 일대, 남해안과 접하고 있는 도암천 주변에서 마한·백제 취락(22~24)이 조사되었다. 삼산천 주변에 위치한 해남 신금유적(22)에서는 방형계 주거지 72기와 수혈, 구 등이 확인되었으며, 취락의 중심연대는 A.D. 3~5C로 편년된다.

해남 군곡리패총이 조사된 백포만 일대에 위치한 해남 황산리 분토유적(23)에서는 방형계·원형계 주거지 57기를 비롯하여 수혈, 구, 토광묘, 옹관묘, 석실, 석곽묘 등이 확인되었으며, 취락의 존속 연대는 A.D. 1~7C로 편년된다. 강진만에 접해 있는 도암천 주변의 강진 양유동유적(24)에서는 취락의 중심연대가 A.D. 4C로 편년되는 방형계 주거지 14기만 확인되었다.

2) 영산강권역

<표 2> 영산강권역(상류) 마한·백제 취락 일람표

유적 번호	유역	대표유적	유적 분류	관련유구	보고서 중심연대
25	서삼천	대녁리	복합	주거지, 석곽묘	A.D. 4~6C
26	황룡강 상류, 덕진천	야은리	복합	주거지, 주구, 토광묘, 옹관묘	A.D. 3~4C
27	황룡강 중류, 취암천	장산리	복합	주거지, 지상건물지, 수혈, 구, 고분	A.D. 2~5C
28	황룡강 중류, 동화천	환교	복합	주거지, 수혈, 구, 분구묘, 토광묘, 목관묘, 옹관묘	기원전·후~ A.D. 5C
29	황룡강 중류	외룡리 방곡	복합	주거지, 토광묘	A.D. 2~4C
30	금성천	봉서리 대판	주거	주거지, 수혈, 구	A.D. 4C
31	영산강 상류	원천리	주거	주거지, 지상건물지	A.D. 5C 후반
32	창평천, 삼천천	삼지천	복합	주거지, 수혈, 옹관묘	A.D. 3~4C
33	삼천천	오산	복합	주거지, 지상건물지, 원형수혈, 석실	A.D. 5~6C
34	영산강 상류	성산리	주거	주거지, 지상건물지, 수혈, 구	A.D. 5C 후반
35	대전천	대치리	주거	주거지, 지상건물지, 수혈	A.D. 5~6C
36	영산강 상류, 대전천	태목리·응용리	복합	주거지, 지상건물지, 수혈, 구, 우물, 토기요지, 분묘	A.D. 2~5C
37	대전천	중옥리	주거	주거지, 수혈, 지상건물지	A.D. 5~6C
38	학림천, 용산천	상림리	주거	주거지	A.D. 4C
39	산정천	산정	복합	주거지, 주구, 구, 수혈	A.D. 3~5C
40	산정천	삼태리·서태리	주거	주거지, 수혈, 구	A.D. 5~7C
41	풍영정천	월정리	복합	주거지, 수혈, 구, 토광묘, 분구묘	기원 전·후~ A.D. 6C
42	풍영정천	비아	복합	주거지, 가마	A.D. 5C
43	진원천	오룡동	복합	주거지, 구, 숯가마유구	B.C. 2C~A.D. 3C
44	영산강 상류	신창동	복합	주거지, 구, 수혈, 토기요지, 경작유구, 토광묘, 분구묘	A.D. 2~5C
45	영산강 상류	용두동	복합	주거지, 토기가마, 고분	A.D. 3~7C
46	용봉천	일곡동	복합	주거지, 옹관묘	A.D. 2~4C

47	영산강 상류	외촌	복합	주거지, 지상건물지, 수혈, 구, 우물, 가마, 토광묘	A.D. 3~6C
48	광주천	동림동	복합	주거지, 지상건물지, 수혈, 구, 우물, 토광묘	
49	광주천	쌍촌동	복합	주거지, 주구묘, 토광묘	A.D. 3~4C
50	영정천	신완	복합	주거지, 수혈, 토광묘, 옹관묘	B.C. 2C~ A.D. 5C
51	풍영정천	오선동	복합	주거지, 지상·방형건물지, 수혈, 구, 우물, 가마, 도로, 단야공방지, 고분	A.D. 2~6C
52	풍영정천, 장수천	가야·하남동· 하남3지구· 흑석 나·다	복합	주거지, 지상·방형건물지, 수혈, 구, 가마, 소성유구, 제철유구, 저수유구, 옹관묘, 토광묘, 분구묘, 석곽묘	A.D. 3~6C
53	풍영정천, 장수천	산정동· 산정동 지실	복합	주거지, 지상·방형건물지, 구, 수혈, 요지, 분구묘, 토광묘	A.D. 3~6C
54	황룡강 하류, 운수천	선암동	복합	주거지, 지상건물지, 수혈, 구, 말목열, 고분	A.D. 3~6C
55	서창천	만호	주거	주거지, 지상건물지, 구	A.D. 4C
56	서창천	풍암동	주거	주거지, 이형유구, 수로	A.D. 4~5C
57	수춘천	양과동 행림	주거	주거지, 수혈, 구	A.D. 5~6C
58	수춘천	향등	주거	주거지	A.D. 6C
59	대촌천	덕남리 덕남	주거	주거지	
60	광주천	용산동	복합	주거지, 지상건물지, 수혈, 구, 경작유구	B.C. 3C~ A.D. 4C

영산강권역은 서쪽으로는 전남 서해안권역, 남쪽으로는 탐진강권역, 동쪽으로는 섬진강권역과 인접해 있다. 영산강권역에 속한 행정구역은 상류지역의 장성, 담양, 광주와 중·하류지역의 함평, 광주(평동 일대), 나주, 화순, 영암, 무안(남해만과 접한 일로읍 일대) 등이다.

영산강 상류지역인 장성에서는 장성을 가로질러 흐르는 황룡강과 주변의 지류에서 마한·백제 취락(25~29)이 조사되었다. 황룡강 중류에 위치한 장성 장산리, 환교유적(27, 28)에서는 방형계 주거지와 지상건물지 160여기, 수혈, 구, 분구묘,

토광묘, 목관묘, 옹관묘 등이 확인되었다. 장성 환교유적(28)의 경우 취락의 존속 연대는 기원 전후~ A.D. 5C로 편년된다.

섬진강 중류와 보성강 상류와 인접한 담양에서는 영상강 본류와 지류인 창평천 주변에서 마한·백제 취락(30~37)이 조사되었다. 순창과 인접한 곳에 위치한 담양 봉서리 대판유적(30)에서는 방형계 주거지와 함께 섬진강 중류에서 보이는 원형계 주거지가 확인되며, 담양 원천리유적(31)에서는 A.D. 5C 이후로 편년되는 방형계 주거지 4기가 조사되었다.

창평천과 삼천천이 합수되어 삼각형으로 형성되는 지역의 구릉에 입지한 담양 삼지천유적(32)에서는 중심연대가 A.D. 3~4C로 편년되는 방형계·원형계 주거지 15기와 옹관묘 등이 확인되었다. 삼천천 주변의 산지 사면에 위치한 담양 오산유적(32)에서는 중심연대가 A.D. 5~6C로 편년되는 방형계 주거지와 지상건물지, 수혈과 석실 등이 확인되었다.

영산강 본류와 인접한 충적지에 위치하고 있는 담양 태목리·응용리유적(36)은 대규모 복합유적으로 1,000여기가 넘는 방형계·원형계 주거지와 지상건물지, 수혈, 구, 우물, 토기요지, 분묘 등이 확인되었으며, 취락의 중심연대는 A.D. 2~5C로 편년된다. 담양 태목리·응용리유적 주변의 저평한 구릉에 위치하고 있는 담양 성산리, 대치리, 중옥리유적(34, 35, 37)과 장성 상림리유적(38)에서는 취락의 중심연대가 A.D. 5~6C로 편년되는 방형계 주거지와 지상건물지, 수혈, 구 등이 확인되었다.

영산강 본류와 풍영정천, 광주천 등의 지류가 합수되는 곳에 위치한 광주에서는 도시개발에 따른 대규모 시·발굴조사가 이루어져 많은 지역에서 마한·백제 취락(39~60)이 조사되었다. 영산강 본류를 기준으로 서쪽에 위치한 이 지역은 마한의 중심취락으로 확인된 광주 신창동유적(44)를 비롯하여 오선동, 하남동, 산정동유적(51~53) 등 대규모 복합유적이 확인되었다. 특히, 풍영정천 주변에서 확인된 대규모 복합유적(51~53) 들은 중심연대가 A.D. 2~6C로 편년되며, 1,500여기의 방형계 · 원형계 주거지를 비롯하여 지상 · 방형건물지, 수혈, 구, 우물, 저수유구, 도로, 가마, 소성유구. 제철유구, 단양공방지, 옹관묘, 토광묘, 분구묘, 석곽묘 등 다양한 유구 등이 확인되었다.

영산강 본류를 기준으로 동쪽에 위치한 광주천 상류의 광주 용산동유적(60)은 방형계 · 원형계 주거지와 지상건물지 40여기, 수혈, 구, 경작유구 등이 확인되었으며, 취락의 존속 연대는 B.C. 3C~ A.D. 4C로 편년된다. 나주와 인접한 수춘천 주변의 광주 양과동 행림, 향등유적(57, 58)에서는 방형계 주거지와 수혈, 구가 확인되며, 취락의 중심연대는 A.D. 5~6C로 편년된다.

영산강 중류지역인 함평에서는 고막원천 상류를 중심으로 마한 · 백제 취락(61~65) 등이 조사되었다. 함평 만가촌유적 주변에 위치한 함평 주전유적(61)에서는 취락의 중심연대가 A.D. 3~4C로 편년되는 방형계 주거지 3기만 확인되었다. 고막원천과 해보천이 합수되어 삼각형으로 형성되는 지역의 구릉에 입지한 함평 용산리, 용산리 수산, 창서, 대성유적(62, 63)에서는 취락의 중심연대가 A.D. 3~6C로 편년되는 방형계 주거지와 지상건물지 30여기, 수혈, 구, 주공열, 토광묘, 분구묘, 석실분 등이 확인되었다.

금석천 주변에 위치한 함평 월야 순촌, 외치리 백야유적(64, 65)에서는 취락의 중심연대가 A.D. 2~7C로 편년되는 방형계 주거지와 지상건물지, 수혈, 구, 주구토광묘, 옹관묘, 토광묘, 호관묘 등이 확인되었다.

영산강 중류를 기준으로 서쪽에 위치한 함평, 광주(평동 일대)와 나주에서는 평림천, 평동천, 장성천 주변에서 마한 · 백제 취락(66~77)이 조사되었다. 평림천과 인접한 함평 외치리 분산, 덕림동, 갱이들유적(66)에서는 방형계 · 원형계 주거지와 수혈, 구, 토광묘 등이 확인되었으며, 취락의 중심연대는 A.D. 3~7C로 편년된다.

영산강 본류와 황룡강이 합수되는 곳에 위치한 평동천 주변에서는 광주 월전동,

평동, 용강, 용강A, 금곡B, 산정C, 복룡동 · 하산동유적(68~73) 등이 확인되었다. 특히, 대규모 복합유적인 광주 평동유적(69)에서는 방형계 · 원형계 주거지를 비롯하여 수혈, 구, 우물, 옹관묘, 토광묘, 주구, 분구묘, 수레바퀴자국 등이 확인되었으며, 취락의 존속 연대는 B.C. 3C~ A.D. 6C로 편년된다. 평동유적 주변으로는 취락의 존속 연대가 비슷한 광주 복룡동 · 하산동유적(73)이 위치하고 있다.

〈표 3〉 영산강권역(중 · 하류) 마한 · 백제 취락 일람표

유적 번호	유역	대표유적	유적 분류	관련유구	보고서 중심연대
61	고막원천	주전	주거	주거지	A.D. 3~4C
62	고막원천, 해보천	용산리 · 용산리 수산	복합	주거지, 지상건물지, 수혈, 구, 토광묘, 분구묘, 석실분	A.D. 3~6C
63	고막원천, 해보천	창서 · 대성	주거	주거지, 구, 주공열	A.D. 3~6C
64	고막원천, 금석천	월야 순촌	복합	주거지, 주구토광묘, 옹관묘, 토광묘	A.D. 2~4C
65	금석천	외치리 백야	복합	주거지, 지상건물지, 수혈, 구, 토광묘, 호관묘	A.D. 3~7C
66	평림천	외치리 분산 · 덕림동 갱이들	복합	주거지, 수혈, 구, 토광묘	A.D. 3~7C
67	평림천, 송산천	세동	주거	주거지, 수혈, 구	A.D. 4~6C
68	황룡강 하류, 평동천	월전동	주거	지상건물지, 수혈, 구, 이형유구	A.D. 5C
69	황룡강 하류, 평동천	평동	복합	주거지, 수혈, 구, 우물, 옹관묘, 토광묘, 주구, 분구묘, 수레바퀴자국	B.C. 3C~ A.D. 6C
70	평동천	용강	복합	주거지, 고분	A.D. 3~5C
71	평동천	용강A	복합	주거지, 수혈, 고분	A.D. 3~4C
72	평동천	금곡B · 산정C	복합	주거지, 수혈, 고분, 옹관묘	A.D. 3C
73	평동천	복룡동 · 하산동	복합	주거지, 수혈, 구, 토광묘	B.C. 3C~ A.D. 5C
74	장성천, 감정천	장동리	주거	주거지	A.D. 3~5C
75	장성천	덕림	주거	주거지, 수혈	A.D. 5C
76	장성천	장등 · 이롱	복합	주거지, 수혈, 구, 분구묘, 토광묘, 옹관묘	A.D. 3~6C

77	장성천	안산리	복합	주거지, 구, 옹관묘, 주구묘	A.D. 5~6C
78	지석천, 산포천	산제리 1 · 3	주거	주거지, 수혈, 구	A.D. 1~6C
79	지석천, 산포천	도민동 I ~III	복합	주거지, 지상건물지, 수혈, 구, 토기가마, 토광묘, 고분	B.C. 1C~ A.D. 6C
80	영산강 중류, 영산천	신도리 신평 · 신평 II	복합	주거지, 지상건물지, 수혈, 구, 토기요지	A.D. 3~5C
81	유곡천, 영산천	신도리	주거	주거지, 지상건물지, 수혈, 구	A.D. 5~6C
82	영산천	방축	주거	주거지, 구	A.D. 3~5C
83	영산천	황동 I	복합	주거지, 토기가마, 석실묘, 옹관묘	A.D. 4~6C
84	영산강 중류	송월동	복합	주거지, 수혈, 구, 옹관묘, 주구	A.D. 3~4C
85	영산강 중류, 문평천	랑동 · 다시들 · 회진리 백하	복합	주거지, 지상건물지, 수혈, 구, 옹관고분, 고분	기원 전 · 후~ A.D. 7C
86	영산강 중류, 덕산천	운곡동	복합	주거지, 수혈, 구, 저습지, 토기가마, 석곽묘, 석실묘	B.C. 3C~ A.D. 6C
87	영산강 중류, 덕산천	동수동 · 구기촌	복합	주거지, 벽주건물지, 수혈, 구, 저장시설, 도로, 고분	B.C. 1C~ A.D. 6C
88	만봉천	덕림리 연봉	주거	주거지, 지상건물지, 수혈, 구	A.D. 3~4C
89	화순천, 벌고천	삼천리	주거	지상건물지, 수혈, 구	A.D. 5C
90	화순천, 대포천	운농리 농소	주거	주거지, 지상건물지, 수혈, 구	A.D. 4~5C
91	대초천, 정천	운월리 운포	주거	주거지	A.D. 5~6C
92	대초천	용강리	복합	주거지, 수혈, 분묘, 주구	A.D. 3~7C
93	지석천, 오유천	품평리 봉하촌	복합	주거지, 수혈, 주구	A.D. 3~4C
94	송석천	묵곡리	주거	주거지, 수혈	A.D. 4~5C
95	영산강 하류, 삼포강	월양리 구양	복합	주거지, 지상건물지, 수혈, 구, 윤거흔, 경작유구, 소성유구, 고분	A.D. 3~5C
96	영산강 하류, 삼포강	신연리	복합	주거지, 고분	A.D. 4C 이전
97	망월천	선황리	복합	주거지, 지상건물지, 수혈, 구, 옹관묘	A.D. 3~4C
98	당호천	양장리	복합	주거지, 건물지, 수혈, 수로, 저습지, 토광묘	A.D. 3~5C
99	남창천	맥포리	복합	주거지, 토광묘, 고분	A.D. 6C 이전

행정구역이 나주에 속한 장성천 주변으로는 나주 장동리, 덕림, 장동·이룡, 안산리유적(74~77)이 조사되었다. 장성천 주변의 저평한 구릉 상에 위치한 나주 장동·이룡유적(76)은 취락의 중심연대가 A.D. 3~6C로 편년되며, 방형계·원형계 주거지 83기와 수혈, 구, 분구묘, 토광묘, 옹관묘 등이 확인되었다.

영산강 중류를 기준으로 나주 혁신도시가 들어선 동쪽의 나주지역에서는 산포천, 영산천 주변에서 마한·백제 취락(78~83)이 조사되었다. 지석천으로 흐르는 산포천 주변에 위치한 나주 산제리 1·3, 도민동 Ⅰ~Ⅲ유적(78, 79)에서는 방형계·원형계 주거지와 지상건물지 232기를 비롯하여 수혈, 구, 토기가마, 토광묘, 고분 등이 확인되었으며, 취락의 존속 연대는 B.C. 1C~ A.D. 6C로 편년된다. 영산강 중류로 흘러가는 영산천 주변에 위치한 나주 신도리 신평·신평Ⅱ, 신도리, 방축, 황동 Ⅰ유적(80~83)에서는 방형계·원형계 주거지와 지상건물지 130여기, 수혈, 구, 토기가마, 옹관묘, 석실묘 등이 확인되었으며, 취락의 중심연대는 A.D. 3~6C로 편년된다.

영산강 중류의 나주 복암리유적 주변에 위치한 나주 랑동·다시들·회진리 백하, 운곡동, 동수동·구기촌유적(85~87)에서는 방형계 주거지와 지상·벽주건물지 68기를 비롯하여 수혈, 구, 토기가마, 저장시설, 도로, 옹관고분, 석곽묘, 석실묘 등 다양한 유구가 확인되었으며, 취락의 존속 연대는 B.C. 3C~ A.D. 7C로 편년된다.

영산강 중류로 흐르는 지석천이 위치한 화순에서는 지석천과 지석천 지류인 화순천, 대초천 주변에서 마한·백제 취락(89~94)이 조사되었다.

보성강 지류인 동복천과 인접해 있는 화순천 상류의 화순 운농리 농소유적(90)에서는 방형계·원형계 주거지와 지상건물지 93기를 비롯하여 수혈, 구 등이 확인되었으며, 취락의 중심연대는 A.D. 4~5C로 편년된다.

전남 남해안의 탐진강과 인접해 있는 대초천 상류의 화순 용강리유적(90)에서는 방형계 주거지 160여기를 비롯하여 수혈, 분묘, 주구 등이 확인되었으며, 취락의 중심연대는 A.D. 3~7C로 편년된다.

탐진강과 보성강 상류와 인접해 있는 지석천 상류의 화순 품평리 봉하촌, 묵곡리유적(93, 94)에서는 방형계 주거지 40여기와 수혈, 주구 등이 확인되었으며, 취락의 중심연대는 A.D. 3~5C로 편년된다.

영산강 하류지역은 영산강 하구둑과 간천사업이 진행되기 전의 남해만과 주변 지역으로, 행정구역은 남해만으로 물이 흐르는 무안, 영암, 나주지역이다. 남해만에 인접한 영산강 하류, 영암지역의 망월천, 무안지역의 남창천 주변에서 마한·백제 취락(95~99)이 조사되었다.

삼포강이 영산강 하류와 합수되는 주변에 위치한 나주 월양리 구양, 영암 신연리유적(95, 96)에서는 170여기의 방형계 주거지가 확인되었다. 특히, 대규모 취락인 나주 월양리 구양유적(95)에서는 주거지와 지상건물지, 수혈, 구, 윤거흔, 경작유구, 소성유구, 고분 등 다양한 유구들이 확인되었으며, 취락의 중심연대는 A.D. 3~5C로 편년된다.

해남반도와 인접한 영암 선황리유적(97)에서는 방형계 주거지 38기를 비롯하여, 지상건물지, 수혈, 구, 옹관묘 등이 확인되었으며, 취락의 중심연대는 A.D. 3~4C로 편년된다.

전남 서해안과 접한 무안에서 남해만과 접해있는 무안 양장리, 맥포리유적(98, 99)에서는 방형계·원형계 주거지와 건물지 85기를 비롯하여, 수혈, 수로, 저습지, 토광묘, 고분 등이 확인되었으며, 취락의 중심연대는 A.D. 3~6C로 편년된다.

3) 탐진강권역

탐진강권역은 서쪽으로는 전남 서해안권역, 남쪽으로는 전남 남해안권역, 북쪽으로는 영산강권역, 동쪽으로는 섬진강 지류인 보성강과 인접해 있다. 탐진강권역에 속한 행정구역은 강진과 장흥 일대이다.

탐진강권역에서는 대부분 탐진강댐 축조에 의해 수몰된 탐진강 상류지역과 탐신강댐 하단의 중류지역, 강진지역과 수계는 다르지만 지리적으로 인접해 있어 생활권이 탐진강 상류지역에 속하는 보성강 상류의 일부 지역에서 마한·백제 취락(100~110)이 조사되었다.

탐진강댐 수몰지구 내에 위치한 장흥 신풍, 갈두Ⅱ, 지천리, 상방촌A, 신월리유적(100~104)에서는 190여기의 방형계 주거지, 지상건물지, 구들을 비롯하여 수혈, 구, 환호, 주구, 토광묘, 옹관묘, 석곽묘, 석실묘 등이 확인되었으며, 취락의 중심연대는 A.D. 2~7C로 편년된다.

탐진강댐과 인접한 장흥 안골유적(105)는 취락의 중심연대가 A.D. 4~5C로 편년되는 방형계 주거지와 수혈, 구, 석곽묘 등이 확인되었다. 탐진강 중류의 장흥읍 인근 충적지에 위치한 장흥 행원리 강정·행원유적(106)에서는 방형계·원형계 주거지와 지상건물지, 수혈, 구, 저습지 등이 확인되었으며, 취락의 존속 연대는 B.C. 1C~A.D. 4C로 편년된다.

영산강 하류, 해남반도와 인접한 성전천 상류의 강진 송학리유적(107)은 취락의 존속 연대가 B.C. 1C~A.D. 4C로 편년되며, 방형계 주거지와 고상건물지 4기, 수혈, 구 등이 확인되었다.

보성강 상류의 일부 지역인 장흥 봉림리 오산과 봉림리, 보성 모령유적(108~110)에서는 90여기의 방형계·원형계 주거지와 지상건물지, 수혈, 구 등이 확인되었으며, 취락의 중심연대는 A.D. 3~4C로 편년된다.

<표 4> 탐진강권역 마한 · 백제 취락 일람표

유적 번호	유역	대표유적	유적 분류	관련유구	보고서 중심연대
100	유치천, 한치천	신풍	복합	주거지, 주구, 토광묘, 옹관묘	A.D. 3~4C
101	탐진강 상류, 유치천	갈두II	복합	주거지, 석곽묘, 석실묘	A.D. 3~7C
102	탐진강 중류, 옴천천	지천리	복합	주거지, 지상건물지, 구들, 수혈, 구, 환호, 고분	A.D. 3~7C
103	옴천천	상방촌A	복합	주거지, 수혈, 분묘	A.D. 2~7C
104	옴천천	신월리	복합	주거지, 토광묘, 옹관묘, 석실분	A.D. 3~7C
105	탐진강 중류, 부산천	안골	복합	주거지, 수혈, 구, 석곽묘	A.D. 4~5C
106	탐진강 중류, 부동천	행원리 강정 · 행원	주거	주거지, 지상건물지, 수혈, 구, 저습지	B.C. 1C~ A.D. 4C
107	성전천	송학리	주거	주거지, 고상건물지, 수혈, 구	B.C. 1C~ A.D. 4C
108	보성강 상류, 장평천	봉림리 오산	주거	주거지, 지상건물지, 수혈, 구	A.D. 3~4C
109	보성강 상류, 장평천	봉림리	주거	주거지, 수혈	A.D. 4C
110	보성강 상류	모령	주거	주거지	

4) 섬진강권역

<표 5> 섬진강권역 마한 · 백제 취락 일람표

유적 번호	유역	대표유적	유적 분류	관련유구	보고서 중심연대
111	득량만, 조성천	조성리 월평 · 금장	복합	주거지, 수혈, 구, 환호, 패총, 고분, 옹관묘, 토광묘	B.C. 2C~ A.D. 5C
112	득량만, 조성천	우천리 일대	주거	주거지	A.D. 4~5C
113	보성강 상류, 봉화천	백학제	주거	주거지, 수혈	A.D. 5C
114	보성강 상류, 노동천	봉동	복합	주거지, 수혈, 주구토광묘, 토광묘	A.D. 3~5C
115	보성강 상류, 장동천	춘정	복합	주거지, 석실분	A.D. 4~5C
116	보성강 상류, 겸백천	도안리 석평	복합	주거지, 지상건물지, 수혈, 폐기장, 구, 토기가마	A.D. 1~4C
117	송강천, 외서천	월평	주거	주거지	A.D. 3~5C
118	보성강 중류	죽산리-가	주거	주거지	
119	보성강 중류, 동복천	죽산리 · 복교리	주거	주거지	A.D. 3~4C
120	보성강 중류, 동복천	죽산리-나	주거	주거지	

121	보성강 중류, 송강천	도롱·한실	복합	주거지, 토기요지	A.D. 1~4C
122	보성강 중류, 송강천	한실	주거	주거지, 저장수혈	A.D. 3~5C
123	보성강 중류, 삼청천	낙수리 낙수	주거	주거지	A.D. 3~4C
124	보성강 중류, 주암천	요곡리 산산	주거	주거지, 수혈	A.D. 3~5C
125	보성강 중류, 유정천	유정리 유평	주거	주거지, 수혈	A.D. 1~4C
126	섬진강 중류	대평리·신리	복합	주거지, 지상건물지, 수혈, 구, 토기가마, 소성유구, 분묘, 환호	B.C. 1C~ A.D. 5C
127	섬진강 중류, 곡성천	오지리	주거	주거지	A.D. 2~3C
128	섬진강 중류, 서시천	봉북리	복합	주거지, 수혈, 석곽묘	A.D. 2~4C

　　섬진강은 전라북도 진안에서 발원하여 전라남도 곡성과 구례, 광양을 지나 전남 남해안으로 흐르며, 섬진강 지류인 보성강은 전남 보성에서 발원하여 섬진강 본류가 흐르는 곡성의 압록에서 합수된다. 섬진강권역은 서쪽으로는 영산강권역과 탐진강권역, 남쪽으로는 전남 남해안권역, 북쪽으로는 전라북도, 동쪽으로는 경상남도와 인접해있다. 섬진강권역에 속한 행정구역은 보성, 승주, 동복, 곡성, 구례 일대이다.

　　섬진강권역에서는 수계가 전남 남해안으로 흐르는 조성만 일대, 보성강댐 주변의 보성강 상류, 주암댐 주변의 보성강 중류, 섬진강 본류에 속하는 곡성과 구례 일대에서 마한·백제 취락(111~128)이 조사되었다.

　　전남 남해안에 접해 있는 조성만 일대에서 확인된 보성 조성리와 주변 유적(111, 112)에서는 방형계·원형계 주거지 67기와 수혈, 구, 환호, 패총, 옹관묘, 토광묘, 고분 등이 확인되었으며, 취락의 존속 연대는 B.C. 2C~ A.D. 5C로 편년된다.

　　보성강 상류에서는 보성읍 인근에 위치한 보성 백학제유적과 보성강댐 주변의 보성 봉동, 춘정, 도안리 석평유적에서 마한·백제 취락(113~116)이 조사되었다. 보성 백학제유적(113)에서는 취락의 중심연대가 A.D. 5C로 편년되는 방형계 주거지 2기와 수혈만 확인되었다.

보성강댐 상류에 위치한 보성 봉동, 춘정유적(114, 115)은 취락의 중심연대가 A.D. 3~5C로 편년되며, 방형계 · 원형계 주거지 20여기, 수혈, 주구토광묘, 토광묘, 석실분 등이 확인되었다.

보성강댐 수문 주변의 'U'자 형태로 형성된 하안단구 위에 위치한 대규모 복합 유적인 보성 도안리 석평유적(116)에서는 방형계 · 원형계 주거지와 지상건물지 170여기, 수혈, 구, 토기가마, 폐기장 등이 확인되었으며, 취락의 중심연대는 A.D. 1~4C로 편년된다.

보성강 중류에서는 전남 남해안의 벌교천과 인접한 송강천 상류에 위치한 승주 월평유적(117), 주암댐 수몰지역 내에 위치한 보성 죽산리-가, 죽산리 · 복교리, 죽산리-나, 승주 도롱 · 한실, 한실, 낙수리 낙수유적(118~123), 보성강 중류와 주암천이 합수되는 곳에 위치한 승주 요곡리 산산유적(124) 등이 조사되었다. 송강천 상류에 위치한 승주 월평유적(117)은 취락의 중심연대가 A.D. 3~5C로 편년되며, 원형계 주거지 3기만 확인되었다.

주암댐 수몰지구 내에 위치한 보성 죽산리-가, 죽산리 · 복교리, 죽산리-나, 승주 도롱 · 한실, 한실, 낙수리 낙수유적(118~123)은 하천 주변 충적지에 형성된 취락으로 방형계 · 원형계 주거지 70여기를 비롯하여 저장수혈, 토기요지만 확인되었으며, 취락의 존속 연대는 A.D. 1~5C로 편년된다. 주암댐 수문 인근에 위치한 승주 요곡리 산산유적(124)은 취락의 중심연대가 A.D. 3~5C로 편년되며 방형계 · 원형계 주거지 22기와 수혈이 확인되었다.

섬진강 중 · 하류에 위치한 곡성과 구례에서는 하천 주변 충적지에서 마한 · 백제 취락(125~128)이 조사되었다. 섬진강 하류와 유정천이 합수되는 지역의 충적지에서 확인된 곡성 유정리 유평유적(125)에서는 취락의 중심연대가 A.D. 1~4C로 편년되는 방형계 주거지 6기와 수혈이 확인되었다.

섬진강 중류와 곡성천이 합수되는 지역의 충적지에서 확인된 곡성 대평리 · 신리, 오지리유적(126,127)에서는 50여기의 방형계·원형계 주거지와 지상건물지, 수혈, 구, 토기가마, 소성유구, 분묘, 환호 등이 확인되었으며, 취락의 존속 연대는 B.C. 1C~ A.D. 5C로 편년된다.

시시천이 흐르는 구례읍의 충적지에 위치한 구례 봉북리유적(128)에서는 취락의 중심연대가 A.D. 2~4C로 편년되는 방형계·원형계 주거지 47기와 수혈, 석곽묘 등이 확인되었다.

5) 전남 남해안권역

전남 남해안권역은 북쪽으로는 섬진강권역, 탐진강권역, 서해안권역과 접해 있으며, 동쪽으로는 경상남도와 경계를 이루고 있다. 전남 남해안권역에 속한 행정구역은 광양, 순천, 여수, 고흥과 남해 도서지역인 완도 등이다.

전남 남해안권역에서는 수계가 전남 남해안으로 흐르는 광양만 일대, 여자만으로 흐르는 순천 동천과 벌교천 일대, 여수반도와 고흥반도에서 마한·백제 취락(129~163)이 조사되었다.

광양만으로 흐르는 수어천과 옥곡천 주변의 광양 지원리 창촌, 점터, 원적유적(129~131)에서는 방형계·원형계 주거지와 수혈, 소성유구, 폐기장 등이 확인되었으며, 취락의 중심연대는 A.D. 4~5C로 편년된다. 광양만 동쪽의 해안에 형성된 광양 중마동 마흘, 용장유적(132, 133)에서는 취락의 중심연대가 A.D. 3~5C로 편년되는 방형계·원형계 주거지와 수혈이 확인되었다.

광양 동천과 광양 서천이 합수되어 광양만으로 흐르는 광양읍 주변에 위치한 광양 용강리 Ⅰ·기두, 용강리 석정·석정, 칠성리, 목성리, 도월리, 인동리 인동유적(134~139)에서는 방형계·원형계 주거지와 지상건물지 210기, 수혈, 구, 주조공방, 매납유구, 집석유구, 석곽묘, 고분 등이 확인되었으며, 취락의 존속 연대는 B.C. 2C~ A.D. 7C로 편년된다.

광양만으로 흐르는 율촌천 주변에 위치한 순천 신월주거지, 여수 월산리 대초, 월산리 호산·월림유적(148~150)에서는 취락의 중심연대가 A.D. 4~5C로 편년되는 원형계 주거지와 지상건물지 50여기, 수혈, 구, 토광묘, 석곽묘 등이 확인되었다.

〈표 6〉 전남 남해안권역 마한·백제 취락 일람표

유적 번호	유역	대표유적	유적 분류	관련유구	보고서 중심연대
129	수어천	지원리 창촌	주거	주거지, 수혈	A.D. 4~5C
130	정토천, 옥곡천	점터	주거	주거지, 수혈, 소성유구	A.D. 4~5C
131	수평천, 옥곡천	원적	주거	주거지, 폐기장	A.D. 5C
132	광양만	중마동 마흘	주거	주거지	A.D. 4C
133	광양만, 성황천	용장	주거	주거지, 수혈	A.D. 3~5C
134	광양만, 광양 동천	용강리 Ⅰ·기두	복합	주거지, 수혈, 구, 석곽묘	A.D. 4~6C
135	광양 동천, 억만천	용강리 석정·석정	복합	주거지, 매납유구, 집석유구, 석곽묘	A.D. 4~5C
136	광양만, 광양 서천	칠성리	주거	주거지, 수혈, 구	B.C. 2C~ A.D. 7C
137	광양만, 광양 동천	목성리	주거	주거지, 지상건물지, 수혈, 구	A.D. 4~5C
138	광양만, 광양 동천	도월리	복합	주거지, 수혈, 구, 주조공방, 매납유구, 고분	기원 전·후~ A.D. 6C
139	광양만, 광양 동천	인동리 인동	주거	주거지	A.D. 1~4C
140	순천 동천, 순천 서천	가곡동	복합	주거지, 옹관묘, 석곽묘	A.D. 3~5C
141	순천 동천, 평곡천	용당동 망북	복합	주거지, 토광목관묘, 석곽묘	B.C. 2C~ A.D. 6C
142	순천 동천, 해룡천	조례동 신월	주거	주거지	A.D. 2~3C
143	순천 동천, 해룡천	덕암동·구암 연향동 구암· 연향·명말	복합	주거지, 지상건물지, 환호, 수혈, 구, 토광묘, 옹관묘, 석곽옹관묘, 석곽묘	A.D. 1~6C
144	해룡천	연향동 대석	복합	주거지, 요지	B.C. 2C~ A.D. 2C
145	광양만	상산·남가	복합	주거지, 수혈, 옹관묘	기원 전·후~ A.D. 1C
146	광양만	좌야	복합	주거지, 수혈, 환호, 토광묘	A.D. 1~3C

147	해룡천	성산리 대법 · 성산Ⅱ · 성산 · 송산	복합	주거지, 지상건물지, 수혈, 토광묘, 석곽묘, 석실묘, 매납유구	A.D. 3~7C
148	광양만	신월주거지	주거	주거지	A.D. 4C
149	광양만, 율촌천	월산리 대초	복합	주거지, 수혈, 토광묘, 석곽묘	A.D. 4C
150	광양만, 율촌천	월산리 호산 · 월림	복합	주거지, 지상건물지, 수혈, 구, 토광묘, 석곽묘, 석실묘, 제철유구, 우물	A.D. 4~5C
151	여자만, 칠동천	금평	주거	주거지, 수혈, 구	A.D. 3C
152	여자만	호동	주거	주거지	
153	여자만, 대강천	장동리 장동	복합	주거지, 수혈, 구, 분구묘, 목곽묘	A.D. 4~5C
154	광양만, 상암천	상암동 진남	주거	주거지, 수혈	A.D. 4~5C
155	광양만, 쌍봉천	화장동Ⅱ	주거	주거지, 수혈, 구	A.D. 2~5C
156	여자만	죽림리 차동	복합	주거지, 수혈, 토광묘, 석곽묘, 와관묘	A.D. 2~6C
157	여수만, 연등천	미평동 양지	복합	주거지, 석실분, 토기요지, 태토저장수혈	A.D. 3~6C
158	가막만	웅천동 웅서 · 웅동 · 모전	복합	주거지, 지상건물지, 토광묘	A.D. 4~5C
159	여자만, 화양천	화동	주거	주거지	A.D. 4~5C
160	가막만, 돌산천	둔전	복합	주거지, 수혈, 토기가마	A.D. 4~5C
161	득량만	신양	주거	주거지	A.D. 2~3C
162	득량만, 고읍천	방사	주거	주거지, 수혈	A.D. 4~5C
163	득량만, 고읍천	한동	주거	주거지, 지상건물지, 수혈, 구	A.D. 4~5C

　순천만으로 흐르는 순천 동천과 순천 서천이 합류하는 지역의 주변에 위치한 순천 가곡동, 용당동 망북유적(140, 141)에서는 방형계 · 원형계 주거지 40여기와 옹관묘, 토광목관묘 ,석곽묘 등이 확인되었으며, 취락의 존속 연대는 B.C. 2C~ A.D. 6C로 편년된다. 순천만으로 흐르는 순천 동천과 해룡천이 합류하는 지역에 위치한 순천 조례동 신월, 덕암동 · 덕암동 구암 · 연향동 구암 · 연향동 연향 · 연향동 명말유적(142, 143)에서는 방형계 · 원형계 주거지와 지상건물지 150여기와 환호, 수혈, 구, 토광묘, 옹관묘, 석곽옹관묘, 석곽묘 등이 확인 되었으며, 취락의 존속 연대

는 A.D. 1~6C로 편년된다.

순천 검단산성 주변의 낮은 산지 사면에 위치한 순천 연향동 대석, 상산 · 남가, 좌야유적(144~146)에서는 대부분 원형계 주거지와 환호, 수혈, 요지, 옹관묘, 토광묘 등이 확인되었으며, 취락의 존속 연대는 B.C. 2C~A.D. 3C로 편년된다.

순천 검단산성을 기준으로 직경 1㎞ 내외에 위치한 순천 성산리 대법 · 성산Ⅱ · 성산 · 송산유적(147)에서는 대부분 방형계를 보이는 210여기의 주거지와 지상건물지, 수혈, 토광묘, 석곽묘, 석실묘, 매납유구 등이 확인되며, 취락의 존속 연대는 A.D. 3~7C로 편년된다.

여자만으로 흐르는 보성 벌교천 주변에 위치한 보성 금평, 호동, 고흥 장동리 장동유적(151~153)에서는 원형계 주거지 5기와 수혈, 구, 분구묘, 목곽묘 등이 확인되었으며, 취락의 중심연대는 A.D. 3~5C로 편년된다.

여수반도에 위치한 여수 상암동 진남, 화장동Ⅱ, 죽림리 차동, 미평동 양지, 웅천동 웅서 · 웅동 · 모전유적(154~158)에서는 방형계 · 원형계 주거지와 지상건물지 150여기와 수혈, 구, 토광묘, 석곽묘, 와관묘, 토기요지, 태토저장수혈 등이 확인되었으며, 취락의 존속 연대는 A.D. 2~6C로 편년된다.

고흥반도와 인접한 여자만에 접해 있는 여수 화동유적(159)은 취락의 중심연대가 A.D. 4~5C로 편년되며, 원형계 주거지 12기만 확인되었다. 여수 돌산도에 위치한 여수 둔전유적(160)에서도 원형계 주거지 48기를 비롯하여 수혈, 토기가마 등이 확인되었으며, 취락의 중심연대는 A.D. 4~5C로 편년된다.

득량만에 접해있는 고흥반도의 고흥 신양, 방사, 한동유적(161~163)에서는 방형계 · 원형계 주거지와 지상건물지 180여기, 수혈, 구 등이 확인되었으며, 취락의 존속 연대는 A.D. 2~5C로 편년된다.

Ⅲ. 전남지역 마한·백제 주거 구조와 출토유물

1. 전남 서해안권역

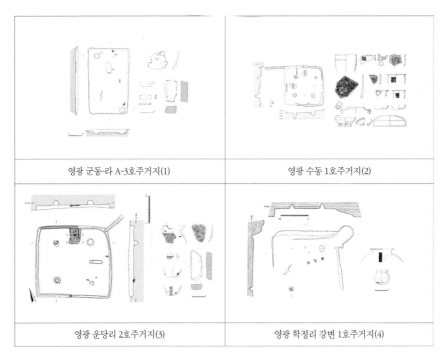

영광 군동-라 A-3호주거지(1)	영광 수동 1호주거지(2)
영광 운당리 2호주거지(3)	영광 학정리 강변 1호주거지(4)

〈그림 2〉 영광지역 마한·백제 주거와 출토유물(유구 1/50, 유물 1/5)

　　전남 서해안권역의 영광지역에서는 와탄천과 묘량천 주변의 유적에서는 B.C. 2C~A.D. 5C로 편년되는 주거들이 확인된다. 중심연대가 B.C. 2C~A.D. 1C로 편년되는 영광 군동-라유적(1)의 A-3호주거지의 평면형태는 장방형에 기둥은 주거 내부에 중심기둥이 세워진 내주공식이다. 내부시설로는 주거지 중앙에 취사·난방시설인 노(爐)시설의 흔적만 확인된다. 유물은 무문토기와 숫돌이 출토되었다[8]. 중심연대가 A.D. 3~4C로 편년되는 영광 운당리유적(3)의 2호주거지는 평면형태가 방형에 기둥은 주거 내부에 중심기둥 4개가 위치하는 4주공식이다. 내·외부시설로는 벽구와 배수구, 장타원형구덩이, 취사·난방시설인 'ㄱ'자 형태의 쪽구들이 확인된다. 유물은 적갈색연질인 이중구연호, 호, 발, 연석 등이 출토되었다[9].

중심연대가 A.D. 5C로 편년되는 영광 수동유적(2)의 1호주거지는 평면형태가 방형에 기둥은 주거 내부에 중심기둥 4개가 세워진 4주공식이다. 내·외부시설로는 벽구와 배수구, 취사·난방시설인 'T'자 형태의 부뚜막이 2곳에서 확인된다. 유물은 적갈색연질인 양이부호, 호, 발 등과, 회청색경질인 개 등이 출토되었다[10].

주변에 삼국시대 대천석실분이 위치하고 있는 영광 학정리 강변유적(4)의 중심 연대는 A.D. 5~6C로 편년된다. 대부분이 결실되어 일부만 확인된 영광 학정리 강변 1호주거지는 평면형태가 방형계로 기둥이 주거 내부에 세워진 내주공식으로 보여진다. 내부시설로는 벽구가 일부 확인된다. 유물은 회청색경질인 대호와 발이 출토되었다[11].

함평만과 함평천 사이의 낮은 구릉에 인접해 있는 함평 중랑유적(8)과 함평 노적유적(7)은 중심연대가 A.D. 2C~6C로 편년되며, 대부분 방형계 주거가 확인된다. 함평 중랑유적(8)의 54호주거지는 평면형태가 방형이며, 기둥은 주거 내부에 중심기둥 4개와 벽 주변으로 벽주공이 세워진 4주공식+벽주공식으로 확인된다. 내부시설로는 내부구와 취사·난방시설인 'T'자 형태의 부뚜막 흔적이 남아있다. 유물은 적갈색연질인 장란형토기, 주구토기, 시루, 양이부호, 발과 토제품인 방추

---

8) 목포대학교박물관, 2001, 『영광 군동유적』.

9) 마한문화재연구원, 2009, 『영광 운당동유적』.

10) 조선대학교박물관, 2003, 『영광 마전·군동·원당·수동유적』.

11) 목포대학교박물관, 2000, 『영광 학정리·함평 용산리유적』.

차, 석제품인 석부, 연석 등이 출토되었다[12]. 중심연대가 A.D. 5C~6C로 편년되는 함평 노적유적(7)의 5호주거지는 평면형태가 방형계이며, 기둥은 주거 내부에 중심기둥을 세우는 내주공식으로 추정된다. 외부에는 주거 주변으로 돌아가는 외부구와 확인된다. 취사 · 난방시설은 주거 바닥을 굴착하여 연기가 'ㄱ'자 형태로 빠져나가도록 배연부를 구들식으로 축조하였다. 유물은 승문이 타날된 적갈색연질발과 회청색경질인 호, 주조품인 철부 등이 출토되었다[13].

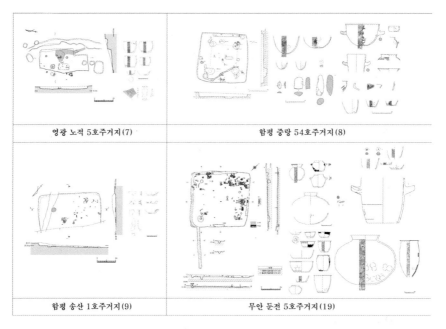

영광 노적 5호주거지(7)	함평 중랑 54호주거지(8)
함평 송산 1호주거지(9)	무안 둔전 5호주거지(19)

〈그림 3〉 함평 · 무안지역 마한 · 백제 주거와 출토유물(유구 1/50, 유물 1/5)

12) 목포대학교박물관, 2003, 『함평 중랑유적Ⅰ · Ⅱ』.
13) 호남문화재연구원, 2005, 『咸平 老迪遺蹟』.

중심연대가 기원 전후~ A.D. 3C로 편년되는 함평 송산유적(9)의 1호주거지는 평면형태가 방형계로 기둥 흔적은 내 · 외부에서 확인되지 않는다. 내부시설로는 주거 중앙에 취사 · 난방시설인 노(爐)시설의 흔적만 확인된다. 유물은 무문토기와 석부 등이 출토되었다[14].

무안반도에서 확인되는 마한 · 백제 주거는 중심연대가 A.D.3C~6C로 편년되며, 대부분 방형계 주거가 확인된다. 무안 둔전유적(19)의 5호주거지는 평면형태가 방형이며, 기둥은 주거 내부에 중심기둥 4개가 위치하는 4주공식이다. 내 · 외부시설로는 벽구와 배수구와 발형토기 2매를 솥받침으로 사용한 '1'자 형태의 부뚜막이 확인된다. 유물은 적갈색연질인 장란형토기, 시루, 발, 양이부호, 소호, 광구소호, 호형토기와 토제품인 방추차, 철기류인 용도미상철기 등이 출토되었다[15].

진도와 해남반도 일대에 위치한 확인되는 진도 오산리유적(21), 해남 신금유적(22), 강진 양유동유적(24)은 주거의 중심연대가 A.D. 3C~5C로 편년되며, 대부분 방형계 주거만 확인된다.

진도 오산리유적(21)의 나-2호주거지는 평면형태가 방형계로 기둥과 취사 · 난방시설인 부뚜막은 확인되지 않는다. 유물은 적갈색연질인 완, 양이개, 직구호, 주구토기, 시루, 유공원저호, 호 등이 출토되었다[16].

해남 신금유적(22)의 1호주거지는 평면형태가 방형계이며, 기둥은 주거 내부에 중심기둥이 4개 위치하는 4주공식이다. 외부에는 주거 주변으로 돌아가는 외부구와 확인된다. 취사 · 난방시설은 '1'자형태의 부뚜막이 확인된다. 유물은 적갈색연질인 장란형토기, 시루, 주구토기, 호, 이중구연호, 옹 등이 출토되었다[17].

---

14) 호남문화재연구원, 2007, 『咸平 松山遺蹟』.
15) 전남문화재연구원, 2012, 『務安 頭谷 · 屯田遺蹟』.
16) 전남문화재연구원, 2004, 『珍島 五山里遺蹟』.
17) 호남문화재연구원, 2005, 『海南 新今遺蹟』.

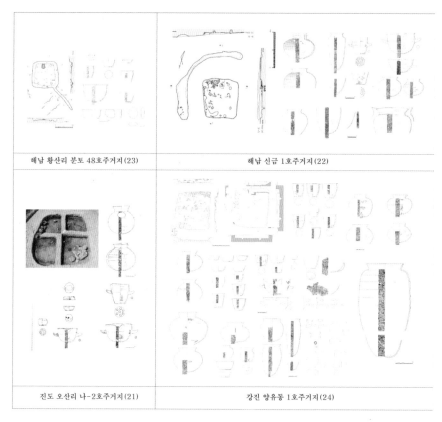

| 해남 황산리 분토 48호주거지 (23) | 해남 신금 1호주거지 (22) |
| 진도 오산리 나-2호주거지 (21) | 강진 양유동 1호주거지 (24) |

〈그림 4〉 진도 · 해남반도 일대 마한 · 백제 주거와 출토유물(유구 1/50, 유물 1/5)

강진 양유동유적(24)의 1호주거지는 평면형태가 방형계이며, 기둥은 주거 내부에 중심기둥 4개와 벽 주변으로 벽주공이 위치하는 4주공식+벽주공식이다. 내부 시설로는 장타원형수혈과 취사 · 난방시설인 'ㄱ'자 형태의 쪽구들이 확인된다. 유물은 적갈색연질인 호, 광구호, 발, 완, 직구호, 주구토기, 장란형토기, 시루, 옹, 토제품인 방추차 등 많은 수량이 출토되었다[18].

---

18) 전남문화재연구원, 2011,『康津 楊柳洞 遺蹟』.

백포만 일대에 위치한 해남 황산리 분토유적(23)은 취락의 존속 연대가 A.D. 1C~7C로 편년되며 방형계와 원형계 주거가 확인된다. 유적에서 확인된 48호주거지는 평면형태가 방형계이며, 기둥은 주거 내부에 중심기둥 4개가 위치하는 4주공식이다. 내·외부시설로는 벽구와 배수로, 취사·난방시설인 'ㄱ'자 형태의 쪽구들이 확인된다. 유물은 적갈색연질인 발, 완, 주구토기, 철도자 등이 출토되었다[19].

2. 영산강권역

영산강 지류인 황룡강의 중류에 위치한 장성 환교유적(28)의 6호주거지는 평면형태가 방형계이며, 기둥은 주거 내부에 중심기둥 4개가 위치하는 4주공식이다. 내·외부시설로는 벽구와 취사·난방시설인 'T'자 형태의 부뚜막이 확인된다. 유물은 적갈색연질인 발형토기, 장란형토기, 호형토기, 시루, 뚜껑, 이중구연호, 토제품인 방추차와 석기의 석촉 등이 출토되었다[20].

영산강 상류에 위치한 담양 태목리유적(36)에서 확인된 주거의 평면형태는 방형계와 원형계가 확인되며, 중심연대는 A.D. 2C~5C로 편년된다. 이 중 경질무문토기가 출토된 Ⅲ구역 47호주거지는 평면형태가 원형이며, 기둥은 내·외부에서 확인되지 않는다. 내부시설은 취사·난방시설인 'T'자 형태의 부뚜막이 확인된다. 유물은 경질무문인 평저의 장란형토기, 발, 시루, 호와 적갈색연질인 원저의 장란형토기 등이 출토되었다[21].

영산강 상류인 담양읍 인근에서 확인된 담양 원천리유적(31)의 1호주거지는 중

19) 전남문화재연구원, 2008, 『海南 分吐遺蹟 Ⅰ』.
20) 호남문화재연구원, 2010, 『長城 環遺校蹟』.
21) 호남문화재연구원, 2010, 『潭陽 台木里遺蹟 Ⅱ』.

장성 환교 6호주거지(28)	담양 태목리 III구역-47호주거지(36)
담양 원천리 1호주거지(31)	담양 오산 1호주거지(33)

〈그림 5〉 장성 · 담양지역 마한 · 백제 주거와 출토유물(유구 1/50, 유물 1/5)

심연대가 A.D. 5C 이후로 편년된다. 주거의 평면형태는 방형계이며, 기둥은 주거 내부에 중심기둥 4개를 세운 4주공식이다. 내부시설로는 취사 · 난방시설이 확인되며, 주거 바닥을 굴착하여 연기가 'ㄱ'자 형태로 빠져나가도록 배연부를 구들식으로 축조하였다. 유물은 승문이 타날된 적갈색연질인 심발, 배, 장란형토기, 토제품인 방추차 등이 출토되었다[22].

---

22) 호남문화재연구원, 2017, 『潭陽 元泉里 안골 遺蹟』.

중심연대가 A.D. 5C~6C로 편년되는 담양 오산유적(33)의 1호주거지는 평면형 태가 장방형이며, 기둥은 내ㆍ외부에서 확인되지 않는다. 내부시설로는 벽구와 취사ㆍ난방시설인 내부시설은 취사ㆍ난방시설인 'T'자 형태의 부뚜막이 확인된다. 유물은 적갈색연질과 회청색경질의 토기류와 석기류인 지석이 출토되었다[23].

풍영정천과 영산강 본류가 합류하는 곳에 위치한 광주 신창동유적(44)의 IV 가-1호주거지는 평면형태가 장방형이며, 기둥은 주거 내부에 중심기둥 4개를 세운

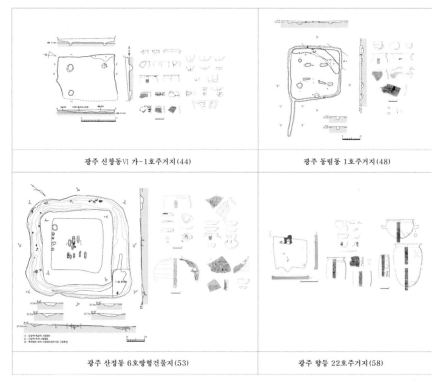

광주 신창동VI 가-1호주거지(44)

광주 동림동 1호주거지(48)

광주 산정동 6호방형건물지(53)

광주 향등 22호주거지(58)

〈그림 6〉 광주지역 마한ㆍ백제 주거와 출토유물(유구 1/50, 유물 1/5)

---

23) 호남문화재연구원, 2007, 『潭陽 梧山遺蹟』.

4주공식으로 추정된다. 내부시설은 확인되지 않는다. 유물은 대부분 적갈색연질의 타날문토기인 이중구연호, 타날문토기, 시루, 파수, 소형토기 등이며, 점토대토기도 함께 출토되었다[24].

광주 신창동유적 강 건너편 충적지에 위치한 광주 동림동유적(48)의 1호주거지는 평면형태가 방형계이며, 기둥은 주거 내부에 중심기둥 4개가 위치하는 4주공식이다. 내·외부시설로는 벽구, 배수구, 장타원형수혈, 취사·난방시설인 'T'자 형태의 부뚜막이 확인된다. 유물은 회청색경질의 컵형토기, 호형토기와 적갈샐연질의 장란형토기, 석기류인 석촉 등이 출토되었다[25].

대규모 취락군이 확인된 광주 오선동·하남동·산정동일대에서 확인된 광주 산정동유적(53)의 6호방형건물지는 내부 수혈이 방형이며, 기둥은 내부 기둥은 확인되지 않고, 벽 주변으로 기둥이 세워진 벽주공 일부만 확인된다. 내부시설은 많은 수의 장타원형수혈만 확인된다. 외부에는 해남 신금유적에서 확인된 외부구와는 달리 직경 2m 내외의 방형의 구가 건물지 주변으로 돌아간다. 유물은 대부분 회청색경질의 발, 완, 호 등이 적갈색 연질의 토기류와 함께 출토되었다[26]. 이런 형태의 방형건물지는 전북 완주 운교유적[27]과 충남 연기 나성리유적[28]에서 확인되었다.

중심연대가 A.D. 6C로 편년되는 광주 향등유적(58)의 22호주거지는 평면형태가 방형이며, 기둥은 주거 내외부에서 확인되지 않는다. 내부시설은 취사·난방시설인 'T'자 형태의 부뚜막이 확인되며, 아궁이 입구는 토관을 세워 축조하였다. 유물은 대부분 적갈색연질토기와 회청색경질토기가 함께 출토되었다[29].

24) 국립광주박물관, 2011,『光州 新昌洞 低濕地 遺蹟 Ⅵ』.
25) 호남문화재연구원, 2007,『光州 東林洞遺蹟 Ⅰ~Ⅳ』.
26) 호남문화재연구원, 2008,『光州 山亭洞遺蹟』.
27) 호남문화재연구원, 2013,『完州 雲僑遺蹟』.
28) 중앙문화재연구원, 2015,『燕岐 羅城雲里遺蹟』.
29) 호남문화재연구원, 2004,『光州 香嶝遺蹟』.

영산강 중류와 합수되는 함평 고막원천 상류에 위치한 함평 주전유적(61)의 나-1호주거지는 평면형태가 방형이며, 기둥은 주거 내부에 중심기둥 4개를 세운 4 주공식이다. 중심기둥은 확인된 주공 평면형태로 보아 방형의 목재를 사용한 것으로 판단된다. 기둥을 방형의 목재로 사용한 주거지는 인근에 위치한 함평 외치리 백야유적(65)과 전북 부안 장동리유적[30)에서 확인된다. 내부시설은 벽구만 잔존한 상태이다. 유물은 회청색경질의 발형토기가 출토되었다[31).

함평 창서유적(63) 나-1호주거지는 평면형태가 방형이며, 기둥은 주거 내부에

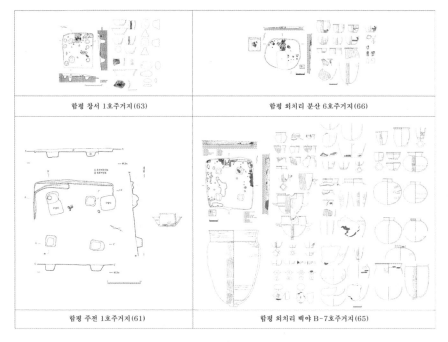

함평 창서 1호주거지(63)

함평 외치리 분산 6호주거지(66)

함평 주전 1호주거지(61)

함평 외치리 백야 B-7호주거지(65)

〈그림 7〉 함평 고막원천 상류 마한 · 백제 주거와 출토유물(유구 1/50, 유물 1/5)

---

30) 전북대학교박물관, 2003, 『扶安 壯東里 · 富谷里遺蹟』
31) 호남문화재연구원, 2003, 『咸平 倉西遺蹟』

중심기둥 4개와 벽 주변으로 벽주공이 세워진 4주공식+벽주공식으로 추정된다. 내부시설로는 내부구와 취사·난방시설인 'T'자 형태의 부뚜막 흔적이 남아있다. 유물은 적갈색연질인 발, 호 등이 출토되었다[32].

고막원천과 평림천 사이의 낮은 구릉에 위치한 함평 외치리 일대의 함평 외치리 백야유적(65)과 함평 외치리 분산유적(66)에서는 방형계와 원형계 주거가 확인되었다. 방형계 주거가 확인된 함평 외치리 백야B-7호주거지는 중심기둥 4개를 세운 4주공식으로, 주공의 평면형태로 보아 중심기둥을 방형의 목재를 사용한 것으로 판단된다. 내부시설로는 취사·난방시설인 'ㄱ'자 형태의 쪽구들이 확인된다. 유물은 적갈색연질의 대옹, 장란형토기, 발, 호, 주구토기 등 다량의 토기들이 출토되었다[33]. 원형계 주거가 확인된 함평 외치리 분산 6호주거지는 내부에서 기둥 4개가 확인되지만, 확인된 위치가 중심기둥으로 보기는 어렵다. 내부에는 취사·난방시설인 부뚜막이 확인되며, 석재를 이용하여 봇돌과 이맛돌을 올려 축조하였다. 유물은 승문타날된 적갈색연질의 발, 장란형토기 등의 토기와 마형토제품이 출토되었다[34].

황룡강과 영산강 본류가 합류하는 곳 남쪽 낮은 구릉에서 영산강 본류로 흐르는 평동천과 장성천 일대의 충적지와 구릉사면에서 광주 평동유적을 비롯하여 나주 장등유적 등의 취락들이 확인되었다.

충적지에 위치한 광주 평동유적(69)의 A-10호주거지는 평면형태가 방형계이며, 기둥은 내·외부에서 확인되지 않는다. 내부시설로는 취사·난방 시설로 'T'자 형태의 부뚜막이 확인된다. 부뚜막에는 솥받침이 시설되어 있으며, 점토대토기를 솥받침으로 사용하였다. 유물은 경질무문의 발, 호 등이 출토되었다[35].

---

32) 호남문화재연구원, 2003, 『咸平 倉西遺蹟』.
33) 호남문화재연구원, 2018, 『빛그린 산업단지 조성부지내 발굴조사보고서 I ~ V』.
34) 호남문화재연구원, 2018, 『빛그린 산업단지 조성부지내 발굴조사보고서 I ~ V』.
35) 호남문화재연구원, 2012, 『光州 平洞遺蹟 I ~ III』.

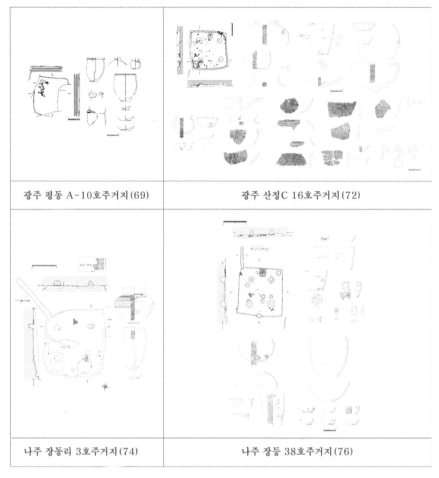

| 광주 평동 A-10호주거지(69) | 광주 산정C 16호주거지(72) |
| 나주 장동리 3호주거지(74) | 나주 장등 38호주거지(76) |

〈그림 8〉 장성천·평동천 일대 마한·백제 주거와 출토유물(유구 1/50, 유물 1/5)

평동천 주변의 구릉에 형성된 광주 산정C유적(72)의 16호주거지는 평면형태가
방형이며, 기둥은 주거 내부에 중심기둥 4개가 세워지는 4주공식이다. 내부시설로
는 벽구와 취사·난방시설인 'T'자 형태의 부뚜막 흔적이 남아있다. 유물은 적갈색

연질인 이중구연호, 시루, 발 등이 출토되었다[36].

장성천과 영산강 본류가 합류하는 충적지에 위치한 나주 장동리유적(74)의 3호 주거지는 평면형태가 방형이며, 기둥은 4주공식이 확인된다. 내·외부시설로는 벽구, 배수구, 장타원형수혈, 취사·난방시설인 'I'자 형태의 부뚜막이 확인된다. 주거지의 중심연대는 A.D. 3~5C로 편년되며, 유물은 적갈색연질인 장란형토기와 호 등이 출토되었다[37].

장성천 주변의 구릉에 위치한 나주 장등유적(76)의 38호주거지는 평면형태가 방형이며, 기둥은 4주공식이다. 내·외부시설로는 배수구, 돌출형벽주공[38], 취사·난방시설인 'I'자 형태의 부뚜막이 확인된다. 유물은 적갈색연질인 장란형토기와 호, 시루, 발 등이 출토되었다[39].

영상강 중류에 해당하는 산포천 주변의 나주 산제리1유적(78)에서는 중심연대가 A.D. 1C로 편년되는 주거지가 확인되었다. 확인된 1호주거지는 원형이며, 기둥은 내부에서 확인되지 않는다. 주거 주변으로는 외부구가 돌아간다. 유물은 점토대토기와 경질무문토기 동체부가 출토되었다[40].

산포천과 영산천 사이의 구릉에 위치한 나주 방축유적(82)의 16호주거지는 평면형태가 방형이며, 기둥은 4주공식이다. 내부시설로는 벽구와 장타원형수혈이 확인된다. 유물은 적갈색연질의 대형옹, 주구토기, 파수부토기 등이 출토되었다[41].

---

36) 호남문화재연구원, 2009,『光州 山亭·己龍遺蹟』.
37) 전남문화재연구원, 2013,『羅州 長洞里 遺蹟』.
38) 조사자에 따라 '돌출부', 또는 '돌출형벽주공'으로 불리고 있다. 형태는 부뚜막 반대편의 주거지 벽면 중앙에 돌출되거나 또는 주공의 흔적으로 나타난다. 방형계 주거와 원형계, 4주공식과 비사주공식 주거에서 모두 확인된다. 조사예로 보면 대부분 주공의 형태로 확인되기 때문에 '돌출형벽주공'으로 명명하여 부르고자 한다.
39) 호남문화재연구원, 2007,『羅州 長燈遺蹟』.
40) 호남문화재연구원, 2017,『나주 장성리·은사 산제리 1·3 유적』.
41) 호남문화재연구원, 2006,『羅州 防築·上仍遺蹟』.

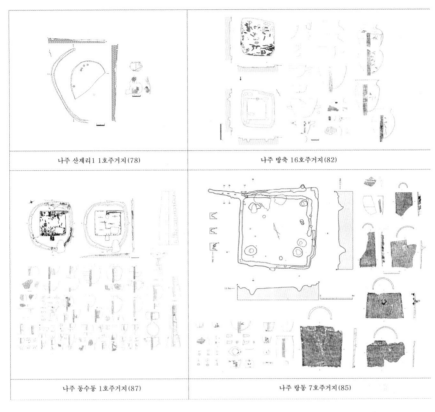

<그림 9> 나주지역 마한 · 백제 주거와 출토유물(유구 1/50, 유물 1/5)

나주 복암리 주변에는 나주 랑동유적(85)과 강 건너편의 나주 동수동유적(87)이
확인된다. 나주 랑동유적(85)의 7호주거지는 대형 주거로 평면형태가 방형이며,
기둥은 4주공식이다. 내부시설로는 벽구와 배수구가 확인된다. 배수구에는 기와
편들이 일렬로 덮인 상태로 출토되었다. 유물은 적갈색연질인 장란형토기, 호, 발
등의 토기류와 의례 용도로 추정하는 조형토기가 출토되었다[42].

---

42) 전남문화재연구원, 2006,『羅州 郎洞遺蹟』.

주거지의 중심연대가 A.D. 5~6C로 편년되는 나주 동수동유적(87)의 1호주거지는 평면형태가 방형이며, 기둥은 4주공식에 벽주공이 함께 세워진 형태이다. 내외부시설로는 'ㄱ'자 형태의 쪽구들과 장타원형수혈, 출입시설이 확인되며, 외부에는 해남 신금유적에서 확인된 외부구가 돌아간다. 유물은 적갈색연질토기와 회청색경질토기가 모두 확인되며, 유물의 수량은 많은 출토된 편이다[43].

화순천 상류에 위치한 화순 운농리 농소유적(90)의 Ⅱ-6호와 Ⅰ-18호주거지는 방형계이며, 기둥은 4주공식과 벽주공식으로 세웠다. 내부시설로는 Ⅱ-6호 주거지에서 부뚜막과 장타원형수혈이 확인된다. 유물은 호, 발, 개, 배, 유공소호 등 회청색경질토기가 대부분 출토되었다[44].

주거지의 중심연대가 A.D. 5~6C로 편년되는 화순 운월리 운포유적(91)의 1호주거지는 평면형태가 방형이며, 기둥은 내외부에서 확인되지 않는다. 내부시설로는 취사·난방시설이 확인되며, 주거 바닥을 굴착하여 연기가 'ㄱ'자 형태로 빠져나가도록 배연부를 구들식으로 축조하였다. 유물은 승문이 타날된 적갈색연질토기 등이 출토되었다[45].

지석천 상류에 위치한 화순 품평리 봉하촌유적(93)의 30호주거지는 방형계이며, 기둥은 내부에서 확인되지 않는다. 내부시설로는 취사·난방시설인 'T'자 형태의 부뚜막이 확인된다. 부뚜막 솥받침으로는 석재를 사용하였다. 유물은 적갈색연질의 장란형토기와 호 등이 출토되었다[46].

영산강 하류의 남해만 일대에 위치한 나주 월양리 구양유적(95)은 주거지와 지상건물지를 비롯하여 수혈, 구, 소성유구, 윤거흔, 구하도, 경작유구 등 다양한 유구들

43) 대한문화재연구원, 2016, 『羅州 東水洞 遺蹟』.
44) 동북아지석묘연구소, 2016, 『和順 雲農里 農所遺蹟』.
45) 전남대학교박물관, 2002, 『和順 雲月里운포遺蹟』.
46) 동북아지석묘연구소, 2014, 『화순 품평리 봉하촌유적』.

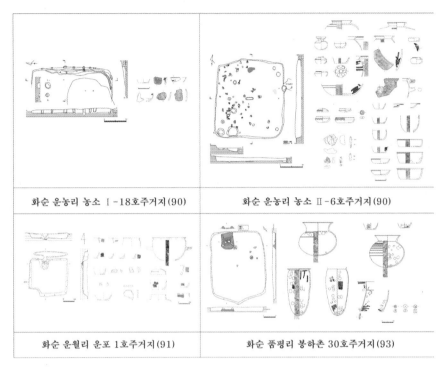

| 화순 운농리 농소 Ⅰ-18호주거지(90) | 화순 운농리 농소 Ⅱ-6호주거지(90) |
| 화순 운월리 운포 1호주거지(91) | 화순 품평리 봉하촌 30호주거지(93) |

〈그림 10〉 화순지역 마한 · 백제 주거와 출토유물(유구 1/50, 유물 1/5)

이 확인된 대규모 복합취락이다. 주거지는 모두 방형계가 확인되었으며, 기둥은 4주공식이 대다수 확인된다. 나-13호주거지의 경우 주거지 주변으로 외부구가 돌아간다. 77호 주거지의 경우 취사 · 난방시설은 주거 바닥을 굴착하여 연기가 'T'자 형태로 빠져나가도록 배연부를 구들식으로 축조하였다. 유물은 승문타날된 장란형토기, 발 등의 적갈색연질토기와 개, 배, 호 등의 회청색경질토기가 출토되었다[47].

---

47) 대한문화재연구원, 2017, 『羅州 月陽里 九陽遺蹟』; 호남문화재연구원, 2018, 『羅州 月陽里 九陽遺蹟』.

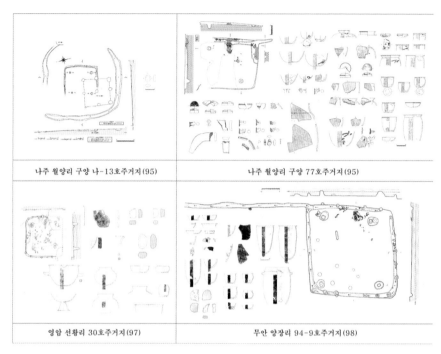

〈그림 11〉 영산강 하류 마한 · 백제 주거와 출토유물(유구 1/50, 유물 1/5)

　　영암 선황리유적(97)의 30호주거지는 평면형태가 방형계이며, 기둥은 주거 내부
에 중심기둥 4개와 벽 주변으로 벽주공이 위치하는 4주공식+벽주공식이다. 내부시
설로는 벽구, 장타원형수혈과 취사 · 난방시설인 'T'자 형태의 부뚜막이 등이 확인된
다. 유물은 적갈색연질인 호, 발, 주구토기 등이 출토되었다[48]. 대규모 취락인 무안
양장리유적(98)의 94-9호주거지는 대형주거로 평면형태는 방형이다. 기둥은 주거
내부에 중심기둥 4개와 벽 주변으로 벽주공이 위치하는 4주공식+벽주공식이다. 내
부시설로는 벽구, 배수구, 장타원형수혈과 취사 · 난방시설인 'T'자 형태의 부뚜막이

---

48) 목포대학교박물관, 2004, 『영암 선황리유적』.

확인된다. 유물은 적갈색연질인 장란형토기, 옹, 발 등이 출토되었다[49].

3. 탐진강권역

탐진강의 하류와 중류에 위치하는 강진읍과 장흥읍 인근에서 경질무문토기가 출퇴되어 기원 전·후로 편년되는 취락 유적이 확인된다. 강진 송학리유적(107)의 2호주거지는 평면형태가 방형계로 기둥은 4주공식이 확인된다. 4주공이 확인된 주거 바닥에서 타원형의 구덩이가 확인된다. 내부시설로는 벽구와 배수구가 확인된다. 유물은 적갈색연질 호와 잔존한 절두형 파수가 출토되었다[50]. 장흥읍 주변의 탐진강 주변의 충적지에서 확인된 장흥 행원리 행원유적(106)의 2호주거지의 평면형태는 원형계이며, 기둥은 확인되지 않는다. 유물은 경질무문토기 발, 호, 시루 등이 출토되었다[51].

탐진강 수몰지구 내에 위치한 장흥 지천리유적(102)의 나-18호주거지는 평면형태가 방형이며, 기둥은 확인되지 않는다. 내부시설은 취사·난방시설인 구들이 확인된다. 구들은 주거 바닥을 굴착하여 연기가 'ㄱ'자 형태로 빠져나가도록 배연부를 파낸 후 편평한 구들장을 올려 축조하였다. 유물은 적갈색연질의 장란형토기와 발이 출토되었다. 주거지의 중심연대는 A.D. 6C 이후로 편년된다[52].

보성강 상류에 위치한 장흥 봉림리 오산유적(108)의 9호주거지의 평면형태는 방형이며, 기둥은 4주공식이 확인된다. 내부시설로는 벽구가 일부 확인된다. 유물은 적갈색연질의 옹, 호, 유공호, 발, 주구토기, 시루 등이 출토되었다. 출토된 유공

---

49) 목포대학교박물관, 1997,『務安 良將里遺蹟』; 목포대학교박물관, 2000,『무안 양장리유적Ⅱ』.
50) 해동문화재연구원, 2015,『康津 松鶴里遺蹟』.
51) 영해문화유산연구원, 2014,『장흥 축내리 상리·행원리 행원유적』.
52) 목포대학교박물관, 2000,『장흥 지천리유적』.

호의 경우 호 동체부에 원형의 구멍이 뚫린 비슷한 유물이 진도 오산리유적과 곡성 오지리유적에서 확인된다[53].

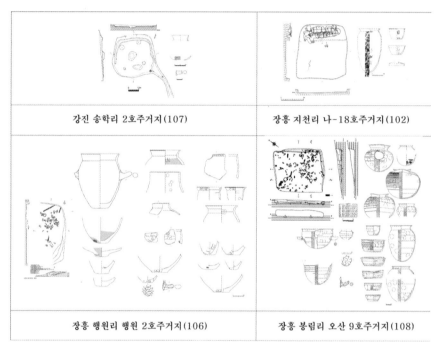

강진 송학리 2호주거지(107)	장흥 지천리 나-18호주거지(102)
장흥 행원리 행원 2호주거지(106)	장흥 봉림리 오산 9호주거지(108)

〈그림 12〉 강진 · 장흥지역 마한 · 백제 주거와 출토유물(유구 1/50, 유물 1/5)

4. 섬진강권역

조성만에 인접한 보성 조성리유적(111)의 26호주거지의 평면형태는 원형계이다. 내부시설로는 장타원형수혈이 확인된다. 유물은 경질무문의 호와 장란형토기

---

53) 전남문화재연구원, 2015, 『장흥 봉림리 오산유적』.

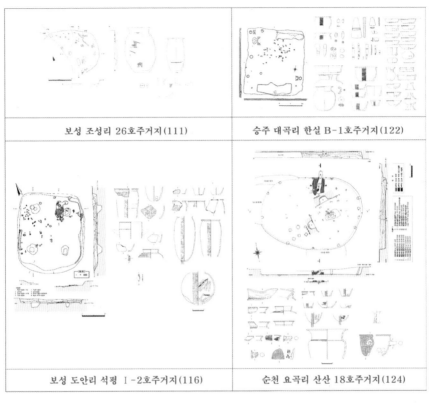

| 보성 조성리 26호주거지(111) | 승주 대곡리 한실 B-1호주거지(122) |
| 보성 도안리 석평 I-2호주거지(116) | 순천 요곡리 산산 18호주거지(124) |

〈그림 13〉 보성 · 승주지역 마한 · 백제 주거와 출토유물(유구 1/50, 유물 1/5)

가 확인된다.[54)]

　보성강 상류에 위치한 보성 도안리 석평유적(116)의 I-2호주거지의 평면형태는 방형계이다. 기둥은 4주공시기이며, 내부시설로는 벽구와 취사 · 난방시설인 'T'자 형태의 부뚜막이 등이 확인된다. 유물은 적색연질의 호와 장란형토기, 시루 등이 출토되었다.[55)]

---

54) 순천대학교박물관, 2009,『寶城 鳥城里遺蹟』.
55) 마한문화재연구원, 2011,『寶城 道安里 石坪遺蹟 I』.

주암댐 수몰지구와 인근인 보성강 중류에 위치한 승주 대곡리 한실유적(122)과 순천 요곡리 산산유적(124)에서는 벽주식의 방형계와 원형계 주거가 확인되었다. 내부시설로는 순천 요곡리 산산 18호주거지에서 취사·난방시설인 'ㅜ'자 형태의 부뚜막이 등이 확인된다. 유물은 순천 요곡리 산산 18호주거의 경우 회청색경질과 적갈색연질의 호, 대옹, 장란형토기, 주구토기 등 주로 생활용기가 출토된 반면, 승주 대곡리 한실 B-1호주거지의 경우 발, 완, 고배, 호, 뚜껑 등의 회청색경질토기와 철도자 등의 철기류 등이 출토되었다[56].

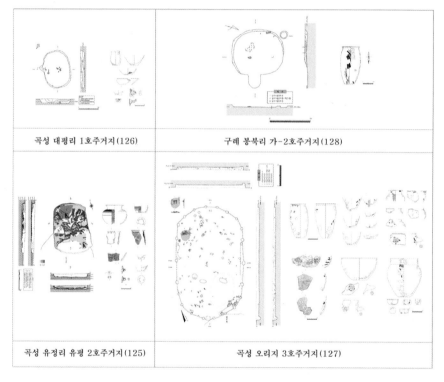

곡성 대평리 1호주거지(126)　　　　구례 봉북리 가-2호주거지(128)

곡성 유정리 유평 2호주거지(125)　　　곡성 오리지 3호주거지(127)

〈그림 14〉 곡성·구례지역 마한·백제 주거와 출토유물(유구 1/50, 유물 1/5)

---

56) 국립광주박물관, 1990,『주암댐 수몰지역 승주 대곡리 집자리』; 대한문화재연구원, 2013,『順

곡성읍이 위치한 섬진강 중류의 충적지에서 확인된 곡성 대평리유적(126)과 곡성 오지리유적(127)은 평면형태가 모두 원형계이다. 곡성 대평리유적의 경우 내부시설은 확인되지 않으며, 내부에서 점토대토기가 출토되었다[57]. 곡성 오지리유적의 경우 기둥은 벽주공식이며, 내부시설로는 장타원형수혈과 부뚜막이 확인된다. 유물은 평저인 경질무문의 장란형토기와 호, 발 등이 적갈색연질토기와 공반되어 출토되었다[58].

섬진강의 지류인 서시천의 충적지에 위치한 구례 봉북리유적(128)의 평면형태는 원형계이며, 내부시설로 부뚜막과 출입시설이 확인되었다. 유물은 평저인 경질무문의 장란형토기가 출퇴되었다.[59] 섬진강의 지류인 석곡천의 충적지에 위치한 곡성 유정리 유평유적(125)의 평면형태는 원형계이며, 내부시설로 부뚜막이 확인되었다. 유물은 적갈색연질의 호와 완 등이 출퇴되었다[60].

5. 전남 남해안권역

광양만 일대에서 경질무문토기가 확인된 광양 용장유적(133)의 3호주거지는 평면형태가 원형이며, 내부시설로는 잔존한 벽주공과 벽구가 확인된다. 유물은 적갈색연질의 호, 발, 시루, 등과 경질무문토기발이 공반되어 출토되었다[61]. 광양 서천 하류의 충적지에 위치한 광양 용강리 석정유적(135)의 평면형태는 원형이며, 면적은 넓은 편에 속한다. 내부시설로는 부뚜막이 확인된다. 유물은 적갈

天 蓼谷里 蒜山遺蹟』.
57) 영해문화유산연구원, 2014,『長城 月汀里 舊河道遺蹟』.
58) 마한문화재연구원, 2008,『곡성오지리유적』.
59) 마한문화재연구원, 2007,『谷城 鳳北里遺蹟』.
60) 전남문화재연구원, 2011,『곡성 유정리 유평유적』.
61) 전남문화재연구원, 2014,『광양 용장유적』.

색연질의 장란형토기, 호, 발, 조형토기 등과 철기류인 철도자, 석기류 등이 출토되었다[62]. 광양 원적유적(131)의 5호주거지는 평면형태가 방형이며, 기둥은 내주식인 4주공식으로 추정된다. 내부시설로는 부뚜막과 장타원형수혈이 확인되며, 유물은 적갈색연질의 장란형토기, 발 등과 회청색경질의 호, 배 등이 함께 출토되었다[63].

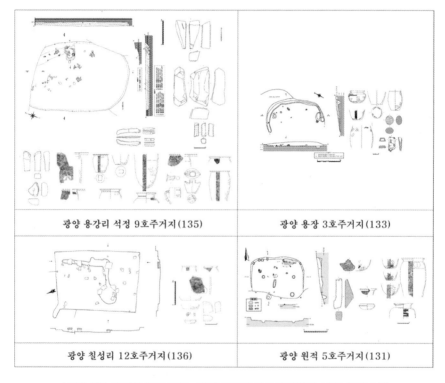

| 광양 용강리 석정 9호주거지(135) | 광양 용장 3호주거지(133) |
| 광양 칠성리 12호주거지(136) | 광양 원적 5호주거지(131) |

〈그림 15〉 광양만 일대 마한·백제 주거와 출토유물(유구 1/50, 유물 1/5)

---

62) 대한문화재연구원, 2012, 『光陽 龍江里 石停遺蹟』.
63) 마한문화재연구원, 2011, 『광양 점터·원적유적』.

광양 서천 주변에 위치한 광양 칠성리유적(136)에서는 주거지의 중심연대가
A.D. 7C 이후로 편년되는 12호주거지가 확인된다. 주거의 평면형태는 장방형이
며, 기둥은 벽주공식이다. 내부에는 통일신라시대에 확인되는 'ㄱ'자형 구들이 시
설되어 있다. 유물은 회청색경질의 호 등이 출토되었다[64].

여수반도와 고흥반도 사이의 여자만 일대에서는 순천 동천과 벌교천 주변에서
마한·백제 주거지가 확인되었다. 순천 동천의 경우 순천 덕암동유적(143)의 104
호주거지는 평면형태가 원형이며, 기둥은 확인되지 않는다. 내부시설로는 부뚜막

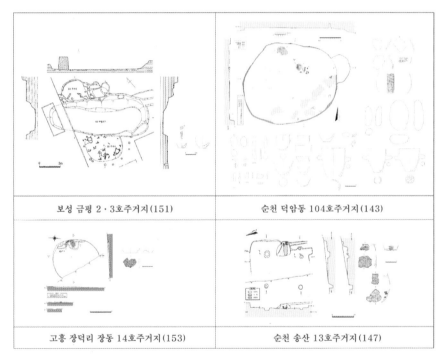

| 보성 금평 2·3호주거지(151) | 순천 덕암동 104호주거지(143) |
| 고흥 장덕리 장동 14호주거지(153) | 순천 송산 13호주거지(147) |

〈그림 16〉 여자만 일대 마한·백제 주거와 출토유물(유구 1/50, 유물 1/5)

---

64) 순천대학교박물관, 2007, 『광양 칠성리유적』.

이 확인되며, 유물은 대부분 경질무문토기가 확인된다[65].

순천 검단산성 주변에 위치한 순천 송산유적(147)의 13호주거지는 평면형태가 방형계이며, 기둥은 내주식인 4주공식이다. 내부시설로는 취사 · 난방시설인 구들이 확인된다. 구들은 주거 바닥을 굴착하여 연기가 'ㄱ'자 형태로 빠져나가도록 배연부를 파낸 후 축조하였다. 유물은 회청색경질의 발, 호 등이 출토되었다. 구들식이 확인된 유적으로는 담양 원천리유적, 나주 월양리 구양, 화순 운월리 운포유적 등으로 주거지 중심연대는 A.D. 5~6C로 편년된다[66].

벌교천 주변에서 확인된 보성 금평유적(151)의 경우 평면형태가 원형계인 주거지에서 경질무문토기가 출토되었다[67]. 3호주거지의 경우 주거지 외부에서 일정한 간격으로 돌아가는 주공이 확인된다. 벌교천 인근에서 확인된 고흥 장덕리 장동유적(153)의 경우 평면형태가 원형계이며, 유물은 적갈색연질의 발, 호 등이 출토되었다[68].

여수 고락산성 주변에 위치한 여수 죽림리 차동유적(156)의 33호주거지는 평면형태가 원형이며, 내부시설로 벽구와 장타원형수혈이 확인된다. 유물은 경질무문의 파수부토기, 호, 장란형토기 등이 출토되었다[69]. 차동유적 주변에 위치한 여수 화장동II유적(155)의 나-1호주거지는 평면형태가 방형이며, 기둥은 주거 내부에 중심기둥 4개와 벽 주변으로 벽주공이 위치하는 4주공식+벽주공식이다. 유물은 적갈샐연질의 호, 장란형토기, 발 등과 회청색경질의 고배, 뚜껑 등이 출토되었다[70].

---

65) 마한문화재연구원, 2010,『순천 덕암동유적II』.
66) 마한문화재연구원, 2011,『순천 성산 · 송산유적』.
67) 전남대학교박물관, 1998,『寶城 金坪遺蹟』.
68) 대한문화재연구원, 2011,『高興 掌德里 獐洞遺蹟』.
69) 마한문화재연구원, 2011,『여수 죽림리 차동유적 I · II』.
70) 순천대학교박물관, 2002,『麗水 禾長洞遺蹟II』.

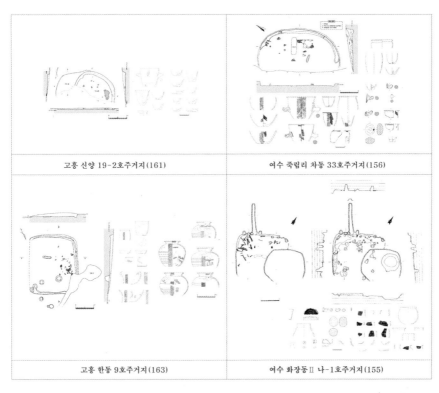

고흥 신양 19-2주거지(161)	여수 죽림리 차동 33호주거지(156)
고흥 한동 9호주거지(163)	여수 화장동Ⅱ 나-1호주거지(155)

〈그림 17〉 고흥 · 여수반도 일대 마한 · 백제 주거와 출토유물(유구 1/50, 유물 1/5)

득량만에 접하고 있는 고흥 신양유적(161)의 19-2호주거지는 평면형태가 원형계이며, 내부에는 취락 · 난방시설인 부뚜막 흔적만 남아있다. 유물은 대부분 경질무문토기가 출토되었다[71]. 고흥 한동리산성 주변에 위치한 고흥 한동유적(163)의 9호주거지는 평면형태가 방형이며, 벽구와 장타원형수혈, 주거지 바닥에서 주공들이 확인된다. 유물은 적갈색연질의 발 등과 회청색경질의 호, 완 등이 출토되었다[72].

---

71) 호남문화재연구원, 2006,『高興 新陽遺蹟』.
72) 호남문화재연구원, 2006,『高興 寒東遺蹟』.

Ⅳ. 맺음말

이 글은 전남지역에서 현재(2018년)까지 확인된 시·발굴조사에서 확인된 마한·백제 주거지에 대한 1차적 자료 정리에 목적을 두어 취락에서 확인된 주거의 구조와 출토유물을 간략히 정리해보았다.

지역권은 전남지역을 자연 환경적 경계에 따라 전남 서해안과 남해안, 영산강, 탐진강, 섬진강 등 5개 권역으로 설정하였다. 전남지역의 5개 권역에서 1㎞의 단위로 정리되어 제시된 유적은 163개소이며, 시·발굴조사에서 확인된 주거지·건물지·지상건물지 등의 수량은 대략 7,600여기이다.

각 유적은 주거와 복합유적으로 나누었으며, 유적에서 확인된 관련유구 등은 표로 정리하여 제시하였다. 참고한 보고서명은 확인한 주거지 수량과 평면형태를 기입하여 표로 정리 한 후 부록에 첨부하였다.

마한·백제 주거의 평면형태는 모호한 분류에 의한 기준에서 벗어나 보고자 주거지 벽의 곡선도와 직선도에 따라 방형계와 원형계로 기준을 두어 분류를 진행하였다. 그리고 취락에서 보이는 주거지의 공통점 등을 살펴보고자 유역권 등을 살펴보았다.

5개 지역권에서 나눠지는 세부 지역은 행정구역 등에 따라 분리하였으며, 세부 지역에 따라 4기의 주요 주거지와 출토유물을 그림으로 제시하고 설명하는 것으로 글을 마무리하였다.

〈 부록 〉

유적 번호	행정 구역	관련유적	주거지 평면형태	주거 · 건물지 (수량)	관련 보고서
1	영광	마전 · 군동-가	방형계, 원형계	10	조선대학교박물관, 2003, 『영광 마전 · 군동 · 원당 · 수동유적』
1	영광	군동-라	방형계, 원형계	7	목포대학교박물관, 2001,『영광 군동유적』
2	영광	수동	방형계	1	조선대학교박물관, 2003, 『영광 마전 · 군동 · 원당 · 수동유적』
3	영광	운당리	방형계	21	마한문화재연구원, 2009,『영광 운당리유적』
4	영광	학정리 강변 · 대천고분군	방형계	1	목포대학교박물관, 2000, 『영광 학정리 · 함평 용산리유적』
5	영광	논산리 금정		2	대한문화재연구원, 2013,『靈光 論山里 金井遺蹟』
6	함평	소명	방형계	183	전남대학교박물관, 2003,『咸平 昭明 住居址』
7	함평	노적-가	방형계	7	호남문화재연구원, 2005,『咸平 老迪遺蹟』
8	함평	중랑	방형계, 원형계	201	목포대학교박물관, 2003,『함평 중랑유적Ⅰ · Ⅱ』
9	함평	송산	방형계	1	호남문화재연구원, 2007,『咸平 松山遺蹟』
9	함평	반암	방형계	27	호남문화재연구원, 2007,『咸平 磻岩遺蹟』
10	함평	성천리 와촌	방형계	55	전남대학교박물관, 2007,『咸平 星泉里 瓦村遺蹟』
11	함평	성천리 장동 · 생곡	방형계, 원형계	15	전남대학교박물관, 2007,『咸平 新溪里 遺蹟』
12	함평	국산	방형계	6	목포대학교박물관, 2001,『함평 성남 · 국산유적』
13	무안	평산리 평림	방형계	15	전남대학교박물관, 2007,『務安 平山里 平林 遺蹟』
14	무안	수반	방형계	3	호남문화재연구원, 2007,『羅州 永川遺蹟』
15	무안	용정리 신촌Ⅰ			대한문화재연구원, 2016,『務安 龍井里 新村遺蹟 Ⅰ』
15	무안	용정리 신촌Ⅱ	방형계	6	대한문화재연구원, 2016,『務安 龍井里 新村 遺蹟 Ⅱ』
16	무안	마산리 신기	빙향계	15	대한문화재연구원, 2016,『務安 龍井里 新村遺蹟 Ⅰ』
17	무안	목서리 476-3번지	방형계, 원형계	4	겨레문화유산연구원, 2017, 『무안 목서리 476-3번지 유적』
18	무안	용교	방형계	6	동신대학교 문화박물관, 2006,『무안 용교유적』
19	무안	하묘리 두곡	방형계	1	대한문화재연구원, 2011,『務安 河猫里 頭谷遺蹟』
19	무안	두곡 · 둔전	방형계	6	전남문화재연구원, 2012,『務安 頭谷 · 屯田遺蹟』
20	무안	상마리 상마정	방형계	5	동북아지석묘연구소, 2016,『務安 上馬里 上馬亭 遺蹟』
21	진도	오산리	방형계	17	전남문화재연구원, 2004,『珍島 五山里遺蹟』

유적 번호	행정 구역	관련유적	주거지 평면형태	주거· 건물지 (수량)	관련 보고서
22	해남	신금	방형계	72	호남문화재연구원, 2005, 『海南 新今遺蹟』
23	해남	황산리 분토 I	방형계, 원형계	57	전남문화재연구원, 2008, 『海南 分吐遺蹟 I』
23	해남	황산리 분토 II			전남문화재연구원, 2009, 『海南 分吐遺蹟 II』
24	해남	양유동	방형계	14	전남문화재연구원, 2011, 『康津 楊柳洞 遺蹟』
25	장성	대덕리	방형계	5	호남문화재연구원, 2006, 『長城 大德里遺蹟』
26	장성	야은리	방형계	3	호남문화재연구원, 2008, 『長城 野隱里遺蹟』
27	장성	장산리1	방형계	66	호남문화재연구원, 2013, 『長城 長山里1遺蹟』
27	장성	장산리2	방형계	29	호남문화재연구원, 2015, 『長城 長山里2遺蹟』
28	장성	환교	방형계	65	호남문화재연구원, 2010, 『長城 環校遺蹟 I·II』
29	장성	와룡리 방곡	방형계	1	호남문화재연구원, 2013, 『長城 臥龍里 芳谷遺蹟』
30	담양	봉서리 대판 II·III	방형계, 원형계	5	동북아지석묘연구소, 2014, 『담양 덕성리 영월유적 봉서리 대판유적』
31	담양	원천리	방형계	4	호남문화재연구원, 2017, 『潭陽 元泉里 안골 遺蹟』
32	담양	삼지천	방형계, 원형계	2	호남문화재연구원, 2014, 『潭陽 三支川遺蹟』
32	담양	삼지천 II	방형계	13	호남문화재연구원, 2014, 『潭陽 三支川遺蹟 II』
33	담양	오산	방형계	14	호남문화재연구원, 2007, 『潭陽 梧山遺蹟』
34	담양	성산리	방형계	14	호남문화재연구원, 2004, 『潭陽 城山里遺蹟』
35	담양	대치리	방형계	8	호남문화재연구원, 2004, 『潭陽 大峙里遺蹟』
36	담양	태목리 I	방형계, 원형계	129	호남문화재연구원, 2007, 『潭陽 台木里遺蹟 I』
36	담양	태목리 II	방형계, 원형계	884	호남문화재연구원, 2010, 『潭陽 台木里遺蹟 II』
36	담양	응용리	방형계	20	호남문화재연구원, 2017, 『담양 응용리유적』
37	담양	중옥리	방형계	3	호남문화재연구원, 2010, 『潭陽 台木里遺蹟 II』
38	장성	상림리	방형계	2	호남문화재연구원, 2005, 『潭陽 中玉里遺蹟』
39	장성	산정	방형계	8	호남문화재연구원, 2007, 『光州 飛鴉遺蹟』
40	장성	삼태리	방형계	3	호남문화재연구원, 2016, 『長城 三台里遺蹟』
40	장성	삼태리	방형계	3	동북아지석묘연구소, 2016, 『長城 三台里 中台·西台·山東里 陵山遺蹟』
41	장성	월정리 II	방형계, 원형계	10	호남문화재연구원, 2016, 『長城 月汀里遺蹟 II』

유적 번호	행정 구역	관련유적	주거지 평면형태	주거 · 건물지 (수량)	관련 보고서
42	광주	비아	방형계	4	호남문화재연구원, 2007, 『光州 飛鴉遺蹟』
43	광주	오룡동	방형계, 원형계	22	목포대학교박물관, 1995, 『광주 오룡동유적』
44	광주	신창동	방형계	7	국립광주박물관, 2007, 『光州 新昌洞 遺蹟』
44	광주	신창동			대한문화재연구원, 2016, 『光州 新昌洞遺蹟 I』
44	광주	신창동	방형계	10	국립광주박물관, 2011, 『光州 新昌洞 低濕地 遺蹟 VI』
44	광주	신창동	방형계	1	국립광주박물관, 1993, 『新昌洞 遺蹟』
45	광주	용두동	방형계, 원형계	8	전남대학교박물관, 2010, 『光州 龍頭洞遺蹟』
46	광주	일곡동	방형계, 원형계	4	목포대학교박물관, 1996, 『光州 日谷洞遺蹟』
47	광주	외촌	방형계	10	호남문화재연구원, 2005, 『光州 外村遺蹟』
48	광주	동림동	방형계	163	호남문화재연구원, 2007, 『光州 東林洞遺蹟 I~IV』
49	광주	쌍촌동	방형계	79	전남대학교박물관, 1999, 『光州 雙村洞住居址』
50	광주	장덕동 장자 · 성덕 · 신완	방형계	8	호남문화재연구원, 2008, 『光州 成德遺蹟』
51	광주	오선동	방형계, 원형계	466	대한문화재연구원, 2018, 『光州 鰲仙洞遺蹟』
52	광주	점등 · 가야	방형계	4	호남문화재연구원, 2014, 『光州 加野 · 帖燈遺蹟』
52	광주	흑석 나 · 다 · 하남동	방형계	48	영해문화유산연구원, 2017, 『광주 흑석'다'유적 · 흑석'나'유적 · 하남동유적』
52	광주	하남3지구	방형계, 원형계	368	한강문화재연구원, 2017, 『광주 하남3지구 유적』
52	광주	하남동III	방형계, 원형계	375	호남문화재연구원, 2008, 『光州 河南洞遺蹟 I~III』
52	광주	하남동IV	방형계	14	호남문화재연구원, 2012, 『光州 河南洞遺蹟IV』
53	광주	산정동	방형계	128	호남문화재연구원, 2008, 『光州 山亭洞遺蹟』
53	광주	산정동 지실 I	방형계	4	호남문화재연구원, 2012, 『光州 山亭洞遺蹟 I』
53	광주	산정동 지실 II	방형계, 원형계	100	호남문화재연구원, 2013, 『光州 山亭洞遺蹟 II』
54	광주	선암동	방형계	322	호남문화재연구원, 2012, 『光州 仙岩洞遺蹟 I~III』
55	광주	만호	방형계	9	호남문화재연구원, 2009, 『光州 晚湖遺蹟』
56	광주	풍암동	방형계	2	전남대학교박물관, 1999, 『光州 楓岩洞 · 金湖洞遺蹟』

유적 번호	행정 구역	관련유적	주거지 평면형태	주거· 건물지 (수량)	관련 보고서
57	광주	양과동 행림	방형계	14	대한문화재연구원, 2013, 『光州 良瓜洞 杏林遺蹟 Ⅰ·Ⅱ』
58	광주	향등	방형계	30	호남문화재연구원, 2004,『光州 香嶝遺蹟』
59	광주	덕남리 덕남	방형계	1	전남문화재연구원, 2010,『光州 德南洞 德南遺蹟』
60	광주	용산동	방형계, 원형계	41	호남문화재연구원, 2015,『光州 龍山洞遺蹟』
61	함평	주전	방형계	3	호남문화재연구원, 2003,『咸平 倉西遺蹟』
62	함평	용산리	방형계	8	목포대학교박물관, 2000, 『영광 학정리·함평 용산리유적』
62	함평	용산리 수산	방형계	4	영해문화유산연구원, 2015,『함평 용산리 수산유적』
63	함평	창서·대성	방형계	19	호남문화재연구원, 2003,『咸平 倉西遺蹟』
64	함평	월야 순촌	방형계	1	목포대학교박물관, 2001,『함평 월야 순촌유적』
65	함평	외치리 백야	방형계	11	호남문화재연구원, 2018, 『빛그린 산업단지 조성부지내 발굴조사보고서 Ⅰ~Ⅴ』
66	함평	외치리 분산· 덕림동 갱이들· 수성지석묘군	방형계, 원형계	10	호남문화재연구원, 2018, 『빛그린 산업단지 조성부지내 발굴조사보고서 Ⅰ~Ⅴ』
67	광주	세동	방형계	10	전남문화재연구원, 2006,『光州 細洞遺蹟』
68	광주	월전동		7	전남대학교박물관,1996,『光州 月田洞遺蹟』
69	광주	평동	방형계, 원형계	18	호남문화재연구원, 2012,『光州 平洞遺蹟 Ⅰ~Ⅲ』
70	광주	용강	방형계	5	호남문화재연구원, 2009,『光州 龍岡·龍谷·金谷遺蹟』
71	광주	용강 A·B	방형계, 원형계	16	호남문화재연구원, 2009,『光州 龍岡·龍谷·金谷遺蹟』
72	광주	금곡 A·B	방형계	3	호남문화재연구원, 2009,『光州 龍岡·龍谷·金谷遺蹟』
72	광주	산정C	방형계	36	호남문화재연구원, 2009,『光州 山亭·己龍遺蹟』
73	광주	복룡동·하산동	방형계	3	동북아지석묘연구소, 2018, 『光州 月田洞 下船·伏龍洞·下山洞遺蹟』
74	나주	장동리	방형계	6	전남문화재연구원, 2013,『羅州 長洞里 遺蹟』
75	나주	덕림	방형계	1	호남문화재연구원, 2008,『羅州 德林遺蹟』
76	나주	장등	방형계, 원형계	74	호남문화재연구원, 2007,『羅州 長燈遺蹟』
76	나주	이룡	방형계	9	목포대학교박물관, 2009,『나주 이룡유적』
77	나주	안산리	방형계	5	한겨레문화연구원, 2015,『羅州 安山里·龍山里 遺蹟』

유적 번호	행정 구역	관련유적	주거지 평면형태	주거· 건물지 (수량)	관련 보고서
78	나주	산제리 1·3	방형계, 원형계	6	호남문화재연구원, 2017, 『나주 장성리·은사 산제리 1·3 유적』
79	나주	도민동 I	방형계, 원형계	225	마한문화재연구원, 2014, 『羅州 新道里 道民洞 I·新平 II 遺蹟』
79	나주	도민동 II			전남문화재연구원, 2012,『羅州 道民洞·上夜遺蹟』
79	나주	도민동 III	방형계	1	전남문화재연구원, 2012,『羅州 道民洞·上夜遺蹟』
80	나주	신도리 신평 1지구	방형계, 원형계	65	대한문화재연구원, 2013, 『羅州 新道里 新平遺蹟 I地區』
80	나주	신평 II	방형계, 원형계	15	마한문화재연구원, 2014, 『羅州 新道里 道民洞 I·新平 II 遺蹟』
81	나주	신도리	방형계, 원형계	15	전남문화재연구원, 2014,『羅州 新道里遺蹟』
82	나주	방축	방형계, 원형계	32	호남문화재연구원, 2006,『羅州 防築·上仍遺蹟』
83	나주	황동 I	방형계	2	목포대학교박물관, 2012,『나주 황동유적 I』
84	나주	송월동	방형계	2	전남문화재연구원, 2010,『羅州 松月洞遺蹟』
84	나주	송월동	방형계	5	동신대학교 문화박물관, 2010,『나주 송월동유적』
85	나주	랑동	방형계	22	전남문화재연구원, 2006,『羅州 郎洞遺蹟』
85	나주	다시들	방형계	27	동신대학교 문화박물관, 2011, 『나주 월명·다시들유적』
85	나주	회진리 백하	방형계	2	전남문화재연구원, 2013, 『羅州 伏岩里遺蹟 會津里 柏下遺蹟』
86	나주	운곡동 II·IV	방형계	59	마한문화재연구원, 2011,『나주 운곡동유적 I~IV』
87	나주	동수동	방형계	3	대한문화재연구원, 2016,『羅州 東水洞 遺蹟』
87	나주	구기촌	방형계	4	전남문화재연구원, 2016,『羅州 龜基村·德谷遺蹟』
88	나주	덕림리 연봉	방형계	27	호남문화재연구원, 2018,『羅州 德林里 蓮峯 遺蹟』
89	화순	삼천리		3	전남문화재연구원, 2007,『和順 三川里遺蹟』
90	화순	운농리 농소	방형계, 원형계	93	동북아지석묘연구소, 2016,『和順 雲農里 農所遺蹟』
91	화순	운월리 운포	방형계	4	전남대학교박물관,2002,『和順 雲月里운포遺蹟』
92	화순	용강리	방형계	160	동북아지석묘연구소, 2011,『和順 龍江里遺蹟』
93	화순	품평리 봉하촌	방형계	30	동북아지석묘연구소, 2014,『화순 품평리 봉하촌유적』
94	화순	묵곡리	방형계	11	경상문화재연구원, 2016,『화순 묵곡리·장치리유적』
95	나주	월양리 구양	방형계	83	대한문화재연구원, 2017,『羅州 月陽里 九陽遺蹟』

유적번호	행정구역	관련유적	주거지 평면형태	주거·건물지 (수량)	관련 보고서
95	나주	월양리 구양	방형계	89	호남문화재연구원, 2018, 『羅州 月陽里 九陽遺蹟』
96	영암	신연리	방형계	4	국립광주박물관, 1993, 『靈岩 新燕里 9號墳』
97	영암	선황리	방형계	38	목포대학교박물관, 2004, 『영암 선황리유적』
98	무안	양장리	방형계, 원형계	48	목포대학교박물관, 1997, 『務安 良將里遺蹟』
98	무안	양장리 II	방형계	36	목포대학교박물관, 2000, 『무안 양장리유적 II』
99	무안	맥포리	방형계	1	호남문화재연구원, 2005, 『務安 麥浦里遺蹟』
100	장흥	신풍	방형계	3	호남문화재연구원, 2006, 『長興 新豊遺蹟 II』
101	장흥	갈두 II	방형계	11	호남문화재연구원, 2006, 『長興 葛頭里遺蹟 II』
102	장흥	지천리	방형계	50	목포대학교박물관, 2000, 『장흥 지천리유적』
103	장흥	상방촌A	방형계	107	목포대학교박물관, 2000, 『장흥 상방촌A유적 I』
104	장흥	신월리	방형계	20	목포대학교박물관, 2007, 『장흥 신월리유적』
105	장흥	안골	방형계	13	호남문화재연구원, 2013, 『長興 안골遺蹟』
106	장흥	행원리 강정	방형계	17	영해문화유산연구원, 2013, 『장흥 행원리 강정유적』
106	장흥	행원리 행원	원형계	8	영해문화유산연구원, 2014, 『장흥 축내리 상리·행원리 행원유적』
107	강진	송학리	방형계	4	해동문화재연구원, 2015, 『康津 松鶴里遺蹟』
108	장흥	봉림리 오산	방형계	32	전남문화재연구원, 2015, 『장흥 봉림리 오산유적』
109	장흥	봉림리	방형계, 원형계	61	동신대학교 문화박물관, 2013, 『장흥 봉림리유적』
110	보성	모령	방형계	1	전남문화재연구원, 2011, 『長興 月滿·寶城 茅嶺·寶城 鳳洞遺蹟』
111	보성	조성리	방형계, 원형계	33	순천대학교박물관, 2009, 『寶城 鳥城里遺蹟』
111	보성	조성리 월평	방형계	8	순천대학교박물관, 2009, 『보성 조성리 월평유적』
112	보성	조성리 금장	방형계, 원형계	21	대한문화재연구원, 2013, 『寶城 鳥城里 金庄遺蹟』
112	보성	우천리 일대	방형계	5	남도문화재연구원, 2005, 『보성 조성지구 문화마을 조성사업구역 내 문화유적 발굴조사 보고서』
113	보성	백학제	방형계	2	전남문화재연구원, 2015, 『보성 백학제유적』
114	보성	봉동	방형계, 원형계	10	전남문화재연구원, 2011, 『長興 月滿·寶城 茅嶺·寶城 鳳洞遺蹟』
115	보성	춘정	방형계, 원형계	11	동북아지석묘연구소, 2011, 『寶城 活川·春亭·安迪·溫洞 支石墓群』

유적 번호	행정 구역	관련유적	주거지 평면형태	주거 · 건물지 (수량)	관련 보고서
116	보성	도안리 석평 I	방형계, 원형계	141	마한문화재연구원, 2011,『寶城 道安里 石坪遺蹟 I 』
116	보성	도안리 석평 II	방형계, 원형계	34	마한문화재연구원, 2012,『寶城 道安里 石坪遺蹟 II 』
117	승주	월평	원형계	3	조선대학교박물관, 2002,『순천 월평 유적』
118	승주	죽산리-가	방형계	1	전남대학교박물관, 1990, 『住岩댐 水沒地域 文化遺蹟發掘調査報告書(VII)』
119	보성 · 화순	죽산리 · 복교리	방형계	4	전남대학교박물관, 1990, 『住岩댐 水沒地域 文化遺蹟發掘調査報告書(VII)』
120	승주	죽산리-나	원형계	2	전남대학교박물관, 1990, 『住岩댐 水沒地域 文化遺蹟發掘調査報告書(VII)』
121	승주	도롱 · 한실	방형계, 원형계	37	국립광주박물관, 1990, 『주암댐 수몰지역 승주 대곡리 집자리』
122	승주	한실	방형계, 원형계	10	국립광주박물관, 1990, 『주암댐 수몰지역 승주 대곡리 집자리』
123	승주	낙수리 낙수	방형계, 원형계	15	전남대학교박물관, 1989, 『住岩댐 水沒地域 文化遺蹟發掘調査報告書(VI)』
124	승주	요곡리 산산	방형계, 원형계	22	대한문화재연구원, 2013,『順天 蓼谷里 蒜山遺蹟』
125	곡성	유정리 유평	방형계	6	전남문화재연구원, 2011,『곡성 유정리 유평유적』
126	곡성	대평리	방형계, 원형계	5	영해문화유산연구원, 2014,『長城 月汀里 舊河道遺蹟』
126	곡성	신리	방형계, 원형계	3	전북문화재연구원, 2013,『谷城 新里遺蹟』
127	곡성	오지리	방형계, 원형계	47	마한문화재연구원, 2008,『곡성오지리유적』
128	구례	봉북리	방형계, 원형계	29	마한문화재연구원, 2007,『谷城 鳳北里遺蹟』
129	광양	지원리 창촌	방형계, 원형계	5	마한문화재연구원, 2012,『광양 지원리 창촌유적』
130	광양	점터	원형계	14	마한문화재연구원, 2011,『광양 점터 · 원적유적』
131	광양	원적	방형계	8	마한문화재연구원, 2011,『광양 점터 · 원적유적』
132	광양	중마동 마흘	원형계	1	마한문화재연구원, 2016,『光陽 中馬洞 馬屹遺蹟』
133	광양	용장	방형계, 원형계	22	전남문화재연구원, 2014,『광양 용장유적』
134	광양	용강리 I	방형계	3	순천대학교박물관, 2002,『광양 용강리유적 I 』

유적 번호	행정 구역	관련유적	주거지 평면형태	주거 · 건물지 (수량)	관련 보고서
134	광양	용강리 기두	방형계	3	순천대학교박물관, 2003, 『光陽 龍江里 機頭遺蹟』
135	광양	석정	방형계, 원형계	5	마한문화재연구원, 2009, 『광양 석정유적』
135	광양	용강리 석정	방형계, 원형계	32	대한문화재연구원, 2012, 『光陽 龍江里 石停遺蹟』
136	광양	칠성리	방형계, 원형계	41	순천대학교박물관, 2007, 『광양 칠성리유적』
137	광양	목성리	방형계, 원형계	27	호남문화재연구원, 2014, 『光陽 木城里遺蹟』
138	광양	도월리	방형계, 원형계	66	전남문화재연구원, 2010, 『光陽 道月里遺蹟 I · II』
139	광양	인동리 인동	방형계, 원형계	33	동북아지석묘연구소, 2018, 『光陽 仁東里 仁東遺蹟』
140	순천	가곡동	방형계, 원형계	32	마한문화재연구원, 2009, 『순천 가곡동유적』
141	순천	용당동 망북	방형계, 원형계	8	순천대학교박물관, 2001, 『順天 龍堂洞 望北 遺蹟』
142	순천	조례동 신월	방형계	2	순천대학교박물관, 1997, 『順天 照禮洞 신월遺蹟』
143	순천	덕암동 I			마한문화재연구원, 2008, 『순천 덕암동유적 I』
143	순천	덕암동 II	방형계, 원형계	238	마한문화재연구원, 2010, 『순천 덕암동유적 II』
143	순천	덕암동 구암	원형계	1	대한문화재연구원, 2012, 『順天 德岩洞 龜岩遺蹟』
143	순천	연향동 구암	방형계, 원형계	4	영해문화유산연구원, 2015, 『순천 연향동 구암유적』
143	순천	연향동 연향	방형계	1	대한문화재연구원, 2018, 『順天 蓮香洞 蓮香遺蹟』
143	순천	연향동 명말	방형계, 원형계	5	마한문화재연구원, 2018, 『順天 蓮香洞 楡末遺蹟』
144	순천	연향동 대석	방형계, 원형계	9	순천대학교박물관, 1999, 『順天 德岩洞 大石 遺蹟』
145	순천	상산 · 남가	원형계	16	마한문화재연구원, 2011, 『순천 상산 · 남가유적』
146	순천	좌야	원형계	3	전남문화재연구원, 2011, 『順天 左也 · 松山遺蹟』
147	순천	성산리 대법	방형계, 원형계	43	마한문화재연구원, 2007, 『순천 성산리 대법 유적』
134	광양	용강리 I	방형계	3	순천대학교박물관, 2002, 『광양 용강리유적 I』
134	광양	용강리 기두	방형계	3	순천대학교박물관, 2003, 『光陽 龍江里 機頭遺蹟』

유적 번호	행정 구역	관련유적	주거지 평면형태	주거ㆍ 건물지 (수량)	관련 보고서
135	광양	석정	방형계, 원형계	5	마한문화재연구원, 2009,『광양 석정유적』
135	광양	용강리 석정	방형계, 원형계	32	대한문화재연구원, 2012,『光陽 龍江里 石停遺蹟』
136	광양	칠성리	방형계, 원형계	41	순천대학교박물관, 2007,『광양 칠성리유적』
137	광양	목성리	방형계, 원형계	27	호남문화재연구원, 2014,『光陽 木城里遺蹟』
138	광양	도월리	방형계, 원형계	66	전남문화재연구원, 2010,『光陽 道月里遺蹟Ⅰㆍ Ⅱ』
139	광양	인동리 인동	방형계, 원형계	33	동북아지석묘연구소, 2018,『光陽 仁東里 仁東遺蹟』
140	순천	가곡동	방형계, 원형계	32	마한문화재연구원, 2009,『순천 가곡동유적』
141	순천	용당동 망북	방형계, 원형계	8	순천대학교박물관, 2001,『順天 龍堂洞 望北 遺蹟』
142	순천	조례동 신월	방형계	2	순천대학교박물관, 1997,『順天 照禮洞 신월遺蹟』
143	순천	덕암동Ⅰ			마한문화재연구원, 2008,『순천 덕암동유적Ⅰ』
143	순천	덕암동Ⅱ	방형계, 원형계	238	마한문화재연구원, 2010,『순천 덕암동유적Ⅱ』
143	순천	덕암동 구암	원형계	1	대한문화재연구원, 2012,『順天 德岩洞 龜岩遺蹟』
143	순천	연향동 구암	방형계, 원형계	4	영해문화유산연구원, 2015,『순천 연향동 구암유적』
143	순천	연향동 연향	방형계	1	대한문화재연구원, 2018,『順天 蓮香洞 蓮香遺蹟』
143	순천	연향동 명말	방형계, 원형계	5	마한문화재연구원, 2018,『順天 蓮香洞 椧末遺蹟』
144	순천	연향동 대석	방형계, 원형계	9	순천대학교박물관, 1999,『順天 德岩洞 大石 遺蹟』
145	순천	상산ㆍ남가	원형계	16	마한문화재연구원, 2011,『순천 상산ㆍ남가유적』
146	순천	좌야	원형계	3	전남문화재연구원, 2011,『順天 左也ㆍ松山遺蹟』
147	순천	성산리 대법	방형계, 원형계	43	마한문화재연구원, 2007,『순천 성산리 대법 유적』
147	순천	송산	방형계, 원형계	26	전남문화재연구원, 2011,『順天 左也ㆍ松山遺蹟』
147	순천	성산ㆍ송산	방형계, 원형계	62	마한문화재연구원, 2011,『순천 성산ㆍ송산유적』

유적 번호	행정 구역	관련유적	주거지 평면형태	주거 · 건물지 (수량)	관련 보고서
147	순천	성산리 성산II	방형계, 원형계	85	마한문화재연구원, 2013, 『順天 星山里 星山遺蹟II』
148	순천	신월주거지	원형계	2	동북아지석묘연구소, 2011, 『麗水 月林支石墓 · 順天 新月住居址유적』
149	여수	월산리 대초	원형계	1	대한문화재연구원, 2010, 『麗水 月山里 大草遺蹟』
150	여수	월산리 호산 · 월림	원형계	48	대한문화재연구원, 2012, 『麗水 月山里 虎山 · 月林遺蹟』
151	보성	금평	원형계	2	전남대학교박물관, 1998, 『寶城 金坪遺蹟』
152	보성	호동	원형계	1	마한문화재연구원, 2011, 『보성 호동 · 고흥 신촌유적』
153	고흥	장동리 장동	원형계	2	대한문화재연구원, 2011, 『高興 掌德里 獐洞遺蹟』
154	여수	상암동 진남	방형계, 원형계	5	영해문화재연구원, 2012, 『여수 상암동 진남유적』
155	여수	화장동II	방형계, 원형계	53	순천대학교박물관, 2002, 『麗水 禾長洞遺蹟II』
156	여수	죽림리 차동	방형계, 원형계	80	마한문화재연구원, 2011, 『여수 죽림리 차동유적 I · II』
157	여수	미평동 양지	원형계	1	전남대학교박물관, 1998, 『麗水 美坪洞 陽地 遺蹟』
158	여수	웅천동 웅서 · 웅동 · 모전	방형계, 원형계	11	동북아지석묘연구소, 2013, 『麗水 熊川洞 熊西 · 熊東 · 茅田 · 松峴遺蹟』
159	여수	화동	원형계	12	마한문화재연구원, 2009, 『여수 마산 · 화동유적』
160	여수	둔전	원형계	48	전남문화재연구원, 2013, 『麗水 峰守 · 屯田遺蹟』
161	고흥	신양	방형계, 원형계	85	호남문화재연구원, 2006, 『高興 新陽遺蹟』
162	고흥	방사	방형계, 원형계	63	호남문화재연구원, 2006, 『高興 訪士遺蹟』
163	고흥	한동	방형계, 원형계	37	호남문화재연구원, 2006, 『高興 寒東遺蹟』

전남지역 마한·백제 주거 연구의 성과와 과제

임동중 아시아문화원 아시아문화연구소

Ⅰ. 머리말

　집은 사람이 자연의 위협에서 자신과 자신의 가족을 보호하고 휴식을 취하기 위한 한 공간으로서 창조된 시설에서 시작되었다[1]. 주거지(住居址)란 집에서의 주거 활동이 중지되어 폐기된 상태의 터를 말하는데, 이러한 주거 자료는 그 외형을 축조하는 과정에서 나타나는 축조방법이나 공간 분할과 생활 양상 등은 당시 사회를 파악하는 기초자료가 된다[2]. 또한, 집이 생활의 중심지라는 점에서 주거지에 대한 연구는 집의 시설뿐만 아니라, 한집에서 살았던 사람 수, 당시의 생활상, 사회 규모 등도 알 수 있어 당시 사회 복원에 좋은 자료를 제공해 주고 있다[3]. 특히, 주거지에는 당시 거주자들이 사용하던 일상 용기들이 군집(assemblage)을 이루고 남아있기 때문에, 특정 유물만 출토된다거나 유물이 매장자가 공유하는 특정 부장 풍속을 반영하는 분묘보다 종합적이고 복합적인 유구로서 주거지가 갖는 중요성은 매우 크다 할 수 있다[4].

　하지만 주거는 분묘와 달리 정치적 지배·피지배 관계보다 당시의 지형이나 기후, 교통로 등의 요소에 더 큰 영향을 받았을 것으로 생각되기 때문에 주거지를 통해 정치적 흐름을 살펴보는 것은 어렵다[5]. 또한, 주거지는 점유 당시부터 수많은 개·보수 과정을 거치며[6], 폐기된 상태로 확인되기 때문에 처음 계획했던 주거의 구조를 정확하게 파악하기란 매우 어렵다는 한계를 가지고 있다.

---

1) 김정기, 1976, 「목조건물옥개발생고-특히 팔작지붕에 대하여」, 『고고미술』129·130, 한국미술 사학회, 18쪽.
2) 국립문화재연구소, 2001, 『한국고고학사전』, 학연문화사, 1130쪽.
3) 윤기준, 1985, 「우리나라 청동기시대 집터에 관한 연구-지역적 특성과 그 구조를 중심으로-」, 『백산학보』32, 백산학회, 7쪽.
4) 임영진, 1984, 「한국수혈주거지 소고-구조를 중심으로-」, 『백산학보』29, 백산학회, 179쪽.
5) 천승현, 2010, 「호서지역 3~5세기 수혈주거지 연구」, 공주대학교대학원 석사학위논문, 3쪽.
6) 이건일, 2009, 「백제 주거지 지상화과정연구 : 호서지역을 중심으로」, 충남대학교대학원 석사 학위논문, 1쪽.

이러한 한계로 인해 주거에 대한 연구는 60년대 후반에 와서야 본격적으로 시작되었으며, 학계 차원에서는 1970년대 말에 와서야 논의가 시작되었다. 1980년에는 '한국선사주거지 연구의 제문제'라는 주제로 논의[7]가 이루어졌으며, 1994년에는 '마을의 고고학'[8], 2013년에는 '주거의 고고학'[9] 등 지속해서 논의[10]되어 오고 있다. 이와 함께 주변 유구와의 관계, 취락 단위 분석 등 연구 범위도 확대되고 있다. 이 글에서는 전남지역을 중심으로 조사·연구 성과를 시기별·주제별로 정리한 후, 향후의 연구 과제를 제시하고자 한다.

II. 전남지역 마한·백제 주거의 시기별 조사·연구 흐름

주거에 대한 연구는 60년대 후반에 와서야 본격적으로 이루어 졌다. 김정기[11]는 신석기시대부터 조선시대에 이르는 주거의 입지, 평면형태, 규모, 내부시설 등을

---

7) 한국고고학회, 1980, 『한국선사주거지 연구의 제문제』(제4회 한국고고학전국대회).

8) 한국고고학회, 1994, 『마을의 고고학』(제18회 한국고고학전국대회).

9) 한국고고학회, 2013, 『주거의 고고학』(제37회 한국고고학전국대회).

10) 중앙문화재연구원, 2010, 『마한·백제 사람들의 일본열도 이주와 교류』(중앙문화재연구원 창립 10주년 기념 국제학술대회); 한국상고사학회, 2011, 『호남지역 삼국시대의 취락유형』(제2회 한국상고사학회 워크숍); 국립광주박물관, 2011, 『광양만권의 마한·백제 취락 재조명』(광양 기획특별전 학술 세미나); 한일취락연구회, 2011, 『한일 취락 연구의 전개』(7회 한일취락 공동연구회); 중부고고학회, 2012, 『마을과 도시의 고고학』(춘계정기학술대회); 마한연구원, 2017, 『마한의 마을과 생활』.

11) 김정기, 1968, 「한국수혈주거지고(一)」, 『고고학』 1, 한국고고학회; 김정기, 1971, 「한국주거사」, 『한국문화사대계IV-풍속·예술사(上)』, 고려대학교민족문화연구소; 김정기, 1974, 「한국수혈주거지고(二)」, 『고고학』 3, 한국고고학회; 김정기, 1976, 「목조건물옥개발생고-특히 팔작지붕에 대하여」, 『고고미술』 129·130, 한국미술사학회; 김정기, 1977, 「문헌으로 본 한국주택사-선사시대부터 고려시대까지」, 『동양학』 7, 동양학연구소; 김정기, 1979, 「마한 영역에서 발견된 주거지」, 『마한·백제문화』, 원광대학교·마한백제문화연구소.

분석하고, 이를 통해 그 변화양상을 살펴보았다. 또한 주거 내부에 대한 공간 활용과 지붕 구조의 복원을 시도하였다. 이와 같은 연구방법은 주거문화 연구의 기본 틀로써 지금까지도 사용되고 있다.

이후 다양한 자료를 통해 연구가 진행되었는데, 민속학적 자료를 중심으로 구석기시대에서 청동기시대에 이르는 주거의 발달과정에 대한 연구[12], 삼국시대 고분벽화를 통해 상위계층의 건축양식 변화를 검토한 연구[13], 신석기~초기철기시대 주거를 권역별로 나누어 시기별 변화와 지역별 차이에 대해 살펴본 연구[14], 청동기시대 주거의 지역별 특성을 살펴본 연구[15], 원삼국시대 한강유역과 주암댐 수몰지구를 비교하여 백제의 초기 주거에 대해 검토한 연구[16], 한국문헌과 미술자료, 그리고 가형토기를 통해 주거 내부 구조를 검토한 연구[17], 원삼국시대 한강·낙동강·보성강유역을 중심으로 건축양식 변화에 대해 검토한 연구[18] 등이 있다.

이처럼 90년대 이전의 연구는 이후 연구의 기본 틀을 만드는 시기가 되었으며, 고고학·건축학·민속학 등 다양한 자료를 통해 다각도로 이루어졌다. 하지만 당

---

12) 김홍식, 1977, 「선사시대 삼림집의 구조에 대한 연구(가설)」, 『문화재』 11, 문화재관리국; 김홍식, 1978, 「先史時代 살림집의 구조에 대한 연구(민속학적 자료를 중심으로)」, 『대한건축사협회지』, 대한건축사협회.

13) 박덕규, 1983, 「삼국시대 고분벽화에 나타난 건축양식에 관한 연구」, 조선대학교대학원 석사학위논문.

14) 임영진, 1984, 「한국수혈주거지 소고-구조를 중심으로-」, 『백산학보』 29, 백산학회; 임영진, 1985, 「움집의 분류와 변천」, 『한국고고학보』 17·18, 한국고고학회.

15) 윤기준, 1984, 「우리나라 청동기시대 집터에 관한 연구-지역적 특성과 그 구조를 중심으로-」, 청주대학교대학원 석사학위논문; 윤기준, 1985, 「우리나라 청동기시대 집터에 관한 연구-지역적 특성과 그 구조를 중심으로-」, 『백산학보』 32, 백산학회.

16) 서성훈, 1987, 「백제초기의 집자리」, 『백제초기문화의 고고학적 재조명』(제11회 한국고고학전국대회 발표요지), 한국고고학연구회.

17) 박언곤, 1988, 「고대목조건축의 구조형식에 관한 연구-가형토기의 창방가구발생까지-」, 『홍대논총』 20, 홍익대학교.

18) 강연수, 1989, 「원삼국시대의 주거건축에 관한 연구」, 건국대학교대학원 석사학위논문.

시 발굴조사로 확인된 고고학자료가 대부분 분묘자료였으며, 주거자료는 신석기~초기철기시대가 대부분이었기 때문에, 원삼국~삼국시대 주거 문화에 대한 연구는 간헐적으로 이루어 졌다.

90년대 이후에는 전국적으로 대규모 건설이 시작됨과 동시에 주거 자료가 급격히 증가하였다. 이러한 조사 성과를 바탕으로 90년대부터 각 지역과 시대에 따른 주거에 대한 연구가 활기를 띠게 되었다. 전남지역 역시 80년대 중반부터 시작된 주암댐 건설[19], 90년대 이후 서해안 고속도로 건설[20], 호남선 복선화 건설[21] 등을 비롯하여 각종 건설로 90년을 전후해 주거 자료가 급격히 증가하였다. 이로 인해 주거자료를 중심으로 세분화된 권역별 연구[22]를 진행 할 수 있게 되었으며, 주거 내부 개별 시설에 대한 연구[23]도 시작되었다.

---

19) 주암댐은 전라남도 순천시 주암면에 1984년에 착공하여 1992년 완공된 댐으로, 수몰전 전남 대학교박물관 등 16개 기관에 의해 조사가 이루어졌다(전남대학교박물관, 1987, 『주암댐 수몰지역 종합학술조사 보고서』; 전남대학교박물관, 1987, 『주암댐 수몰지구 발굴 조사 보고서 Ⅰ』; 전남대학교박물관, 1988, 『주암댐 수몰지구 발굴 조사 보고서 Ⅱ』; 전남대학교박물관, 1988, 『주암댐 수몰지구 발굴 조사 보고서 Ⅲ』; 전남대학교박물관, 1988, 『주암댐 수몰지구 발굴 조사 보고서 Ⅳ』; 전남대학교박물관, 1988, 『주암댐 수몰지구 발굴 조사 보고서 Ⅴ』; 전남대학교박물관, 1989, 『주암댐 수몰지구 발굴 조사 보고서 Ⅵ』; 전남대학교박물관, 1991, 『주암댐 수몰지구 발굴 조사 보고서 Ⅶ』.).

20) 서해안 고속도로는 서울특별시에서 전라남도 무안군을 잇는 약 340㎞ 길이의 도로로 1990년에 착공하여 2001년에 완공했다. 전북대학교박물관과 목포대학교박물관에 의해 조사가 이루어 졌다(전북대학교박물관, 1991, 『서해안 고속도로 지표조사 보고서』; 목포대학교박물관, 1991, 『목포~무안간 고속도로 문화유적 지표조사보고』).

21) 호남선(무안-일로) 구간에 대해 복선화가 추진됨에 따라 목포대학교에 의해 조사가 이루어 졌다(최성락·이영문·이영철 1996, 『호남선(무안~일로간)복선화건설예정지역 문화유적 지표조사보고』, 목포대학교물관.).

22) 최몽룡·김경택, 1990, 「전남지방의 마한·백제시대의 주거지연구」, 『한국상고사학보』 4, 한국상고사학회; 이근욱, 1993, 「보성강 유역 집자리 유적의 성격과 변천」, 『한국상고사학보』 14, 한국상고사학회.

23) 최몽룡·이성주·이근욱, 1989, 「낙수리 낙수 주거지」, 『주암댐 수몰지구 발굴 조사 보고서 Ⅵ』, 전남대학교박물관; 이영철, 1997, 「전남지방 주거지의 벽구시설검토」, 『박물관연보』 6, 목

2000년대를 전후해 이전시기에 조사된 유적이 정리되고 대규모 주거 유적이 발굴[24]됨에 따라 연구가 더욱 활성화되었으며, 각 지역을 대상으로 원삼국~삼국시대 주거지에 대한 심도 있는 연구가 진행되었다. 대부분의 연구는 출토유물을 통해 편년을 시도하고 시기에 따라 주거의 구조적인 변천양상에 대해 검토한 연구[25]가 진행되었으며, 건축학적인 시각에서 주거의 구조적인 발전 과정에 대해 밝히고자 한 연구[26]도 진행되었다. 특히, 2000년대 이후 마한의 고유한 주거양식으로 인

포대학교박물관.

24) 주요 대규모 주거 유적

연번	유적명	주거지 수	비고
1	함평 소명주거지	183	전남대학교박물관, 2003, 『함평 소명 주거지』
2	함평 중랑유적	202	목포대학교박물관, 2003, 『함평 중랑유적Ⅰ·Ⅱ』
3	장흥 상방촌	108	목포대학교박물관, 2005, 『장흥 상방촌A유적Ⅰ』 호남문화재연구원, 2006, 『장흥상방촌B유적』
4	광주 동림동유적	99	호남문화재연구원, 2007, 『광주 동림동유적Ⅱ』
5	담양 태목리유적	965	호남문화재연구원, 2007, 『담양 태목리유적Ⅰ』 호남문화재연구원, 2010, 『담양 태목리유적Ⅱ』
6	광주 산정동·하남동유적	426	호남문화재연구원, 2008, 『광주 산정동유적』 호남문화재연구원, 2008, 『광주 하남동유적Ⅱ』
7	광주 선암동유적	310	호남문화재연구원, 2012, 『광주 선암동유적Ⅰ·Ⅱ·Ⅲ』
8	화순 용강리유적	160	동북아지석묘연구소, 2011, 『화순 용강리유적』

25) 김승옥, 2000, 「호남지역 마한 주거지의 편년」, 『호남고고학보』 11, 호남고고학회; 최미숙, 2001, 「전남지방 철기시대 주거지연구」, 『지방사와 지방문화』 4, 역사문화학회; 이영철, 2001, 「기원후 3~5세기대 호남지방 취락별 편년 검토(Ⅰ)-전남 무안 양장리 유적을 대상으로-」, 『연구논문집』 1, 호남문화재연구원; 이영철, 2002, 「기원전 3~5세기대 호남지방 취낙별 편년 검토(Ⅱ)-전남 장흥 지천리 유적을 대상으로-」, 『연구논문집』 2, 호남문화재연구원; 이영철, 2003, 「기원후 3~5세기대 호남지방 취락별 편년 검토(Ⅲ)-광주 쌍촌동 유적을 중심으로-」, 『연구논문집』 3, 호남문화재연구원; 김승옥, 2004, 「전북지역 1~7세기 취락의 분포와 성격」, 『한국상고사학보』 44, 한국상고사학회; 이은정, 2005, 「전남지역 5~6세기대 주거지에 대한 시론」, 『연구논문집』 5, 호남문화재연구원; 이은정, 2006, 「한반도 서남부 3~6세기 주거지 연구」, 전북대학교대학원 석사학위논문; 이은정, 2007, 「전남지역 3~6세기 주거지 연구」, 『호남고고학보』 26, 호남고고학회; 김은정, 2017, 「마한 주거 구조의 지역성-호남지역을 중심으로-」, 『중앙고고연구』 24; 김민정, 2011, 「무안지역 삼국시대 주거지 고찰」, 『전남고고』 4·5.

26) 최경량, 2002, 「호남지역 청동기·철기시대 주거의 건축적 특성에 관한 연구」, 조선대학교대

식되기 시작한 사주식주거에 대한 연구[27]도 본격적으로 시작되었다. 2000년대 후반에는 전남 서부지역과 동부지역 주거의 구조적인 차이를 인식하고 동부지역을 주요 분석 대상으로 한 연구[28]도 진행되었다. 취락 단위의 연구도 2000년대에 와서야 본격적으로 시작되었다[29].

이밖에도 수혈건물의 폐기원인을 내부 매몰토와 유물출토의 양상, 그리고 화재건물지를 통해 추정해보고자 한 연구[30], 발굴자료, 문헌자료, 가형토기자료를 토대로 컴퓨터 프로그램을 사용하여 사주식주거의 상부구조에 대한 복원을 시도한 연구[31] 등이 이루어졌다.

학원 석사학위논문; 김재웅·박강철, 2003, 「호남지역 철기시대 주거의 평면과 구조에 관한 연구」, 『대한건축학회 학술발표논문집』 23, 대한건축학회.

27) 정일, 2005, 「전남지방 3~5세기 사주식주거지 연구」, 경북대학교대학원 석사학위논문; 정일, 2006, 「전남지역 사주식주거지의 구조적인 변천 및 전개과정」, 『한국상고사학보』 54, 한국상고사학회; 임동중, 2013, 「호남지역 사주식주거지의 변천과정」, 전남대학교대학원; 박지웅, 2014, 「호서·호남지역 사주식 주거지 연구」, 경희대학교대학원 석사학위논문.

28) 박미라, 2007, 「전남 동부지역 1~5세기 주거지의 변천양상」, 목포대학교대학원 석사학위논문; 박태홍, 2007, 「전남 동부지역 주거지의 분포와 변화양상-기원후 주거지를 중심으로-」, 『연구논문집』 7, 호남문화재연구원; 이동희, 2007, 「전남동부지역 마한~백제계 주거지의 변천과 그 의미」, 『선사와 고대』 27, 한국고대학회; 한윤선, 2010, 「전남 동부지역 1~4세기 주거지 연구」, 순천대학교대학원 석사학위논문.

29) 이영철, 2004, 「옹관고분사회 지역정치체의 구조와 변화」, 『호남고고학보』 20, 호남고고학회; 권오영, 2008, 「섬진강 유역의 삼국시대 취락과 주거지」, 『백제와 섬진강』, 서경문화사; 정일, 2008, 「나주지역 삼국시대 취락의 성격」, 『전남고고』 2; 이영철, 2009, 「백제 수취취락의 일례」, 『현장고고』(창간호), 대한문화유산센터; 이영철, 2011, 「영산강 상류지역의 취락변동과 백제화 과정」, 『백제학보』 6, 백산학회; 이동희, 2011, 「삼국시대 호남지역취락의 지역성과 변동」, 『호남지역 삼국시대의 취락유형』(한국상고사학회 제2회 워크샵), 한국상고사학회; 이동희, 2012, 「삼국시대 호남지역 주거·취락의 지역성과 변동」, 『중앙고고연구』 10; 이영철, 2015, 『영산강 유역 고대 취락 연구』, 목포대학교대학원 박사학위논문.

30) 이현석·권태용·문백성·유병록·김병섭, 2004, 「수혈건물의 폐기양식」, 『발굴사례 연구논문집』(창간호), 한국문화재조사연구기관협회.

31) 정일, 2007, 「사주식주거지의 상부구조 복원 시론」, 『연구논문집』 7, 호남문화재연구원.

2010년대 이후부터는 개별 대규모 주거유적에 대한 연구[32]가 이루어졌으며, 방사선탄소연대 자료 축적과 관련 연구가 활성화됨에 이를 활용한 연구[33]도 이루어지게 되었다.

Ⅲ. 전남지역 마한·백제 주거의 주제별 연구성과

1. 주거의 입지와 구조

입지는 크게 구릉과 평지로 구분할 수 있으며, 구릉은 능선과 사면으로 다시 구분할 수 있다. 전남지역 주거는 전시기에 걸쳐 구릉 사면에 가장 많이 확인되는데, 이는 구릉 사면이 주거 또는 취락이 조성되기 가장 유리한 입지이기 때문으로 보인다[34]. 전반적인 입지 변화양상은 구릉 상부에서 하부로 내려가며, 점차 평지로 내려오는 경향이 확인된다[35]. 늦은 시기의 주거가 평지의 충적지에 입지하는 이유는 논농사가 활발해지면서 이에 따른 생산 경제의 변화에 다른 것으로 보인다[36].

32) 곽명숙, 2011, 「광주 하남동유적 주거지연구」, 목포대학교대학원 석사학위논문; 강귀형, 2013, 「담양 태목리취락의 변천 연구」, 목포대학교대학원 석사학위논문.

33) 박지웅, 2014, 「호서·호남지역 사주식 주거지 연구」, 경희대학교대학원 석사학위논문; 박지영, 2017, 「원삼국~삼국시대 마한·백제 권역 취락 분포의 시공간적 변화」, 『한국고고학보』; 전세원, 2017, 「영산강 상류역 원삼국-삼국시대 취락 연대 재고」, 『영남고고학』 79.

34) 정일, 2006, 「전남지역 사주식주거지의 구조적인 변천 및 전개과정」, 『한국상고사학보』 54, 한국상고사학회, 126쪽.

35) 김승옥, 2000, 「호남지역 마한 주거지의 편년」, 『호남고고학보』 11, 호남고고학회, 53쪽; 김승옥, 2004, 「전북지역 1~7세기 취락의 분포와 성격」, 『한국상고사학보』 44, 64쪽; 임동중, 2013, 「호남지역 사주식주거지의 변천과정」, 전남대학교대학원 석사학위논문, 105쪽.

36) 이은정, 2007, 「전남지역 3~6세기 주거지 연구」, 『호남고고학보』 26, 호남고고학회; 김은정, 2011, 「전북지역 마한·백제 취락의 경관 검토」, 『호남지역 삼국시대의 취락유형』(한국상고사

평면형태는 상부구조와 지붕형식을 파악하기 위한 중요한 요소임과 동시에 주거 내부의 생활방식에 크게 영향을 미치는 속성이기 때문에 각 지역 집단의 전통성이 반영되는 것으로 파악된다[37]. 주거지는 크게 평면형태에 따라 방형계와 원형계로 나눌 수 있으며, 방형계는 방형과 장방형, 원형계는 원형과 타원형, 장타원형으로 세분할 수 있다. 주거지의 평면형태는 전남서부와 동부지역이 상이한 양상을 보인다[38]. 서부지역은 방형계가 일찍부터 주를 이루지만, 동부지역은 원형계가 주를 이루며 타원형, 장타원형, 방형, 장방형 순으로 비율이 점차 증가하는 양상을 보인다[39].

벽구는 주거 내에서 확인되는 도랑[溝] 중 수혈의 벽을 따라 돌려지는 것을 말하는 것으로 전남지역에서는 80년대 후반 처음 '벽구'라는 용어를 사용하였다[40]. 용도는 집수(集水) 기능[41], 배수 기능[42], 벽의 기초부를 묻었던 홈[43] 등으로 논의 되

학회 제2회 워크샵), 한국상고사학회, 89~90쪽.

37) 국립나주문화재연구소, 2012, 『옹관고분사회 주거지』, 58쪽.

38) 전남지역은 지형적 특성에 따라 크게 서부지역과 동부지역으로 나눌 수 있는데, 서부지역은 서해안지역과 영산강유역권을 포함하는 지역으로 넓은 평지와 저평한 구릉지대를 형성한 평야지역이며, 동부지역은 남해안을 끼고 남해로 흐르는 섬진·보성강유역을 포함한 지역으로 해안이나 강변주변의 분지형 충적평야가 형성되어 있으며 소백산맥의 영향을 받은 산악지역이다(최미숙, 2001, 「전남지방 철기시대 주거지연구」, 『지방사와 지방문화』 4, 역사문화학회, 45쪽.). 이에 따라 주거의 구조적인 양상도 차이를 보이고 있다.

39) 이동희, 2014, 「1~5세기 호남동부지역의 주거와 취락」, 『야외고고학』 19, 16쪽.

40) 최몽룡·이성주·이근욱, 1989, 「낙수리 낙수 주거지」, 『주암댐 수몰지구 발굴 조사 보고서 VI』, 전남대학교박물관, 56쪽.

41) 최몽룡·이성주·이근욱, 1989, 「낙수리 낙수 주거지」, 『주암댐 수몰지구 발굴 조사 보고서 VI』, 전남대학교박물관, 56쪽.

42) 이영철, 1997, 「전남지방 주거지의 벽구시설검토」, 『박물관연보』 6, 목포대학교박물관.

43) 조형래(1996, 「수혈주거의 벽과 벽구에 관한 연구」, 부산대학교대학원 석사학위논문.)는 벽구가 확인되는 유구의 대부분이 방형주거지라는 점, 수혈바닥에 구를 만들기 보다는 지상에 배수시설을 하는 것이 더욱 합당한 점, 배수시설로서 설치된 벽구라면 구의 끝 부분에는 모아진 물을 최종적으로 빼낼 수 있는 시설이 필요하나 그러한 장치가 보이지 잘 않는다는 점, 배수용, 제습용 구라면 벽구를 네 벽면에 다 설치할 필요는 없었다는 점, 벽구 내부의 기둥자리가 확인된다는 점 등을 근거로 그 용도는 벽의 기초부를 묻었던 홈이라고 보았다.

고 있다. 또한, 사주가 확인되지 않는 주거에 비해 사주식주거에서 벽구시설이 더 많이 확인[44]되어, 향후 중심기둥과의 관계에 대해서도 검토할 필요성이 있다.

장타원형수혈는 주거 내에 아주 긴 장타원형으로 확인되는 구로, 주거의 평면 형태, 규모, 기둥배치 등과는 상관없이 모두 확인되고 있으며[45], 주거 내 수는 주거 규모와 관련성이 높다[46]. 벽구와 관련한 배수, 외부에서 유입되는 물 집수, 주거지 내부의 공간분할을 위한 칸막이 등의 기능[47]으로 연구되어 오고 있으며, 최근에는 복층으로 올라가기 위한 사다리를 지지해 주는 수혈, 출입을 위한 시설(계단, 사다리 등) 가능성도 제시[48]되었다.

기둥은 건물의 기본 뼈대 중 하나로 바닥의 힘으로 지붕과 같은 상부의 하중을 지탱하게 하는 수직재이며, 이러한 기둥의 배치는 건물의 형태, 내부공간의 활용, 건물의 견고함과 증·개축, 건물의 폐기 상황 등의 다양한 사실들을 말해주는 중요한 부속시설이다[49]. 기둥은 크게 중심기둥과 보조기둥으로 구분되는데, 중심기둥은 주거 상부 구조를 받치는 역할을 하며, 보조기둥은 중심기둥을 보조하거나, 벽체를 만들기 위해 설치한다. 중심주공의 평면형태는 크게 원형과 방형으로 나눌 수 있는데, 평면형태가 방형인 경우는 전북지역 고창(봉덕유적, 부곡리유적, 신덕리유적)에서 일부확인 되며, 전남지역에서는 함평(월산리유적)에서만 확인된다. 주공의 단면은 대부분 일단굴광 방식이지만 일부 이단굴광 방식도 확인된다. 이단굴광 방식은 기둥자리를 굴착한 후 바닥에 다시 기둥과 비슷한 규모의 구멍을 파내는 것으로 노동력의 감소와 함께 기둥의 흔들림을 방지하여 더 견고하게 기둥을 세울 수 있다[50]. 때문

44) 김은정, 2006, 「전북지역 원삼국시대 주거지 연구」, 전북대학교대학원 석사학위논문.
45) 김은정, 2017, 「마한 주거 구조의 지역성-호남지역을 중심으로」, 『중앙고고학연』 24, 27~28쪽.
46) 김은정, 2006, 「전북지역 원삼국시대 주거지 연구」, 전북대학교대학원 석사학위논문.
47) 국립나주문화재연구소, 2012, 『옹관고분사회 주거지』, 163쪽.
48) 김은정, 2017, 「마한 주거 구조의 지역성-호남지역을 중심으로」, 『중앙고고학연』 24, 28~29쪽.
49) 국립나주문화재연구소, 2012, 『옹관고분사회 주거지』, 76쪽.

에 이단굴광은 기술적인 요소와 지형적인 요소가 영향을 미쳤을 것으로 생각된다.

2. 주거 내부 공간 활용

주거 연구의 목적이 당시 주거문화 복원임에도 불구하고 공간 활용에 대한 연구는 거의 이루어지지 않고 있다. 이는 앞서 설명한 주거 자료의 한계로 보인다. 최근 대규모의 주거 유적이 발굴되어서야 관련 연구가 이루어 졌다.

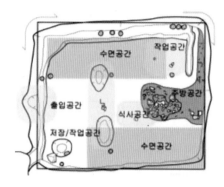

〈그림 1〉 공간구조 모식도(곽명숙 2011)

곽명숙[51]은 광주 하남동유적에서 확인된 주거지를 면적별로 주거지 구조와 출토유물을 분석하여 기본적인 일상생활과 대응시켜 공간의 용도를 추론하였다. 주거의 면적을 크게 10㎡ 이하, 10.1㎡~20㎡, 20.1㎡~30㎡, 30.1~40㎡, 40㎡ 이상으로 구분하여 분석하였다. 10㎡ 이하 주거의 공간 구조는 주방, 작업 및 저장 공간이 하나의 공간에서 이루어져 엄격한 공간의 분리는 이루어지지 않았으며, 그 만큼 주거로서의 활용도는 낮았던 것으로 판단하였다. 10.1㎡~20㎡ 사이의 공간구조는 10㎡이하 보다는 공간의 활용이 비교적 정형화되어 있는 것으로 보았다. 20.1㎡~30㎡ 사이의 공간구조는 10.1㎡~20㎡ 사이의 공간구조보다는 공간의 활용이 더욱 정형화되어 있는 것으로 보았으며, 면적이 확대되었지만 내부시설물의 수는 거의 차이를 보이지 않아 활동할 수 있는 공간이 확대되고 있다고 보았다.

---

50) 이건일, 2011, 「호서지역 백제주거지의 지상화과정에 관하여」, 『호서고고학』 24, 호서고고학회, 102쪽.

51) 곽명숙, 2011, 「광주 하남동유적 주거지연구」, 목포대학교대학원 석사학위논문.

<표 1> 주거지 내부 공간 구분(안)(곽명숙 2011)

구분	공간 위치 및 출토유물
주방 공간	· 노지를 포함한 좌 · 우측 공간 · 취사 · 조리용기인 심발형토기, 장란형토기, 시루 등이 확인
식사 공간	· 주방공간에서 가까운 노지 앞부분이나 좌 · 우측 벽면에 가까운 공간이 해당 · 배식용기인 완, 고배, 개배, 소형토기류 등이 확인
작업 공간	· 타원형구덩이의 위치, 상면의 경화범위, 석기류의 출토위치와 관련 · 일정한 범위에 지석, 석재나 미완성 석기류 등이 확인
저장 공간	· 음식물과 재료,곡류 등을 담아 놓거나 장기간 저장하는데 사용되는 용기로 주로 호형토기, 옹형토기 등이 놓여 있는 경우 · 저장용구덩이가 있는 경우, 선반이라고 판단되는 턱이 있는 경우 등
수면 공간	· 노지 앞 좌 · 우측 부분에 유물 분포가 적은 공간 · 주방 · 식사 공간을 제외한 동 · 서측 공간
출입 공간	· 벽면 형태와 주공 위치를 이용하여 판단 · 노지 반대편의 상면 돋음, 벽면 내 · 외면의 돌출부, 일정한 간격으로 확인되는 소주공과 달리 불규칙적인 소주공의 간격 등이 확인

3. 주거 상부구조 복원

전남지역에서 주거 상부구조 복원 연구는 최몽룡에 의해 이루어진 이후, 2000
년대 좀 더 다양한 자료 검토를 통해 이루어 졌다. 최몽룡 등[52]은 주거의 평면형태,
주공의 배치, 수혈의 깊이 등을 통해 낙수리 낙수 주거지를 맞배지붕으로 복원하
였다. 정일[53]은 사주식주거의 상부구조를 복원하였다. 네 개의 기둥과 평면 방형
형태에는 맞배지붕, 우진각지붕, 모임지붕 등이 적합한 것으로 보았으나, 우진각
지붕은 맞배유형보다 상대적으로 만들기 어려워 사용된 예가 적었을 것으로 보았

---

52) 최몽룡 · 이성주 · 이근욱, 1989, 「낙수리 낙수 주거지」, 『주암댐 수몰지구 발굴 조사 보고서
　　Ⅵ』, 전남대학교박물관.
53) 정일, 2005, 「전남지방 3~5세기 사주식주거지 연구」, 경북대학교대학원 석사학위논문; 정일,
　　2007, 「사주식주거지의 상부구조 복원 시론」, 『연구논문집』 7, 호남문화재연구원.

다. 영광 마전 5호는 맞배지붕, 함평 중랑 94호는 모임지붕, 나주 랑동 15호는 맞배
지붕으로 복원하였다.

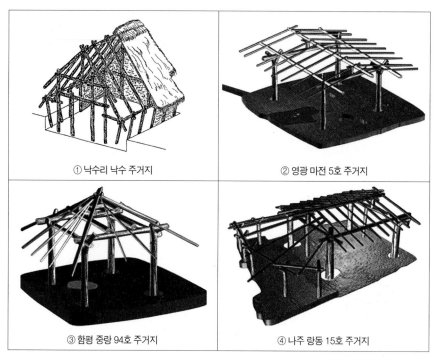

① 낙수리 낙수 주거지 　　② 영광 마전 5호 주거지

③ 함평 중랑 94호 주거지 　　④ 나주 랑동 15호 주거지

〈그림 2〉 주거 상부 구조 복원(안)(① 최몽룡 외 1989, ②③④ 정일 2007)

4. 주거와 취락 간 위계

위계는 사회적인 지위와 계층을 말하는 것으로 내부구조의 유사함과 출토유물
의 한계로 주거 자료에서는 쉽게 파악하기 매우 어렵다. 그럼에도 불구하고 이를
파악하려는 노력이 계속되어오고 있다.

이영철[54]은 취락을 주거의 중첩율과 분묘의 밀집도, 출토유물 등을 기준으로 하위취락, 거점취락, 중심취락 3단계로 구분하고, 다시 단수의 거점취락과 복수의 하위취락으로 구성된 주변단위체, 단수의 중심취락과 복수의 거점취락으로 구성된 중심단위체로 구분하였다. 이와 같은 분류를 전제로 자연지형(하천의 수계, 바다 연안의 만 등을 기준)을 토대로 지역정치체를 구분하였다.

〈표 2〉 취락 구분(안)(이영철 2004 · 2011)

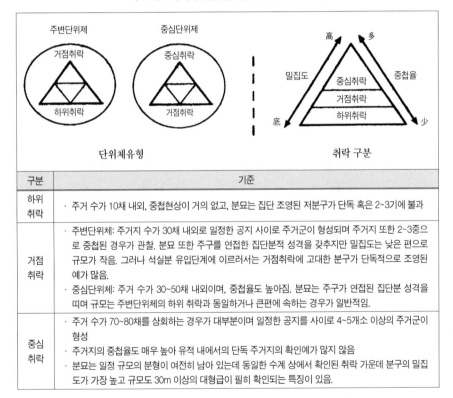

구분	기준
하위 취락	· 주거 수가 10채 내외, 중첩현상이 거의 없고, 분묘는 집단 조영된 저분구가 단독 혹은 2~3기에 불과
거점 취락	· 주변단위체: 주거지 수가 30채 내외로 일정한 공지 사이로 주거군이 형성되며 주거지 또한 2~3중으로 중첩된 경우가 관찰. 분묘 또한 주구를 연접한 집단분적 성격을 갖추지만 밀집도는 낮은 편으로 규모가 작음. 그러나 석실분 유입단계에 이르러서는 거점취락에 고대한 분구가 단독적으로 조영된 예가 많음. · 중심단위체: 주거 수가 30~50채 내외이며, 중첩율도 높아짐. 분묘는 주구가 연접된 집단분 성격을 띠며 규모는 주변단위체의 하위 취락과 동일하거나 큰편에 속하는 경우가 일반적임.
중심 취락	· 주거 수가 70~80채를 상회하는 경우가 대부분이며 일정한 공지를 사이로 4~5개소 이상의 주거군이 형성 · 주거지의 중첩율도 매우 높아 유적 내에서의 단독 주거지의 확인예가 많지 않음 · 분묘는 일정 규모의 분형이 여전히 남아 있는데 동일한 수계 상에서 확인된 취락 가운데 분구의 밀집도가 가장 높고 규모도 30m 이상의 대형급이 필히 확인되는 특징이 있음.

54) 이영철, 2004, 「옹관고분사회 지역정치체의 구조와 변화」, 『호남고고학보』 20, 호남고고학회; 이영철, 2011, 「영산강 상류지역의 취락변동과 백제화 과정」, 『백제학보』 6, 백제학회.

김승옥[55]은 취락 내 사회적 위계화의 해상도를 제고하기 위해서는 개별 주거의 규모와 공간적 위치, 출토유물의 차이뿐만이 아니라 주거군의 규모에 주목할 필요가 있다고 보았다. 주거군 구성원의 규모는 세대공동체 간의 경쟁에서 유리하게 작용하기 때문에 취락 내 중심 주거군의 엘리트는 취락공동체의 대표자로 상정할 수 있다고 보았다. 통계(히스토그램 분포 현황) 분석을 통해 취락의 규모를 소형(25기 미만), 중형(25~69기), 대형(70기 이상)으로 구분(취락의 일부만 조사된 유적은 그 출토유물, 주거 크기를 통해 대형으로 보았음)하였으며, 주거의 규모는 소형($15㎡$), 중형($15~35㎡$ 미만), 대형($35㎡$ 이상)으로 구분하였다. 취락의 규모에 따라 확인되는 유구와 출토된 유물을 검토 하였는데, 특히 대형 취락은 고상건물이 많이 확인된다는 점, 철기의 출토빈도가 높다라는 점을 통해 정치경제적으로 중심 기능을 수행하였을 것으로 추정하였다. 또한 토기 생산과 관련된 유구와 유물이 대형 취락에서 가장 높은 비율로 확인된다는 점도 확인하였다. 이와 함께 일부 소형취락에서도 토기 가마가 발견된 취락이 있는데 이 경우 대부분의 취락은 농경생활을 영위하는 일반 농경민보다는 토기 생산을 전업으로 담당하거나 최소 반전반농의 주민들이 거주하는 특수 취락으로 추정하였다. 또한 문헌기록을 토대로 옥을 중요한 마한의 장식문화를 대변하는 표지유물로 보고 대형급의 취락일수록 옥을 애용하는 거주민이 많이 있고, 이러한 옥의 애용자는 상대적으로 사회적 지위가 높았을 가능성이 높다고 보았다.

---

55) 김승옥, 2014, 「취락으로 본 전남지역 마한 사회의 구조와 성격」, 『전남지역 마한 제국의 사회 성격과 백제』.

5. 사주식주거의 등장과 확산, 소멸

사주식주거[56]에 대한 인식과 연구는 90년대 후반에 시작되었다. 이남석[57]은 천안 용원리 유적에서 조사된 네 모서리에 대형주공을 사용하는 방형의 수혈주거가 대체로 용원리 유적의 인근과 그 이남지역에서 발견되는 것으로 미루어 특정시기의 지역적 특색을 나타내는 문화요소로 판단하였다. 이후 김승옥[58]은 4주공이 한강하류와 중도유형문화의 주거에는 거의 나타나지 않고, 천안 이남에서 주로 확인된다는 점과 백제나 가야 주거에서도 보이지 않는다는 점을 통해 마한계 주거의 대표적 특징 중의 하나로 볼 수 있다고 하였다. 전남지역에서 '사주식주거'라는 용어는 무안 양장리유적에서 확인된 네 개의 주(主) 기둥이 있는 주거에 사용된 이래로[59] 마한계주거지의 특징 중 하나로 제기 되면서 본격적으로 사용되기 시작하여 지금까지 사용되고 있다.

---

56) 사주식주거는 주거 내에 네[四]개의 중심기둥[主柱]이 있는 주거로, 고고학적으로는 주거지 내에 확인되는 주공으로 쉽게 구분할 수 있으며, 사주형주거지, 사공식주거지, 사주공식주거지 등의 다양한 명칭으로도 불리고 있다. 사주식주거는 사주가 확인되지 않는 주거와 차이를 보인다. 주거 상면에서 주공이 확인되지 않을 경우는 수혈밖에 지면에 서까래를 세웠을 가능성, 주거지의 수혈 외부에 주제대를 설치하거나 벽체시설로 상부구조를 지탱했을 가능성, 기둥을 지면위에 바로 세우거나 초석으로 받쳤을 가능성 등 3가지로 해석가능하다(김나영, 2007, 「영남지역 삼한시대 주거지의 변천과 지역성」, 『영남고고학』 43, 72쪽). 어떤 경우라도 주거 상면에 구덩이를 파고 기둥을 박는 방식에 비해 가옥의 안정도는 떨어질 수밖에 없을 것으로 보인다(권오영, 2008, 「섬진강 유역의 삼국시대 취락과 주거지」, 『백제와 섬진강』, 서경문화사, 59쪽).
57) 이남석, 1998, 「원삼국시대 주거지 일례-천안 용원리 유적의 고분군내 주거지-」, 『선사와 고대』 11, 한국고대학회.
58) 김승옥, 2004, 「전북지역 1~7세기 취락의 분포와 성격」, 『한국상고사학보』 44, 한국상고사학회, 62쪽.
59) 최성락 · 이영철 · 윤효남, 2000, 『무안 양장리유적 Ⅱ』, 목포대학교박물관.

사주식주거는 전남지역에서 3세기 초에 확인된다[60]. 주로 전남 서해안권과 남해안권에서 먼저 확인되고 4세기 초가 되면 영상강중상류까지 확산되며 4세기 후반 5세기대가 되면 담양, 화순 등 영산강 최상류지역, 지석천유역까지 확산된다. 영산강유역권이 4세기대 가장 성행하는 반면, 전남 서해안권과 남해안권은 4세기 초를 기점으로 성행하다 지속적으로 사주식주거가 줄어드는 양상을 보인다. 4세기 말에서 5세기대에는 사주식주거가 전 지역에서 줄어들기 시작하는데, 영산강유역권을 중심으로 대형주거가 본격적으로 확인되기 시작한다[61]. 대형 사주식주거가 증가하면서 일반주거와의 차별화가 심화되는데, 내부구조와 유물상에 차이를 보인다[62]. 전남 남해안권(동부지역)은 3세기대~4세기대는 보성강유역권과 고흥반도권에 머물러 있던 사주식주거가 5세기대에 접어들면 동부 해안지대로 확산되는 현상이 보이는데 이 시점은 가야, 왜계 문물이 반입되는 시점이기도 하다[63]. 5세기 후반에는 전반적으로 취락이 감소하고 충적지로 중심지가 이동하면서 지상건물지의 수적인 증가세를 보이며, 취락 내 계층차이도 확인된다[64]. 5세기 후반~6세기 전반에 이르러서는 전권역에서 사주식주거가 점차 소멸한다[65].

사주식주거의 확산과정의 원인은 철소재 사용, 농업 생산력 증가에 따른 경제력, 신분상 차이에 따른 것으로 보인다[66]. 또한, 사주식주거는 전남 동부지역(남해

---

60) 정일, 2006,「전남지역 사주식주거지의 구조적인 변천 및 전개과정」,『한국상고사학보』54, 한국상고사학회, 137쪽.

61) 임동중, 2013,「호남지역 사주식주거지의 변천과정」, 전남대학교대학원 석사학위논문.

62) 정일, 2006,「전남지역 사주식주거지의 구조적인 변천 및 전개과정」,『한국상고사학보』54, 한국상고사학회, 137쪽.

63) 권오영, 2008,「섬진강 유역의 삼국시대 취락과 주거지」,『백제와 섬진강』, 서경문화사, 43쪽.

64) 정일, 2013,「전남 서부지역 사주식주거지 검토」,『주거의 고고학』(제37회 한국고고학전국대회), 273쪽.

65) 이은정, 2007,「전남지역 3~6세기 주거지 연구」,『호남고고학보』26, 호남고고학회.

66) 정일, 2005,「전남지방 3~5세기 사주식주거지 연구」, 경북대학교대학원 석사학위논문.

안권)에서는 전남 서부지역(서해안권, 영상강유역권)에 비해 소수만 확인되는데 이는 지역 간의 지형을 비롯한 자연환경과 연관성이 있을 것으로 보인다[67].

사주식주거는 4~5세기대를 거치며 크게 줄어들고 6세기 전반 이후 소멸하는 양상을 보이는데, 이러한 소멸 원인은 크게 환경적 요인과 정치적 요인으로 설명되어 진다.

먼저 환경적요인은 당시 기온 온난화에 따른 수혈에서 지상화되는 과정으로 인한 것으로 보는 견해[68]이다. 고대 한반도의 기후는 3세기 대부터 점차 온난해지는데[69], 이로 인해 보온의 필요성이 점차 줄어들면서 수혈을 깊게 파지 않고 상부구조를 높게 만드는 방식으로 변화하여 수혈주거의 지상화를 가속화 시켰을 것으로 보인다[70]. 수혈식주거의 지상화 과정에는 난방이라는 요소와 견고한 벽체의 성립, 주거의 조성과정에서 가용면적 등이 고려되었을 것으로 보이며, 면적증가와 입지변화가 함께 이루어졌을 것으로 보인다[71]. 전남지역을 포함한 호남지역 역시 이와 같은 양상이 확인되고 있다. 난방시설의 발달은 정확히 확인되지 않고 있으나, 취사시설은 점토를 주요 재료로 한 부뚜막에서 판석과 점토를 혼합한 구들로 변화하는 양상이 확인[72]되며, 벽체 역시 견고해진다. 또한, 사주식주거는 점차 대형화되

---

67) 박태홍, 2007, 「전남 동부지역 주거지의 분포와 변화양상-기원후 주거지를 중심으로-」, 『연구논문집』 7, 호남문화재연구원.

68) 임동중, 2013, 「호남지역 사주식주거지의 변천과정」, 전남대학교대학원 석사학위논문.

69) 임영진, 2011, 「나주 복암리 일대의 고대 경관」, 『호남문화재연구』 10, 호남문화재연구원.

70) 수혈주거지의 수혈 깊이는 보온효과와 매우 밀접한 관련성이 있지만, 50cm 정도의 차이에서는 큰 효과가 없기 때문에 거주성을 높이기 위해서는 수혈을 깊이 파는 것보다 상부의 구조를 높게 하는 것이 훨씬 쉬웠을 것으로 여겨진다(임영진, 1985, 「움집의 분류와 변천」, 『한국고고학보』 17 · 18, 한국고고학회, 111쪽.).

71) 이건일, 2011, 「호서지역 백제주거지의 지상화과정에 관하여」, 『호서고고학』 24, 호서고고학회.

72) 이은정, 2007, 「전남지역 3~6세기 주거지 연구」, 『호남고고학보』 26, 호남고고학회.

기 시작하고[73], 입지 역시 구릉 상부에서 하부로, 점차 평지로 내려오는 경향이 확인된다[74].

정치적인 요인은 백제의 영향으로 인한 소멸로 설명되어 진다. 백제의 특징적인 주거구조는 '온돌구조' 구조인데 6세기 초반에 백제계 온돌구조의 등장과 함께 주거지의 지상화가 이루어지면서 사라지는 것으로 보인다[75]. 하지만 백제의 영향이 주거에서는 거의 확인되지 않는데, 이는 백제의 영향을 받기 시작하는 시기에 지상화에 따른 구조물이 발굴과정에서 확인되지 않기 때문으로 추정해 볼 있다[76].

6. 취락의 경관 변화

전남지역 취락에 대한 연구는 2000년대 이후 시작되었으며, 이러한 취락 연구는 당시 정치체의 변화 양상과 관련해서 논의가 되었다.

이영철[77]은 영산강유역을 크게 상류와 하류, 취락의 유형을 중심취락, 거점취락, 하위취락으로 구분하여 연구하였다. 하류는 4세기에 접어들면서 지역단위의 정치체들이 등장하기 시작하였으며, 5세기 이후 나주 반남 중심의 정치체의 성장

---

73) 임동중, 2013, 「호남지역 사주식주거지의 변천과정」, 전남대학교대학원 석사학위논문.
74) 김승옥, 2000, 「호남지역 마한 주거지의 편년」, 『호남고고학보』 11, 호남고고학회, 53쪽; 김승옥, 2004, 「전북지역 1~7세기 취락의 분포와 성격」, 『한국상고사학보』 44, 64쪽.
75) 정일, 2005, 「전남지방 3~5세기 사주식주거지 연구」, 경북대학교대학원 석사학위논문; 정일, 2006, 「전남지역 사주식주거지의 구조적인 변천 및 전개과정」, 『한국상고사학보』 54, 한국상고사학회.
76) 정일, 2013, 「전남 서부지역 사주식주거지 검토」, 『주거의 고고학』(제37회 한국고고학전국대회).
77) 이영철, 2004, 「옹관고분사회 지역정치체의 구조와 변화」, 『호남고고학보』 20, 호남고고학회; 이영철, 2009, 「백제 수취취락의 일례」, 『현장고고』(창간호), 대한문화유산센터; 이영철, 2011, 「영산강 상류지역의 취락변동과 백제화 과정」, 『백제학보』 6, 백제학회.

이 두드러지게 나타나며 지역간 위계화가 심화된다고 보았다. 6세기를 전후하여 기존의 정치체 역시 성장하면서 위계가 약해지는 양상을 보인다고 하였다. 상류는 5세기대 동림동유적을 중심으로 지역간 위계화가 진행되고 5세기 후반에 접어들면서 그 구분이 명확히 드러난다고 보았다. 이러한 변화·발전은 백제와 직접적인 관련이 있다고 보았다.

정일·최미숙[78]은 4세기 후엽 또는 5세기 초반의 전남 남서해안지역의 화재양상을 『일본서기』에 기록된 백제 근초고왕의 군사활동과 관련지어 보았다. 동시기의 남해안지역 취락자료를 비교를 통해 전남 서부의 화재주거가 훨씬 많고 규모가 크다는 것을 근거로 살등구조가 큰 전쟁으로 파악히였고 이를 백제가 고해진에 이르러 침미다례를 도륙할 때 발생한 하나의 고고학적 근거자료로 추정하였다.

김승옥[79]은 전북 서해안 취락들이 4세기 중반을 넘지 않는데 반해 전남지역은 5~6세기까지 떨어지는 주거가 많은 것으로 보아, 전남지역의 마한세력이 6세기까지 정치적인 독자성을 유지했는지에 대한 직접적인 증거는 되지 못할지라도 최소한 마한 고유의 문화적인 전통이 이 시기까지 유지되고 있었을 것이라고 보았다. 세부적으로 살펴보면, 전남지역 내에서는 3세기 이전의 마한 소국은 소국 내에서 취락별로 어느 정도 위계화가 보이지만 소국간에는 수평적 관계를 유지했던 것으로 추정되며, 4세기대에 이르면 취락의 규모가 증가하고 개별 주거와 주거군 간의 차이도 심화되는 양상이 확인된다. 소국간의 관계에서도 위계화가 서서히 진행되는 것으로 보았다. 5세기대에 접어들면 삼한 소국의 양상은 두 종류의 상반된 양상

---

78) 정일·최미숙, 2013, 「강진 양유동취락의 특징과 고대사적 의미」, 『호남고고학보』 45.

79) 김승옥, 2000, 「호남지역 마한 주거지의 편년」, 『호남고고학보』 11, 호남고고학회; 김승옥, 2014, 「취락으로 본 전남지역 마한 사회의 구조와 성격」, 『전남지역 마한 제국의 사회 성격과 백제』.

으로 나타나게 되는데, 대부분의 대형 취락은 점차 쇠퇴의 길로 접어들게 되며, 대부분의 중형과 소형 취락도 소멸되기 시작하는데 반해 일부 대형취락은 취락의 규모와 복잡도에서 오히려 급격한 성장을 이루게 된다. 이러한 대형 취락의 주변으로는 새로운 중소형 취락도 등장한다. 5세기대 취락의 경관 변화는 백제의 남정으로 인한 것으로 설명하였지만 이는 일부지역에 한정된다고 보았다.

IV. 맺음말

지금까지 시기별 조사·연구의 흐름과 주제별 연구 성과에 대해 살펴보았다. 이상을 종합하면서 향후 연구 과제를 정리하는 것으로 맺음말을 대신하고자 한다.

첫째, 주거 분석 단위에 대해 고민해 볼 필요가 있다. 지금까지 연구는 크게 개별 주거에 대한 연구와 유적 단위의 연구, 취락단위 연구로 나누어 볼 수 있다. 하지만 개별 주거지 간의 관계에 대한 구체적인 연구는 부족하다. 유적 내 주거군 단위의 연구[80]는 이루어졌으나, 동일 시기의 한 주거 단위에 대해서는 이루어지지 않았다. 앞서 설명한 곽명숙의 연구에서 잠시 언급하였다시피, 모든 크기의 주거가 동일한 기능을 하지 않았을 가능성이 높다. 특히, 소형의 주거는 일반적인 주거로서 활용도가 낮았을 가능성이 높다. 이는 현재 발굴되는 주거지가 인접한 주거지와 함께 1개의 주거 단위로 사용되었을 가능성도 있다고 볼 수 있다. 이와 관련하여 삼국지에 다음과 같은 기록이 확인된다.

---

80) 김승옥, 2014, 「취락으로 본 전남지역 마한 사회의 구조와 성격」, 『전남지역 마한 제국의 사회 성격과 백제』; 이영철, 2013, 「호남지역 원삼국~삼국시대의 주거·주거군·취락구조」, 『주거의 고고학』(제37회 한국고고학전국대회 발표문).

· 無大倉庫, 家家自有小倉, 名之爲桴京.

큰 창고는 없으나 집집마다 스스로 작은 창고가 있어, 이름하여 '부경'이라 한다.

· 女家作小屋於大屋後, 名壻屋,

여자의 큰 집 뒤에 작은 집을 짓는데, 이를 '서옥'이라 한다.

≪三國志≫ 권 30, 魏書 30, 東夷, 高句麗.

이는 한세대가 살아가는 고구려의 주거 모습을 보여주는데, 이러한 문헌기록을 토대로 당시의 주거 단위는 여러 채의 주거와 고상주거 또는 저장시설이 한 단위를 이루었던 것으로 추정할 수 있다[81]. 지역적인 차이와 환경적인 차이가 있기 때문에 그대로 적용하기는 어렵지만, 여러 기의 주거지가 1개의 주거 단위였을 가능성도 염두에 둬야 할 것으로 보인다.

둘째, 전남지역 사주식주거의 등장과 배경이다. 현재 가장 이른 시기의 사주식주거는 천안지역에서 확인된다. 천안 장산리유적[82]은 2~3세기대의 유적으로 사주식주거는 2세기대부터 확인되는데, 경질무문토기가 주로 확인된다. 아직까지 천안 장산리유적 사주식주거를 상회하는 유적은 확인되지 않고 있으며, 전남지역 역시 이후인 3세기 대에 와서야 사주식주거가 확인된다[83]. 아직까지 2세기 이전으로 그 상한이 올라가지 않고 있는 것으로 보아 천안지역에서 확인되는 사주식주거가 확산 된 것으로 보고 있다[84]. 하지만 천안 일대로부터 대규모의 이주가 있었다면 무덤과 유물이 천안 일대와 동질성을 가지고 있어야 하지만, 어느 정도 차이를 보

---

81) 이재운 · 이상균, 2005, 『백제의 음식과 주거문화』, 주류성, 91~93쪽.

82) 이강승 · 박순발 · 성정용, 1996, 『천안 장산리 유적』, 충남대학교박물관.

83) 정일, 2006, 「전남지역 사주식주거지의 구조적인 변천 및 전개과정」, 『한국상고사학보』 54, 한국상고사학회, 137쪽.

84) 정일, 2006, 「전남지역 사주식주거지의 구조적인 변천 및 전개과정」, 『한국상고사학보』 54, 한국상고사학회.

이고 있어 이주로만 설명하기는 한계가 있다[85]. 최근 방사선탄소연대측정치를 근거로 호남 서부지역의 사주식주거가 천안지역보다 더 이른 시기에 존재하였을 가능성도 있다는 의견도 제시[86]되었다.

또한, 문화적 차이가 있어 직접 비교하기는 어렵지만 사주라는 건축 요소가 신석기시대와 청동기시대에 이미 확인[87]된다는 점도 참고해 보아야 할 것으로 보인다. 이와 관련하여 청동기시대 주거지와 원삼국~삼국시대 주거지를 비교 분석한 연구[88]가 있다. 청동기시대에 비해 원삼국~삼국시대에 확인되는 사주가 더 정연해지며, 주공의 크기가 커지는 양상을 보이는데, 이러한 사주의 발달은 주거의 평면적을 넓히는 동시에 실내 상부 체적 또한 크게 하고자 하는 의도에서 비롯되었다고 보았다. 원삼국~삼국시대 내에서도 동일한 변화 양상이 확인되는데, 무주형에 비해 면적이 크며, 시기가 지날수록 면적이 넓어지고 중심기둥이 벽에 가까워지고 있는 양상이 보인다. 이는 동일한 목재를 사용함에 있어 주거지의 면적을 최대한으로 넓히고자 함과 동시에 주거지 내부의 공간 활용성을 높이고하자 한 것으로 보인다[89]. 이와 함께 주공간의 거리 변화도 청동기시대에서부터 초기철기~원삼국시대를 거쳐 현재의 전남지역 민가로의 변화양상이 확인된다. 일반적으로 주공간 평균거리는 청동기시대 주거지는 230cm 이하고, 초기철기~원삼국시대 사주식주거는 233~279cm에서 가장 많은 군집(평균 257cm)을 이루며, 전남지방 민가의 안채 초석 간격은 242.4cm 이고, 반가의 경우는 평균 260cm로 알려져 있는데,

---

85) 서현주, 2013, 「마한·백제 사주식주거지의 연구 성과와 과제」, 『주거의 고고학』(제37회 한국고고학전국대회), 221쪽.
86) 박지웅, 2014, 「호서·호남지역 사주식 주거지 연구」, 경희대학교대학원 석사학위논문, 49쪽.
87) 정일, 2005, 「전남지방 3~5世紀 사주식주거지 연구」, 경북대학교대학원 석사학위논문.
88) 최경량, 2002, 「호남지역 청동기·철기시대 주거의 건축적 특성에 관한 연구」, 조선대학교대학원 석사학위논문, 63쪽.
89) 임동중, 2013, 「호남지역 사주식주거지의 변천과정」, 전남대학교대학원 석사학위논문.

초기철기~원삼국 주공간 거리는 전남지방 민가의 초석거리와 유사하여 이때부터 정형화되는 것으로 알려져 있다[90]. 이와 같이 전남지역에서 사주식주거의 등장을 천안지역에서의 이주로만 해석하기 보다는 기존의 청동기 문화에서의 발달 가능성도 염두해 보아야 할 것으로 보인다.

셋째, 전남지역에서 마한과 백제와의 관계이다. 영산강유역을 중심으로 한 전남지역은 늦은 시기까지 마한 세력이 자리한 지역이다. 주거 자료의 연구 성과를 종합해보면, 전남지역에서는 크게 4세기 중반~후반과 5세기 후반~6세기 초에 변화가 있는 것으로 보인다. 4세기 중반~후반의 변화는 특정한 정치체의 부각이 고고학 자료에서 보인다고 보고 있다. 5세기 후반~6세기 초 역시 기존보다 더 위계가 뚜렷해지는 현상이 보인다고 할 수 있다. 적어도 영산강유역에 여러 세력이 기존보다 더 성장하는 모습이 확인되고 있다. 또한, 앞서 중심취락으로 설명하였던 광주 동림동 유적은 유적이 위치한 지역이 원삼국시대부터 중요한 지역이었으며, 동림동 유적과 함께 기존 원삼국시대 대규모 취락들이 동시에 사용되는 것을 통해서도 기존 취락 체계가 유지되고 있는 것으로 볼 수 있다[91]. 이와 함께 주거지의 구조는 6세기를 전후에 온돌구조가 일부 보이긴하나 확산되지 않고 6세기 전반까지 거의 동일하게 유지되고 있으며, 4세기 후반에 등장하는 대형 주거지의 구조 역시 기존의 주거지와 동일한 구조를 하고 있다. 이와 같은 양상을 기존 세력의 성장으로 볼지 백제와 관련하여 변화된 모습인지에 대해서는 분묘, 출토유물 등 다양한 관점에서 접근이 필요할 것으로 보인다.

---

90) 김재웅·박강철, 2004, 「호남지역 철기시대 주거의 건축적 특성에 관한 연구」, 『대한건축학회논문집』 20-9, 145쪽; 정일, 2005, 「전남지방 3~5세기 사주식주거지 연구」, 경북대학교대학원 석사학위논문, 28쪽.

91) 박지영, 2017, 「원삼국~삼국시대 마한·백제 권역 취락 분포의 시공간적 변화―방사성탄소연대와 GIS를 이용한 시험적 검토」, 『한국고고학보』 104, 71쪽.